刘建鸣 著

弦动秋水

刘建鸣散文集

人民东方出版传媒
People's Oriental Publishing & Media

东方出版社
The Oriental Press

图书在版编目（CIP）数据

弦动秋水：刘建鸣散文集 / 刘建鸣 著 . — 北京：东方出版社，2022.5
ISBN 978-7-5207-2749-5

I . ①弦… II . ①刘… III . ①散文集－中国－当代 IV . ① I267

中国版本图书馆 CIP 数据核字（2022）第 056804 号

弦动秋水：刘建鸣散文集
（XIAN DONG QIUSHUI：LIU JIANMING SANWENJI）

作　　者：刘建鸣
策　　划：张永俊
责任编辑：李　森
责任审校：金学勇
出　　版：东方出版社
发　　行：人民东方出版传媒有限公司
地　　址：北京市西城区北三环中路 6 号
邮　　编：100120
印　　刷：北京汇瑞嘉合文化发展有限公司
版　　次：2022 年 5 月第 1 版
印　　次：2022 年 5 月第 1 次印刷
开　　本：660 毫米 ×960 毫米　1/16
印　　张：24
字　　数：270 千字
书　　号：ISBN 978-7-5207-2749-5
定　　价：68.00 元
发行电话：（010）85924663　85924644　85924641

自 序

9月初的某天晚上，一位朋友打来电话，聊起了我在个人公众号上发表的诸多散文，他如数家珍地列举出篇目的名称以及某些细节，我为有这样热心的读者而感动。"你可以出一本散文集了。"朋友提醒道，"肯定能吸引不少读者的，尽管存在年龄差，年轻人可能会出现理解上的代沟，当然我不在其列。"有了朋友的鼓励，我不再犹豫，将多年来撰写的散文汇集成册。

本书共收录散文作品106篇，分为9个部分："本自故乡来"，写对家乡的眷恋；"奔跑的男孩"，写童年记忆；"心系北七家"，写在农村插队的追忆；"乡间寻访录"，写在原昌平县工作期间的经历和感悟；"情谊暖人间"，写调回城里工作三十多年的点点滴滴；"荧屏幕后人"，写在央视工作的部分经历；"缅怀与追忆"，是对几位逝者的怀念；"大道匿其中"，表达对大自然的热爱；"影评兼书评"，汇集了数篇对电影和书籍（含一篇碑文）的评论文章。书中所涉及的人和事看似平凡，却是我人生经历的注脚，甚至可以说是我生命中不可或缺的组成部分。这些散文看似各自独立，其实贯穿着一条时间发展的轴线——从第一辑至第六辑可以视为笔者的个人回忆录，尽管展现的只是某个时代的若干个横剖面。

我力求做到写出来的东西质朴、细腻、灵动、真诚，有时还幽默诙谐，原汁原味地还原其本来面目。当然，为尊重当事人的意愿，有些人物被隐去了真实姓名，以字母代替，或用化名。希望读者仁者见仁、智者见智，对这部散文集进行更为客观、冷静和精准的评析。

如今，一个月过去了，我的散文集业已成型，仿佛农民收获了地里的庄稼和树上的果实，经过风霜雨雪，有了朝前奔的盼头。五年前我出版了第一本诗集，现在又要出版第一本散文集，我跟农民收获时的愉悦心情是一样的。

书名《弦动秋水》由我的微博名"无意中拨动了琴弦"与成语"望穿秋水"组合而成，希望读者从中不仅看到山清水秀的自然景色、扑朔迷离的人物命运，也能体会到富有诗意且耐人寻味的哲理。

2021 年 10 月 1 日
于望天阁

目　录

第一辑

本自故乡来

代号二五一

我在跑步机上基本采用走步的方式，从初始速度逐渐调高，到达每小时 5.5 公里时就不敢再往上调了；再往上调，走就要变成跑，而我又难以跟上节奏，毕竟我不再年轻。

当然我也年轻过，淘气过，谁都有过挂着屁帘子四处瞎跑的懵懂经历，有一次我居然差一点跑丢。我自己不记得这件事，那时候年纪太小，是母亲后来回忆时告诉我的，丢失的地点是在北京前门火车站。

我于 1957 年 7 月某日的某个时辰出生于城门口标有"大好河山"的那座城市。一次母亲带着我转经北京回河北完县老家，在前门火车站换车时，她稍不留神，我就从她眼皮底下跑丢了。当时我才一岁多，刚刚学会走路不久。这可把母亲吓坏了！她四下寻找，逢人便问："看到我孩子了吗？大概有这么高……"还好，母亲在不远处找见了我，她一把将我搂在怀中，嘴里嘟囔着一些我听不懂的责怪和心疼的话。那一次应该算作我人生中第一次自由奔跑，没承想把母亲吓了一跳。

母亲属鼠，与我父亲同村，年龄相仿。1951 年我父亲参军从医，我母亲在家乡上高小，1954 年她来到张家口，投奔我舅姥爷。舅姥爷是"三八式"干部，在张市一家银行当行长。我母亲十七八岁，一边上中学，一边帮助照看我舅姥爷的几个孩子。几乎同时，我父亲从中国人民解放军华北军区陆军总医院护士专修科毕业，分配到解放军二五一医院工作，经媒人介绍与我母亲结婚。这个媒人是我父母的同乡，名造福，据说早年也参加过革命，给一位首长背过孩子，后来阴差阳错，新中国成立后未能落实工作，只好在张市摆摊为生，在街上卖冰棍、糖葫芦。有一次，我父亲到电影院看电影，在电影院门口遇见了造福，一拉家常，造福得知我父亲还没有对象，就热心肠地将我母亲介绍过来。其实两个年轻人从小就认识，两家的院子相隔不足百米，互相也串过门，只是没有过深的交往，现在经同乡造福介绍，他俩才开始频繁交往，直至走进婚姻殿堂。一年后，一个宝宝降生在二五一医院的产科病房，此宝宝就是我。

2006年秋的一天，我和弟弟建辉曾经陪同父母回到张家口二五一医院故地重游。它坐落于一处山坡之下，院区里高楼林立，幸好尚有几处旧址可供瞻仰。当我站在妇产科病区隔着走廊的玻璃门朝内张望时，母亲来到我身边用右手指向一个房间，告诉我那里就是我出生的地方。

我的眼角开始湿润，说不清楚到底是为什么。我自己的人生从那个角落起步，牙牙学语、踉跄学步，一直走到今天。

母亲节到了，我要把感恩献给母亲。我承诺：我和弟弟找机会再陪父母重回张家口看看，也许乘坐高铁，也许仍驾车前往。

《新闻联播》播出我国发射的一个载人模拟仓成功回收的新闻，令人欢欣鼓舞。其实我的父母也是一对航天人，他们是航天队伍中的后勤保障人员，虽然从医，安于幕后，但是谁敢说他们没有为航天事业做出贡献呢？

跑步机的履带不断地转动，我想它的发明者肯定受到了传送带运行原理的启发，不同之处在于传送带是将物品顺势输往远方，而跑步机上的我则逆向而行，奔向永无止境的目标。

窗外一群鸽子绕着圈子飞行，范围就是那片将要拆迁的老旧小区，它们在小区上空不停地兜着圈子。但凡动物都有领地意识，这片天空就是这群鸽子的领空，它们恋家，舍不得远离。但它们也有自己的理想，假如身上系着鸽哨，它们会将这理想化为悦耳动听的哨音撒向天际。

鸽群俯瞰老旧小区，一块空地上徘徊着一位老年男子，身穿土黄色 T 恤和蓝底白道长裤，也许他就是这群鸽子的主人。只见他仰望天空，随着鸽子飞翔的方位不断转动身体、头颅，似乎在向这群飞行者行注目礼。

寻根

我从哪里来？这样一个恒远的哲学命题，在每次回老家的过程中都会在我脑中自然想起，寻根意识遽然觉醒。

人活到一定的年纪都渴望年轻；返老还童，在现实生活中是不可能实现的幻想。不过，我们可以通过回忆和记述，找回童年的记忆，重温童年的乐趣。我的童年没有耀眼的"金色"，也并非全然的灰色，特有的家境和个人经历，铸就了我的童年。

我的祖籍在河北省顺平县（历史上曾叫作完县，上世纪 90 年代初改作如今的名称），我的出生地则在张家口，1957 年仲夏的一天，我在解放军二五一医院呱呱坠地。两岁时，父母去酒泉基地，无暇照顾爱子，忍痛将我送至老家，交由我祖父母抚养，我在刘各庄村度过了五年时光。1964 年春节，姥姥带着我来到北京，我才终于回到父母身边。

父亲记得村西有一块石碑，应该能够破解刘各庄村的来历。但是随着岁月的流逝，早已难觅踪迹。我说："'文革'期间有一次回老家，我曾经看见村西机井井壁和井台上有几块带字的石块，大概是那块石碑的残存部分。"父亲判断，这很可能就是他儿时见过的那块石碑。

2003年我们全家回老家，父亲跟时任村支书的春华打听这件事，有人提供线索说，村西土路下面埋着两块带字儿的石头，或许就是我父亲要寻找的石碑。父亲对春华说："这样吧，我出钱，你请几位乡亲将石碑挖出来，看看上面到底记载些什么内容。"

春华答应下来，找人将那一段土路刨开，石碑终于重见天日。石碑已断为两块，露出来的是石碑背面，只能看到立碑者的姓名，正面碑刻的内容不得而知。石碑厚二十厘米，高约两米，重约一吨。虽经努力，还是无法将石碑翻转，众人只好作罢，重新用沙土将它掩埋起来。

四年之后，我们再次回老家，春华动员了村里五六位精壮汉子，用钎、镐、木杠、绳索等工具，重新将石碑刨出并翻转过来。

回京之后，我根据录像及照片整理出碑文内容，得知该碑立于明嘉靖七年孟冬，即1528年农历十月。

碑额题有"明故刘氏先茔碑记"八个大字，下面记述了刘氏家族的由来。

"高祖讳从善，世为保定完县司仓社民，明决信义，乡党羡称，生男四人：长曰思信，次曰思让，三曰思诚，四曰思谦。"

"洪武三十四年，思让有谋有勇，蒙兄推举令于报效除接中卫前所亲军百户，后从役奉天征讨，攻战屡捷，升本所千户，既而渡江，平定京师，复升正千户，勠力王室有功。"

"赐进士第通议大夫前工部左侍郎蠡囗冯兰撰文，赐进士第中顺大夫前湖广按察司副史定兴胡昂书篆。"后面还附有家谱。

由此推测，刘从善是刘各庄村刘姓的一位先人。

祖屋

听父亲讲，我太爷壮年时家境还算殷实，家里有一个大院子，有南房、北房、东厢房和西厢房。据说太爷和大爷都好喝酒，正如1985年1月的某一天，与我奶奶同时代的刘兰斋与我奶奶聊天时所说的："我臭儿哥（即我爷爷的大哥，我的大爷），人不错，就是爱喝个酒儿。"奶奶说："可不，叫酒给移了光景了。"她们说得比较委婉，事实上，在我大爷当家的时候，家里先是卖地，后来变卖家当，实在不行就赊账，坐吃山空，家境日渐没落。可能是这个原因，也可能是外出躲债，我大爷壮年时离家走西口，从此便杳无音讯，生死不明。

太爷共有三子一女，排行第二的是我姑奶奶，嫁到了东安阳村；我爷爷排行老三；老四当了八路军，百团大战时战死了，媳妇守了几年寡，后来病故，没有子嗣。

老家的祖屋我是见过的，上世纪60年代初仍保存完整。记得当时大奶奶住在北房（大爷走西口之后，生死不明，大奶奶就一直守寡），由我大伯大妈照顾。后来分了家，以院子的中心线为界，形成两个小院落，我大爷家分到北边三间大瓦房、西厢房、东边的门洞以及院子中间的一个粮食囤（由我叔伯大伯继承）。我爷爷分到了坐南朝北的三间南房、东厢房和南边的门洞。曾经的一个大家庭从此瓦解。后来我爷爷和叔叔挑掉了南房和东厢房，翻盖为三间坐北朝南的新房子。

我十分怀念爷爷家从前的老房子，前面已经说过，在我很小的时候，由于父母工作忙，把我送回老家让爷爷奶奶照看。再后来，又接连有了妹妹和弟弟，父母对我更无暇照顾，于是我在老家生活了五年。具体时间应该在 1958 年下半年至 1964 年春节刚过，也就是在我两岁至六岁半的时候。虽说年纪小，但我对一些事情留有印象。

依稀记得成立人民公社吃食堂。那段日子家家户户都不用做饭，一到吃饭的时候，只有两三岁的我就跟着家人拎着水桶和笸箩到生产队的食堂打饭，水桶用来盛粥，笸箩用来装干粮，带回家里再吃。（参见《翻绳》）

依稀记得家里有一铺能睡十几个人的大炕。房屋西侧有一个门洞，门洞旁一堆石头，石堆上插根木头杆子，顶端安装一副金属天线。天线下面拉出一根电线，电线的另一端连接着炕头窗台上的一部"矿石收音机"。听耳机子时，我通常趴在炕上，扭动收音机的旋钮收听广播。耳机里传出的声音太神奇了，有人说话，还有人唱歌。如果有人跟我争，爷爷、奶奶就对我的叔叔和几个姑姑说："你们还是让建鸣先听，那是他爸爸带回来的。"我一边听着里面美妙的声音，一边想象着爸爸妈妈的模样和他们说话的声音。

依稀记得跟村里的小伙伴玩耍。打土坷垃仗，爬到南坡山脚的土崖上往下打出溜（类似于滑滑梯的游戏），夏天大雨过后在水洼里打澡水。有个叫三占的孩子，仗着力气大，和我争抢一样东西，我被摔倒在地，显然吃了亏。我奶奶拉上我去三占家讲理："你是不是瞧着他爸爸妈妈不在家欺负他呀？"三占理亏，低下了头。多少年后，已是中年人的三占到北京城里贩菜，曾来我家做客，见到我就扯着嗓门笑问道："建鸣，你还记得吗？咱俩小时候还打过架哩！"然后两个人相互指指点点，笑成一团。

后院的新建比我大一岁，他娘（即我的大妈）就经常提醒自己的儿子："你叔叔婶婶不在家，你可不能欺负建鸣。"后来数次回老家，我见到大妈，她都会反复念叨这句话："你还记得吧，你小时候在老家，你新建哥比你大一岁，你们俩一块儿玩，我就对他说：'你叔叔婶婶不在家，你可不能欺负建鸣。'"新建是一个懂事的孩子，在老家那么多年，他还真没有欺负过我。

爷爷的故事

我的祖辈是农民，我想研究农民，从这个位于太行山区的小山村入手，听老人讲故事，撰写家史，了解那里的风土人情，成为我每次回老家的一项既定任务。

1977年春节，我从正在插队的昌平县北七家村放假回家，次日坐上由丰台升往保定的431次列车，经过三小时夜里10点多到达保定站。刻不容缓，我跑到汽车站买到了长途汽车票，次日上午9点才发车，这就意味着我要在保定熬过十一个小时。寒冷、困乏和不安纠缠着我。直到次日早晨9点我才坐上一辆保定至完县的大卡车（春节加车）。上午11点到达完县，由完县至公社的班车早已错过，又没有别的车可搭乘，只能徒步行走三十里地。走就走，边走边观赏家乡的景色，山里的一切对于我来说都是那样的亲切可爱。

村头坐着几位老太太在晒太阳，见我来了连忙围拢过来，用唱歌似的乡音与我打招呼，嘘寒问暖。（后来每次回老家路过村口时，都能见到这样温馨的情景，不过，熟悉的几位老人陆续见不到了。）

家里老人都好，他们都很高兴，我昨夜几乎没合眼，觉得很困，一觉睡到了天黑。

我有四个姑姑，一个比一个嫁得远，大姑嫁到了西安阳村，二姑嫁到了李思庄，三姑嫁到了满城，四姑嫁到了完县县城。听说大侄子（笔者）从北京回来了，没等到大年初二，姑姑们就纷纷赶回娘家。姥爷一家人也聚齐了，舅舅妗子、表哥表嫂、表姐表弟都来了。姥姥的病好多了，看到下一代兴旺发达，她很是欣慰。

如果与父母一起回老家，最受欢迎的当然是我父亲，因为他是医生，在缺医少药的乡村，医生受到关注是自然的事情。我本人也颇受乡亲们关注，因为我从两岁左右就被以四海为家的父母送回老家由爷爷奶奶代为抚养，我是乡亲们看着长大的。

乡亲们几乎每天晚上都来和我聊天，最令人陶醉的是乡间小调，吟唱者就是坐在村头迎接我的那几位老太太和我奶奶。一到晚上，她们就聚集在奶奶家炕头上情不自禁地吟唱起来。很多是抗战时期的歌曲，其中有《火车站上一溜烟》《骑马营，真英勇！》《同志同志，我问问你》等。她们说，"你写文章的时候都能用得上"，还一板一眼、一字一句地教给我唱。可惜我缺少音乐天赋，不然一定会将那些歌谱记录下来。奶奶不仅是出色的民间歌手，还很会讲故事，内容多是鬼狐神怪，表现劳动人民勇敢善良的性格，还带有浓厚的神秘色彩。奶奶的这些故事，我很小的时候就听过。她那绘声绘色的描述，极富民间文学色彩，从这个角度说，奶奶也是我的一位文学启蒙者。

她们还领着我去看戏。她们说，前些年只准演革命样板戏，现在好了，从前遭禁演的许多戏都让演了。过年了，几乎每天晚上都有戏看，村村都有小巧精悍的戏班子，剧目已经突破了样板戏的框框，村里的戏班子移植学演了《红珊瑚》《梅岭山下》。那质朴、刚硬、激扬的梆子腔，简练大方的身段，都别有一番风味。扮演《红珊瑚》中七奶奶的是仅仅比我大一个月的表姐艳萍，她演得可像了。记得小时候我们一块儿玩耍，如今舞台上的她姿态婀娜、唱腔圆润，变化可真大呀！

其实，我最爱听的还是爷爷讲的故事。我后来将这些内容整理成册，起名《乡音》，实际上就是爷爷的自传，总共有二十几个故事，其中最为惊险的是"虎口脱险"。如果爷爷当年没能从日本鬼子手里死里逃生，我就见不到他老人家了。

这是爷爷讲的第六个故事，每当谈起这件事，他的心情都很激动。

"那是1942年，地里的庄稼快收拾完了。一天，日本鬼子突然进山'扫荡'，村里乡亲们由民兵掩护都转移到山里或地道里了，我也藏进南坡上的一个地洞。当时我正在发疟子（疟疾），地洞里又潮又湿，我实在受不了，就拎着一壶水爬出洞来，坐在一棵柿子树下晒太阳。我想，鬼子不会到这儿来的，即使来了，我老远就能看见，再钻进地洞也不晚。

"已经晌午了，天气挺热，我突然发现南坡顶上有一面膏药旗，接着出现一群鬼子。我说声不好，急忙折身朝地洞里跑。但是已经来不及了，迎面又出现几个鬼子兵，端着明晃晃的刺刀拦住了去路。事到临头，无论如何我也不能往地洞里跑了，地洞里还躲藏着许多人，如果让鬼子发现了洞口那就可糟了。于是我朝相反的方向跑，没跑几步就被鬼子抓住了。鬼子把我双手捆起来，让我带路，不容我说话，就推推搡搡地朝东走去。

"走到李思庄，前面横着一条河，一个身穿灰大褂，头戴黑礼帽，挎着盒子枪的汉奸在前面蹚路，他战战兢兢地涉过河去，一摆手，鬼子队伍才过去。

"领头的鬼子官骑着大洋马，挎着东洋刀，杀气腾腾。过了河，绕过火焰山，天黑前来到了腰山据点。腰山据点比较大，在一个院子里，鬼子把我捆在一副门板上，仰着身子。房东有一个老太太，六十来岁，家里其他人都跑了。鬼子捉来两只鸡，往灶旁一扔，命令老太太：'你的，老家伙，挑水去，烧水煮鸡！'老太太拿着水筲刚要走，忽然看见了我，就转回去对鬼子央求道：'老总，你们把这个老乡松开，让他帮我拎水去吧，我上了年纪拎不动啊。'我可以听得出，老太太是有心救我，心里顿时紧张起来。只听'啪'的一声，鬼子打了老太太一巴掌，她只好默默离开。

"天越来越黑，鬼子吃饱喝足了，横七竖八地躺在院子里睡觉，只有街上一个哨兵在来回走动。我躺在那里，回想着这一天发生的事，后悔不该跑出洞来。望望夜空，几颗星星正眨巴着眼睛，像是替我思考着逃脱的办法。满院子都是日本兵，怎么跑呢？要是长出一双翅膀就好了。不行啊，鬼子把我捆在木板上，连动也不能动啊！

"我活动活动胳膊，心里猛地升起一线希望。原来，我穿着夹袄，绳索没勒住我的腕子，而是勒在袄袖上，蹭一蹭，挣一挣，嘿！一只手挣出来了。我当时有多高兴啊！

"那时我还年轻，胆子不知怎地突然大了一些，心想，想法儿跑了吧，宁可跑的时候被哨兵用枪打死，也比被他们折磨死好受。于是我抱定了跑的念头。

"我屏住呼吸，听听四周的动静，身旁传来一阵阵'呼噜呼噜'的鼾声；我再扭头看看，鬼子个个睡得跟死猪一个样。是时候了，我欠起身子，三下五下解开腿脚上的绳索。突然'嘎'的一声，我急忙躺下，摆成原来的姿势。这时哨兵走进来，骂了一声，大概意思应该是：'他妈的，睡觉都不老实。'原来是一个鬼子翻身碰到了钢盔。一会儿，哨兵出去了，院子里恢复了宁静。我蹑手蹑脚站起来，迅速观察地形：围墙有一人多高，出不去；大门有哨兵，也出不去。怎么办？怎么办？我的视线移到了鸡窝上，对！顺着鸡窝上墙头，再顺墙头蹿上房去。思考这些事儿，也就是一眨眼的工夫，抓紧时间，越快越好。

"我蹿上鸡窝，爬上房顶，动作很快很轻，没被哨兵发现。到了房顶，我又犯愁了，这房子真高啊，跳下去很危险。我当时寻思道：摔死也比被鬼子折腾死强，拼一回吧。又一想，从哪儿跳呢？面前又是一个院子，大门直通后街，鬼子光顾着前街，后街没人管。对！跳进后院去！我纵身一跳，只觉得呼呼一阵风，紧接着觉得左腿很疼，脚给崴了。

"我揉揉脚，还好，还能走。我打开后院大门，扒着门缝往街里瞧瞧，确实没有敌人，这才打开大门飞跑出去。我知道现在还没逃出虎口。可不，我刚跑出村口，就被鬼子哨兵发现了，我不顾一切地向村外跑，就跟飞一样。身后传来一阵阵叫骂声，子弹'叭叭'地在我头顶上、身边飞过，打在前面的树上和地上，发出一阵阵炸裂的响声。我头也不回，还是一股劲儿地跑啊跑啊，一直跑到杨各庄。听听后边的枪声渐渐稀了，远了，心上的大石头才算落了地，才觉得腿更疼了。

"我一跛一跛地走，右胳膊上还拖着根绳子。走回刘各庄村的时候天已大亮。

"从腰山到刘各庄村十五里，我就是这样跑回来的，家里人提心吊胆一晚上，我这个当家的到底还是回来了！"

布鞋

小时候在老家，我经常见大婶大妈们纳鞋底子，其制作过程大致是这样的：先将家里人穿得不能再穿的衣服、裤子剪成布片，再用杂合面儿打一碗糨糊，将破布片儿铺在桌子上，一层布片一层糨糊，做成一大块"甲纸"（老家话音译）；丈量一下穿鞋人的脚大小（让其站在一张白纸上面，用化石笔在白纸上画出鞋底的形状），将其剪下来作为模具；取模具在"甲纸"上剪出样子，如此复制，若干层"甲纸"叠在一起，外面蒙上一张白布，用木槌将其砸实，粗粗地缝上几针；然后再细针密线地用锥子和麻线"纳底子"。最后将鞋帮（一般是黑色的）和鞋底子缝在一起，一双布鞋就做好了。

当年老百姓支援前线，妇救会赠给八路军、解放军的就是这种鞋。如今我回老家，发觉穿这种布鞋的人越来越少了，无非有两种原因，一是人们不爱穿，二是妇女懒得做。但也有人喜欢穿这种"手工制作"的鞋，如同某些食客吃饺子，特意关注店铺招牌上有没有"手工水饺"的道理一样。在他们看来，但凡出自"手工"，总比机器压制的要好。

上世纪70年代有一次我回老家，几天之后当我返回时，叔叔、婶婶和姑姑们把我送至村口，几番叮嘱后，婶子往我怀里塞了一包东西，我打开一看，原来是一双灯芯绒布面的布鞋。我想起来了，我进村的第一天，婶婶让我将脚抬起来，用手量了一下脚的大小。原来这双布鞋是婶子熬了几个夜晚为我赶制的。"等你将来出息了，一定不能忘记俺们哪，一定要多回老家来看看。"婶婶一边说一边抹眼泪，我也禁不住热泪沾襟。

我当时还是个中学生，对"出息"的含义是这样理解的：因为我是个城里人，中学毕业后能够找到固定工作，能像我父亲那样每年给老家寄点钱。其实在我幼小的心里早就埋下了报恩的种子，因为我在老家那五年，爷爷奶奶对我有养育之恩，叔叔、姑姑们对我也照顾有加。现在叔叔、婶婶有了两个儿子，一边照顾孩子，一边伺候老人，我觉得我做晚辈的应该以某种方式加以报答，再加上婶婶送我的这双布鞋，我感觉到自己肩上有了一副无形的担子。

转眼到了 80 年代末，叔叔和婶婶的二儿子从县一中毕业报考大学，第一年差几分没考上，又复读。我觉得这位堂弟爱学习，有一股子韧劲儿，是一个可塑之才，"知识改变命运"，假如他能考上大学，将来毕业后有了工作，叔叔家里就会好过一些，叔叔、婶婶对我奶奶（爷爷已于 1982 年去世）照顾得也会更周到些。基于这种想法，我给堂弟写信，邮寄复习资料，给予鼓励。堂弟还真争气，复读一年后终于考上了省里的一所大学。

又过了四年，堂弟大学毕业找工作，他给我写信说想到北京发展。我责无旁贷，帮他找到了一家接收单位，虽然在郊区，但是能解决北京户口。后因省内毕业生分配受到限制，堂弟被分配到保定市一家企业。没干多久，他又来信说要来北京工作，我又托人在北京的一家合资公司为其谋到了一份差事。

堂弟刚到京时没钱租房，我家里正好有一间房子暂时空闲，就让他借住了一年。后来他搬出来租房子，开始条件很差，三四年过后，手里有了点儿积蓄，租的房子也渐渐像了点儿样子。奶奶生前（2002 年去世）最疼爱堂弟，看到在我的帮助下有了一份稳定的工作，对她老人家是一种极大的安慰。

转眼几年又过去了，堂弟在公司当上了部门经理，买了房，娶妻生子，老家的父母也能时常得到接济。

时光荏苒，岁月蹉跎，当年在刘各庄村口，乡亲父老为我送别、婶婶送给我布鞋的场景，仍时常在我脑海萦绕，挥之不去。

坷台儿·房梁

我上初中时有一次回老家，偶见墙上的坷台儿里放着一本书，没有封皮，粗略翻了翻，居然是上世纪 50 年代末的一册中学语文课本。可能是大姑或者叔叔上学时的老课本儿，里面有杨家将等故事，还配有精美的线描插图。

叔叔不抽烟不喝酒，除了下地干活儿就爱看书，"文革"那个年代时兴破"四旧"，可看的书少之又少，于是他翻腾出家里保存的这个语文课本。他有个习惯，晚上在被窝里看完书，煤油灯吹灭之前（有了电之后改为拉灭电灯）将书放进墙壁上的坷台儿里。

一时间，这个老课本也成了我的宝贝，一有空儿就捧起来看；直到回京前的那一刻，我甚至想把它揣进书包里带走，但是又怕叔叔不给，只好乖乖地放回了原处。

这坷台儿宽、高、深均约为一尺，估计是从神龛演变而来，从前供佛供神，如今放些杂物。一间屋里一般有两处这样的坷台儿，一处与堂屋灶间相通，两间屋子共享一盏油灯；另一处在这个坷台儿对面的墙上，里面搁的一般是男主人临睡前身上携带的物件，比如烟袋、打火石、裤腰带。女人的首饰一般搁在梳妆台上。

习惯了老家的生活，来到城里会有许多的不适应。70 年代有一次叔叔来北京住在我家里，晚上睡觉前想把几样随身携带的物件搁起来，他四处寻找着什么，嘴里嘟囔道："这墙上怎么也没有个坷台儿呀？真不方便。"在他心目中，与老家相比，不论北京城里的楼再高，路再宽，冲水厕坑再干净，总还是有不方便的地方。

老家的房梁上大都用木把钩挂着一只荆条篮子，里面通常盛着过年时腌制的猪肉等好吃的东西，以防被猫或老鼠偷吃。1978 年夏天，我陪母亲回老家看望病重的姥姥，我独自住在东厢房，头顶上就有这么一只篮子。

那几天我没日没夜地看书复习，困了打瞌睡时偶然想起"头悬梁锥刺股"的典故，也想仿而效之。

"头悬梁"的提神效果应该很好，古人用一根绳子悬下来系在自己的长头发上，只要一打瞌睡就会被拽醒，立刻困意全无，继续发奋读书，博取功名。如今的我与古代的他有何区别？只是我留短发，即使找根绳儿也拴不住头发。

"锥刺股"这种自残方式也不妨试用一下，反正姥姥家里有纳鞋底的锥子，但是真的要我挽起裤腿，往大腿上扎一下子，还真下不了这个狠心。不过，用手使劲拧自己大腿，疼得我龇牙咧嘴，倒是常事儿。

　　老家的房梁通常不糊顶棚，躺在炕上能够直接看到鱼骨状的房梁以及檩条和秫秸；冬天时烧炕，柴草燃烧后产生的浓烟将房屋的顶子熏得黑漆漆的。那只篮子吊在房梁上，一盏白炽灯泡与其相伴，倒也不显得孤独。屋子地面和炕头堆放着用篾席围拢或麻袋盛放的玉米、红薯干、小米等五谷杂粮，散发出馨香气息的同时也在为我充氧。

　　母亲早已同娘家人打好了招呼，如果没有特殊情况，不要进入东厢房，以免打扰我复习。于是，这间古朴的房子成了我的"独立王国"。

　　相比起北七家村的艰苦环境，此时的我仿佛生活在天堂里。我不再为上工干活儿与高考复习之间的矛盾而深陷苦恼，远离了生产队干部监工似的眼神，远离了某些人的白眼和风凉话儿，我感觉很自在。

　　我趴在炕桌上想演算几道题就演算几道，想大声朗读、背诵课文就大声地朗读或背诵。困了，仰面躺在炕上闭目养神，也可以望着房梁上的荆条篮子发一会儿呆。

　　每到吃饭的时候，会有人唤我去吃饭；隔一段时间，母亲还会轻轻地敲敲窗户，提醒我到院子里活动活动筋骨，醒醒脑子。当然，我也会抽出时间来到姥姥身边，帮她老人家擦拭额头的汗，跟她老人家说些温馨的话，帮母亲做些力所能及的事。

　　总之，1978年夏天在姥姥家东厢房复习的日子，令我一生难忘。

丰收·水车

小时候在老家最开心的是遇上丰收的季节，摘棉花、掐谷子、摘柿子这样的劳动我都参与过。

记得我五六岁时，有一天奶奶、姑姑们早晨出工，说是摘棉花，胸前都系上一件布兜儿（有点儿像系围裙），大姑姑也给我系上一个，一块儿来到东坡脚下的棉花地。

放眼望去，吐絮的棉花白花花一片，社员们（以女社员为主）一字排开，一人一垄，阵势浩大。她们的双手就像鸡啄米一样灵活利索，将棉核中的棉絮叨出来，塞进布兜儿里，不一会儿就装得鼓鼓囊囊的，就像挺着大肚子的孕妇。然后将布兜儿里的棉花送到停在田边土路上的大车旁边，将棉花倒进麻袋里面。

直到收工，我的布兜儿里面的棉花仍没有装满，奶奶和姑姑们就从自己的布兜儿里抓出来几把塞进我的布兜儿里，让我高高兴兴地倒进麻袋中。临收工前，社员们相互打量，发觉对方衣服、裤子、头发和眉毛上挂着许多零星的棉絮，就像一个个"雪人"，嬉笑打闹声中，她们捉对儿将其摘下来收拾妥当。

到了秋后，沉甸甸的谷穗儿笑弯了腰，社员们带着谷镰来收割。谷镰套在手指上，谷子被飞快地掐下来，装进肩上的背筐中。我也尝试了一下，不过手太小，套不住谷镰，只好帮助大人们运送谷穗儿到地头。

深秋季节，我跟着叔叔扛着一根木杆上山摘柿子。那根木杆足有五六米长，顶端拴着一只铁把钩儿，铁把钩儿下面再系上一只布口袋，只要将铁把钩儿在柿子末端的小树枝上轻轻一拧，那只柿子就会落入布袋中。我力气小，拧不动，主要是捡拾落在地上的柿子，个别柿子熟得早掉下来，有的摔得稀烂，有的仅仅摔了个口子，拿回家搁一搁还能吃。

小时候看柿子树我总有个疑问，所有柿子树的树干上都有一道鼓出来的疤瘌。长大后我才知道，柿子树是由黑枣树的枝条与柿子树干嫁接而来的。我询问长辈这柿子树最初是怎么来的，大家都说不清，最终还是绕到那个"先有鸡还是先有蛋"的车轱辘话题。

刘各庄村缺水，给庄稼浇地通常用地下水，我小时候记得用的是水车，一只只小挂斗固定在类似自行车链条式的装置上，只要链条系统运转起来，小挂斗就会将井里的水源源不断地打上来，注入沟渠，浇灌庄稼。因为当时村里还没有通上电，替代动力是牲畜或者人力。

1967 年回老家，发现从前的水车已不知去向，取而代之的是机井。首先挖一口深井，在水面不远处搭设一个架子，将水泵固定在架子上，合上电闸，井水便被抽上来。

有了机井，村里的生活和生产开始发生很大变化，后来铺设了管线，将生活用水通到了家家户户，跟城里人一样，乡亲们也用上了自来水；同时我发现去井边打水的人越来越少，村里的水井越来越孤独。

黑狗一家人

村南胡同里住着黑狗一家，村里人只记得他这个小名儿，大名无人提起。

黑狗有三个儿子，大儿子参加了八路军，当时边区扩军，有个不成文的规定，家里有两个儿子的去一个，黑狗有三个儿子，肯定要抽中一个。后来大儿子牺牲了，儿媳妇也改嫁，黑狗被边区政府定为烈属。

可能是因为家里有十几亩地，有座碾棚，雇用过短工，土改时黑狗阴差阳错地被划为了富农，这下可就委屈了他另外两个儿子。

二儿子叫臭罐子，小儿子叫小臭儿，跟他们的爹一样，打小儿村里人就这样叫，他们的大名几乎无人问津。也许正是沾上了小名儿的晦气，臭罐子打了一辈子光棍，小臭儿娶了一个傻媳妇。

其实他俩长得并不磕碜（当地土话，难看的意思），在我印象中，臭罐子个子挺高，身材也匀称；据我父亲讲，他为人也老实，干活儿勤恳，就是有时候有点"缺心眼儿"。

话说小臭儿和傻媳妇生了个傻儿子，也许是因为家里穷，都五六岁了还光着屁股。我小时候在老家时，村里许多小孩子都欺负他，拿他开涮，唯独我不参与。也许他觉得我好接触，就经常找我玩。我奶奶不高兴，见他来找我，就想法儿将他支走，然后对我说："你可别跟他玩呀，再跟他玩，你也会傻的。"奶奶这句话很起作用，从此之后我尽量躲着他，于是他就更孤独了。

其实我奶奶经常上他家里去使碾子，跟他家的人关系不错，臭罐子有时到我奶奶家玩儿，奶奶还做些吃的送给他。村里对臭罐子也还算照顾，年老时被定为"五保户"，送到了县养老院颐养天年。

1964年春节刚过的一天，我离开老家去北京上小学，村里许多小伙伴聚集在村头为我送行。我发现了那个傻小子，只见他孤零零地站在远处的一座土崖上，朝我一个劲儿地招手。

阿江及家人

阿江比我父亲小两岁，说话瓮声瓮气，中气很足，假如学唱歌，估计能成长为一位男中音歌唱家。每次我回老家，他就进到我爷爷家的小院，跟我们打招呼，在炕头上说上两个小时。

不知何故，阿江一生未娶。臭罐子找不到媳妇，是因为出身"富农"，成分不好，阿江出身贫农也找不到媳妇就比较奇怪了。听说他的脾气不太好，不好好干活儿，又喜欢占人家便宜。

有一回，我姥爷路过一堆玉米秸，刚好看见阿江抱起一大捆就要走，便问他在做什么。阿江很尴尬，他知道这玉米秸是我姥爷家的，搪塞道："我就是看看能不能背动，试吧试吧。""试吧试吧？有这么试吧的吗？"姥爷说完将尚未抽完的烟袋锅子在鞋底上狠劲儿地磕打了两下，阿江赶紧把抱着的一大捆玉米秸蹾在地上，乖乖地放回了原处。

上世纪80年代，他曾来北京打工，在一家工厂看大门。他喝酒，抽烟，不加节制，患上了脑血栓和偏瘫，回家没几年就去世了。阿江的父亲叫增连，当过解放军，后来回乡种地。阿江的母亲额头上常年有一块紫色印记，估计是拔火罐留下的。

阿江有两个妹妹，小妹妹的小名唤作红儿，与我年龄相仿。有一年我回老家，红儿十八，出落成一位大美人。她跟几个小姐妹相互簇拥、叽叽喳喳地来到我奶奶家，一是看望我，二是找我老姑姑聊天。见我撩开门帘进屋，红儿羞红了脸儿，身边的姐妹们哧哧发笑，我不知道她们在打什么主意。偶尔听见一耳朵，好像是说红儿和我挺般配，搞得我也不好意思起来。

黑汉

人民公社成立之后，臭罐子家的东屋变成了生产队的队部，我上中学时一次回老家跟着叔叔到过这间小屋，目睹了社员评工分的场面。

参会的都是男人，盘腿坐（或蹲）在炕头上的，坐在炕沿上的，坐板凳上的，蹲在地上的，大都吸着旱烟，有的卷大炮，有的用烟袋锅子，屋子里烟雾腾腾。

评工分的方式很简单，叔叔是生产队的会计，他按照花名册的顺序依次念名字，每念到一个人，大家便七嘴八舌议论一番，提出某个分值，然后举手计票。如果有异议，可以提出反驳，分值可以浮动，再行表决，直至通过。

黑汉理所当然被评为 10 分，因为他干活十分卖力。那天白天我跟着社员到北坡一块谷子地耪地，我们握着一把锄头，将谷子周边的杂草锄掉，顺便松松土。

时值 8 月，天气闷热，没有一丝风吹过，身上的汗不住地往下淌。我抬头看看两边的人，除我之外，其他社员都赤膊上阵，其中一位皮肤黝黑，干得特别卖劲儿，噌噌噌赶到了前面。

事后回到家我问婶子："耪地时遇见一个人，皮肤很黑，黑得跟熏肉似的，那是谁呀？"

"哎呀，你说的那个人，肯定是黑汉！"婶子笑着又重复一遍，"黑得跟熏肉似的，哈哈哈！"

高中毕业后我到北七家村插队，也挣工分，我干活不惜力，很卖劲儿，可是最高也就被评为 8.5 分，至今我还不大服气。

羊倌

刘各庄村南坡顶上有一圈圆形的墙体，远看像座碉堡，近看是一座一亩地大小的羊圈。墙体是用石块垒的，一人来高，羊圈旁边还有一间供牧羊人歇脚的小石屋，仅容一人坐卧。

村里的羊倌叫宾贵，当过解放军，复员后常年在村里为集体放羊，南坡一带是他赶着羊群经常出没的地方。在我印象中，他中等个头，面孔黑红，声如洪钟，标志性的装束是这样的：穿一件白布对襟夹袄，外面套一件羊皮坎肩（天冷时换上一件羊皮大衣），下面一条缅裆裤，用一条白布当作腰带，穿一双黑面布鞋；肩上挎一只烟袋、一只水袋、一袋干粮；还挎一只粪筐，手里拿一把羊铲，随手将羊粪捡起来投入粪筐。

他好像没有鞭子，但是有响亮的口哨，或用羊铲从地上扒拉出一块小石子或者土坷垃，铲子扬起来，抛向头羊，调整羊群行进的方向，这是他无形的鞭子。

宾贵是大海家的长子，下面有两个弟弟一个妹妹：老二贵兴、老三贵发，妹妹贵淑。不知何故，宾贵和贵兴打了一辈子光棍儿，贵发倒是娶了个老婆，但是患有眼疾。孑然一身的汉子，孤独和寂寞自不必说，好在以羊群为伴，逐水草而行，好歹落个自在。

春天来了，漫山遍野的青草、野花，还有桃树、李子树等各种树上开放的五颜六色的花朵，他堆满皱纹的脸上也笑开了花。他摘下一朵苦菜花，花儿在阳光下娇艳无比，梦中的老婆也是如此模样。

下雨了，他披上蓑衣，戴上草帽，将羊群赶进南坡顶上的羊圈里，然后紧走几步躲进旁边的小石屋，在干草堆里躺下，悠闲地抽着旱烟，聆听屋外滴滴答答的雨点敲打岩石的声响，羊圈里"咩咩"的羊叫声，以及伺机偷袭的野狼的嚎叫。他有时也会出现幻觉，耳边回响起当年打仗时的枪炮声、厮杀声、战友负伤后的惨叫声以及失去战友后自己的号啕大哭。

秋天到了，山坡上的大柿子红扑扑的，叶子也渐渐红了。

下雪了，周围白茫茫一片，羊蹄的印记和自己的鞋印刚刚踩过。长耳朵的野兔子又添了一串爪印，他抡起羊铲，裹挟着一块石子风驰电掣般将其击中。小石屋外面燃起一堆篝火，一顿野味奉献给自己，喝几口烧酒，自我犒劳一番，也没有枉来一世。

晚年的宾贵被村里送到了县荣军院，在那里度过了生命的最后时光。

大海媳妇

几年前的一个傍晚，在我父母家中，我和父亲一起回忆起村里的老人们。我说从前每次回老家的时候，总有几个老太太坐在村头的几根木头上聊天，见到我们到来便站起身来一边拍打着裤子上的尘土，一边迎上来与我们寒暄，甚为亲热。她们会一直跟到我奶奶家，坐在炕头上继续聊天，像是有说不完的话。其中有一位老太太就是大海媳妇，宾贵他娘。村里的已婚女人一般都被唤作某某某媳妇，即使有名字也不被使用。

父亲突然对我说："哎，我怎么记得小时候，大海媳妇好像从不到咱家串门。""是吗？"我好奇地问。

事情原来是这样的，大海媳妇年轻时颇有几分姿色，不知是谁背地里说了她几句闲话，大海媳妇误以为是我奶奶说的，因此长时间不跟我奶奶说话，也不来家里串门。

"可是在我的记忆中，每次回到老家，大海媳妇都会到奶奶家里坐一坐，说起您小时候和我小时候在老家经历的事儿，性格开朗，她们几位老太太还在一起唱抗战时期的老歌儿哩！"但是父亲还是坚信自己从前的记忆。不知啥时候，因为什么，这两位老姐妹又和好如初了。

"你还记得她们在一起唱的那些老歌儿吗？你好像记在一个本子上了。"父亲转换话题问道。

我说："那个本子还在，但不在身边，不过我手机里有她们演唱的录音，我打开让您听听。"

于是屋子里回荡起二十多年前我奶奶跟几位老姐妹的淳朴乡音，她们唱的都是抗战时期晋察冀根据地流行的歌曲。除了我奶奶和大海媳妇，还有振雄媳妇、锁子媳妇、增连媳妇、陈子媳妇和五印媳妇。如今她们都已不在世了，好在她们的歌声仍在。你听——

站岗放哨歌

同志我问问你，你上哪里去？

打量着通行证你也带着哩，

拿过来看看，你才能过去。

因为环境的关系，不要马虎哩。

拿过来看看，拿过来看看，你才能过去。

同志你听我说，这事儿真啰嗦，

今天的通行证忘了没带着，

快叫我走吧，快叫我走吧，莫要细查我。

咱们都是当地乡亲，谁不认得我？

同志你听我说，这事儿不怨我，

俺们村的自卫队站岗轮到我，

上级的命令，下头的执行，都是这样做，

谁要是没有通行证，带你到村公所。

努力奋斗，杀！

骑马营，真英勇！

骑马营啊真英勇，上头的命令挑壮兵呀，

挑的壮兵真不弱呀，腰里披着盒子炮，

盒子炮啊真有准儿呀，一下打死那个小日本呀，

小日本呀真混蛋哪，坐着那个飞机扔炸弹哪，

咱们中国就不怕呀，拿起那个枪杆就要打呀，

打的那个飞机落着地，一下摔死那个小日本。

鸡叫天未明

鸡叫天未明，送郎打日本，鞋和袜、干馍馍，一切带在身。

军令你要听，打仗你冲先锋，打退了那鬼子兵，保国你真英勇。

前方打日本，后方跟得紧，站那岗放那哨，小奴家来担任。

送郎出征

正在梦中闷沉沉，忽听门外来调兵，不知你调哪个军？

南军北军都不调，单调俺们的八路军，前去打敌人。

依吱儿咿呀，歪吱儿歪呀，前去打敌人。

送郎送到柜子边儿，打开柜子取洋钱，你老做盘缠，

依吱儿咿呀，歪吱儿歪呀，你老做盘缠。

送郎送在你十字街，十字街里买卖多，你老买双鞋，

依吱儿咿呀，歪吱儿歪呀，你老买双鞋。

送郎送在你火车站，火车站里一溜烟，看也看不见，

依吱儿咿呀，歪吱儿歪呀，看也看不见。

……

听着这歌声，老奶奶们踮着小脚，擦拭着眼角的泪花，在村头迎接我们还乡的情形，她们那慈爱、友善的面容和诙谐的语言，一遍遍重现在我的眼前和耳畔。

寨子顶

1977年春节的一天早晨，回到老家的我不听爷爷的劝告，独自一人向西走去。

经过贾各庄西村，继续沿着河套进入一道峡谷，四面险峻的峰顶需仰视才能看见。我从北面山口进入，越往里面走越显宽敞。我进入了一个口小肚子大的"葫芦峪"，四面都是白云缭绕的高山。我喊了两嗓子，回音跌宕起伏，无人应答。南面的山峰最高最险，这就是

爷爷曾经对我说的寨子顶。前不久，一架飞机就在这悬崖峭壁上坠毁了。爷爷说："那座山顶上有一座古庙，还有石狮子、石碑，传说是穆桂英起兵挂帅的地方。"此处竟有如此景致，怎能不去探访？

从哪里上去呢？我仔细观察着山势，特别是上部，像刀劈的十几丈高的悬崖绝壁。正面只有一个山口能够登顶，但我看不见路，无法行走。再望望右侧，虽说也很陡峭，但毕竟比刚才那个地方好走些，于是我做出决定，先从右侧绕一下，再平行向南走，间接到达寨子顶。

爬山对我来说算不得什么，上高一时到延庆搞社调曾爬过佛爷顶，到香山曾爬过鬼见愁，还多次爬过老家的南坡，我心里有底儿。

爬着爬着，发现草棵子里有一堆鸟的羽毛，旁边的岩石上留有血迹，我抬头一看，只见三只老鹰在头顶盘旋，这些不幸的小鸟无疑已被老鹰吃掉。

终于到达了隘口，我又傻眼了，左侧是陡峭的悬崖，还是无法爬上寨子顶。这时已近晌午，肚子叫唤了，可是我忘了带干粮，怎么办？突然我眼前一亮，山坡上有积雪，我连忙跑过去，扒开浮面的脏土，大口吃了起来。又凉又甜，既解渴又解乏，比冰棍还好吃。

我登上一块岩石，眺望对面的寨子顶，隐隐约约望见了庙宇的轮廓，我真想插上一对翅膀飞到山顶。

"咩咩咩"，传来一阵羊的叫声。我朝下一望，一群山羊顺着山后的羊肠小道爬了过来，一个羊倌身穿羊皮袄，挥舞羊鞭跟在羊群后面。我连忙迎上去问道："大叔，上寨子顶的路怎么走啊？""什么？寨子顶？"羊倌不解地反问。

我慌忙用手指向对面的山头："就是那座山。""哦，这叫牛头山。""牛头山？"我可是头一回听见这么说。羊倌解释说："因为这座山的形状很像个牛头，所以叫作牛头山。"哦，我大概明白了，同样一座山，不同村的人有不同的叫法。

羊倌指给我一条路，我问："路在哪里？""那细细的、弯弯曲曲的、颜色发白的就是。"羊倌几乎用尽他所掌握的所有适合的形容词来形容。嚯，这路也太不好找了。告别了羊倌，我沿着羊肠小道走去。路太窄，不小心就会滚到山下去。沿着这条小道我终于艰难地爬上了牛头山，一上去，就感觉比山下的风大，差一点儿把我的帽子吹跑，我急忙紧紧捂住。

山上的庙宇早已被人拆除，仅剩下几处残垣断壁。在瓦砾堆中，我找到了两块残碑。

第一块保存较为完整，只见碑上写道：

萬古流芳

萬清秀同馬耳，高等華嶽，誠天地之勝，概神臺之所聚也，此地有聖像一尊而謂之真武者，為風雨所侵，日光所曬也，非一日矣。而劉氏素有行善之□，又得思子之疾，聖神為之感通，仙童為之默運，以□其□不忍□視，發心修建，獨成一功。竊思劉氏之成此功也，亦甚難矣，土工木料極費艱苦，繪畫高藻多受熬煎，顧無勤之金石以示後世，而垂□□。劉氏好修與神人之感通，不□掩□於人間乎。與焉銘石一功□。劉氏之苦衷，一以激後人之善心也，使天下之大，百世之遠，能有嚮導如劉氏者，斯為劉氏同調共信。劉氏之行非妖妄矣，故誌□以為世人勸。

大邑南神南村楊門劉氏建立

第二块石碑碎为五块，碑文多有缺损，右上角缺失。碑文如下

（碑文断句仅供参考）：

玄天碑記

　　善則神依，以故時萬之篇曰及河喬嶽般之付曰陞（后面缺失若干字）西北之萬清出石□越□蒼茫之中原蟠荒□首窪大（缺失若干字）勢若星拱，突兀崢嶸，蔚蔚菁菁，蒼翠詭狀，緒縮繡錯，登採者（缺失若干字）惟天鍾秀惟他（或地）降升也，至（缺失若干字）□官父乎，遺世而獨立，演□武當展也。康國而庇民，盛德巍巍（缺失若干字）蕩蕩，便舍此而他君焉。將山寓神聚之，謂何然？聖神之在人心者，雖（缺失若干字）而聖神之感善人者為龍。竊劉氏行仁好善，處於天稷，慈良鼎□本性生，惟其德在。故信服故神依，莫為逆之若或使之得，行且止步，（缺失若干字）山極而登馬，劉氏之徘徘，此山以□□也，躬親稚採，矢□淡薄，硒□硒金，作是□□數年來殿堂聖廡□丹漆，舉以告成，較之□王太子三真（缺失若干字）修蒼山聖母之若節，何多率歟慈節，屆暮春行將草木花發，人間朝宋矢（缺失若干字）爱，題碑壁固勉嚮道者。

　　大清雍正拾年歲在壬子暮春吉日

　　据推算，此碑竖立的时间是1732年，距我发现此碑（1977年）已有245年。

　　两块残碑提供了以下三条信息：

　　（1）这块"玄天碑"立于玄天庙（真武庙）前，供奉的是玄天大帝（真武）的圣像。有关资料显示，玄天上帝，全称北极镇天真武玄天上帝玉虚师相金阙化身荡魔永镇终劫济苦天尊，通称北极玄天上帝，常被简称为北帝、真武大帝或玄天上帝，又有玄武神、真武神、元武神、玄武大帝等尊称。玄天上帝亦是明朝镇邦护国之神、降妖伏魔之神、战神，明朝公家建了许多玄天上帝庙，并由官方祭祀。据说北帝拥有消灾解困、治水御火、护持武运及延年益寿的神力，故颇受拥戴。这一传统延续至清代、民国。

（2）除"真武圣像"之外，真武庙及两块石碑均由杨门刘氏捐款修建。"玄天碑记"中"窃刘氏行仁好善，处于天稷，慈良鼎□本性生，惟其德在"等内容，说明这块"玄天碑"与"杨门刘氏碑"为同时代产物，二者为互为映衬关系。从"杨门刘氏碑"碑文中我们得知，当地有一个村子叫神南村，一位叫杨门刘氏的女子婚后多年不孕，来到寨子顶上一尊真武圣像前祭拜求子，得子后修建了一座真武庙并立下此碑，以示感恩之情。

（3）"玄天碑记"中"势若星拱"等内容将寨子顶独特的地理环境做了生动描绘。"杨门刘氏碑"中也有类似的描述，"万清秀同马耳，高等华岳，诚天地之胜，概神台之所聚也，此地有圣像一尊而谓之真武者"。此处高山之险要，竟与华山相媲美。尤其令我感兴趣的是"秀同马耳"，前面说到为我指路的羊倌称此山为"牛头山"，此碑又称此山为"马"，看来是"横看成岭侧成峰"的异位观察效果。

1996年的一天，我们全家老小曾经从坡度稍缓的另一面坡爬上了寨子顶，发现在庙宇原址的瓦砾堆上建起一座红砖红瓦的简陋小房，里面供奉着一尊观音菩萨像。一男一女两个壮年人在房外看守，凡是进庙祭拜者都要交点供香钱。我们只站在门外，并未跨过门槛。与这对男女闲谈中得知，这里从前有一座庙，祭拜求子十分灵验，"文革"中被红卫兵捣毁了。眼前这座小房子是他们夫妇出资兴建的，每年都有善男信女前来膜拜。其实，他俩供奉的对象搞错了，按照两块石碑的记载，供奉的应该是"真武"的圣像，而非菩萨。

因为寨子顶地势险要，历史上发生过数次战斗。1985年1月6日，我陪同奶奶、父母和妻子来到万寿路22号院拜访老乡刘兰斋老两口。刘兰斋也是刘各庄村人，三八式老干部，他谈到1941年的"五一大扫荡"，他和县大队的战友被日本鬼子困在了寨子顶上。他有一支驳壳枪，却没有准星，就三四发子弹，地雷倒是有，还有几只汉阳造老套筒。他们与日本鬼子巧妙周旋，掩护大部队和老乡撤退，伤亡惨重。

临走，女主人执意要将奶奶留下和他们一起唱歌，并且用录音机把战争年代的流行歌曲记录下来。结果录音机没找到，未能如愿。奶奶最后还是与我们一起回了家。

大姑

家里有一幅老照片，上面有我爷爷、父亲、大姑、妹妹和我，背景是河南洛阳的关林庙，拍摄的时间大概是1962年春节刚过。当时我未满五岁，跟着爷爷和大姑到洛阳看望我父母和妹妹，那是我第一次见到妹妹。爷爷镶牙，要等一个月，大姑等不及先回老家了。爷爷在关林庙会买了一大串铜制的烟袋锅子和一大串顶针，准备带回老家去贩卖。一个月后，爷爷带着我回老家，中途坐火车，他一直在摆弄手中的那两串宝贝。

我弟弟即将出生，不久后妹妹也被父母送回老家，当时大姑二十岁出头，帮助我奶奶照顾妹妹和我，操持家务。据父亲回忆，1942年闹灾荒，我奶奶带领我父亲和我大姑逃荒要饭，我父亲五六岁，大姑才两岁。途中，一位村妇看到幼小瘦弱的大姑，对我奶奶劝道："这小妮子太可怜了，看来是养不活了，赶快送个人家吧。"我奶奶不忍心撇下孩子，一直拉扯着一对儿女走村串户，给富人家打工，勉强渡过了灾荒。父亲说，毕竟是共过患难，他们兄妹感情特别深。

　　大概半年之后，父亲的单位正迁往北京，很快将我生病的妹妹接到了身边。那年早些时候，大姑出嫁了，婆家在西安阳村，离刘各庄村三四里路，姑父姓卢，性情温和、又高又瘦。大姑出嫁那一天，我一直跟到西安阳村的村边，我当时不明白，为什么大姑这一走就回不来了呢？

　　春节时西安阳村头搭戏棚唱戏，村里的戏班子正在表演《秦香莲》。我挤在人丛中远远观看。有人提醒我说，你大姑也在里面扮演角色哩！于是我跑到后台想看个究竟，怎奈里面人多而且都戴着行头，化着装，我喊了一声"大姑"，一个人拖着水袖朝我走来，只听旁边有人喊："俊楼，该你上场了！"大姑朝我摆摆手，上台了。

　　大姑父的父母（我也叫他们爷爷奶奶）很喜欢我，因为当时他们家里还没有小孩，所以见到我特别稀罕，总要留我一起吃饭，于是我成了他们家的常客。大姑父还有一个妹妹，不久嫁到了刘各庄村的一户人家。

　　我到北京之后两年，大姑有了自己的第一个孩子，志刚。我这个表弟体弱多病，大概是1968年，大姑和姑父带着志刚来京看病，医生确诊为胸积水。我给他们送饭时，看到仅有三四岁的表弟躺在病床上，骨瘦如柴，一根导管插在表弟胸口往外排脓。大姑和姑父租住在七二一医院南侧职工宿舍楼的地下室招待所里，陪护儿子将近一年，这一年里，我家成了后勤部，经常给他们送饭。

表弟出院后回到老家，经过家人的精心调养，养好了病，身体渐渐好起来，成年后娶妻生子。大姑后来又有了一女一男两个孩子，一家人的生活步入了正轨。

2007 年的一天，噩耗传来，在县里一家公司看大门的大姑父不幸患心梗猝然去世。我和弟弟驾车回老家奔丧，赶到时大姑父已经入葬。我在坟前燃纸磕头。我脑海里仍闪现着大姑小时候跟着奶奶、哥哥要饭，差一点儿被卖掉；想起我小时候在老家，大姑和另外三个姑姑帮助爷爷奶奶照顾我的情形；想起姑姑和姑夫为挽救儿子性命，求医治病，节衣缩食。临走时我塞给大姑一些钱，她开始不肯收，在我再三坚持下，她才收下。

翻绳

其实，小时候我在老家并不总是孤独，也有几段快乐的时光。2007 年那次回老家，二姑姑就对我说起一桩往事，要不是她提醒，我自己肯定回想不起来。

二姑姑说："建鸣，你还记得吗？你小时候在老家的时候，经常去找邻居家一位小女孩玩。"二姑姑的一席话，立即唤起了我儿时的一段美好记忆。我说："您一提醒，我也回想起来了，是有这么一个小女孩，经常跟我一起玩儿。"二姑姑说："那个小女孩的父母也在外面工作，也是跟着爷爷奶奶在老家，那个小女孩长得挺漂亮的，年龄比你稍大一点儿。"

我记忆中，那是一个美丽文静的小女孩，梳着两根小辫子，圆圆的小脸蛋儿，明亮的眸子。她家是我家西侧的邻居，当时她家的西墙朝东有一道小门，我就从小门进去，很方便。生产队办食堂的时候，食堂就在她家里，大铁锅里做熟的饭可供多家食用。

她被父母送到老家的时间不长，好像只有半年左右，也不知为什么我俩就认识了，我经常去找她，听她讲故事，一起做游戏。她教我玩翻绳，一段长长的棉线绳儿两头接起来，两双小手翻来翻去，变换出各种各样的形状，有的像大桥，有的像饼干，有的像石板，有的像手绢……

对了，我当时已经六岁了，仍爱流鼻涕。她送给我一块手绢，对我说："如果鼻涕流出来，不要用手背去抹，往衣服上蹭，你要用手绢擦，用完之后把手绢放进你的口袋里。这样的话，你就变得干净好看了。"她是我接触到的第一个可爱的小女生，在她面前，我开始知道讲究个人卫生的好处。

"她叫什么名字来着，您还记得吗？"我问二姑姑。

"我也记不得了，只记得那个小姑娘后来被父母接走了，你当时好伤心的样子。"二姑姑不无遗憾地回答。

"是吗？"我印象中的确如此。有一天听说她要跟父母走了，我急忙跑到她家的院子里，她帮助父母拎着一件小行李，正与家人告别。我站在一边望着她，她发现了我，朝我摆动小手。我愣愣地站在原地，右手无意中摸到了口袋里的一样东西，一只小手绢，是她送给我的，而她即将远离这个村子。

回乡记事

　　有很长时间没回老家了，我想念那里的一切。记得 2003 年 3 月 29 日那一天，我随父亲乘坐长途汽车回老家，在清明节前给老人扫墓。奶奶去世半年，父亲打算在我爷爷奶奶坟前立块碑。

　　听说我们要来，四个姑姑早在村里等候，街坊四邻也络绎不绝地赶来寒暄。

　　晚上 10 点左右，我独自一人走出院子到街上走一走。刚走出大门的时候，我的眼睛不适应，四周漆黑一团，伸手不见五指，我不敢贸然迈步，只能站在原地逐渐适应周围黑暗的环境。

　　我在夜色朦胧中走出村子，在村外的大路上行走。我给北京的家里打电话报了平安。手机信号被东山挡住了，在村子里接收不到，只有在村外这个位置才能接收到信号。

　　收起手机，我继续沿着大道朝村西的方向走。四周山峦的轮廓还是有的，尽管笼罩着一层轻纱般的薄雾。四周静得出奇，几声虫鸣之外，唯一能够听到的是我自己走路时踩在砂砾路面上发出的"咯吱咯吱"的声音，只要我一止步，四周又归于宁静。

　　这是很多城里人梦想得到的那种宁静，今天被我得到了，我有一种返璞归真的感觉。我很想抛开一切，在这样的小村庄里待上一段时日。暂时远离都市的浮躁和纷杂，在质朴宁静的环境中，做一些自己喜欢做的事情。

　　夫人曾经随我回过两次老家，每一次她都发出一阵感慨：想在这里生活一阵子，写生画画。2002 年 9 月的一天，一位朋友向我倾诉不幸的婚姻痛苦之后，也萌生过"找一个地方隐居起来"的意向。我应该告诉她，此处可作备选。

路边石垛上，趴着一只黄白相间的东西，尽管在它跳跃到地面时没有发出任何响动，但就在它倏忽跳跃一瞬闪现的颜色看，我断定那是一只猫。叔叔家的院子里也有这样一只猫。那是一只失却自由的猫：主人将一根细细的绳索套在它的脖颈上，绳子的另一端则被系在院子里晾衣服的铁丝上，使它的活动半径被局限在三米左右的范围内。当我把摄像机镜头贴近它拍摄时，它用锐利的目光打量着我和镜头，抓弄着。

记得半年之前，在同一个地方，我曾经见到过这只猫，据说奶奶生前对其宠爱有加，给它吃肉，夜里睡觉也在一个被窝里。如今最疼爱它的人不在了。听说奶奶去世后，它经常朝外跑，似乎要去寻找老主人；家里人怕它跑丢，就找来一根细绳将它拴起来。正在这时，婶子的一句话令我略感欣慰："你瞧它的肚子大不大？过不了几天，这猫儿就要下崽儿了。"婶子告诉我，邻居家的猫都下崽儿了，这只猫好不容易也有了。

叔叔家门口不远，从前有一眼水井，如今已被废弃，水井旁有两块井石，是清嘉庆年间立的，去年11月我来的时候还亲眼看到过，可是这次回来却突然不见了。叔叔解释说，去年给你奶奶下葬那天，送葬队伍路过一家门口，厚重的棺木碰断了他家门口的一块石板。那家主人大为不悦，叔叔道了歉，对方仍不依不饶，叔叔只得将自家井台上的这块石头送了人情。

听说我还想拍摄南坡上的一块奇石，年近六旬的叔叔自告奋勇为我带路，陪我上山。次日早晨6点起床，由叔叔陪同，我爬上南坡。前天山上烧了一场罕见的山火，本来植被就稀少的山梁被烧得漆黑一片。

此次上山，是为了寻找山顶上一块酷似微缩山水盆景的石灰石。是七年前我在南坡顶上发现的，很想将它起出来带回北京。不过露出地表的仅仅是一部分，埋在下面的部分到底有多大，有多深，无人知晓。将这块山石起出来搬下山，难度可想而知。今天寻找它，也不是要搬走它，而是要用数码摄像机将其面貌完整地拍摄下来，以供随时欣赏。遗憾的是，寻找了半个小时也未能找到。我猜测这块奇石早已被人起走卖掉了。

我后悔，数年前当着众人的面，我动了想移走它的念头，说者无意，听者有心，此话传到某人耳朵里，他就动了念头，将它起走了。

它在此存在了数亿年，甚至更长的时间，此地是它的栖身之所，是它赖以生存的家园，我没有权力改变它的命运。文物需要保护，这些纯天然的山石也应当保护，而非疯狂采掘，据为己有。应该让它保持原生态，只有在这一特殊环境中，它的奇特之处才能得到最完美的展现。正可谓：

山村宁静欲归真，都市烦恼暂离身；

南坡奇石无胫走，鸡飞蛋打自伤神。

次日上午，我和父亲先后到姥爷姥姥、爷爷奶奶的坟上祭扫，随后又来到附近一个村庄。村里有一位墓碑雕刻专业户，在他家的院子里，我们挑选了一块大青石墓碑，谈好了价钱，待碑文撰写出来之后交给他，他再刻在碑上，赶在奶奶祭日周年之前竖立在坟前。

过了几个月，这块墓碑竖立在爷爷奶奶墓前，碑文中写道：

先父国章，秉性忠良，加入中共，背盐运粮，抗日救亡，谋求解放。

先母胡氏，本系司仓，天资聪慧，性格开朗，勤劳贤惠，柔韧坚强。

不论战乱，还是灾荒，父母携手，共渡危难，抚育儿女，饱经风霜。

年及五旬，始育孙辈，百般呵护，疼爱无双。惜哉先父，积劳成疾，

　　猝然仙逝，六十有七。伟哉先母，慈祥博爱，年逾古稀，抚育四代。恰逢开放，四世同堂，长寿健康，举家翘望。壬午深秋，偶感风寒，八十有七，溘然辞世，未及九十，惜哉痛哉，音容宛在，懿德长存。父母恩德，儿孙难忘，精神永驻，百世流芳。

姥姥

　　由于城里的地方不够住，我的父母亲只能将各家的老人轮流从老家接过来住，以尽孝心。

　　1968 年至 1969 年，姥姥在北京居住过一段时间，我当时十一二岁，在她老人家调教下，我学会了许多面食的制作方法，比如馒头、窝头、包子、饺子、懒龙、面条、面片。近十来年我做饭的机会少了，但是功夫尚存，我自信，一旦条件允许我重操旧业，照样能够做出可口的面食来。

　　姥姥还有一样也很拿手，那就是纺线织布。小时候在老家时我见过那台织布机，姥姥经常坐在那里，织布梭子在她手里像是长了翅膀，左右穿梭，姥姥手脚并用，纺织机发出"哐当哐当"的响声。

　　记得 2005 年 4 月 10 日回老家，上午我舅舅和他的两位老同学聚在一起唱老歌、叙旧，我父母也在场，我在一旁为他们摄像、录音、拍照，打算为老人制作一部专题片。我舅舅从石家庄来，他的两位老同学一位来自县城，另一位来自天津。

　　然后我到姥姥家，舅舅正安排民工修缮门洞。在北屋，我们发现了姥爷珍藏的地契、舅舅读小学使用的课本、姥姥上识字班剪的两张剪纸、姥姥使用的织布机梭子，还有散落在西厢房里的织布机和姥姥的陪嫁物——梳妆镜和炕柜。我向舅舅要来一只梭子和两张剪纸作为纪念。

姥爷把地契藏在一只军用饭盒里面。姥爷在世的时候我听他说过，这只饭盒是抗战时期一位住在家里的八路军连长留下的，说得透彻点儿，这只饭盒是那位八路军连长从日本鬼子手里缴获的，是一件历史文物，应该捐给抗战纪念馆。

几块地多是在土改前夕买的，也不知听到了什么风声，村子里一些人要卖地，我姥爷便用积攒的钱买了来。没想到，不久后进行土改，划定成分，我姥爷家因为多了这么几块地，被划成了中农。后来这些地大多分给了贫雇农，再后来又归了集体。

买这几块地的钱是我姥姥熬了多少个日日夜夜纺线织布，我姥爷挑到外面卖布辛辛苦苦多少年挣来的。没料到，一眨眼的工夫就没了。姥爷急火攻心，得了一场大病。而且祸不单行，年幼的小舅舅不幸夭折。那些年月，主要靠我姥姥支撑这个家。

除了照顾我姥爷，为家人洗衣做饭，姥姥还去村里的识字班上剪剪纸，学识字，第一次在小学校的黑板上写下了自己的姓名——庞银镯。

第二辑

奔跑的男孩

饥荒

　　小时候家里经济拮据，母亲经常扳着指头计算生活支出，说闹不好就会"打饥荒"。不知道这三个字的出处在哪里，但真正的饥荒我还是经历过的。

　　上世纪 60 年代初三年困难时期，我是在老家度过的。很难吃上一顿饱饭，通常一天喝两顿白粥（用玉米糁儿熬制的稀饭）了事，里面偶尔有两块红薯。

　　灰色记忆中偶有闪光时刻，其中奶奶偷偷煎鸡蛋给我吃的情形最为辉煌。奶奶将一只鸡蛋在锅沿上磕破，把蛋清和蛋黄倒进一只大铁勺里，放上点儿盐；在灶膛中点着一把柴火，把铁勺伸进去，放在火上烤，用筷子把鸡蛋搅匀。取出来后右手端着铁勺，左手拿着筷子（奶奶是左撇子），一边用嘴朝滚烫的煎蛋上面吹着气儿，一边夹起一小块儿喂进我的嘴里。好香啊！

　　奶奶对我如此优待，一是出于亲情，二是我远在酒泉航天建设基地野战医院（后来调防到河南洛阳）工作的父亲每月给老家寄钱，其中有我的生活费。她要琢磨着让我吃上点儿东西，于是就盯上了院子里的一只老母鸡，只要下了蛋就赶紧收起来，趁家里其他人不在的时候做熟给我吃。

　　1962 年，弟弟马上就要出生了，父亲不得已从河南洛阳将我妹妹也送回了老家。妹妹只有两岁，我见到她很高兴，带她在院子里玩耍，喂她吃东西、喝水。可是好景不长，妹妹生病了，也许是水土不服的缘故，总是拉肚子。病情严重时，爷爷就抱着孙女往公社卫生院跑，我紧紧地跟在后面。从村子到公社有三四里路，爷爷就那么抱着孙女奔跑着，身体本来就弱，中途累了就走一段，接着又跑。我就一直跟着，当时我五岁，我第一次感受到了什么叫无助，假如我再稍大一点儿，我会替换爷爷背妹妹的。毕竟是亲兄妹，骨肉相连，她生病了，我也跟着着急。

此事被同村的姥爷得知后，感到生死攸关，赶紧给我父母写信："建平病得厉害，你们赶紧把小丫头接走吧。"父亲接到姥爷的信，心急如焚，很快将我妹妹接走了。后来得知，妹妹的病主要是营养不良造成的，正好赶上饥荒年月，爷爷奶奶已经尽到了他们的责任，那么一大家子人，三个姑姑的年龄比我大不了几岁，也需要爷爷奶奶照顾，能把我们的性命保下来就不错了。

相对于爷爷家，我姥爷家的境况要稍好一些，当我实在饥饿难挨，奶奶家里又断炊的时候，我就往姥姥家跑。两家之间仅隔一口水井和一副磨盘，加起来也就百米的距离。姥爷家也有一个拱顶门洞，大门白天通常虚掩着，进到院子里，姥姥一般在忙于纺线织布或者烧火做饭，我会径直跑进北房的西屋。

炕上坐着两位白发苍苍、慈眉善目的老人，一位是我的太姥姥，另一位是我的姑姥姥，太姥姥八十多岁，姑姥姥六十多岁。一见到我，太姥姥就高兴地叫我爬到炕上，坐到她身边，把保存的一些食物塞进我手里，看着我吃。

发小相聚

　　我们六位老男人围坐在铁家坟金百万一层靠西南角的一张饭桌旁，都是玉泉路 332 号楼的发小，焦点人物是刘建国，因为他住在西安，来京办事，想见见发小，于是才有了这次的聚会。围着餐桌依次为：王世维、刘建鸣、刘建国、隋志明、冯小明、马军。

　　话题从在座多数人的出生地——张家口二五一医院说起，然后是酒泉、洛阳、北京，基本是按家长所在医院迁徙变动的顺序。小学时候的话题相对多一些，1964 年 9 月我们上了图强小学一年级，我和马军在六班，其余四人在五班。除我之外，其余五人都住在 332 号楼（我家在 1967 年初从 405 号楼也搬进了 332 号楼）。从 332 号楼到图强小学，需要走半个多小时，经过东院"破礼堂"、五棵松那条南北向的马路（现在叫西四环）、一片菜地，才能到达目的地——图强小学。上学路上要排队行进，队长由年龄大的孩子担任。

　　放学时按原路返回，往往要在"破礼堂"里玩一阵捉迷藏。这座"烂尾楼"建筑始建于上世纪 60 年代初，后因遇上三年困难时期而停建，只有礼堂的轮廓，包括礼堂的整体框架、地下通道、舞台、乐池的雏形，没加任何防护遮挡，任由小孩在里面玩耍。

　　六人中，刘建国和马军是公认的孩子头。建国家哥仨，哥哥比我们大两岁，有威慑力，加上建国本人具有号召力，成为我们这一届男孩子中的孩子头。马军的影响力则来自动手能力强，按隋志明的话说："马军的手特别巧，窝弹弓枪窝得好，尤其是前段用于拴橡皮筋的两只小圆圈窝得特别圆。"于是马军擅长制作弹弓枪的手艺远近皆知，得到小伙伴们的青睐。建国看上了马军制作的一只弹弓枪，马军就干脆给了他，自己再做了一把新的。其他小伙伴也纷纷把找来的铝丝（制作弹弓枪的铝丝来自废旧电缆，铝丝由一层黑色的橡胶皮包裹。用刀将胶皮剥开，几根银白色的织毛线针粗细的铝丝就露了出来）交给马军，他用一把鼠头钳子三下五除二就做好了。

接着大家又回忆起采桑养蚕、玩皮阿基（一种用油毡片剪成圆形的玩具）、拍三角、游泳、摸鱼、养鱼、捉鸟、粘知了、滑冰、打球、练习单双杠等等，都没漏过。

一次去五孔桥的河里游泳，五六个孩子越游越来劲儿，一直游到了昆明湖。这可苦了冯小明，他不会游泳，负责给大家看管衣服和鞋子。眼看着弄潮儿越游越远，他只能一路跟随，抱着一大堆衣服和鞋子走到了昆明湖。

有些项目是要分季节的，夏天游泳、粘知了，秋天斗草，冬天滑冰。有些孩子有冰鞋，大部分孩子没有，我们就自己动手制作冰车，在医院人工冰场或者沙子坑天然冰场玩耍，切磋改进冰车的技术方案。

冯小明回忆起高二的一天，刘雨老师到二班代教语文课，把我的一篇作文作为范文在全班朗读。我听后十分感慨，因为上小学一、二年级时我的学习成绩很糟糕，幸亏有同学相助，才使我逐步跟上了班上同学的进度。当时在雷锋精神的感召下，同学之间互帮互学蔚然成风，我是其中的受益者。当时我刚从老家进京，学习基础差，同班同学马军手把手辅导我写作业，时间来不及时他就干脆替我写。我这只笨鸟最初就是这样习飞的。如今五十多年过去了，我在金百万的饭桌上提及此事，向马军表示感谢。受人恩惠，念其一生。

当然我们小时候也有顽皮的时候，在少年时代，受当时武斗的消极影响，居住在不同区域的孩子们之间常常打群架。一次，马军等人被逼无奈，不得已爬到 332 号楼的楼顶，将进口堵死，截断了敌方进攻的通道，才得以脱身。

在六人中，刘建国的经历特殊一些。在座的发小从小学一直到初中一年级，都居住、生活在 332 号楼这个大集体环境中，可是 1971 年初秋的一天，刘建国却突然对几位要好的伙伴悲伤地说，他们全家就要搬走了——父母被调到酒泉钢厂工作，三个孩子都要跟着走。其他人的情况我不太清楚，反正我和建国再次见面就是聚会这天，从 1971 年至 2019 年，这一别就是四十八年。如果没有其他发小在场，我和建国相互之间完全没有认出来。如果不是坐下来聊聊儿时那些往事，我不敢确定眼前的这位身体微胖、头发灰白的人就是当年的发小建国。我们对彼此应该印象深刻，连我俩的名字都很相像，仅差一个字，就像一对亲兄弟。

建国跟我叙述他离京后的经历——在酒泉念书、到郊区农村插队锻炼、到酒钢当工人、随父母调到陕西蓝田县工作，后来又调到西安，在西安安家。他讲述这些经历时的口吻平淡无奇，但我能够感受到他比在座的其他人经历过更多的艰难困苦。

不管怎么说，当我们这些年逾花甲的人共同回忆起童年和少年时代朝夕相处的岁月，我们玩过的各种游戏，我们做过的许多调皮捣蛋的尬事儿，脸上都情不自禁地现出天真无邪的欢笑，这是此次聚会最为难得的收获。

过了些日子，建国从西安发来微信，问我最近是不是陪同父母到张家口二五一医院故地重游了。我说疫情期间宅在家里，哪儿也没去。建国也出生在那所部队医院，比我大一个月。自那次聚会之后，建国与我通过微信互动频繁，他急于了解张家口二五一医院与北京七二一医院之间的沿革历史，听说我父亲写过两本回忆录，内容多有涉及，于是朝我要了一套。不久他写出一篇千字文，将张家口二五一医院、北京七二一医院、北京航天中心医院等医院之间的关系梳理得一清二楚，同时也讲述了他家外迁的坎坷经历。他将这篇千字文发到微信群里，读者无不为之动容。

孙阿姨

有一次发小聚会，荣荣说他还能时常见到孙阿姨。他说的孙阿姨，就是当年"少年之家"的辅导员孙老师。发小们仍记得一个男孩子把孙老师气跑的那件事。

那是 1965 年暑假，七二一医院组织了少年之家，组织孩子们开展假期活动。少年之家位于 333 号楼一层大厅，书架上面摆放着许多儿童读物。辅导员是医院派来的孙阿姨，未满二十岁，中等个儿，梳着两条发辫，说话的声音很好听，也很爱笑，笑起来时脸上现出两个漂亮酒窝。她带领孩子们做操、看书、做功课、玩游戏、看电影、到公园去郊游、到河里去游泳，我从中结识了很多小朋友，学到了很多知识，也得到了很多的乐趣。可是就在学校即将开学，少年之家快要结束的时候，发生过一件令人不快的事。

事情是这样的，少年之家里有个孩子，比我高一届，特别淘气捣蛋，一天，他不但不服从孙老师管教，还张口骂人，把孙老师气哭了，当时就掩面跑了出去。等孩子们反应过来，孙老师已经跑出了房子，大家不约而同地追出去。

"孙老师，您别走，您要是走了，谁来管我们呀？"几位女孩见孙老师执意要走，急得哭起来。孙老师犹豫了片刻，泪眼模糊地看着面前朝夕相处的这群孩子，似乎在回心转意，又咬咬牙扭头离开了。

一道两米高的红墙挡住了去路，这是返回医院的一条捷径。为了抄近路，大家已习惯翻墙出入，一般的程序是这样的：首先爬上一座半米多高的垃圾箱，再由垃圾箱攀上墙头，身体翻过去，双手扒着墙头慢慢地落下，脚尖着地，松手，整个翻墙的动作就完成了。从院外翻墙返回时难度较大，在垂直的墙体上攀上两米高的墙头，没有"一身功夫"是不行的。时间一长，墙体被磨出数处凹槽，不论大人孩子，都练就了一套逾墙术。孙老师也不例外。

孩子们也纷纷爬上墙头，目送孙老师渐渐远去的背影。孙老师没再回头，边走边抹眼泪，朝七二一医院的方向走去。

孙老师有两天没来了，孩子们闷闷不乐，少年之家没有了往日的欢歌笑语，大家都十分想念她。

"都怪你，是你把孙老师气走的。"不知是谁突然喊了一声。其他孩子也纷纷站起来埋怨和指责"肇事者"。几个年纪稍大的孩子合起伙来把他按在地上揍了一顿，还硬拉着他来到医院政工处找到孙老师，向她赔礼道歉。

结果很奏效，到了第三天，孙老师终于回到了少年之家，孩子们又恢复了往日的欢乐。不过，细心的我发觉孙老师的性情起了变化，眼神里流露出几分伤感，也不大爱笑了，两腮的酒窝也不见了，说话也不像从前那样无拘无束了。

时间一晃，四十多年过去了，孙老师那略显忧伤的眼神仍在我眼前浮现，挥之不去。

荣老师

2001 年 6 月下旬的一天，我晚饭后下楼散步，既定的目标是图强一小，三十多年前，小学一、二年级的我就是在那里度过的。

其实它并不太远，距离我蛰居的楼舍仅隔一条马路，沿一条小路西行一刻钟就能到达。可是我搬到万寿路快三年了，却一直没时间去。

原来这条小路两旁都是低矮破旧的房子，2000 年这里被确定为奥运会的一个体育场地，一声令下，几乎在一夜之间变成了一片废墟。

这天晚上我踏过满是瓦砾的小路独自走进这块场地的腹地，在两排高大的白杨树的下面，横卧着一所静谧的院落，这就是图强一小，我人生旅途中的一座小站。此处已被规划为奥运场馆及附属设施，面临拆迁，直到突然意识到这一点，我才感觉到它的珍贵价值。事情往往就是这样，平时司空见惯的人或物，觉得无所谓，一旦这个人或物即将消失的时候，你就会回想起他（它）曾经带给你的好处，担心失去他（它），于是去探望，去寻访。人们此时所要追寻的恰恰是当事人自己。

月色朦胧，我即将摸索到小学校门口，这时，一幢黑黝黝的宽大的建筑物率先映入眼帘。凭借幼时形成的方位感以及一根高高矗立的铁皮烟囱的提示，我记起来，这是学校的食堂兼礼堂。本色是红砖红瓦，经历数十年风吹雨淋，原色褪去不少，再加上笼罩在夜幕里，就变得黑黝黝的了。

记得上一年级时，我中午经常带饭——一只洋铁罐里面装着米饭和菜。一天，在课间我感到饿了，悄悄把洋铁罐里的饭菜吃个精光，于是午饭就没得吃，又不敢回家，只能孤零零地坐在教室里挨近火炉取暖。

这时，一个人探身走进教室，我认出是教导主任荣老师，她和蔼地问我："同学们都放学回家吃饭去了，为什么你还坐在这儿呢？"

"带来的午饭吃光了。"我嗫嚅地回答。

"现在是不是还很饿呀？"荣老师语气柔和地又问道。

"唔——"我低着头小声应了一声。

"那就跟我一块儿到食堂去吃吧。"不由分说，荣老师拉起我的小手朝教工食堂走去。

食堂里排队买饭的人络绎不绝，荣老师和我排着队，她问我想吃什么菜，我说不出。于是荣老师为我买了一个带肉的菜和一大碗米饭。我也不客气，坐在荣老师旁边大口大口地吃起来，刚从乡下进城的孩子胃口大，面前的饭菜被我吃得一干二净。

三十多年过去了，我站立在这幢黑黢黢的建筑面前，仿佛又坐在了荣老师身边，吃着她为我准备的饭菜，老师坐在一旁慈爱地看着我。

邻家兄妹

1983 年 5 月 22 日，我接到阿振的来信，他在业大的学习生活是轻松愉快的。

阿振是我的发小，比我大半岁，却比我高一年级。他有两个妹妹，大妹妹丽丽与我妹妹同岁，比我小三岁；小妹妹萍萍比我弟弟小一岁。双方的父母都在一个单位工作，这栋序号为 332 的五层楼房是七机部七二一医院的家属楼，大人们都是医院的同事，1964 年从部队集体转业，一所部队医院整建制转为地方医院。我家住在三层，阿振家住在四层，是上下楼的邻居，两家大人经常走动，两家的孩子也相处融洽。

我长到九岁时，和邻家兄妹更近了，因为我从三层的家里搬进了四层阿振家隔壁的一间集体宿舍，我和阿振住在里面，还有一个姓孙的老头。这间宿舍在阿振家隔壁，两间合起来其实是一套房子，由于单位房子紧张，只能分给阿振家一间房。因此东边的一间分给阿振家，西边的一间则是集体宿舍。我家也是同样，仅占据着东边稍大一点儿的房间，西边的小房间由车伯伯家居住。

话说 1966 年 11 月的一天，九岁的我瞒着家人到西郊机场混在红卫兵的人群里接受毛主席的检阅。回到家，我在自己家里照了个面就上楼睡觉了。孙老头发出阵阵鼾声，他总喜欢光屁股睡觉，我和阿振开始不习惯，但是对于长辈我俩也不好发表意见，只好随其自然。阿振也早已进入了梦乡。

第二天，整个医院就传开了一条新闻："刘医生的大儿子傻大胆，一个人跑去见毛主席了，幸亏遇上了老张。"有的叔叔阿姨见到我，拍着我的脑瓜夸奖："真了不起，一个小孩子，居然能跑二十几里路，见到了毛主席。"我听了，十分自豪，许多的叔叔阿姨都没见过毛主席，我却见到了。

有一天我捡来一截电线，剥掉外层包裹的黑胶皮，露出闪光锃亮的铝丝，窝了一把弹弓枪，和阿振玩耍起来。即将上小学的妹妹和丽丽玩糖纸和布娃娃玩得腻了，也加入到哥哥们的打仗游戏。

战场设在我家。我和妹妹钻进西边的床底下，阿振和丽丽则钻进东边的床底下，双方用板凳筑起工事。我和阿振用弹弓枪对射，两个女孩则为各自的哥哥制作和供应"子弹"。

两军对垒，"子弹"射在板凳上、床沿上、棉被上或者墙壁上，发出"噼噼啪啪"的响声。两边的孩子一边向对方射击，一边左躲右闪着对方射来的"子弹"，两个小女孩不时地发出尖叫。

有时双方阵地转移，一对兄妹踩着凳子钻进两米高的顶柜壁橱里，居高临下，与躲在床底下的另外一对兄妹对阵。

不久后的一天，我闯祸了。我在爸爸办公室里玩弹弓枪，不慎走火，一颗"子弹"射中徐阿姨左眼皮，顿时红肿起来。事后，爸爸训了我几句，没收了我的弹弓枪。从此我再也没有玩过这玩意儿。

两对兄妹又开始玩过家家的游戏，我把丽丽娶过来，阿振则把我妹妹娶过去。用花手绢蒙在"新娘"的头上，扮演猪八戒背媳妇的游戏。

这样每天算下来，那个时期我在集体宿舍待的时间比在自己家待的时间还要长。除了睡觉，我晚上还在这里做作业。我与阿振的关系总体上是好的，友谊为主，一致对外，有时也因为一点儿小事打架，我力气小，往往吃亏。

十一二岁时，我和阿振经常去三里地以外的永定河游泳，阿振学得快，我却总是往下沉。阿振教我憋气、放松，终于有一天，我的身体漂浮了起来，学会游泳的一刹那我特别高兴。有一次我们又去游泳，我的右脚掌被河底的一块碎玻璃扎了个大口子，鲜血淋漓。阿振扶我上岸，用一块手绢将伤口包住，然后搀扶我一瘸一拐地回家，实在疼痛难忍的时候，他就背我一段路。经过一座军营，阿振跟警卫说了几句，警卫打电话喊来卫生员，给我进行简单消毒包扎。我俩道了谢，继续朝父母所在医院急诊室走去，路灯下映照着两位手足情深的小伙伴。

后来，我们先后升入十一学校，阿振经常把他所学的知识亮给我看。大概到了1972年，我上初二，他上初三，一天，我见他作文本上有一段这样的描述："因为一件事老师批评了我，当时我的心情很糟，就像塌了架的豆角秧子摊了一地。"我觉得这个比喻十分生动，便问他写作心得。他告诉我，每天上学路上都要经过铁道兵大院西侧的菜地，地里种着豆角，秋后架子拆了，豆角秧子就会摊上一地，于是作文时使用了这个比喻。当时我就反思：我每天也走同一条路，也经过那一片菜地，也见过那一排排豆角架子，怎么就没能观察得这么细呢？我就此写了一篇作文对自己的这一思想活动进行了细致分析，得到了语文老师的表扬。

1975年，阿振高中毕业，到海淀区北安河公社插队，一年后分到了七机部五院；我则在这一年来到昌平县北七家公社插队。阿振曾经给我寄过十几斤粮票，说是在农村干活儿饭量大，怕我吃不饱；而他呢，已经不再干农活，饭量日减，多余的粮票给我寄来。三年后，我在插队的村里考上大学，阿振则考上了单位的业大。

养鸡

1967年，春天到了，马路旁出现一位骑车人，后架上担着两只筐，揭开布帘，原来是叽叽喳喳的鸡雏。这些毛茸茸的小家伙太可爱了，一只挨着一只，几乎没有活动的空间，颜色有金黄色的，有黑色的。孩子们叫来家长嚷嚷着要买几只回家养，家长们也抵挡不住小精灵的诱惑，于是和孩子们一起细心地挑选起来。小贩用废旧报纸叠成一只帽子形状的器皿，将鸡雏放在里面，家长付了钱带着孩子兴高采烈地捧着鸡雏回家。一时间，楼里几乎所有住户都养起鸡来。当时人们的主要精力放在政治运动上，对这种影响环境卫生的行为无暇顾及。

　　我家也买来几只鸡雏，兄妹三人制作鸡食、打扫鸡舍，忙得不亦乐乎。鸡饲料一般都是棒子面儿加青菜，不论是白菜，还是别的什么菜，放在案板上剁几下扔进盆里，倒上一把棒子面儿搅拌几下，放在阳台上，小鸡就立即围拢上来抢着吃。一家人看它们啄食，平添几分乐趣。有时鸡生病了，在家长的帮助下，我们掰开鸡喙，把药喂进去，看着小家伙身体好起来，可高兴了。

　　转眼间过去了一个来月，鸡雏渐渐长大，我们兄妹三人都有了各自的宠物。妹妹特别喜欢一只芦花小母鸡，弟弟喜欢一只黑公鸡，而我喜欢的是一只金黄羽毛的小公鸡。平时在阳台上饲养，有时放到楼下散养。三个月时鸡翅膀长硬了，我们图省事，就直接从三楼阳台往下扔，几只鸡扑腾扑腾地落了地，在楼下撒欢儿、啄食，与邻居家的鸡戏耍，公鸡为争夺地盘有时掐架，鸡冠常有血痂，一地鸡毛。

　　天要黑的时候，家家户户开始在楼下追赶捕捉自家的鸡回家。有些鸡老实乖巧，你三步两步就能将其捉拿，如果遇上调皮捣蛋的主儿，你可就犯难了。弟弟喜欢的黑公鸡就属于后一类，有一次弟弟捉鸡，那黑公鸡跟他玩捉迷藏，忽左忽右，急停急拐，弟弟一不小心，脑袋撞到对面的墙上，还流了血。

养鸡，其实是一件很矛盾的事情，看着它们一天天长大很开心，但其归宿却是餐桌上的一道佳肴。家长要杀鸡的时候，孩子们往往哭闹一场，经过家长劝说，心情才慢慢平复。

养鸡最怕鸡瘟，只要一家的鸡罹患此症，左右邻居就会不断有病鸡出现，主要症状是打蔫儿、不吃食儿，没过几天就会死去。

林黛玉葬花，我们葬鸡。默默地在楼下僻静处挖个小坑，将死鸡埋进去，上面插上一根木棍或放一颗石子作为记号，日后想起时再去看看。

采桑与养蚕

采桑养蚕在南方司空见惯，但你知道北方人也养蚕吗？听说过北京城里几乎家家户户养蚕的趣闻吗？我就经历过。

记得 1968 年，我上小学三年级那会儿，居民楼里除了盛行养鸡，还一度兴起过养蚕热潮。有一天，马路边小贩向众人出示一张纸，上面是密密麻麻的小点点，像是粘在纸上的芝麻粒儿。小贩说，这是蚕卵，过些天就能变成蚕宝宝，蚕宝宝会吐丝。后面的内容小贩不用说我们也知道，因为语文课本上讲汉语拼音，其中 S 的发音旁边配有一张蚕吐丝的插图。老师说，蚕丝织成丝绸，夏天穿在身上非常凉爽。

小朋友们围拢来，有的从口袋里掏出几个钢镚儿，凑钱购买；我身上没钱，回家翻出积攒的零钱，返回来也买了一张。

我们兄妹三人把这张纸放在一张板凳上面，时常观察动静，终于有幼虫从"芝麻粒儿"中钻了出来，一条、两条、三条……所有的幼虫几乎在同一时段都钻了出来。我们把事先准备好的桑叶放到它们身边，如同刚刚出生的婴儿寻找妈妈的乳头一样，这些小东西与桑叶有着天然的联系，几片碧绿的桑叶被顷刻啃光。从此，我们的噩梦开始了，每天天不亮就上山采桑，将带着露水的桑叶放在嗷嗷待哺的幼蚕身边，大人们才去上班，孩子们才去上学、上幼儿园。

长大之后的某一天，我和发小阿霞聊天，她家也养过蚕，在外头窗子上爬得到处都是。

"记得我们养蚕的桑叶，因为不可能天天去摘啊，我们就好几天摘一次。不是泡到水里边，而是弄一个盘子，把桑叶一片片叠好，上面盖一块纱布，每天往上喷一点儿水。我把桑叶都放在洗澡池子底下，然后每天拖出来喷点水。你家是把蚕放在方凳上，让它在上面盘着吐丝；我家是放在窗户上。

"上小学时，我们班一位同学住在八宝山村，我跟她去过八宝山摘桑叶，采蘑菇。一次，天下着小雨，山上人很少，我跟这位同学在山上走，突然从树林里出来一个男的，他抓着了我。我问：'你干吗？'然后也不知道什么时候我们就走了。我就觉得那个男的肯定是个坏人，后来我们再也不敢去了。

"她家也有一些蚕，头上有一个'王'字，吐丝特别多，我就从她那里交换了一些。我记得那种蚕好粗啊，又特别大，但是吐出的蚕丝结成的蚕茧是略呈黄颜色，原来桑叶采光了，就喂它榆树叶，于是蚕茧就变黄了。榆树到处都有，实在不行就摘点榆树叶给它们吃。那个时候还好，树上没有打药，蚕吃了榆树叶都没问题。"

养蚕的人家多，桑源有限，附近八宝山上的桑叶采光之后，父亲带领我到数里之外的老山去寻找桑树。山坡上成片的松树林，小桑树却仅有几棵，嫩嫩的叶子上带着露珠，我们如获至宝，采摘下来装进挎包，今天的蚕宝宝不会挨饿了。

当然也有断顿的日子，四周的桑树都被采光了，我们就采柞蚕喜欢的柞树叶充数，无奈蚕宝宝灵敏度高，面对这些叶面粗糙、味道异样的叶子避而远之。眼看着它们忍饥挨饿的样子，一群孩子铤而走险到红土山去碰碰运气。

红土山在田村一带，距离我家有三里地，山上有驻军，山坡上一个偌大的院子，四周有铁丝网围着，一棵高大的桑树就在院子里面。我和几个小伙伴将铁丝网撑开一个洞，一个一个钻进去，蹑手蹑脚地跑向那棵桑树，刚摘了几片叶子，就被人发现了。"你们这些小兔崽子，看你们往哪里跑？"吓得我们落荒而逃，刚刚从那个铁丝网窟窿钻出来，追赶的人恰好赶到，我的衣襟差一点儿被他扯住。

蚕宝宝已经饿了两天，当我把采来的几片桑叶放在它们身旁的时候，几十只小蚕撒了欢儿地吃起来，一会儿就吃完了。采不到桑叶的日子，我们只好拿莴笋叶子充数，蚕宝宝也许是真饿了，不管三七二十一，吭哧吭哧地吃起来。渐渐地，蚕宝宝长大了，开始吐丝了。我和妹妹、弟弟就蹲在方凳旁边静静地看它们吐丝。小小的躯体居然能够吐出那么长的丝，简直太奇妙了。

按说，桑蚕正常的饲养方法应该让其"作茧自缚"，可是我家的蚕由于放在方凳上，几十条蚕宝宝吐出的丝在方凳表面织成了一张二尺见方的蚕茧。

次年春天，蚕茧里面的蛹变为蛾子，蛾子破茧而出、甩卵，蚕卵又生成小蚕，长大后又开始吐丝，如此循环往复。有诗云：

作茧自缚自有因，冬眠蛰伏待春临；

春蚕到死丝方尽，悄然蜕变遁世隐。

养蚕的过程不仅让我了解了桑蚕生长、蜕变的全过程，而且使我体验到了采桑的艰辛，领悟到了"春蚕到死丝方尽，蜡炬成灰泪始干"诗句的深刻含义，进而认识到许多人生的道理。在这个过程中，我也渐渐长大，由一个懵懂贪玩的顽童成长为一个求学上进的翩翩少年。

冬猎

下雪天在山上追逐野兔是我儿时经历的一件事。

大概是小学五六年级的时候，我和阿振上山玩耍，雪深半尺，没过了我的棉鞋。其中一个游戏是在雪地上踩脚印，可以踩出五花八门的图案。我们还玩打雪仗，山上的雪黏性大，两只手使劲一攥就是一个结结实实的雪球，我们在山野里互相追逐。突然，一只野兔从眼前跑过，于是成为我俩共同的追逐目标。

野兔子一蹿一蹿地跑，每蹿一下有一米多远，我俩死命地追，追到一定距离，兔子没影了，但是还有爪子印儿留在雪地上。我俩循着爪印儿继续找，这印记一直通向一个碗口大的洞，爪印儿在洞口消失了。

兔子肯定在洞里，我俩找来一根树杈往里捅，洞很深，没效果。阿振突然想起一招——用烟熏，把兔子给熏出来。正好他口袋里有一盒火柴，于是我们做了分工，一个人守在洞口，另一个四下拾柴。不一会儿，洞口前堆起一堆干草和树枝，阿振背冲着来风方向划火柴，前两根火柴都没有点着，就剩最后一根火柴了，成功与否在此一举。

只见阿振小心翼翼地摸出火柴，我也凑近他帮助挡风，"嚓"的一声，干草终于被点着了，升起一股浓烟，我们找来一块破木板，使劲地往洞口里面扇风，不一会儿，那只野兔子就蹿出来了，我俩猛扑上去，可惜没有抓住。

野兔没抓到，我俩又打起麻雀的主意。第二天我们用铁丝和细钢丝制作了一副铁夹子，来到七二一医院西侧，那里有两个猪圈。

猪圈的矮墙上也覆盖着积雪，我们将夹子放在矮墙上，猪圈猪槽经常有麻雀光顾。它们一般先飞到猪槽旁边的矮墙上，观察猪槽里是否有食儿，猪是否在睡觉。如果这两个条件都成立，麻雀就采取下一步行动——飞落至食槽偷吃。

所有这一切我们通过侦察了如指掌，如今就要实施计划了。我们放好铁夹，拉开带有弹簧的机关，支上一根小木棍，在夹子上面撒上一些雪进行伪装，然后悄悄撤离，躲在十几米远一个土堆后面，静候麻雀飞来。

环顾四周，白茫茫一片，从南边飞过来几只麻雀，我们怕被发现，大气不敢出，身体也不敢动。

麻雀飞至猪圈上空，稍作盘旋，叽叽喳喳地落在矮墙上，没有踩到夹子，我俩的心提到了嗓子眼儿。这些贪嘴儿的小家伙在矮墙上稍作停留，便呼啦啦飞到猪槽里吃食。矮墙上还剩下一只，仿佛在为同伴放哨，夹子没被踩中。这时吃完食儿的麻雀飞回到矮墙上，得意地抬起爪子梳理羽毛，突然听到"啪"的一声，其中一只发出惨叫，痛苦地抖动身体。

"夹住了！夹住了！"我俩兴奋地从土堆后面爬起来朝猪圈的矮墙跑去，其他麻雀见状呼啦一下吓跑了。这只可怜的麻雀，一只腿被牢牢夹住，似乎已被夹断。我俩将它取下，收好夹子打道回府。有道是：

　　野兔机警藏深洞，烟熏火燎落荒逃；

　　麻雀贪嘴觅猪食，得意忘形中圈套。

知了

　　一到盛夏，树上的知了就会"吱啦吱啦"地叫，吵得人连午觉也睡不好，挺烦人的。放暑假了，我找来一根长竹竿子，顶端抹上胶粘知了。

　　粘知了有两种胶，一种用沥青，黑乎乎的，加热后迅速涂抹在竹竿顶端，黏性大，只要一粘上知了的翅膀，对方就难以挣脱。沥青胶的缺点是容易变硬，费很长时间发现了树上的知了，刚要去粘的时候，却发现竹竿上面的沥青已经发硬失去了黏性。相对而言，用面粉制作的面胶黏性强，制作方法也很简单，取一点儿面粉放点儿水，在手心里捏成面团，然后放进嘴里反复咀嚼，有点儿像嚼口香糖，直到形成黏糊糊的面胶。

　　那时候，我大概上小学三四年级，视力尚好，只要循着知了的叫声，很快就能发现它在树上的具体位置。我将口中嚼着的面胶叫出来涂抹在竿子头，然后不动声色地将细长的竹竿轻轻地举起，瞄着树干或者树枝高处的那只知了，屏住呼吸，因为稍有偏差就会前功尽弃。就在相差毫厘之间的时刻，我稍一用力，将竹竿顶在它的翅膀上。它会扑腾几下，但往往徒劳无益；当然也有挣扎逃脱者，那样的话，我就成了遗憾和沮丧的角色。

　　粘知了纯粹是为了好玩，粘下来的知了攒成一小堆儿，如果良心发现我会放生；有时我也会用细铁丝将其串起来，放在火堆上烧烤，成为我和小伙伴的美味佳肴。其实也没多大嚼头，因为它的躯体总共才有半节拇指般大小，除了胸脯肉之外，其他部位没啥可吃的。

　　知了是由知了猴变出来的。每逢雨后清晨，只要到路旁的树林中走上一圈，总会发现树根附近的地上出现一小堆一小堆新鲜的沙土，用小木棍将沙土拨开，便会出现一个个口径约为一分钱硬币大小的洞口，知了猴就是从中爬出来的。它爬出洞后，会在第一时间爬上最近的一棵树，在树上蜕壳，变成带翅膀的知了，此时的知了呈绿色，连翅膀也是透明的淡绿色。接着它再爬到树干或树枝的更高处，躯体及翅膀很快变成了黑色，没过几日便会变成声震四野的知了了。

　　至于知了秋后如何产子，如何变为知了猴，又如何从地下钻出来的详细过程，当时的我不得而知。

　　知了猴蜕下来的壳，孩子们俗称知了壳，学名叫蝉蜕，可入药。我们把蝉蜕收集起来卖给收旧货的换些零钱。妹妹、弟弟和我的许多作业本、铅笔、橡皮，就是靠卖知了壳的钱到商店买来的。半透明的知了壳很薄很脆，弄不好就会破碎，我们小心翼翼地捧在手心里交给收货的摊主。有人总结道：

　　本为地下知了猴，一夜之间爬树上；

　　金蝉脱壳迷魂术，且听鸣叫响四方。

面起子的故事

2020 年 7 月底的一天早晨，我用饼铛制作薄饼，为了提高营养价值和口味，面包粉里面加入了奶粉、白糖、小麦胚芽、盐，另外为了让薄饼吃起来松软，还放入几克酵母粉。我自然联想到小时候在永定路三街坊 332 号楼邻居相互间借用面起子（面肥）的往事。

每次做馒头或包子时都要从大面团上揪下来一小块单独存放，当作下回发面时的引子。有时候蒸锅已经冒出了热气，我才猛然想到忘记留下面起子，难免自责一番。还好，同在厨房做饭的邻居柴阿姨或者陈叔叔劝我别着急，他们从自留的面起子上面揪下来一疙瘩递给我，我充满感激地连声道谢。

记得当时三四户使用一间六平方米左右的公共厨房，靠西面窗户的炉子是柴阿姨家的，两口子都是河南人；靠北边的炉子属于陈叔叔家，他是贵州人，爱人李阿姨是甘肃人；门伯伯好像也是河南人；我父母是河北人。每到做饭时就仿佛在进行厨艺比赛，三四家做出的饭菜各具特色，柴阿姨家喜欢做一种发酵的面饼，闻起来有些臭，其他人不爱闻，可她家人吃得却很香；陈叔叔做的菜几乎都带辣椒，一旦他家炒菜，另外三家人都要躲进自家屋子，把房门关得严严的，否则辣椒味道会把我们呛得眼泪直流，咳嗽不止；我家擅长做馒头、包子、疙瘩汤，真可谓八仙过海，各显神通。各自的拿手菜做出来之后，还会分送给左右邻居品尝。当然了，也会经常出现互借面起子的情形，说是借，其实也不用还。用一首打油诗来描绘那时的景象：小小厨房聚人气，五湖四海比厨艺；相互走动寻常事，彼此分享结情谊。

蓦然回首，这已是三十年以前的事情了，后来父亲单位盖了新楼房，职工们的居住条件大大改善，都有了独立的厨房，再也不用几户人家挤在公共厨房"比试厨艺"了。在三十来年的沿革中，父辈的居住条件改善了，子女们也纷纷离家单过，像我，正在自家的厨房里用一只透明的玻璃盆调配制作薄饼的材料。我做饭没有一定之规，每一次都会调整食材及作料的配比，有点像科学家研究和制造青蒿素，每次实验都要调整各种材料的配比一样。

我当仁不让地自诩为美食家，甚至幻想过开一家小吃店，兜售自制薄饼。饼铛缝隙中冒出一缕缕蒸汽，发出轻微的"吱吱吱"的声响。我掀开锅盖，用木铲将薄饼移出，盛入一只白色瓷盘，然后用筷子弄出一小块夹起来送入口中，我情不自禁地连连称好，并立即分享给老婆品尝。每当我自鸣得意之时，我仍会回忆起当年在 332 号楼公共厨房做饭时邻里间互助的场面——朴素而温馨。

拉练与姜汤

1969 年毛主席发表著名的"11·24"批示，北京各中小学校紧急组织学生拉练备战。当时我在玉泉小学上六年级，十一二岁的孩子背着背包，背包上挂着脸盆，斜肩挎着书包和水壶，整个队列走起路来，"叮叮当当"响成一片。

经常有紧急集合，睡意正浓时突然被急促的哨声惊醒，打起背包就走。平时动作慢一些的同学吓得不敢脱衣服，和衣而卧。有一位女同学，动作特别慢，每次集合都是最后一个，有一次黑灯瞎火的，竟然将裤子套在头上冲出了房门。

行进途中会突然响起防空警报，我们就地卧倒，或者抢占沟渠的土坡等障碍物躲避；警报解除，大家从地上爬起来，相互拍打身上的尘土，整理好背包等行李继续整队上路。

拉练的终点本来设在昌平县的十三陵水库，后来不知何故，队伍行进到昌平县沙河公社的窦各庄便驻足不前了，在村里住了两三天。

我和几个同学住在一户老乡家里，房东家有一个很深的门洞，两边堆放着几根木头和一堆柴火。吃饭的问题基本上是自己解决，学校发了白面和白菜，通常是烙饼，也擀过几回面条。

我们帮助房东干农活儿，挑水、扫院子我们都能做。一次我们跟着大车去送粪。正值腊月，村北的沙河水结了冰，马车可以在冰上行驶，马蹄子在冰面上不时打滑，好在距离对岸田地越来越近……

1971年初中拉练再加上支农劳动，一周之后我们打点行装回家，途经海淀区青龙桥附近遇上一场大雨，浑身淋得湿透。我们冒雨行进二十余里，回到十一学校大门口时已是晚上八九点钟。在校的老师们连忙把我们迎进礼堂，帮助我们卸下背包，坐下来休息，然后又嘱咐我们取出随身携带的小水杯到过道里盛姜汤。

原来在校的老师们知道今天我们要返校，一看下起大雨，估计我们进退维谷，淋成了落汤鸡，怕我们感冒，于是赶紧跟学校食堂联系，熬制了几大桶姜汤搬到礼堂的过道里，只等我们到达。

看到我们这些十三四岁的孩子，一边拧干淋湿的衣服，一边喝着热腾腾的姜汤，在场的学校领导和老师这才松了一口气。

我们稍稍休整之后，就有学生家长打着雨伞赶来将自家孩子接走。我和几位同学收拾好行装结伴回家。到家后，父母赶紧让我把湿衣服脱下来，换上干衣服，吃热饭菜。他们把我的背包打开，还好，外面蒙着一层塑料布，被子大部分还是干的。有道是：

学农拉练夜行疾，狂风骤雨突来袭；

热热乎乎姜汤水，及时接应"落汤鸡"。

阿霞归队

2012 年 9 月中旬的一天，我接到初中同学赵海生的电话，约定 10 月 2 日 10 点初中同学在十一学校聚会，参加校庆。我答应他给初中同学们发一个群发短信，因为前些年我们初中同学曾经聚过一次，我手头有一份详细的名单。

查阅通讯录，我发现了阿霞的名字，这是一个既熟悉又陌生的名字。说她熟悉，是因为我们两家从前是上下楼邻居，从小就熟悉，初中又在一个班；说她陌生，是因为初中一年级下半学期的一天，她突然转学，跟随父母远离京城，而且一晃就是四十年，中间再没见过面。

数月前听发小阿力讲述过春节期间他和维娜、阿霞及其父母在阿枫家里聚会，他应该知道阿霞的电话号码。阿力说有是有，但是在电话本上，晚上查到后再告诉我。他正忙于十一学校宣传队画册，马上就要出版。

次日，阿力给我发短信，告诉我阿霞的手机号码，我随即给阿霞发了短信：

"阿霞你好，经海生组织，10 月 2 日上午 10 点在十一学校聚会参加校庆活动。2008年初中同学聚会时许多女生都提到你，虽然你在7152排没待多久，但大家对你印象很深，四十年过后，希望见到你。刘建鸣。"

没过两分钟，她就回了电话。她的嗓音属于女中音，仅凭这嗓音我难以确定对方就是阿霞。当年离京时，她只有十四岁，正在变声阶段。

"记得你走的时候是1971年。"我说。

"你的记忆力真好，是1971年。"阿霞惊讶地说。

我说："昨天接到赵海生的电话之后，我就短信群发给了二十几位同学，可是不知道你的电话，忽然想到阿力曾经对我说过，今年春节你们在阿枫家里有一次聚会，才从他那里得到了你的手机号码。"

她担心10月2日那天去了之后，跟大家都不认识。我安慰道，没关系，前些年聚会时大家也是三十多年没见面了。那天，几位女生都问起你，说还到过你家里为你送行。

她说："我见过你的照片。"

"你怎么会见过？"我很诧异。

"上次在阿枫家里见过你们聚会的照片。"

我记起来了，几年前阿力组织过第一次发小聚会，照片肯定是那一次拍的。

她回忆说："小时候我家就住在你家楼下，我对你印象最深的是，你不爱说话。"

我问："你父母身体还好吗？"

她说："我爸爸现在七二一医院里住院呢。"

"多大年纪了？"

"八十五岁了。"

"哎哟，比我爸爸大十岁呢。"

"我跟你爸爸、妈妈很熟，你爸爸前些天还到病房里来看我爸爸呢。""我还看过你爸爸写的书，见过你的照片，在我印象里，你特别不爱说话。"她再次点击我的软肋。她的记忆无懈可击，真实再现了当时我的特点。

"你们当初全家人去了什么地方呀？"

"西北的一个地方。后来落实政策，迁到了湖南长沙。"

校庆头天晚上，我接到阿霞的电话，她说别人都不认识，想打退堂鼓。我说咱们俩也有四十一年没见面了，见面也不认识。这样吧，等到了学校门口咱们就相互打电话。后来又约好了在九街坊接她，坐我的车去学校。

第二天上午9点半，我开车赶到九街坊东门口。路边背冲马路站立着一位梳着马尾辫的中年女子，我猜可能是阿霞，但是有所怀疑，因为那女子身材苗条，并无中年妇女普遍发福的那种体态。我停下车，那女子正好转身过来，没等我询问，对方直接朝我走来。一是车来的时间很准时，二是在阿力那里曾经看过我的照片，尽管隔着玻璃窗，她还是能够确定我就是她要等的人。我不假思索地将右车门开启，那女人坐在我旁边。几句寒暄过后，我断定是阿霞无疑。我说，前些年我帮助爸爸翻拍老照片，其中一张合影里面有你爸爸，你长得很像你爸爸。在驶往十一学校途中，我们攀谈起来。

"我还是怕班上的同学不认识我。"这是她第三次对我这样为难地说。

"不怕，你就跟着我，我会给你介绍的。"我说。

把车停在路边，我们来到位于西门的报到地点，早有十几位身穿深绿色制服的男女学生一字儿排开，将课桌上登记用的花名册递给我们，在其中的一本红色花名册上，我找到了海生、阿奇、阿群、阿启、鹏光、学芳、阿虹、福生、庆友等人的名字，可是没有我和阿霞的名字。其实这份名单仅供参考，据我所知，前面出现的同学中阿奇和阿启二人早已过世，显然这是一份过时的名单。

按照学生的指引，我们在花名册上签了名，领了一个书包和花名册以及餐券。这时接到海生的电话，他与魏伟、姜尽忠等人已经会合，正在向报到处靠拢。不一会儿，他们三人以及王红、张翠英、任勇也先后到达，我们排今天共来了八位同学。

海生陪着一位头发花白的老太太走过来，原来是教语文的胡老师，她七十九岁了，依然记得我，还记得我妹妹，原来我初中毕业之后她当过我妹妹的班主任。我取出录像机将此场景拍摄下来，我和胡老师交换了手机号码。

来到八角楼，海生说，八角楼两侧保留了两间教室，位于西侧的一间教室正是当初咱们（7152排）的教室，作为学校博物馆的组成部分幸运地被保留了下来。我们围坐在一张大方桌旁边的长条椅上，每位同学在我的摄像机前都说了一段精彩感言。丽华正好赶到，与阿霞亲热地雀跃拥抱，她俩曾是很要好的同学，阿霞至今仍珍藏着她俩和住在科大的万玲的合影照片。

在博物馆的展品中，我们看到了班主任甘老师的照片，他是国家级优秀教师，前些年积劳成疾不幸去世。我们怀着崇敬的心情站在甘兰佑的照片前合影。从前那位风风火火，却在调皮学生面前无计可施时吹响全连紧急集合哨召开批判会的五连连长，那位教我们几何时眉飞色舞的班主任，那位运动会上的短跑健将，如今又和我们站在了一起。

　　我们还见到了音乐王老师上世纪 50 年代初身着军装的照片，许多人驻足观赏。在我印象里，她教课时嗓音沙哑，据说年轻时用嗓过度损伤了声带；她与另外几位老师创建了十一学校文艺宣传队，以排演红色芭蕾舞剧《红色娘子军》闻名遐迩。前不久，八十多岁的她因病去世。

　　阿霞像一个小姑娘一直紧跟着我，生怕走丢了似的。得空的时候，她向我零零碎碎地回忆起儿时发生的事情。

　　她家在 332 楼 3 单元时住在二层，青云家的下面。她爸爸是传染科的教导员，转业前是大尉，妈妈是托儿所的老师。

　　她小时候和孙伟关系好，她自己是个孩子头儿，建平、阿丽等年龄稍小的女孩也都愿意跟她一起玩。

　　她在妇产科楼下的地下室里见过装在广口瓶里的死胎，其中有一个是葡萄胎。……

　　她的记忆几乎完全停留在四十年前那段时光里，但是我听来却毫无生疏感，因为我也是亲历者。

　　我们排很幸运，从前我们年级有六个连，每连四个排，共有二十四间教室，现在只留下与八角楼相邻的两个教室，而西边那间教室恰恰就是我们排的。假如校史博物馆一直办下去，我们的教室也会顺带被长期保留下去。

　　八角楼教室前后门旁边各有一个面积约两平方米的小房间，其中后面的一个小屋是冬季堆放煤块和劈柴的储存室。海生每天来得特别早，帮助其他同学生炉火。任勇说，在他印象里自己从来没有生过火。我打圆场说，你来得也很早，但是得参加学校篮球队的训练。我又对王红说，你和彭娅丽要去学校文艺宣传队训练，所以教室里生火的事情全由其他同学做了。

我说记得这个小房间的门不知被谁踹了一个洞，有一天，一只黄鼠狼被卡在洞内，同学们纷纷看热闹。海生说，建鸣的记忆力真好，一点不假，当时可能是这只黄鼠狼想通过这个洞跳出来，没想到被卡住了。后来被生物老师给捉走了，可能被做成了标本，也可能放生归野了。

对于这个小房间的用途，魏伟等人猜测是不是关禁闭的地方。海生以肯定的口吻说，很有可能。记得当年"文革"红卫兵"造反"，李文普老师就曾被关在这样的一间小屋里面反省，一天一夜没吃没喝。他出身地主家庭，又发表过几句不合时宜的言论，被人举报过。（参见《伯乐》）

从八角楼出来，我们又来到位于体育场下面的科技馆，里面有汽车的部件、各式车床的使用方法等介绍。这所全市闻名的现代化中学在教育方法上的确高人一筹。

我们初中时参加校办工厂劳动，也跟机器设备打交道，生产出来的是密封工作台。（参见《在学工劳动的日子里》）

参加完校庆活动，我开车送阿霞回家。我把车停靠在九街坊北门口，两个人就在车里继续聊天。说得最多的是小学和初中的旧事。

我抬手看看手表，将近下午4点了，不经意间，两个人在车内竟然聊了两个小时。

我坐在驾驶座，她坐在后座的中间部位，为方便交谈，我曾经邀请她坐在副驾驶座位，可是她没有动，坚持在原地，"我就坐在这里吧，没事。"她说。就这样，她看着我的后脑勺说话，我则不时地扭转脑袋，与她做一些必要的互动。

这是我和发小阿霞四十一年后第一次见面。她对儿时的记忆很清晰，可以弥补我的不足。再后来，我又促成了阿群和阿霞这两位好朋友的重聚，我有一种成就感。阿霞已不再感到孤独，因为她已归队。

俊龙哥和他的画册

　　我对绘画有兴趣，高中时曾以十年大庆天安门前阅兵的一位礼兵的照片为摹本，临摹过一张素描。指导老师姓郭，名儿安，一座部队大院子弟，发小阿振的同班同学。儿安有绘画基础，尤以素描和油画见长。听说我想学画画，儿安就让我找来一张照片做摹本。我小心翼翼地从床下取出来一本画册，儿安和阿振边看边赞不绝口。他们问画册的来历，我说，画册原来的主人是俊龙哥。

　　俊龙哥是军事医学科学院的一位军人大学生，与我是老乡，比我大八九岁，当兵后做卫生兵，后被推荐上了大学。他常到我家串门，跟我父母唠家常。某个周末他来后说，本周要上解剖课，下课后他能分到几斤狗肉，让我去取。那天晚上我骑车去俊龙哥那儿取狗肉。

　　我经常到他宿舍里玩，那天他向我展示了一台半导体收音机，是他新买的，六十多元。我欣赏了一会儿，提出还想看画册。于是俊龙哥趴下身子从床底下翻出来递给我。我如饥似渴地翻阅起来。

　　严格来说，这是一本画报剪辑，用硬纸板、道林纸和透明衬纸手工制作的画册。里面贴满了从上世纪五六十年代的旧画报上裁剪下来的图片，绝大部分反映的是苏联人民的生活景象，也有一些是齐白石等国内画家的作品。原来，学院图书馆有一批旧画报作价处理，俊龙哥买了几本，他将中意的作品剪裁下来粘贴在一张白纸上，表面上衬一张透明纸；然后如此反复，叠加在一块，达到约三厘米的厚度；再用两块硬纸板前后一夹，钻两个洞，用两根线绳穿起来系好，一本两尺长一尺宽的画册就装订好了。

我第一次打开画册时惊呆了，世上居然还有如此美妙的绘画和摄影作品，我一页一页地翻看，看了一遍又一遍，几乎忘掉了时间的存在。直到军营里吹起了熄灯号，我才依依不舍地把画册交还给它的主人。

后来我寻找各种各样的理由到俊龙哥宿舍去玩，而每次去的目的都很明确——翻阅和欣赏那本画册。因此那天除了领取狗肉，我又提出看画册，俊龙哥知道我的心思，再次满足了我的愿望。如果把狗肉比作物质食粮，那么这本画册就是我的精神食粮，对于我来说，画册比狗肉更具吸引力——一种持久的吸引力。

儿安和阿振不禁对俊龙哥肃然起敬，儿安从画册中甄选出一张国庆节礼兵的照片，三下五除二，在一张白纸上画了一张素描，然后鼓励我道："你来试试。"儿安老师手把手教我如何掌握比例，如何画龙点睛，一小时后，我有生以来第一张像模像样的人物素描诞生了。

我把俊龙哥及其画册的故事讲给阿振和儿安听，他俩饶有兴趣，追问俊龙哥的下落，相较而言，他们对画册主人的命运更为关注。

话说俊龙哥经常到我家来，每次都要带一些肉和菜，和我们一块包饺子吃。后来，我发觉他来的频次越来越高，直到有一天，我才突然发现了其中的秘密，原来他正在托我父母给他介绍女朋友。

我家邻居王阿姨是一位抗战时期参加工作的老干部，有四个女儿，其中老二长得最漂亮，初中毕业后到北大荒兵团，两年后病退回京，分配到一家工厂工作，年龄与俊龙哥相仿，于是在父母的撮合下交上了朋友。

　　两个人见过几次面，俊龙哥似乎更主动一些，明年他就要毕业了，他想在毕业之前把婚事敲定，留在北京工作。可惜的是两个人最终没有走到一起。

　　一次我们全家坐在一起吃晚饭的时候，父亲道出了真正的原因：王阿姨的这个二闺女一直和一位北大荒兵团男同学保持着密切联系。当时的形势比较胶着，俊龙哥从军事医学科学院毕业后将成为一名军医，而那位前男友回京后是一个普通工人，两相比较，王阿姨当然倾向于前者。可是感情这东西往往在关键时刻勇敢地站出来大喝一声："让开！跟我走。"结果，王阿姨的二女儿还是选择了前男友的怀抱。

　　不久，俊龙哥毕业了，即将分配去四川工作。临行前的那个晚上，他最后一次来我家吃饭，也算是道别；然后我依依不舍地来到他的宿舍为其送行。

　　"建鸣，给你个东西留作纪念，你要不要？"俊龙哥边说边蹲下身，从行李箱中取出那本画册，递到我手里。

　　我简直不敢相信，这是真的吗？我真的曾经有过这样的愿望——要是这本画册归我该有多好！可是当俊龙哥把它送给我的时候，我又犹豫了。

　　"还是你自己留着吧，为了积攒下这些图片，你花费的心血和时间太多啦！说什么我是不能要的。"

　　"你就收下吧。"俊龙哥说，"看得出来，你是真喜欢，交给你收藏我就放心了。喏，这后面还有几张空页，希望你继续搜集、积攒，将它贴满。"

　　于是，从那个夜晚开始，这本画册就换了主人，至今已在我身边珍藏了四十多个年头。每次翻阅它，都会令我回想起那位身板挺直、目光炯炯、心地善良的军人，他的身影已铭刻在画册中，每每在里面闪现。

再后来，听说王阿姨的二女儿离了婚，自己带着孩子与母亲一起生活。而俊龙哥那边也没有了消息。

至于那本画册，曾经遭遇过一次劫难，还好，大部分图片被保存了下来。有诗叹曰：

俊哥失意在情场，画册馈赠奔他乡；

行色匆匆苦别离，音信全无两茫茫。

白菜窖

记得小时候冬天来临之际，每家都要储存大白菜，品质好的可以卖到四五分钱一斤，品质稍差的两分钱一斤，凭副食本按人限量，好赖搭配，家家户户至少要买来五六百斤。货源紧张，要排很长的队，靠发号维持秩序，我就曾经找科大的莺儿拿过号，她家离菜站近，她起得又早，往往能排在前列。

白菜搬到家里之后，我们掰掉烂菜帮烂菜叶，帮助母亲给白菜分类，个儿大的、饱满硬实的挑出来想办法储存；个头儿小的、散芯的用来渍酸菜。其制作方法是这样的：将白菜根切掉，切成两三块，在盐开水里面沾一下，晾一晾放进缸里，再装满凉凉的盐水，再将事先准备好的大块鹅卵石压在白菜上面，然后密封，待上个把月即可食用。还有一种腌制大白菜的方法，有点儿类似朝鲜泡菜：大白菜破开四块，用盐开水烫一下，捞出来凉一凉，将事先备好的切碎了的姜、蒜、白酒和辣椒酱，调成糊状，涂抹在白菜上，放进缸内，密封个把月后即可食用。不论是酸菜还是泡菜都怕热，我们放在走廊等阴凉处，现吃现捞。

也许有人会问，这泡菜的制作方法是谁教的？巧得很，我们住的那栋楼一层有这么一家，女主人是朝鲜族，会做泡菜，邻居们包括我母亲就是跟她学的，一传十十传百，制作泡菜的秘诀很快就家喻户晓了。

北方储存大白菜，最好的办法是挖菜窖。农村老家的菜窖我见过，一次回老家，要包饺子，我跟着叔叔来到村口菜窖取白菜。我一边观察菜窖的结构，一边听叔叔讲解建造的方法。

首先在平地上挖一个长宽各四五米，深约三米的方坑，上面搭上木头、秫秸，再盖上一层黄土，只留一个两尺见方的洞口，加上盖子。洞口下面伸进去一把木梯，三两人相互传递，将白菜从地面搬进菜窖，码好。然后再将洞口盖严。

一般情况下，里面有梯子，取菜时，人顺着梯子下去，把白菜取上来。可是这一次，我发现菜窖里面没有梯子，只见叔叔站在洞口边上，将随身携带的一根细长的枣木棍儿伸进洞去，木棍的一头是削尖的，叔叔像渔民在河中用渔叉叉鱼那样，刺向一颗白菜，接着拎上来。我帮助把白菜从木棍上取下，只见白菜出现一个核桃般大小的创口。反正要被剥开洗净切碎，做饺子馅的，想到此，也就不再认为眼前的窟窿是缺憾了。

挖菜窖储存过冬大白菜，对北方农民来说，是一件寻常易事。而对于城市居民来说却是个大问题，因为没有合适的地方挖菜窖。不过，他们因地制宜，发明了许多储存大白菜的简易办法。

上世纪六七十年代，我家楼下墙外的空地曾被挖开许多坑洞，长约两米，宽、深约一米，这就是居民挖的一种简易菜窖。这种菜窖的储存方式非常简单：首先在坑底码上一层大白菜，盖上一层黄土；然后再码上一层白菜，盖上一层黄土。码放数层之后，几百斤白菜就全被掩埋储存妥当。每当取菜时，只要将上面覆盖的黄土拨开，取出后再用黄土覆盖即可。这种方式很见效，白菜不会冻伤，也不会烂根。

后来墙外的空地成为火车运输的临时堆料场，储存大白菜的地方转移到了楼梯过道或阳台。在阳台上摆放成一溜儿，晾晒半天之后，层层码放，外面用破旧棉被、褥子或草帘子遮掩得严严实实。与简易菜窖比较，这种储存效果明显欠佳。天气特别冷时，外层的白菜往往被冻坏，洗菜时需要剥掉冻坏的菜帮烂叶，剥来剥去，仅剩下可怜的菜心勉强能够食用。

铁轨

北京地铁 1 号线建造时在玉泉路至田村之间开辟了一条铁路线，时常运来粗壮高大的原木，我家住的楼房墙外的一块空地变成了临时堆料场。孩子们与这条铁路结下了不解之缘。

这条铁路南北走向，与七二一医院西北侧一家木材厂（地铁 1 号线施工的一处木材集散地）相连，中间由一个道岔衔接。孩子们去玉泉小学上学喜欢踩着枕木或者铁轨上下学，个个都练就了走独木桥、平衡木或竞走的本事。在枕木上行走时总会下意识地数数，看看从家门口到前面那个岔路口之间到底有多少根枕木。不过每一次清点的数目都不一样，不知什么地方少数了几根或者多数了几根。

在铁轨上快步行进，不像在枕木上行走那样从容，稍不留神便会从铁轨上掉下来。在铁轨上行进的姿势与竞走运动员的规定动作有几分相似——两只脚走一条直线，脚不能抬得过高。为了保持身体的平衡，手臂须灵活挥舞，臀部须适度扭动，这样才能保证走得既快且远。

如果两位小伙伴一起上下学，会不自觉地各走一条铁轨，看谁在铁轨上走得快，看谁从铁轨上掉下来的次数少。可以想象，几百个孩子一起上下学，有一半习惯于在铁轨上行走，想想看，那是一种多么壮观的景象啊！

火车由北面驶来的时候，往往要鸣笛示警，伴随着火车头发出"呼哧呼哧"的喘息声，巨大的车轮在蒸汽机的驱动下缓缓地转动，一串串或黑或白的烟雾从火车头烟囱里喷出。铁道的东侧紧贴着铁家坟村的一片果园，西侧与一条柏油马路相邻，在马路边上行走的孩子们一边跟随火车奔跑，一边向火车司机招手。

有时火车会在铁轨上较长时间地停留，我和小伙伴们靠近火车头，研究其构造和动力原理，有时也会趁人不备爬上车厢，查看车厢里的木头，捡些废弃的铁丝制作弹弓。

有时工人会把木头卸在墙外的空场上，木垛呈金字塔状，高度有十多米，被铁丝固定住。孩子们会在木垛上比赛，看谁爬得快，还玩捉迷藏。遇到复习考试的日子，有的孩子还会爬上高高的木垛，坐在顶端闹中取静，看书学习。

1969 年，铁路西侧的科技大学迁往安徽，设备和家具装了很多节车皮，其中有一架米格战斗机，我还曾登上去坐在驾驶舱里模仿开飞机的动作。

这条铁路往南一直延长至玉泉路。1971 年开始，我到十一学校上初中，不论上学放学，这段铁路都是必经之路。那时，地铁 1 号线（我国第一条地铁，采用开膛式挖掘，地槽中钢筋混凝土的箱式结构逐渐封闭，上面覆盖一层厚厚的夯土，再往上铺设一层水泥路面）已经完工，我仍习惯踩着枕木行走，偶然还在铁轨上疾步行进，不过随着年龄的增长，这种儿时的游戏越来越远离了我的视野。直到有一天，这段铁路一夜之间被拆除，在铁轨上行走的乐趣只有在梦中寻觅了。

梦境中，这段铁路得以复原，我和小伙伴们张开双臂，挺胸抬头，直视前方，迈着碎步在铁轨上摇摇晃晃地行进。随着距离的延长，两条平行的铁轨逐渐向中心收拢，最终汇聚成一个点。

在学工劳动的日子里

2020 年 11 月中旬的一天，我和夫人驱车到京西首钢园转了一圈，这是我第二次到此参观，一年前我曾经跟随单位退休人员集体参观过一回。尽管对景物敏感度和新鲜感有所降低，但也为我另辟蹊径、寻找新的景点提供了机遇。

这不，我们在秀湖北岸双人滑冰不锈钢雕塑前拍照之后，东行两百米，在体形庞大、巍峨矗立的"四钢炉"旧址的北面发现一处"星巴克"，里面的多数人不是品咖啡，而是各自独处一隅，在笔记本电脑或者平板电脑上面操作着。有男有女，年龄大都在二三十岁，看样子不像是游客，而是园内高科企业的员工。

在"四高炉"的脚下，边墙呈瓦楞纸状的裙边建筑内，有一家啤酒馆。还不到就餐时间，馆内没见到食客。啤酒馆的后门正对着秀湖，远处的小山顶上有一座垂檐尖塔，在初冬的阳光和红红黄黄绿绿植被的衬托下显得格外醒目。走廊里摆着七八张餐桌，三两对散客在吃冰激凌。

游览拍照之余，我想起初中时曾经在首钢参加过一次学工劳动，就在"四高炉"附近的一块空场上，我筛过沙子。时间大概在1973年夏，我上初三。当时的厂区粉尘浓度大，空中飘浮着一层层颜色不断变化的气体，掺杂着一种微微呛人的味道。带领我们干活儿的是一位中年女工，身体稍胖，和蔼善良，经常打来汽水慰劳我们这些"学生工"。给我留下最美印象的是在职工食堂吃午饭，大米饭，馒头、花卷等品种繁多的面食，菜中有肉，比在家里吃的要强得多。

这就是47年前我在首钢的一段学工经历，如今，近半个世纪过去了，炼钢厂早已迁到了曹妃甸，原址被改造成了一处工业遗址供游人参观，沧桑变化，实在令人感慨！

算起来我在中学时期除了在首钢参加过一次学工劳动，在其他几个地方还参加过四次学工劳动。

第一次学工劳动是上初二时在十一学校校办工厂跟随师傅制作密封工作台。我先后在三道工序上干过活儿，一是用砂纸给金属框架除锈，砂纸分为若干号，有粗砂纸、中砂纸和细砂纸，使用的次序由粗到细；二是刮腻子；三是喷漆，全程戴口罩、帽子，胳膊上戴上套袖。三道工序中，喷漆难度最大，如果喷得不匀，师傅检查发现后要用砂纸打掉重喷。也就是在那次学工劳动时，我认识到了电焊弧光的厉害，校办厂的一位老师在我们上岗前反复强调不要用肉眼直视电焊的弧光。他说他曾经做过一次实验，在没有佩戴防护镜的情况下用肉眼看了电焊枪发出的弧光，时间虽短，仅仅三秒钟，但是眼睛红肿疼痛了一个星期。于是在工人师傅焊接钢铁部件时，我总能巧妙地调整身位，将一道道弧光挡在视线之外。

第二次学工劳动是在北京188中学（后来改为永定路中学）教学楼建筑工地做小工，我当时上高一。我们在工人师傅带领下安装门窗、玻璃、黑板和楼梯扶手。巴福民和我一组，他会木工，跟他做木匠的父亲学的。教学楼建成不久，我们就从十一学校转到188中学，成为该校第一批学生。从一定意义上说，我们是这所中学的受益者，同时也是建设者。

第三次学工劳动是在葡萄酒厂刷瓶子，同桌张建华和我分在一起。我们认识了一位梳着短辫子的师傅兼工会会员赵明。（参见《师姐》）我之所以对她印象深，记得住名字，不光是她年轻、模样俊俏，还因为她与我的一位发小同名。

第四次学工劳动是在北京橡胶厂食堂帮厨，贾继军和我分在一起。择菜、洗菜、切菜，数百人吃的菜都要经过我们三四个人的手。给我留下深刻印象的是学工期间那三十几顿午饭，凡是在食堂干活儿的人都可以得到一份"杂拌菜"——顾名思义，就是吃当天午饭出售的所有菜品的剩菜，荤素皆有。

总之，中学期间的五次学工劳动是我中学生涯中的重要组成部分，尽管耽误了许多文化课，劳动本身的技术含量也不高，但收获还是有的。我接触到了很多工人师傅，他们对我们言传身教，悉心照顾，对工作兢兢业业、一丝不苟、任劳任怨、遵守纪律等等，所有这些都给处于青春期的我留下了深刻印象，终身受益。

一路走过，仿佛穿越了时空

2020 年 11 月的一天上午，我去五棵松影视之家办事，然后去航天中心医院职工宿舍看望父母。两点之间有四五里地，我放弃乘坐公交汽车，代之以步行，一是练练腿脚，二是看看自己曾经生活的社区发生了哪些变化。我有好几年没有走这条路了，既熟悉又陌生，每次经过，总能勾起我对少年往事的回忆。

首先经过的是图强二小，在保安护驾下，孩子们正在校内操场上嬉闹玩耍。

经过二院第一幼儿园，每次经过此处，我都有一种怅然之感。因为我没有上过幼儿园，当我的很多小学同学在此上幼儿园时，我和山村小伙伴们正光着屁股在老家河套一汪水坑中打水仗。

第一幼儿园的北面不远处是二院职工俱乐部，其前身是我在许多篇文章里屡屡提及的"破礼堂"。

经过夏日阳光酒店北侧十字路口，我想起了上小学一年级时的一个早晨，天下着蒙蒙细雨，我刚过马路，便与一辆自行车迎面相撞。我的前额被撞破，流了血。骑车人是个小伙子，下车问了一句，然后就骑上车溜之大吉。我只能自救，用一只手捂着伤口跑到一街坊诊所包扎，然后去上学，至今我额头上还有一块伤痕。

继续向西走便是四街坊，我走到 405 号楼楼前停了下来，我和家人曾经在这栋楼里居住过。南面是 406 号楼，两栋楼之间的中心点是当年小学六班几位同学早晨集中的位置。大概是因为我出了那个事故，已有身孕的班主任刘老师十分着急，她要求住家临近的同学早晨排队上学，相互有个照应。如今我站在那里，当年的情形恍然重现。

六七位同学按大小个儿排队：李建芳、郑刚良、聂俐、韩长青、马军……我大概排在中间。队长喊"一二一"，大家随声应和，有时还会唱歌，有时走得整齐，有时嬉嬉闹闹。

好景不长，1966 年放暑假时"文革"爆发，小学校停课半年，直到 1967 年 2 月我被莫名其妙地转学到玉泉小学，与图强小学的很多同学失去了联系。

往北走是 403 号楼，这栋楼中间单元的一层原来是一家粮店，我记得 1967 年店里运来了一批碎米，消息不胫而走，很多人呜呜嚷嚷前来抢购，我也在其中，尽管当时我家已经搬到了三街坊的 332 号楼。

经过二街坊，从前几位初中和高中同学王鹏光、方长友、高士忠、贾继军等人的家就住在其中的一栋楼里。其中王鹏光是我的初中同学，关系要好，初中毕业后，大多数同学选择继续读高中，而他却选择去农村插队，早我两年回城当了工人。高士忠对麦芒过敏，以此为由要求照顾，分配到了燕山化工厂，没去农村插队。另外两人和我的命运一样，高中毕业后一起到北七家插队落户。我曾经到长友家去过一次，见到墙壁上一个镜框里收藏了一只大鸟的羽毛。长友告诉我，那是他姐姐以及同伴们在远郊区插队时从捕获的一只山鸡身上拔下来的。我天生富有想象力，从一根漂亮的羽毛看到了一只大鹏鸟在天上自由地翱翔。

前面是三街坊，我的许多中学同学住在这个社区。303 号楼一层从前有个百货商店，夏延军的大姐家就曾经住在离这家商店不远的窗户朝西开的一个房间里。我和夏延军是在高二最后一个学期认识的，当时他母亲带着他和弟弟从河南"五七干校"落实政策回京，原先在三里河小区的房子早已被单位收走，母子三人只好分散寄居在不同的地方。延军的大姐在玉泉路商场上班，在 303 号楼分了这间房，就将弟弟延军接过来住，延军就近上了 188 中学，于是就成了我的同班同学。

延军性格内秀、腼腆，不论跟女生还是男生没说上几句话就会脸红。他跟我投缘，见面没几天，就邀请我和另外两位男生到他家做客。一间房子布置得井井有条，黄漆桌面的玻璃板下面压着几幅照片，其中几张是他姐夫，有军装照，也有古装照。延军说姐夫在工程兵文工团工作，在电影《地道战》里扮演过角色。

我轻轻拉开窗帘朝外看，外面是一个篮球场，小时候我经常拎着板凳到此观看露天电影。有时到得晚了，我就跑到银幕的背面，字幕虽然都是反的，我却看得津津有味。反着看字，能提高识别文字的能力。有一次弟弟在这儿看电影时跑丢了，他当时才五岁，急得全家人到处找，最后我在银幕下方的一根木柱旁发现了他。

继续往西走，经过几栋楼，前面一栋楼里有郑喜林的家。上高中时，喜林是团支部组织委员，仅比我大一岁，却明显比我成熟稳重。高中毕业后喜林当兵到吉林公主岭机场做地勤，我到北七家村插队落户，彼此书信往来频繁。他讲部队的训练和生活，我说干农活的辛苦和困境中的思索，彼此勉励。他写给我的十几封信我一直珍藏着。

大概在十年前的一天中午，我在玉渊潭公园走步与喜林巧遇，他上班的地点离公园也不远，每天也到这里来锻炼。

"明天我送给你一样好东西。"他笑着边走边对我说。

"啥好东西？"

"暂时保密。"喜林顽皮地朝我微笑。

第二天，几乎在同一时间同一地点，他递给我一根蓝色胶棒，上面还写有我的名字。

"你工作累的时候，用它敲打敲打后背，可以解乏。"喜林说。

我端详一番，好奇地问道："是你亲手制作的吧？"

"是啊，我亲手制作的。"话音未落，他已追上自己的同伴，然后渐渐走远，空中回荡着他从容的笑声。

终于来到了 332 号楼的楼下，这里曾经是我的家。外挂式阳台仍在，只是更新了部件。楼体红砖墙面上被打上了几道箍，那是 1976 年唐山地震后加固的。楼后的一棵树下曾经搭设过我家的"抗震棚"，当时我正在北七家抗震救灾，家里搭建抗震棚我没能搭上手，至今仍颇感愧疚。作为长子，危难时刻却不在父母、弟弟、妹妹身边，是我的失职。

这栋建筑最显著的特征是有公用厨房和公共阳台，三四只火炉挤在一间六平方米的厨房里，热热闹闹，也是一道风景。还有公共阳台，最难忘的是一群孩子围着我奶奶听破除迷信的故事。

通往院外有一个狭窄的过道，与一家杂货铺紧密相连，十分隐蔽。五十年前还没有这个过道，也没有楼前那排平房，一道红砖围墙横亘于此，家属院里的人要想去七二一医院（后改为航天中心医院）上班，孩子们去玉泉小学上学，或者到对面的"科大商店"买东西，都为这堵墙而感到头疼。如果不打算走出几百米路绕远道儿走大门，最简单的方式就是翻墙。（参见《孙阿姨》）

我继续行进在通往医院职工宿舍的途中，回望 332 号楼，它是我人生中的一座里程碑，我的童年和少年于不经意中在这个地方悄然度过。

翻版

记得上初二去温泉公社支农劳动，我在伙房帮厨。帮厨的男生除了我之外，还有二连的两位男生，一位叫喜子，后来和我一起插队；另一位的名字忘记了，暂且叫他"方阵"吧，即仿真的谐音，家在一座部队大院居住。那次学农劳动长达一个月，在伙房我学到不少本事。一是练就了一手切菜的刀功，一颗圆白菜放在案板上，"哒哒哒哒"一阵响，喊里咔嚓一会儿就切完了；二是到一里地以外的一座寺院担水，寺里驻扎着一支部队，不对外开放，但是允许邻村村民进寺挑水。汩汩流淌的泉水从一只雕凿精美的龙口中喷涌而出，数米见方的水池清澈见底，我们从水池里取水，然后挑着担子颤颤悠悠地回到伙房。

伙房的大师傅是一位四十来岁的校工，在十一学校管理几十棵苹果树，平时他不修边幅，穿着邋里邋遢，谁见到都会笑话。可是有一回学校组织庆典活动，出现在操场边上的他，一身西服领带示人，令人刮目相看。如今的他又摇身一变，成为伙房的主厨，他干活泼辣，不拘小节，又给我留下深刻印象。只见他呈弓步站立，右脚踩在地上，左脚踏在锅台上，绰起一把大铁铲在大铁锅里来回翻炒，那架势忒难拿捏。炒出来的菜咸淡可口，香气诱人。

伙房对面一座破庙，里面住着两位性格截然相反的知青。一位肥头大耳，每次收工回来，就忙着在房前的炉子上烧火做饭，手艺不错，饭菜也香，尤其是炒鸡蛋，诱人的气味儿一直飘到我鼻子里，馋得我直咽吐沫。

隔着窗户，便可望见另外一位知青，身材高瘦，面色憔悴，戴一副眼镜，头发杂乱且长，正从蚊帐中爬出来，来不及洗脸就坐在一张破旧的八仙桌上看书写字。只要天气好，他还会走出屋子晒晒太阳，坐在门槛上仍旧看书写字。他好像是在复习功课，因为1972年正值教育回潮，社会上传说高中生可以直接报考大学，他可能就属于用功读书准备高考的一类人。奇怪的是，我从没见过他吃饭时啥模样。他与同宿舍的那位伙伴分灶吃饭，各顾各的，很少搭话。这白面书生给我印象极深，没想到五年之后的我成了他的一个翻版，在北七家村，我也像他一样，蓬头垢面，面有菜色，一边劳动一边复习，试图打开人生的另一扇门。有诗云：砍瓜切菜练刀功，寺庙取水探雕龙。炒蛋香气欲袭人，难扰发奋一书生。

回校后不久，年级组织作文展示，长达二百多米的走廊墙壁上挂满了同学们的作文。我发现了方阵的作文，字写得好，文章也顺畅，不过，越往下看越觉得眼熟，原来他这篇作文是在刻意模仿鲁迅的《一件小事》，不论结构、段落、标点符号，还是语言风格都完全相同，甚至连字数也一样多。不同的是，鲁迅笔下是一位人力车夫，而方阵描写的则是一位扫马路的老大爷。我见过模仿别人作品的，但是像他这样彻头彻尾模仿的，还是第一次见到，实在令人称奇。

师姐

记得上高一时，学校组织去北京葡萄酒厂参加学工劳动，我和建华分在了洗瓶车间。车间里有十来个女工，其中一位叫赵明，二十岁出头，中等个儿，很秀气，说话的嗓音也动听，一张圆脸，眉毛又细又弯，笑起来的样子很美。我和建华当时十六岁，对这位师姐十分着迷。只要有她在场，我俩就干得特别卖力，仿佛专门做给她看的。

那是1974年3月下旬的一个下午，我俩来到葡萄酒厂。初步熟悉了工作场所，我们的工作就是洗瓶子，每人发了一件工作裤和一副套袖。走进车间大门，看见几个水池子旁边是一条流水作业线，作业线的另一头是消毒用的蒸馏设备。我们还参观了"封一"车间，工人师傅们正将洗好的瓶子放入流水作业线上，一个女工操作着一台小型盖瓶子的机器；流水线的下游是半自动化的工序——贴标签。

师姐也加入了劳动行列中，她自称初中毕业分来的，家住阜成门，即将出徒。任师傅向我俩介绍道："赵明是厂子里的工会成员，又是总厂的工会会员，她很会做事，上上下下都能照顾到。她是我一手扶持起来的徒弟。"任师傅颇感自豪地说。赵明长着一双迷人的眼睛，一对小辫子掖在白布帽子里面，文静而不失活泼、沉稳而更显内秀。

劳动时赵明问车间主任有关进口机器设备的事情。事后她告诉我们，七八月份这批设备就要来了，还给我们讲解这套设备的性能。也许是年龄相近的缘故，建华和我与这位师姐有更多的共同语言。

我问："那麻袋里面的瓶子是怎么取出来的？"她说："使用气体给抽出来的。"

我们一起运送废料回来，她给我们讲起玻璃厂的故事。

我问："玻璃是用石英石制成的吗？""是的，那个玻璃厂很大。"

建华问："瓶子是怎么从模子里倒出来的？"这个问题把她给难住了。

下午收工时，任师傅忽然发现墙角冒出来一股热气，原来是暖气管道的一个阀门不知被谁打开，热气"吱吱"地朝外冒。任师傅连忙喊道："这是谁开的呀？"赵明不慌不忙地取下暖气管上的一副手套，轻声地说："烤手套。""哎呀，傻孩子，你在这儿烤不就行了，还值得上那边去烤？哎，你怎么就不明白呢？""得得得。"赵明忙收场说，"你明白，啊——"就笑嘻嘻地走了。

次日上午劳动较紧张。下午小组里做了个人鉴定，赵明也在场。来了一个人跟赵明开玩笑："赵明，你是学生吧！如果你把帽子摘掉了，人家准分不清你是工人还是学生。"赵明有些生气，冲着那人就嚷开了："去去去，一会儿我骂你！"那人又说了几句，走了。

今天我问她"嫉妒"两个字怎么写？她回答了。

建华问她"瀑布"的"瀑"怎么念？她正确地发了音。我和建华假装醒悟过来似的说："哦，pù，是四声。"

在酒场劳动的最后一天，我到得较早，换好了工作服，在铁池子里面灌满水，放满了瓶子，等待大家到齐后就马上干。今天师姐那月牙一样的眉毛拉得更细了。她像是两个人，不是吗？从侧面稍远一些看她的脸庞，是一位女青年；可是从正面稍近些看，又是一张娃娃脸。她似乎怕人家看出这一秘密，用自制的帽子掩盖住了那两根调皮的小辫子。

午饭后，我们向各位师傅告别，心情很不平常。我不愿意离开那些可亲可爱的大妈、大姐，她们教我们工作的技巧，教导我们怎样生活怎样工作，向我们讲述厂史、家史以及个人经历，使我们的头脑充实了许多。

学工劳动结束后不久的某一天，我和建华回酒厂看望师傅们。我俩起初有些不好意思，一走进车间就看见师傅们正在紧张地劳动着，彼此打过招呼，于是马上帮助倒瓶子，解麻袋。休息室里，我俩跟各位师傅一一道别，一位师傅端来汽酒让我们喝。遗憾的是没有见到师姐赵明。

过了几天，我和建华鬼使神差似的又回到酒厂，她们又热情地接待了我们，李师傅还将自己的住址告诉了我们。我在想：如果面前的不是李师傅，而是换成师姐该多好啊！我们又扑了空，又不好意思打听她的下落。

两个月之后的某一天，我又去过一次葡萄酒厂。此次不是去车间看望师傅们，而是受学校之托，给低一届的师弟师妹们讲解荀子的《劝学篇》，我的这些学弟学妹们普遍厌学，学校希望我现身说法，激发他们学习文化课的热情。当时他们正在酒厂学工劳动。

路过洗瓶车间时，我有意识地朝里面张望，终于看到了师姐。只见她正全神贯注地把一只只空玻璃瓶伸进电刷里，双手灵巧地倒腾着。她丝毫没有注意到我的出现。

顾老师

顾老师的家位于潘家园旧货市场附近的一个小区，2006 年 6 月中旬的一天，我和几位同学去看望他。

三十年不见，顾老师胖了许多，如果在大街上相遇，我是绝对不敢认的。顾海林和老伴儿李秀英是南京大学法语系的同学，20 世纪 70 年代初毕业后一起分到北京十一学校教授法语，同时来的还有四位同学，分别担任六个连的法语教师。二人于 1974 年结婚，育有一子一女，外孙女刚一岁。

四位女生坐在小客厅与李老师交谈，我和顾老师坐在过道里聊天，他一边抽烟一边回忆三十多年前的往事。高中时年级里共有四个排，有两位法语老师，顾老师负责一、二排，边老师负责三、四排，我在三排，有一次边老师生病，顾老师给我们代过几次课。顾老师教得很耐心，每当我提问他总是热情地回答。

顾老师给我印象最深的是 1974 年底至 1975 年初，他带领 188 中学的一支社会调查小分队到延庆县白河堡公社进行社会调查。在顾老师印象中他去的那一次好像没有我，我就送给他一张"三十年再回首"的光盘，说里面有几张当年在白河堡的老照片为证。顾老师将信将疑，直到在 DVD 机上放映了这部片子，亲眼见到我们的合影，他才相信。

社调小分队驻扎在佛爷顶附近的三道沟村，顾老师是领队，还有一个女老师姓蔡，负责照顾女生，十几个人分为若干个小组。我和顾老师住在一户农家，房东家里有两个男人（五十多岁的老头和他二十多岁的儿子），我们一同睡在西屋炕上。白天到水库工地参观，或者帮助老乡平整土地；晚上走街串户与村干部、群众唠家常，了解村史和村民的生活状况。

吃派饭，每家准备的饭菜都差不多，有红薯、土豆、小米等做的干饭，外加两个黏团子和一盆菜。饭后，我们给房东留下点钱和粮票。

每天天刚亮我就起来爬山，一天清晨，我和顾老师沿着羊肠小道向佛爷顶攀登，云雾缭绕，荆棘遍地，山坡很陡，放羊娃在山梁上赶着羊群大声吆喝；我们站在山梁上向山下眺望，几缕炊烟在小村庄上空袅袅升起；鸟瞰整个山谷，白河堡水库正在紧张地施工。一个多小时后又被那道铜墙铁壁般的山崖挡住去路，我们推断，登上这道山崖便是佛爷顶，可惜未能找到登顶的途径，适时折返。

　　在水库建设指挥部的安排下，我们小分队成员乘坐吊篮下降到几十米深的地下坑道参观，民工们正在通过几十口竖井开凿一条地下疏导渠，把白河堡水库的水引到山外，灌溉上万亩的耕地，改变干旱缺水、靠天吃饭的状况。

　　水库的坝址我们也去看了，清水潺潺的白河蜿蜒流淌，渐渐地在一道两壁陡峭的山峡里消失。爬上峭壁，上面还残留着几座长城的烽火台，刚才在下面看到的宽阔的白河，现在看上去就如同仙女舞动的一条白练。

　　山腰上有个村庄叫小云盘沟，村边新建了一幢红砖红瓦坐北朝南的房子——知青宿舍。从外表看与村民的房子没啥两样，三间房，中间堂屋，砌有灶台，放一口水缸。可是当我们撩开门帘进屋时，就明显感觉这是知青的家。三个男知青住东面的房间，三个女生住在西面的房间，女生的内务比男生要整洁得多。一位男知青正在烧火做饭，脸上沾满了烟灰。他告诉我们，他们几个轮流做饭，今天轮到他了。

　　顾老师携带了一架 120 相机，拍摄了许多照片，有考察队员与房东一家人的合影，有我推独轮车参加劳动、参观地下白河堡水库引水隧道、走访小云盘沟知青集体宿舍，以及我们站在悬崖峭壁上眺望远方"一览众山小"的场景。有诗叹曰：辛勤耕耘数十载，桃李天下育人才；最是社调十几日，一览山小心胸开。

　　回到学校不久，我陆续向学校递交了三份作业：一份调查报告、一篇作文、一首长诗。这是我在中学阶段写的第一份也是唯一一份调查报告，顾老师看后诚恳地对我指出，结构过于松散，不像一份调查报告。作文是一篇抒情散文，刘雨老师将其作为范文在课堂上念了，还在批语中赞扬景物描写"行云流水"。那首题为《一位老贫农的心愿》的长诗后来被排演成一个集体诗朗诵，参加了当年 5 月全年级的文艺汇演。……

顾老师说那些老照片他还保留着，话音未落，开始翻箱倒柜，年过六旬的他干脆趴在地板上钻进床底下寻找，那一股子执著精神很能代表他的个性。尽管暂时没能找到，但是他信心满怀地说："有时间我再找，一定会找到的，没问题。"他从一个普通的中学教师成长为警官大学副校长，没有一股子执著精神是很难达到的。对此，顾老师本人也十分认同，他感叹道："像我这样的人，家庭背景、社会背景都没有，不瞒你说，在我们那一拨人里面，走到我现在这样的程度，还真是凤毛麟角。"

最后，大家一起在房间里合影留念，我把带来的相机固定在三脚架上，设置成了自拍模式。顾老师说："不用自拍，你先给我们照，然后我替换你，再给你们照，回头拿到我们单位，把相片合成一张。"原来他退休后在一家物证鉴定所上班，此类影像合成术自不在话下。

次年 4 月的一天下午，我和几位同学又到政法大学教工宿舍去看望两位老师，老师留我们吃晚饭。顾老师祖籍南京，亲手制作了小圆子，我一直在旁观摩。

饭桌座位的安排是由顾老师亲定的，他坐在厨房门口的位置，我坐在与他对面的位置，四位女士分列两侧，一侧各两人。碗筷也是有规定的，顾老师和李老师都有各自固定的碗筷。

又过了几年，2008 年的一天，顾老师参加我们同学组织的一次聚会。我们得知，半年前因心脑血管疾病顾老师安了两个支架。因此饭桌上顾老师自动戒酒，烟也抽得少了。目前身体情况尚好，尤其是精神状态甚佳。他特意告诉我，在白河堡搞社调时拍摄的那些老照片终于找到了，让我有时间一定到他家里去看。

转眼到了 2021 年深秋，一天晚上我正在整理散文集，其中一篇是写顾老师的，我给顾老师打电话核实某些细节，顾老师补充了一条重要内容。

"现在回过头来看这件事儿，我认为我当时有点冒失。"顾老师说，"事先没有跟人家联系，闯了就去了，这是第一。第二，回来的时候还经历了一段险境，你记得吗？去的时候是七机部二院交通科派车送我们到的县城，因为后来的山路汽车开不进去，当地派大车和拖拉机把咱们拉过去的。按计划，咱们社调任务完成后，二院会派一辆卡车把咱们接回家的，可是汽车到了县城看到山里下了雪，司机不敢贸然进山，半路返回了。

"头天晚上我们开了个联欢会，大家出点钱买了点儿水果糖分给看节目的小孩，结果当天夜里就下了雪。路滑，连大车和拖拉机也不敢上路，咱们将滞留在山里，等雪化之后才能出山。当时我心里很矛盾，如果走不了，那我们春节都没法回家，跟各家都没法交代。最后我做了个决定，请个老乡带路，徒步翻过大山。然后到了一个长途汽车站，大家凑钱买票坐上汽车；到了康庄火车站，咱们又朝当地政府借钱买火车票，坐火车到沙河站；二院派汽车，从沙河站再把咱们接回家的。当时走得急，连铺盖卷都没拿，后来等山上的雪化了才找车给拉回来的。"

我说："您这段回忆太珍贵了，把咱们去延庆搞社会调查的整个过程都给串了起来。因为什么呀？我不是喜欢写日记嘛，二十年前一次搬家我发现一个日记本散失了一半，正好是您刚才说的这一段。你刚才的回忆正好弥补了缺憾，顾老师，您太伟大了！"

第三辑

心系北七家

不归鸟

题记：

我们有许多东西遗忘在了那个地方，总想寻找回来，可是又害怕找到它们，不知道找回来之后搁在什么地方。

1978 年到了，接着很快过去了六天，时间像一只不归鸟，飞逝而去，永不知返，毫不留情。有些人感谢不归鸟，因为他们在北七家度日如年，精神麻木，只想插上翅膀，随之而去，不再经受煎熬。而另一部分人则抱怨不归鸟，因为现在的分分秒秒都弥足珍贵，是掌握自己命运的绝佳机遇，希望时光能够倒转，给出足够的时间来复习功课，在半年后的高考中获取好成绩。夜阑人静，同伴们中有的鼾声如雷，有的却在挑灯夜战。

有些人也在复习，但是一面读书，一心以为有鸿鹄将至，或许是为了调剂情绪，他们从家里带来了留声机，不厌其烦地播放《思母》《珊瑚颂》《交谊舞曲》，沉醉于舒缓优雅的乐曲声中，哪里还谈得上专心复习？更有甚者，到了特定的时段，就抱起吉他来到小楼外，表面是靠墙根晒太阳，实际上是以琴声做诱饵，吸引进出装订厂的女知青的注意力。

这一天，我从地里干活收工回到宿舍，把铁锹往门后一丢，就坐在书箱前看书。火炉总是爱灭，因为煤的质量太差，说"球"不是球，说"面"不是面，因此宝生、赵军和我三个人几乎每天都要花费许多时间来生火。火一生起来，烟大呛人，一不小心衣服上还会被滴上烟油子，有时候刚刚换上的新衣裳会被染得斑斑点点。

我们发现烟油是从烟囱的出口裂缝处滴下来的，可能是因为裂缝的地方漏气，炉子里冒出来的热气与外面的冷空气相遇，水和煤油的混合物就会流下来。我们裁掉一块牛皮纸把缝隙粘贴上，还真管用，顿时不再滴了。

赵军看到这条缝隙时有些后怕，对宝生和我说道："幸亏这缝隙是在烟囱出口，假如在屋里就危险了。"去年冬天他和晓川住一个屋时中过煤气，险些丢命。

"冬天生炉子，炉子里面有个小阀门，也不知被谁给关上了，大概是怕外面的冷风倒灌进来，冷。"赵军坐在铺板上回忆那次历险记。

"半夜三更的时候，我突然感到头晕目眩，骨碌到地上，大小便都失禁了。我意识到中了煤气，想动却动不了，想喊叫也没足够的力气。晓川比我的状况好一点，但是也站不起来。咱们宿舍的门的上方不是有一个带玻璃的小窗户嘛，他拎起地板上的一只皮鞋，哐啷，一下子把门上的玻璃给打碎了。这一下把其他房间的人给惊醒了，咱们男生不是都住在小楼里嘛，来了一帮人，把门踹开。喜子愣是把我给拖出来的，因为抱也抱不动，他一着急，就把我拖了出去，嘴里还嘟囔着：'来，拖出去，让你透透气。'大冬天的，泼在地上的水结成了冰，我身上就穿着秋衣秋裤，把我给冻的。我想爬起来跑回屋里去，可是身体却不听使唤，我躺在冰面上，想动弹，动弹不了。那一次还真悬的，弄不好还会留下后遗症。"

我说："我也想起来了，我住的房间离得远，跑过去的时候，发现你已经躺在房外的地上了。大家把你扶起来，架到另外一间屋里躺下，盖上被子，有人赶紧跑到大队医务室请医生。"

赵军与晓川这对难兄难弟，一块儿掏厕所，没干几天就摊上了这事儿，多亏了喜子他们及时赶到，捡了两条命，真是不幸中的万幸。

插班生的秘密

在北七家村插队的一个早晨，我起来发现延军的枕头上被泪水浸湿了一大片，他眼睛有些红肿。我问他："你怎么了，是不是身体哪儿不舒服？"延军摇摇头说："没事了。"

我们九位男生睡在"小楼"（从前是公社的卫生院，后来改为男知青宿舍）一间北屋的大通铺上。

"没事儿就好。"我说，"昨天团支部开会讨论几个人的入团问题，其中就包括你，我做你的介绍人。咱们抽空聊聊行吗？"

"哦。行。"延军揉了揉眼答应着。

延军是一年半之前从河南某"五七干校"子弟学校转学到188中学的插班生，半年后与我们来到北七家插队，彼此还算熟悉。在我眼中，他是一个性格柔顺、单纯善良、腼腆害羞的男孩，与我的内向性格有些相似。我们劳动时相互照顾，如同兄弟。与延军平时的零碎交谈中，我得知他的父亲曾被定为"五一六分子"①，遭受关押批斗，一

①　"文化大革命"期间发生的一场严重曲解并扩大化的揭露打击"反革命分子"的运动。1967年5月间，北京个别单位的极少数人组成"首都五一六红卫兵团"，利用在报刊上公开发表《五一六通知》(见《中国共产党中央委员会通知》)的机会，打着贯彻这个《通知》的旗号，在北京街头秘密散发传单、张贴标语，攻击和污蔑周恩来。同年9月，经毛泽东审定的一篇文章里揭露了这个组织的活动，并将其定性为"搞阴谋的反革命集团"。这个组织后来很快就被清查出来，为首分子被公安机关逮捕。清查初期，也处理了一批有极左思潮的造反派头目。但到1968年，结合"清理阶级队伍"运动，中共中央又成立了由陈伯达担任组长的清查"五一六"专案领导小组，在全国范围开展揭露和清查"五一六"运动。清查不断被林彪、江青等人利用，许多反对林彪、江青一伙的干部、群众被打成"五一六分子"，一些地方和单位的两派组织互相指责对方为"五一六分子"，造成清查工作严重扩大化的后果。中共中央虽多次发文，周恩来等人作出批示，试图制止清查工作中的偏差，但问题仍未能得到根本解决。直到1970年毛泽东指出"不要乱挖，面不要太宽了"，清查活动才逐渐降温，最后不了了之。

家人也受牵连，在河南某"五七干校"一待就是五年，吃过不少苦，这从他略带忧郁的眼神便可得知。

在是否接纳延军入团问题上，团员干部会议分为两派意见，一派认为延军父亲有政治问题，需要进一步对他进行考验，不急于发展。另一派则认为，是否符合入团要求，主要看本人表现，延军到北七家插队以来吃苦耐劳，任劳任怨，团结同志，积极要求入团，已经符合入团条件，应该尽快发展。会议最后决定，委派介绍人我跟延军谈一次话再定。

女知青宿舍工地，中间打歇，我拉延军找到一个避风处坐下，打开了话匣子。

"昨天开会，F的父亲平反昭雪，当时的情形你看到了吧？她显得特别激动。真为她感到高兴。"我接着问道，"你父亲那边有消息吗？"

"没有。"延军低着头，声音低沉，右手拿着小木棍将一块碎砖块翻转过来。

"我看这是迟早的事儿，'四人帮'被打倒了，批邓、反击右倾翻案风也不了了之，这么大的人物都有再次出头之日，以后的形势会有很大的变化。"我丢一块石子，落到一个角落。

"可怜了我的爸爸，他……"延军刚说半句，眼泪就扑簌簌掉下来。

从延军断断续续的述说中，我大致了解了延军一家人的遭遇。

延军童年时，父亲在国家计委上班，延军在三里河四小上学。那里有一片苏式三层居民楼，三里河总站那边是一片小树林，西边不远处是玉渊潭，延军与小伙伴常去湖中游泳。1967年的一天，父亲忽然被抓起来，被打成"五一六分子"。后来的三年里，父亲频繁被抓，写检查材料，即使偶尔放回家，也被人监视，天天写交代材料，交代一遍不合格，就老写，信纸摞得有半人高。

"1969年的一天，妈妈带着我们几个孩子下放到湖北襄樊国家计委'五七干校'。我们走的时候，父亲被关起来，与家人分开，我们都不知道他在哪儿。

"我们在农村小学上学，每天要走五六里地。有一次我和我弟弟从学校放学回来，快到干校时，在一条羊肠小道旁路过一座草棚子厕所，临近厕所时我突然看见一个身影特别像我父亲，定睛一看真的是他。这已经好几年没见了，不敢打招呼，不敢说话，因为他出来上厕所都跟着两个人，老有人押着他。当时我父亲也看到我了，但就是不能相认。

"后来在连里集体食堂吃饭又遇见过我父亲。集体食堂有一个大饭厅，有很多桌子，干部们十人一桌，我们是学生也是十人一桌，每桌有一个水桶、两个洗脸盆，里面盛饭盛菜，十个人轮流到售饭口打饭。轮到我时，我就端着脸盆去排队。有时候我就排到父亲后边，都不敢叫他。其实他也看见我了，因为后面跟着两个人监视他，他也不敢跟我说话。

"你看我这副性格的形成吧，跟环境真有关系。我本身比较内向，是个挺腼腆挺胆小的人，加上这个时代和环境，让我的性格更那个什么了。'文革'以前我跟小伙伴玩得都特别好，可是我父亲突然被抓起来被打倒以后，他们好多就是另一派的孩子，有的孩子头儿带着其他孩子孤立我们。我家单元门楼上，还有一个小伙伴跟我家情况差不多，我俩就被孤立出来了。那些孩子经常围坐在单元门口不让我俩进出，还动手打人，我特别害怕，就更胆小，更压抑了。

"再有一件事对我打击特别大。父亲单位里有两个女的'五一六分子'，大概三十岁，我父亲是从犯。这两个主要分子从北京押到湖北干校去批斗，今天押到这个连批斗，明天押到那个连批斗。有一次我们连在麦场召开大会，麦场前搭了一个大台子，我们都拿小马扎坐底下，干部是一个连一个连，按连坐，我们学生也是按班分着坐。我听见有人高喊口号，把'五一六分子'什么什么人押上来！批斗了一会儿，再把'五一六分子'什么什么人押上来，结果其中有我父亲，他也给撅着就上来了。

"当时我就完全不记事儿了，等于脑子空白了。那个麦场离我家很近，一排一排的红房子，就像连队一样，离我家有一两百米，批斗会没开完我就拎着马扎跟跟跄跄回家了。

"我没有钥匙，门还锁着，但是窗户是开着的，我就从窗户翻了进去，躺在床上昏睡过去。等我母亲晚上收工回来的时候，我好像已经开始发高烧。我记得母亲从食堂给我打饭回来，我也没吃。烧了两三天才下去的。我受到一次惊吓。现在想想，这真是一种痛苦的煎熬，这些经历永远忘不了。

"后来因干校合并，我们从湖北襄樊搬到河南周口地区，我们在那儿又待了一两年。1975年河南发大水，我们扎好竹筏，放在门口，只要一有警报我们就跳上筏子逃生。我们离水灾区已经很近，还好没淹到我们那儿，差一点点，当时特别紧张。

"1975年中我们跟着母亲回到北京。原来的房子被收走了，我家没地方住，被临时安排在单位招待所的一间房子里。恰好大姐在永定路有个住处，我就把户口落在她那儿，到188中学做插班生，于是咱们就成了同学。"

延军讲完，长叹一声。我不由得落泪，轻轻拍一拍延军的背，安慰道："好兄弟，别难过，你父亲的问题迟早会得到解决的。"

又熬到了四天假期，延军终于见到了多年未见的父亲。他的"帽子"虽然尚未摘除，但心情还好，一家人吃了一顿团圆饭。

那天晚上，北七家村知青队团支部开会，我作为延军的入团介绍人，再度提请讨论延军入团问题。我把找延军谈话的内容挑重点说了，说到动情处，多数女生干部潸然泪下，几位男生干部也唏嘘不已。

尽管如此，在当时的政治背景下还是无能为力。直到"唯成分论"等逐渐淡化，父母的政治问题不再与子女挂钩，直至延军父亲得到了平反，延军的入团问题才终于得到解决。

相聚咖啡厅

1994 年 1 月下旬的一天上午，我接到一个奇怪的电话。

"你能听出我是谁吗？"话筒里传来的是一位女高音，那声音听起来很熟，来自一个遥远的年代，怎么也记不起来了。

"我是黄静。"话筒里的女高音终于说出了身份。

"啊，是你呀！"我将那遥远的记忆、模糊的印象与刚听到的这个名字联系到了一起。

黄静说起了 L，几天前晚报上刊登过一篇报道，说的是一位因意外负伤的女人需要社会的帮助，正是 L。L 也在北七家插过队，做过知青食堂管理员，恢复高考制度后的第一年，她考上了一所中专（当时特殊年代，恢复高考制度后第一次高考，分数较低的一部分考生被录取为中专、技校学生。不能说成参加中考），毕业后分配到邮电系统工作。

"后来又自己调到了现在的宾馆当餐厅经理。"黄静说。

我说："你先别说这个了，还是先说说你自己吧。这十多年你是怎么过来的？"我记得从北七家出来，黄静先到了一家毛纺织厂。

黄静说，她后来调到了目前的车辆检测厂。

我问她是如何知道这个电话号码的，黄静说是郑刚良提供的。哦，我想起来了，自从插队回城，我与郑刚良一直保持着联系。

我和黄静商量好，约上几个同学聊一聊，地点就选在我所在单位的咖啡厅，那里的环境比较幽静。

四天之后的下午2点，我在大门口按时接到了五个人。

首先见到的是黄静，只见一位女士在接待处门前手举着"大哥大"通话，黑里透红的脸庞，我一看，便认出是她。

一会儿，杨桂梅和李建芳来了，又过了一会儿，郑刚良和杨放鸣也来了。我与李建芳、杨桂梅也整整十五年没有见面了。黄静是用小轿车送来的，其他人则都是骑车。

我带领大家乘坐电梯到达23层，站在走廊东西两侧的窗前鸟瞰市区景色。

我们来到一层圆楼播出区、大演播室参观。大演播室正在彩排春晚，一群形若天仙的少女各就各位，按照音乐节奏的提示，时而静若处子，时而翩若飞鸿。只是表情、动作没有完全到位，其中有一人竟顽皮地站在原地不动，朝台下某君飞着媚眼。另外，由于是彩排，她们的演出服（淡蓝色的连衣裙）外面套着各色马甲，显得很随意。

最后，我们来到了咖啡厅。餐桌呈长方形，周围有六把椅子，正好够六个人坐。我要来热咖啡和听装绿豆沙。

话题首先围绕 L 展开，谈了将近半个小时，大家很同情她的不幸遭遇，感叹人生的艰辛。好不容易才把这个话题止住。

然后介绍各自的工作、家庭、业余爱好，除了黄静之外，其他四位同学都在同一家企业的几个单位供职。大家回忆起插队时担任过的角色，黄静和我曾经是知青队的副指导员，李建芳是副队长，杨桂梅是会计。杨放鸣当过养鸡场的饲养员、食堂的挑水妇、小学校的教师。郑刚良在食堂做过饭，而后与我长期在大田劳动。黄静、李建芳也始终是在大田干活。谈到插队时的生活，气氛很快活跃起来。

"与周围的村子相比，咱们村对知青好像管得很严。"我说了一句。

大家都说是。

原因是什么呢？有的说是因为村干部不讲理、小心眼。有的说是知青内部不抱团，如果能够抱成团，知青的日子会好过些。

"咱们应该再杀回去，情况会不一样的。"黄静突然冒出来一句，听那口气，仍有当年那股冲劲。当然，她的这种假设是不成立的。不过，组织一两次返乡活动，看望当年的老乡，叙叙旧情，很有必要，也切实可行。（参见《三十年再回首》）

大家又谈起在北七家插队那三年正是二十岁左右青春年华，却都感叹错过了机会。

当时男女知青宿舍位于村子的一南一北，很少有机会联络感情，最主要的是整天就知道干活儿，根本顾不上这些。但在一百多名知青中毕竟谈成了几对，比如说秀章与晓玲、晓川与敏子、学文与晓辉、苗子和佳贝。

大家又相互问起自从分配之后谁又回过北七家。杨桂梅、李建芳和郑刚良说只回过一次。

"对了！还有一次，是许多知青一起回去的，为了讨要村里拖欠一年的工钱。"郑刚良回忆道。

我想起来是有那么一回，当时，我刚进入大学学习，讨来的几十块工钱是刘民喜和梁左军送到我家里的。据说这笔欠款还是梁左军的父亲托关系才办成的。

我们在咖啡厅相约，一定要找机会一起回北七家看看，毕竟在那里劳动、生活过三年，在那里流过血，洒过汗。

我说："去的时候，一定要拍几张照片。"在北七家三年，我印象中只拍过一次照片。朱朴带去一架 135 相机，我与朱朴留下一张合影。另外，我和梁左军上大学之后，一同回去过一次，在"小楼"前拍过几张照片，洗出来一看，衣服和裤子上还打着补丁。

我说，我需要对这块土地增加一些感性认识，照相是一种形式。在座的都十分赞同。有人鼓励我把插队生活写出来，大家也鼓掌通过。

最后，一行六人来到电视台大楼前，我用傻瓜相机为五位同学拍了一张合影，这才依依不舍地分手。

街头邂逅

自从六人咖啡厅相聚之后，原北七家村知青的联系渐渐多起来。1996 年 8 月，十几位知青回访北七家村。知青食堂、女知青宿舍、男知青宿舍"小楼"仍在，只是卖给了村民。村西水柜里的水仍像当年一样浇灌、滋润着沿岸的农田。我们拜访了任永明、王婶、张婶、吕永荣，还在王婶家的院子里啃了几根老玉米。在街头邂逅了老张英、大队医、木匠、四哥、牟头等人，虽然时隔十八年，彼此的容貌尚未发生明显改变，相互之间热情地打招呼，合影留念，自不在话下。

又过了四年，也就是 2000 年，我被借调到六部口的一家单位，6 月初的一天，我下班刚出院门不久，在长安街便道上突然被一个人叫住。循声看去，只见一位中年男子正扶着自行车的车把停在那里，一边叫我的名字，眼里充溢着兴奋的光。

我觉得此人面熟，肯定是农村插队时的一位朋友，不过寒暄了半天就是叫不上名字。对方见状连忙提起北七家的往事来帮助我回忆，后来干脆直接说出了名字，我才恍然大悟，原来是董立红。他责怪道："你居然完全记不得我是谁了。"我辩解道，大概因为曾经煤气中毒，影响了记忆力。（参见《故地重游》）

老友重逢，格外亲热，各自介绍了插队之后的经历，不胜感慨，急于找个地方好好聊聊。本来还是可以在路边多聊一会儿的，不料，天有不测风云，突然刮起一阵大风，飞沙走石，天昏地暗，我们不得不中断交谈，各自回家不提。

第三天中午，我和董立红相约而聚，我们横穿长安街，找到一家名为"聚星小酒楼"的小饭馆，边吃边聊，话题繁多："暖壶里的秘密""花斑狗的故事""知青与农村青年斗殴事件""刘长富好打抱不平""掏粪""李欲超高考时因发烧弃考"等等，滔滔不绝。

再后来，两人到彼此单位吃自助餐。董立红所在公司与西单图书大厦在同一幢楼，图书大厦在楼的西侧，他的公司在东侧。办公区是一个大平面，每个人工作的区域用挡板隔开，这样，每个人都拥有一块三四平方米的半开放空间。

董立红给我演示如何在网上下载小说。桌上有一本《北京吉普车使用手册》，董立红说他有一辆吉普车，经常开车到外面去瞎逛，三年前的一天，曾经一个人蔫不出溜地跑到北七家进行私访，但是他至今仍怀疑那不是北七家。因为他说，那个村子变化很大，有很多小洋楼。我说："你肯定去错了地方，前几年我也回去过一次，在我眼里，村子变化不大，破旧的老房子还是比较多的。"

两人约好，有空到彼此家里去看看。董立红的家位于陶然亭附近的一幢 16 层高楼，一套两室一厅，刚装修不久。

董立红说装修时许多活儿都是他自己干的。厨房、卫生间的瓷砖是他自己从建材市场里买的，用吉普车拉回家；水池子、马桶、灯具也由他自己安装。

厨房与客厅的一面墙被打通，做了一个吧台，吧台顶部有三盏灯，灯光可调节。董立红一边旋转着调节开关，一边对我开玩笑道："如果需要的话，调节得暗一点，可以产生一种神秘莫测和温柔的气氛。"

晚饭在他家里吃。董立红开始做菜，黄瓜丝拌海蜇、西红柿炒鸡蛋、冷盘乌鸡、南极虾、炖鸡翅、煮面条，不一会儿都摆上了桌。

董立红问喝什么酒，我说无所谓，最好不喝。于是董立红用微波炉热了一杯牛奶递给我，他自己取出一瓶北京产的低度酒。明明有酒杯，他却偏偏倒入碗中说道："插队的时候喝酒都是要用碗的，今天咱们也不例外。"他又给我摆上一只碗，倒了一些酒。两个人碰碗，口感甚佳。

"我记得，插队时咱们的饭量很大，直到我上中专时，别人剩下的包子，我也舍不得丢，统统吃掉。"董立红说。

　　他的身体曾经历过几次发胖，第一次是刚刚结婚的时候，重达170多斤，整个人都走了形。后来有了女儿，夜里经常起来照看，身体又一下子瘦下来。

　　我说，我也有过类似的经历，结婚后的一段日子身体发胖，这也许有一定的医学根据。

　　董立红又说起擀皮儿大王的故事，发生于他在纽约四年工作期间。董立红经常参加华人聚会，有一次包饺子，他开始只负责音响，因为他学过电工。后来众人说，饺子皮儿供应不上了，让他去擀皮儿，否则就没他吃的份儿。结果出人意料，他擀得飞快，一个人能供七八个人包，技惊四座。

　　原来，他三岁时在奶奶家住，每当家里包饺子，都是奶奶擀饺子皮儿，不但皮儿擀得薄厚均匀、大小一致，而且速度极快。董立红看得出神，奶奶成为他心目中最为神奇的人物。他于是跟着学，很着迷的样子，技术不断提高，终于成为擀皮儿大师。

　　在董立红家里，我没有见到书架，书也很少。但从董立红言谈中，我确信他读了不少的书。他的专业偏理科，却对文学情有独钟，看过不少小说。这些小说，一般是从网上下载的，尽管他所在的单位就在西单图书大厦隔壁，走几步就到，但却很少过去买书。不过，中午没事的时候他还是常到那里去看看书。

　　二人喝到酒酣耳热，又说起插队那些事儿。董立红没有白插队，起码学会了自我生存的能力，不能太委屈自己，他学会在地头烧玉米吃，在河里"浑水摸鱼"，在田地里捕捉家鸡，甚至还学会了捉老乡家的狗，剥皮煮了吃（当然后来有忏悔之意）。他还观察马，研究马的习性。还学会了如何跟"大炮"任永明打交道，在夹缝中争取合法权利。最为可贵的是，他在第一次高考中就考取了中专，率先从北七家村突围。

董立红考上中专之后认真读过《庄子》，其中"无为而治"的思想对他启发很大。"无为而治，就是强调不过多地干预、充分发挥众人的创造力，做到自我实现，走向崇高与辉煌。假如社会上人与人之间实现了平等、自由、相互尊重，那该有多好啊！"董立红站在我面前慷慨激昂地说道。其实早在北七家插队时我和董立红就接触过老庄思想，我还曾经幼稚地向某位专横跋扈的村干部提出过"无为而治"的劝诫，建议他不要把知青管得过严，结果被对方耻笑为不识时务。

我取出几张高中同学跨千年聚会的照片，董立红看了十分兴奋，他指着照片里面的人，努力回忆着他们的名字和趣闻逸事。

六年之后，我读到董立红创作的一首诗。字里行间，我能够感受到他是一位性情中人，对北七家有着割舍不断的牵挂。

三十年再回首

2006 年 3 月 18 日上午，四十余位插队同学来到北七家村文化活动中心，"三十年再回首——赴北七家插队三十周年主题纪念会"的第一站将在此举行。

不知哪位知青在问："张婶呢？来了吗？"张婶是许多知青希望见到的，除了她的纯朴、勤劳，更多的是她对知青的一副慈善心肠。

张婶来了，就坐在文化活动室内紧靠窗户的地方，她穿一件绛红色棉袄，戴一顶红色毛线帽，虽然相距三十多米，而且隔着玻璃窗，尽管她已是八旬老人，我还是一眼认出了那就是张婶。许多知青跑到张婶面前嘘寒问暖，合影留念。

我在会场里见到了赵桂新，她是现任村妇联主任（2009年12月起任村党支部副书记）、此次活动的协调人。前些天当我带领几个人来村里打前站时，就是桂新接待的。桂新的母亲赵大妈，知青们都很熟悉，曾在知青食堂帮厨。我提出在村里举办插队三十年纪念活动的想法，桂新很支持，她说："当年你们来北七家村吃了不少苦，如今还想着回来看看，我们当然欢迎了。"今天她很早就来布置会场，张贴横幅。

原大队领导赵长勇、任永明等陆续赶到，久别重逢，相互寒暄。他们曾在北七家呼风唤雨、叱咤风云，当年才三四十岁，如今六七十岁了，而这些知青当年才十八九岁，现在已步入中年。

现任村支书请老书记说两句，于是满屋子又回荡起"大炮"任永明的声音，依然那样抑扬顿挫、掷地有声。毕竟年龄大了，五年前还做过搭桥手术，但是精神气儿还在，威风犹存。有诗叹曰：

弹指一挥三十年，音容依旧难改变；

呼风唤雨曾记否，话语朗朗仍好汉。

其他几位原大队干部也讲了几句，最后请张婶发言，她却摆摆手，示意自己就不说了。年已八旬的她是今天最受知青欢迎的，尽管一阵阵掌声响起，她还是放弃了。

轮到知青代表付志华发言，这位当年知青队的副队长，如今海淀区某局纪委书记，在座知青中他的官衔最高，推举他发言理所应当，他的口才也实在了得，面面俱到。

当天下午，参加纪念活动的知青又来到小汤山疗养院，当晚在会议室召开了主题纪念会，借助PPT演示文字和照片做了一个专题演讲，由我和殷卫勤负责解说，《红旗颂》等乐曲配乐，历时三小时。

主题演讲的内容分为六个部分：沧桑岁月、插队前的记忆、插队期间的真实记录、插队期间回城休假花絮、插队二十周年重回北七家、插队同学历次聚会精彩镜头回放。

"开篇语"是这样的：

昨天是 2006 年 3 月 17 日，三十年前的这一天，也就是 1976 年的 3 月 17 日，我们来到北七家村插队。蓦然回首，度过了整整三十个春秋。

今天上午，我们中的大多数人回到了阔别二十七年的北七家，所见所闻，勾起了我们无数的回忆。痛苦也罢，辛酸也罢，快乐也罢，只能自己去体会其中的甜酸苦辣。

此时此刻，当年插队所经历的一切就像放电影一样，一幕幕浮现在我们眼前，是那样的清晰，那样的熟悉。

我们曾经在一口锅里吃过饭；也曾经在一口井里饮过水。

我们曾经在三夏季节挥汗如雨，曾经在数九寒天挖河培渠；我们也曾经在破庙里，装订出那五彩斑斓的书籍。

我们曾经在炕头前面的空地上即兴表演欢快的舞蹈；也曾在四周无人的片刻，高声歌唱《毛主席走遍祖国大地》。

我们曾经因为误会打过架，吵过嘴；而到了地震来临的时刻，又能够彼此关心，互相鼓励。

我们曾经趁着夜色，驾驶着拖拉机进城运粪；也曾经燃起篝火，一边憧憬未来，一边浇地。

我们曾经跳进齐腰深的泥水封堵水柜的决口；也曾经害怕妨碍别人休息，在被窝里打开手电，借着昏暗的光线为迎接高考复习。

我们曾经义愤填膺地递过状子，为的是讨回那一份辛勤挣来的血汗钱；也曾经在回城之后，不止一次地悄悄返回北七家，哪怕只是站在村口朝里面看上几眼，缅怀青春，静默肃立。

"农村是个大学校"，这句话曾经是人们的自我调侃之语，现在细细体会，也未必没有道理。

那一段经历所得到的锻炼，所得到的感悟，已经深深地印在我们的心底，融化在我们的血液里。

不管后来我们又经历了怎样的曲折，不管我们目前又有着怎样的境遇，这三年的插队经历，是我们在座每一位同学共同的精神财富，值得我们去珍惜，值得传给我们的子女，值得我们在后半生慢慢地咀嚼，慢慢地回忆。

接着，我以日记为载体从个人角度详细回顾了在北七家村插队落户一千个日日夜夜的主要经历，引起在座几十名知青的共鸣。

……

作为主题演讲最后一个环节，也是压轴戏，我朗诵了董立红前一天夜晚寄给我的那首诗《可爱的北七家》和一封信。信中写道：

　　建鸣：你好。因公务缠绕，不能与你重返北七家。一想到我们一起度过的岁月，感慨难禁，作诗一首，以表心情。祝同学们永远年轻，玩得开心快乐。附：《可爱的北七家》。董立红。

　　可爱的北七家
　　梦萦魂牵的故乡，北七家。
　　纯真的初恋，青春的年华。
　　锄头破开，冰封的荒滩。
　　汗水播下，希望的情芽。

镰刀收获，金秋的爱情。

双手筑起，抗拒的堤坝。

还记得，北风呼啸，依偎在屋檐下，

凝视摇曳的烛光，一杯浊酒，一块酱瓜。

还记得，酷暑烈日，蔽护于林荫中，

盼温榆河西回，一个窝头，一碗玉米糁。

北七家，你贫寒，却让人依恋。

你困苦，却让人牵挂。

岁月洗去红颜，时光染白黑发。

北七家，你是否，乡土依然，平静安暇。

随着配乐最后一个音符戛然而止，会场上响起经久不息的掌声。

纪念活动之后，我陆续收到一些同学的感言：

赵军说："你说的一段话把我感动得流泪了，也感染了全场。我是泪眼模糊地拍摄现场照片的，我看见鲁军眼圈也是红红的，肯定也哭过。"

赵军指的是《天敌》一段，当讲到梁左军的遭遇时，我禁不住声泪俱下。

赵军还说："看了这部片子之后，我感觉挺悲怆的，尤其是那首《红旗颂》的背景音乐，听起来特别令我激动。""我找到一盘光碟，里面有京东大鼓《送女儿上大学》，就是当年老张英经常播放的那个节目。你可以做进片子里吗？"

黄静说："看这部片子的时候，我一直在流泪。再多的我就不说了，每个人都会有自己的感想。"

王宝华、徐苏浙等人当天晚上，因看了这部幻灯片而感动，一直聊到夜里两点半，回想起从前插队时许多难忘的往事。

范秀华那天散会之后对我说："村里的那三百多期墙报，有许多期都是我写的哩。"她应该引以为豪。

王宝莲说："时间如白驹过隙，感谢有心人的辛勤劳动，使我们青春的岁月不再空白！"

谢慧敏说："一晃我们插队回城已三十年了，在同学聚会的 3 月里我想起了难忘的事。我们有快乐、有痛苦、有悲伤……但我们留下的是最可贵、真挚的友情。"

夏延军："这次的聚会真的太好了，有好多人都余情未尽的感觉。给我们以后的生活找到更多的信心。你所做的真正起到了效果！我们好多人都有感受！那天我流泪了。想了很多。每想到这些都会激动！我想，这就是克服困难的动力源泉！期待再次相聚！"

王玉鸾说："这次聚会真让人回味无穷，它包含着亲情、友情和真情。"

李晋说："那部幻灯片，我觉得既然做就做好，最少也得让大家能跟着一块儿哭，一块儿笑，产生共鸣。这才算成功。"

杨放鸣说："3 月 18 日的主题纪念会，我虽然没去，但已经听姜东伟说了。据说那天会场的气氛十分热烈，大家聚在一起，找到了记忆和情感的汇合点。虽然我那天没去，但是已经身临其境了。插队时的那些照片，是宝华带过去的相机拍摄的，她用照相机记录了真实的历史。真要感谢她。"

李欲超在电话里说："什么时候把幻灯片刻成光盘给我？我着急着要给孩子看呢。"

戴惠明说："在这几年的插队生活中，发生了许多事，有快乐的，有辛酸的，也有可笑的……插队生活只有短短的三年，就如同瞬间即逝的小鸟。但是它教育了我们。我们应该感谢三年的插队生活，它使我们成熟，使我们富有，使我们懂得了什么是痛苦、辛酸和幸福，更主要的是使我们有了回忆的资本，有了一段不同寻常的经历。带给我们每一个人终生的财富，对于我们走好今后的道路有着重要的作用。"

韩贵玲说："重回北七家，对于往事依然有着清晰的记忆，不只是苦和累，还交织着痛楚和同学之间真挚的友谊。正是有了这丝丝细雨润物般的暖意，才使我坚强地走过了插队之路。虽然在一些人看来是如此平凡不值得一提，却是我青春人生一段难以忘怀的经历。"

宋鲁军说："看这部片子的时候，我哭了。刚散会我就给老婆打电话，把我当时的感受跟她说了。"

我说："我有一个愿望，就是要通过这部幻灯片，鼓舞大家的精神，勇敢地面对生活。现在我感到特别欣慰。"

付志华总结道："这一生中让我最大的感动是：结婚，生子，升官，可是今天叫我最感动。这种感动建筑在我们集体生活以后，对这些东西的评价和认可。这些事儿没有人来认可，只有我们自己来认可。我们的情，是系着父母，系着命运，还系着同学。值得注意的是，老生常谈会慢慢缩小回忆的作用，就像人的抗力缘于不断地重复。我们不能徘徊在过去的记忆中，还要会欣赏今后，才使回忆有意义。

"回忆和展望是一对难兄难弟，只去回忆，沉浸于往事里难以自拔，陷入回避现实的怪圈，回忆本身也就失去了应有的意义；只去展望，将一切寄托于未来，将幸福托付给来世，那与印度的苦行僧的追求有何差异？

"今后我们就团结在一个特殊的群体里，不论是生老病死，还是其他，希望我们能团结一心，把我们的同学情和爱延续下去。至于每个人的个人生活，自己去安排，可是我们要传达这么一条信息：每个人闯过难关的时候，渡过艰难的时候，都应该回首看一下，回首看的过程，就是认知社会的过程，就是你要发达的过程。我听有的同学说，该退休了，该找个地方安逸了。我说，别这样。还有就是要把这种东西往下传，传的是一种精神，是一种感情。我提议：第一，咱们插队的同学今后每年至少要聚一次。第二，大家要提供更多的东西，供建鸣对这部幻灯片进行修改。第三，我们虽在不同的工作岗位上，但是这段同学情不能断，大家有事儿，要互相帮忙，互相支持，能贡献什么能力就贡献什么能力。不要分地位、职务和金钱，也不要分过去，要有一分光发一分热，互相支持，互相协作，这是人生最大的快乐。"

有诗感叹道：

北七家村会故人，纷至沓来触景生。

三十年后再回首，甜酸苦辣谁说清？

抚今追昔情未了，感言不负此番行。

峥嵘岁月何所憾？村史岂能无知青。

由王宝华的"密电码"所想到的

"来来来，喝一杯，六十年来这是咱们第一次（碰杯）。"

这是 2017 年 6 月中旬一天晚上，A 酒店，插队同学的一次聚会，苗月海与聂俐碰杯前的一句客套话，坐在他俩之间的我听后不禁笑了。

我总觉得苗月海这句话有什么漏洞，后来这一漏洞也被坐在圆桌对面的谢慧敏觉察出来，她说："六十年第一次？你是从刚刚出生算起的呀！"众人大笑。

正好赶上付志华生日，他发表感言，有十多分钟，与十一年前在北七家村"三十年再回首"纪念活动那次发言的长度差不多。

王宝华出乎意料地递给我一个学生作文本，说道："建鸣，你帮我看看，我文字功底不好，写不好。"她谦虚地说。

王宝华坐在圆桌的另一边，与谢慧敏挨着，只见她站起来踮起脚尖俯身递过来，我赶紧站起来接住，开玩笑道："这可是一本'密电码'啊！我要好好地破译一下。"

我坐下来大概翻了翻，里面记载了一些她在北七家村插队的往事。原来，今年春节聚会时群主谢慧敏提出倡议："大家动手啊，写写插队的故事，编成一本集子，咱们也拿去出版。"她是看到我下发的诗集有感而发。于是许多同学闻风而动，这不，王宝华也写了，大约一万字，酝酿了三个月。

一回到家，我赶紧打开王宝华送给我的"密电码"，她从个人角度记述了在北七家村插队的事情，内容丰富，感情真挚。

她从去北七家插队的第一天说起："1976年3月17日，188中学的操场上，几辆绿色的大轿车和卡车来接我们去北七家公社插队，大轿车拉人，卡车装行李。我看到很多同学的家长都来送自己家的孩子，只有我独自站在操场上羡慕地看着他们。我没有人送，爸爸当时在湖南三线工作，平时都很少回家，妈妈在七二一医院上班，工作很忙，经常上夜班，弟弟妹妹又小，没有人来送我。插队的同学集合了，我跟着同学们上了汽车，就在汽车关门的一刹那，我的泪水夺眶而出，我的心里很害怕，很伤心，有种被抛弃的感觉，不知道以后的命运如何，看不到希望，看不到未来，就这样我一直默默地流着眼泪。目的地到了，我擦干了泪水和同学们一起拖着沉重的脚步下了车，来到了陌生的北七家公社，开始了我们三年的艰苦插队生活。"

我的日记可以印证王宝华的记忆："1976 年 3 月 17 日，今天清晨，永定路中学的九十多名高中毕业生到昌平县北七家村插队。我们告别了父母、邻居，戴上大红花，班主任刘雨老师与班上所有的同学握了手，与大家道别，他的眼睛有些湿润。我们坐上了汽车，有的女同学忍不住地哭出声来，在那个陌生的地方，我们将如何度过？"相对而言，男生坚强一些，内心尽管凄苦，但表面上不能在女生面前跌份儿。

王宝华回忆知青宿舍时写道："到北七家的第一天，我和四班的三个女生（李建芳、杨桂梅、谭菊芳）分到了一个社员家——村治保主任吕永荣家。一开始我的情绪很低落，也很郁闷，我跟她们不熟，很害怕她们三个会合伙欺负我。还好，经过三年的相处，她们没有欺负我，相反我从她们身上学到了很多。"女生寻找房东首先出于安全的考量，而吕永荣是村治保主任，这几位女生住在他家能获得安全感。除了安全感，房东文化水平高低也是部分插队女知青选择房东的因素之一，比如聂俐和李玉英在中学班主任吴健民老师协助下，选中了一位当地人称作"陈老师"（后来聂俐和李玉英发现"陈老师"只是房东大娘"陈骆氏"的谐音，房东家里并没有人当老师）的农民做了房东。

相对而言，大多数男生不用为选择房东而煞费苦心，因为他们被集体安置在"小楼"（原公社卫生院）里，我在日记中这样描述当时入村以及住宿的景象："北七家的风很大，穿上棉衣还觉得冷，可能是因为方圆几十里都是旷野和村落，缺少挡风的屏障。宿舍十分紧张，我们九个人睡八个人的铺位，屋子朝北，既暗，又潮，又冷。食堂设在距离我们男生宿舍一里地的地方，狂风刮着沙子，沙子刮进了盛着白菜汤的碗。"

王宝华怕牲口的叙述很精彩："记得有一次在二队干农活，分给我的活儿是让我牵着毛驴一直走就行了，其实这是个好活儿，很轻松的，不累。可是当我走到毛驴跟前时，看着它的大眼睛，它的大眼睛有鸡蛋大，我很害怕，平时我胆儿就小，连鸡也不敢摸，吓得我倒退一步，大喊一声：'谁跟我换？这活儿我可干不了。'还好，后来建芳跟我换了。"这一段把王宝华见到毛驴时的惊恐心态描写得惟妙惟肖。此时我联想到了董立红，他利用跟马车的机会，观察马，研究马的习性。假设王宝华见到毛驴"大骇"（语出柳宗元《黔之驴》）时董立红也在场，肯定会将驴、马等牲口的习性讲给她听，解疑释惑，为其压惊。

王宝华的"密电码"里对室友杨淑芬哥哥的描写给我留下深刻印象："队委会的女知青后来有了自己的宿舍，建芳和桂梅从我们宿舍搬了出去，杨淑芬和连兰英搬了进来。我很羡慕杨淑芬有个爱她的妈妈，还有个疼她的好哥哥。每次放假回来，杨淑芬的妈妈都会给她带很多好吃的，她会拿出来和我一起分享，记忆最深的是她妈妈给她烤的馒头，吃到嘴里很香很香的，每次她回家，我都惦记着她妈妈亲手烤的馒头。我们还在插队的时候，杨淑芬的哥哥已经回城工作了，她哥哥当时很酷，高高的个子，开一辆大'黄河'（卡车）。有的时候她哥哥晚上来看她，赶上我们知青放假，我们很多人就会搭她哥哥的车回家。我因为跟杨淑芬同屋，每次坐她哥哥的车时，我都会坐在前面的副驾驶座上，很爽的，许多女生羡慕我，因为她们只能坐在后面。

夏天还好，到了冬天，坐在后面会很冷的，冻手冻脚的。"这位"哥哥"的出现如同昏暗中闪现一道亮光。

王宝华对劳动场面的描写非常细致，比如插秧："插秧有时很冷，腿被风吹得到处都是口子，有时还会流血，当年对女生的照顾就是拔秧苗了。这个活儿看着挺轻松，实际干起来也挺折磨人。拔秧苗的社员穿的是稻田靴，而我们女生穿的是普通的雨鞋，坐在小椅子上，经常是干一会儿裤子就湿了，雨鞋里进了水，湿了，进水了也不能换，还要接着继续干。拔秧苗时要用拇指和食指用劲拔，拔秧苗的女生少，我们拔的秧苗要供给所有插秧的人来用，用量是很大的，几天拔下来，手疼得要命，吃饭时筷子都拿不住。我们还要忍受蚂蟥的随时叮咬，拔一天下来，腰酸腿疼的，手指甲都磨秃了，最终我们队的女生克服重重困难坚持了下来。"又比如割麦："我第一次割麦时手里拿着镰刀也不知道怎么用，基本上都是砍。所有插过队的知青手和脚都被镰刀砍过割过，每个人的手和脚都留下了永久的疤痕。这次割麦子两人一组，我和王丽满一组，她在前面用镰刀割麦子，我在后面捆麦子。丽满很会干农活，她镰刀用得很顺手，她在前面不紧不慢、埋头苦干地割着麦子，我在后面笨手笨脚、手忙脚乱地捆麦子。在我们俩的共同努力下，总算把麦子割完了。在整个割麦子的过程中，丽满比我干得多，可是她没有埋怨我一句，没有嫌弃我。丽满在我最需要帮助的时候，默默地陪伴在我身边。"

不仅写自己割麦时窘态百出，还写同学之间互相帮助；不仅写女生互相照顾，还写男生对女生的帮助，折射出一道人性善的光辉。她回忆道："一天割麦，烈日高照，不干活儿时就浑身冒汗，一干活儿衣服就湿透了。早上，知青们早早地来到了麦地，一字排开，一人一垄，我的旁边是丽满，我们埋头割了很长时间，又累又渴又饿，我直起身看了一眼望不到头的麦地，心想什么时候能干完呀？我突然发现麦地的那头有两个小黑点，我心里一阵窃喜，不会吧？谁这么好，在我的对面帮助我割麦子？渐渐地，黑影离我们越来越近时，我才看清楚是两个男知青，一个是老知青23（大名不知，因时年23岁，比其他知青大三四岁，于是有了这个绰号），一个是新知青张永清。当他们割到离我和丽满很近时，就转身去帮助别人去了。我当时的心情好激动，好高兴，可是我连一句'谢谢'都没有对他们说。在那个年代，男女都不太说话的，像我这样生长在女儿国里，从小到大就没有怎么和男生说过话，所以也没敢对他们说声谢谢。好像这也是第一次有男生帮助我干农活，平时干活男女生是分开的，一起干活的机会很少。"

王宝华在"密电码"中还对她及其室友的钩织手艺做了详细描述："我跟谭菊芳是朝夕相处三年的姐妹。她很能干，会做饭，织毛衣，剪裁衣服，生炉子，有她在，我们不会挨冻，屋子里的火炉总是烧得旺旺的。我还跟她学会了做煤饼，上井边打水。当我身体不舒服时，是谭菊芳跟二队队长说了之后，二队队长给我派了个不累的活儿，到场院和老太太们一起干活儿。""后来女知青有了自己的宿舍，我们四个人从社员家搬了出来。我们宿舍又加了新成员王少华，我和她是初中同学，上初中时，她就坐在我前面，那时我们上下学经常一起走，这次我们又分到了同屋。少华在装订厂上班，收工后就坐在她的床边安安静静地看书学习写东西，不像我，插队的业余时间我是在织圆桌布，钩三角头巾，绣枕套，织毛衣，钩窗帘。印象中好像都是给别人钩的。给L钩了一个大窗帘，有双人床那么大，用了九十团白线哩！有一次中午钩东西，钩得正带劲儿呢，突然到了上工的时间，我赶紧把钩的东西收好，一不小心钩针扎到我的大腿上，越着急越拔不出钩针。眼看就要迟到了，我咬着牙，使劲儿一拔，针拔出来了，血也流出来了，顾不上疼，我冲出宿舍，赶着上工去了。"

她还回忆起开拖拉机遇到的一次险情："我们二队的几个女知青跟着二队的手扶拖拉机拉石子，有一次驾驶员小军子让我试一试驾驶，不小心车头给撞翻了，我和小军子没事儿，小军子下车后把拖拉机的车头翻过来，拖拉机一点事都没有，接着继续开，当时的车质量就是好，皮实耐用。把我吓得够呛。后来我就不太敢开了。"

无独有偶，跟手扶拖拉机拉石子的活儿我也干过，在日记中我是这样记录的："一天夜里八九点钟，我跟着小民子的手扶拖拉机到四十里外的一个砂石坑拉石子。与其说是拉，倒不如说是偷，否则不会深更半夜去受那份洋罪。拉回来的石子用来给北七家村铺路。村中街道的土路，遇到大雨满地泥泞，村里决定铺成石子路。村子周边的土地挖下去都是黄土，上哪儿找石子呢？有人提供线索说，山前一带有现成的砂石坑，但必须在夜里偷偷去——为了保护耕地，当地已被列为砂石禁采区，白天绝对不敢去。夜幕笼罩，严寒刺骨，我全副武装——身上裹着军用大衣，头上戴着棉军帽，脚上穿一双军用大头鞋，这些都是当过兵的父亲传给我的。我坐在颠簸的车斗内，双手揣进袖筒中，全身缩成一团。司机小民子圆圆脸盘，平时爱开玩笑，现在话也少了，他要密切关注坑坑洼洼的路面，稍不留神就会开进路沟里。惨白的拖拉机大灯像一把利剑，将厚重的夜幕劈开，灯光闪过，夜幕重新缝合。拖拉机不时出现倾斜，骤然产生的离心力将我甩到车帮上。拖拉机戛然而止，小民子压低嗓音喊道：'到了，快装车！'我跳下来，挥动铁锹玩命地铲起石子往车斗里扔。车灯断断续续地打开，因为老开着怕招来麻烦。小民子脱掉棉袄，也抄起一把铁锹干起来。只听'咯吱咯吱'一阵阵刺耳的响声，那是金属与石子撞击和摩擦发出的声音。很快就装满了一车。小民子用摇把启动发动机，我爬上车，坐在石子堆上，双手紧握扶手，拖拉机神不知鬼不觉按原路返回了北七家。"

王宝华的"密电码"破译完了，我掩卷沉思，当年在北七家插队知青们生活、劳动和学习的场景扑面而来。这些场面是叠加的，其中有王宝华叙述的、我日记里记录的，还有其他知青给我讲述过的。

另外，我还想到一件事：2006 年 3 月 18 日举办"三十年再回首——赴北七家插队三十周年主题纪念会"期间播出了一部 PPT 专题片，里面许多插队时期的老照片是王宝华提供的。一年秋天她放完假回村，从挎包里掏出来一部 120 相机，在女生宿舍、在田间地头拍摄了许多照片，弥足珍贵。

冬天的痕迹

在我的个人微信公众号中已经有两座"烂尾楼"（一部长篇小说和一部人物传记的半成品）了，简单归纳其原因，莫过于自我否定。最初我把责任推给家中饲养的两只仓鼠，认为它们的气味对我有催眠作用，时常让我昏昏欲睡，无精打采。我也曾经把责任归咎于季节变化，天气转冷引起血管收缩，导致大脑供血不足。至于这两条是不是我半途而废的真正原因，也找不到确凿的科学依据。同时我也相信，否定之否定的结果是什么，创作的"瓶颈"终究会被突破。

近期电视剧频道深夜播出的《灵与肉》吸引了我的目光，让我养成了定时收看的习惯。这是根据张贤亮同名小说改编的，因为上大学期间看过同名小说和电影《牧马人》，我想看看这三者之间究竟有何差异。

这天清晨醒来，我突然想到应该走出家门找什么人聊一聊，写点儿什么。我想到四十多年前插队劳动的北七家，想到我们知青在那三年中也遇到过许灵均等剧中人物所经历的种种困苦和折磨、忍耐和迸发。我想通过深入了解村里人的经历，写写北七家几十年的变迁。"从事文学创作，一定要深入生活，深入，深入，再深入。"这是刘雨老师四十年前对我的叮嘱，遗憾的是，我总是蜻蜓点水，未能践行承诺。于是我决定与村里老乡联系，约定采访日期。这部剧即将收尾，而我写作的欲望却刚刚起步。

选择顺哥作为采访对象是我随机而定的，这位村里的"能人"见多识广，人生坎坷，只要适当启发，或许能像竹筒倒豆子一样向我敞开心扉。于是我微信和电话并用，很快约定当天上午 10 点在他家里见面。

驱车前往北七家，途经三环上京承高速，半个多小时便驶入了"鲁疃东路"。接踵而至的路标名称都是我所熟悉的，村庄虽然已经消失，但与其相关的派生地名却比比皆是，稍加思索就能勾勒出当年的方位地图。

经过一条水渠，凭记忆我敢确定那是当年我们挖河的产物，成百上千的民工和知青挥汗如雨、大干苦干的结晶，彩旗飘扬、大喇叭宣传鼓劲的工地场景历历在目。现在这条渠就静静地横卧于此，我有意识放慢车速，力图让眼前的景象与四十年前它的建造者挥汗如雨的场面重合。渠里的水结成了冰，在阳光照耀下反射出岸边枯萎的杂草和灌木的倒影。

　　我站在阳台窗前远眺"中国樽"，可以用羊群里出骆驼来形容它的高大威猛，这座地标式建筑物已经成为北京城迈入现代化大都市的一个象征。确切地讲，我站立的地方是未来科技城"北七佳园"顺哥家六层朝南的阳台，假如我站在十一层的顶层，估计还能望见北京城更多的地标式建筑。

　　这个房间与那座摩天大厦之间至少有三十公里的距离，我是根据目测大约估量的。顺哥却说没那么远，但是又没有给出确切的数值。不过我相信，他说出的距离数值肯定要比我精确，因为他是建筑工程师。

　　门铃在响，村党支部副书记赵桂新乐呵呵地走进来，她是顺哥刚才用电话约来的，说我来串门，约她一起吃午饭唠嗑。我们彼此也是熟人，她很快答应下来，下了班就过来了。

　　赵桂新是个爽快人，向我说起村委会目前遇到的一些问题，其中谈到选举村委会领导班子。顺哥说赵桂新在村里威信高，此次虽然已过女同志退休年龄，还仍然当选了。我问这里已是小区化管理，为何仍叫村委会，而不叫居委会？赵桂新解释说，村里大多数人都已转为居民，但仍有三四个人没有转，还是农民，因此仍称村委会。

　　当他俩向我描述北七家的变化时，我脑海里马上浮现出北七家村四十多年前的村容村貌。"假如有一张旧村的位置图就好了，我们可以加以比较。"我说。

　　赵桂新说新村规划图村委会里是有的，旧村的图纸也应该有。我想找不到也无妨，反正都印在脑子里，假如需要，我会凭记忆画出来。

　　说到"北七佳园"小区与旧村址的位置关系，顺哥说："你知道从前的水柜吧？小区东门就在水柜向北的延长线上。"

他是小区建设施工的三位监理之一，楼宇的地基打多深，楼体的承重墙有多厚，加了多少根钢筋，他都一清二楚。他有政府颁发的建筑工程师证书，盖楼建房的门道瞒不住他。

话题转到北七家那几拨知青身上，赵桂新说，她家里住过郑刚良和徐强，顺哥说他家里住过聂俐和李玉英，而且他们两家还是东西墙相隔不远的邻居。

顺哥和赵桂新的叙述中时常闪现一些带有喜剧色彩的故事。比如说到电磨坊，它的北面是知青食堂，南面曾经是黄静、李建芳和杨桂梅居住的知青队部。顺哥和赵桂新说志英家也曾短期在那里住过，正逢 1977 年春节过年，她写了一副对联贴在门上：四面出击遭磨难，三姓同仁一家亲。横批：知难而进。知情人看后都暗自发笑，说她写出了她个人当时的境遇和心情。又比如，顺哥 1964 年初中毕业时没有领到的毕业证，竟然在时隔十三年后的 1977 年被找到了。当时公社中学从北七家村搬到四里地外的杨各庄，清理杂物卖废品时有人找到了顺哥的初中毕业证。再比如，上世纪 80 年代，村大队部从原址迁址到村西路北，收拾物品时，时任大队会计的桂新和村支部书记超英在大队部的一个旧柜子里发现了一封某某英写给某某山的情书。也不知当年发生了什么变故，这封情书被掖在大队部旧木柜里面，不知经过了多少年，才被人们不经意地发现。

下午两点半，赵桂新要去村委会上班了，与我们道别。我和顺哥一边喝茶一边继续唠家常。他回忆起从前的苦日子数次落泪。

大概是 1974 年，他到铁道学院打工搞建筑，大女儿得了腮腺炎，家里没钱给孩子看病，无奈之下，他想起自家院子里种的玉米和自留地里种的白薯，于是掰玉米、挖白薯，骑自行车驮到城里去卖一些钱。当时正在"割资本主义尾巴"，即使是自产的农产品也不能上街贩卖，他只能悄悄串胡同，不料被几个戴红箍的人发现，对他展开围追堵截。他急中生智，敲开一户人家的门躲避一下。开门的是位老太太，听了他的简单讲述就放他进院躲了起来。躲过劫难的他要将一些玉米和白薯送给那位老太太作为答谢，可是老太太死活不要，催他赶紧送孩子去看病。好在铁道学院的校医心肠好，免费为孩子做了手术。

"唉！那时候大家都穷啊！日子都很苦，包括你们知青在村里插队也受了不少苦。"顺哥感叹道。他的话勾起我许多从前的伤心事，内心一阵酸楚。

"现在好了。"顺哥接着说，"你看我们搬进了小区楼房，我住进了这套 120 平方米的房子，村里每年还给我们村民股东分红。"他坐在阳台的藤椅上指着马路对面一群跳广场舞的中年男女说道："他们都是咱们村里的人。"

太阳下山之前，我结束了对顺哥的访问，高德导航指引我走上一条返城的捷径，大概是当年插队时往返城里的一条路，虽然全无从前的痕迹，但我像信鸽一样能够识别出来。冬天的痕迹处处有，它只是四季中一季，其他季节的景色我也记得。

草腥味儿及其他

傍晚时分，我照例到楼下遛弯儿。北京的春天每天都有变化，昨天路边还落满了粉红的花瓣儿，今天天空中却飘扬起白色的杨树和柳树的飞絮，好在人们都佩戴口罩，不管是否过敏的体质，对于这些恼人的飞絮好像都感觉无所谓。

前面是西四环五棵松桥北的一座过街天桥，这是我每天的必经之地。拾级而上，我来到天桥上面，俯视桥下川流不息的车流，充满着活力和动感，我的精神也为之一振。假如是在冬季的这个时辰，夜幕早已笼罩，你会看到西环路上两股闪着前灯和尾灯的车流构成一幅流动的彩绘长卷。

走下天桥，我马上闻到一股浓烈的草腥味儿。我注意到路边的绿地刚刚被人修剪过，一只只鼓鼓囊囊灰绿色蛇皮袋被码放在一旁，我知道这股味道就来源于此。人行道旁有一群绿化工人，几台割草机已经完成任务，正趴在主人的身边喘气歇息。

这些绿化工人有二十来人，年龄均在五六十岁，男的占七成。看看他们的装束，男的都戴檐儿帽，女的有戴帽子的，也有系花头巾的，她们的装束像极了在北七家村插队的女知青们下地干活时的模样儿。

那会儿，女知青一年四季都喜欢系头巾，夏天和秋天的是半透明的纱巾，冬天和春天的头巾要厚实些，质地也随之变化，换成棉线织的或者毛线织的。据说这些棉线或毛线头巾中多半是她们亲手钩织的，天气不好或者农闲时她们会躲在宿舍里钩织头巾、围脖、手套，甚至毛衣、毛裤。（参见《由王宝华的"密电码"所想到的》）

男知青们有时羡慕她们的头巾，不仅漂亮，关键是实用，遇上天气寒冷或者风沙天气，她们的头巾将其面孔和脖子保护得妥妥的。

话题回到那一股股草腥味儿，在北七家村插队三年，我对这种味道非常熟悉，现在品味这种气味——有草腥味，有淡淡的香味、酸味和甜味，还有几丝苦味和辛辣味，所谓"五味瓶"中的味道也不过如此吧。

四季轮回，春意复苏，这些绿植又被绿化工人们剃了平头，让它们生长但又不能疯长。既然人类生活在一种既有个人自由又有社会规范的环境中，这些绿植的生长受到某些限制也是应该的。

北七家的钟

北七家村有一座庙，凡是在那里插队锻炼过的知青都是知道的，一部分女知青还在庙中装订厂做过工，她们对这座庙更不陌生。只是不知道从前那是一座什么庙。我曾经问过许多人，他们都摇头说不知道。莫非那段历史真就成了谜？

2020 年的某天我到昌平博物馆参观，看到一口古钟，基座上摆放的小牌上面写着五个字："北七家出土"，我喜出望外，惊叫了一声，仿佛四十多年的一桩悬案有了终结。

然而当我凑近时，发现古钟上面的铭文却是"南七家"，难免有些失望。

南七家庄古钟铭文：

京都顺天府昌平州南七家庄观音庵

弘法沙门成照弟子领众：栾世杰、范大发、牛德恩、王国赞、孟成侯、高有才、吴进贤、孙国玉、李国柱、梁求安、安杰厚、闫思德、云富、寇化新、寇显荣、寇化泰、杨守义、李从禄、孟进会、孟成富、孟自荣、孟自美、李自新、安应学、云代文、牛化吉、汤国卿、栾国俊、栾国斌。山主：栾世泰。

康熙五十七年

冬月吉日立

康熙五十七年，即公元1718年，距今有300余年。粗略统计，铭文中提到的30名信众，涉及栾、范、牛、王、孟、高、吴等17个姓氏，远不止"七家"。依此看来，南七家庄的历史比300年还要久远。假如北七家庄古庙中有口钟，大概也存在类似的情况。

南七家庄位于北七家庄的南面，两个村庄土地接壤，鸡犬相闻，村庄的名字仅相差一字。在我插队落户时，这两个村庄被划分到两个公社，南七家庄隶属于中越人民友好公社，北七家庄隶属于北七家人民公社。之所以被昌平博物馆界定为"北七家出土"，是因为十多年前北七家乡改为了北七家镇，管辖的范围包括了北七家庄和南七家庄，故此处写"北七家出土"也没有错。

接下来的几天里，我眼前经常浮现这口古钟的形象，许多与钟有关的人和事不断地涌上心头。

当然，最先想到的就是在北七家庄插队落户期间的往事。模糊记得生产队队部院内有一棵大树，树枝上悬挂着一口钟，至于什么形状，我记不清了，好像是一段铁轨，也可能是一只齿轮。每天清晨，黄毛队长用一把铁榔头在钟上敲几下，社员和知青们就聚集起来，等候队长派活儿。

其实，最应该有钟的地方应该在北七家庄装订厂，因为它的前身是一座庙，庙里是缺不了钟的，就像在南七家庄观音庵旧址出土的那口古钟一样，北七家庄的这座庙里面当然也应该有一口钟。古钟身上也应该刻有庙的名称、地点、铸造年代以及解囊相助的捐款者姓名。

换而言之，北七家庄这座庙一旦出土了类似的古钟，这座庙的身世便会了然于世，不再让我们去猜。

看到这口钟，我自然而然地联想到《巴黎圣母院》中的敲钟人卡西莫多，他虽然长得丑，性格却刚正不阿，疾恶如仇，他对吉卜赛女郎爱斯梅拉达善良温柔，与其长相难成正比。他以矫健的身姿拽动摆绳撞响古钟，嘹亮而又悠长的钟声在我耳边回响。影片的末尾，卡西莫多抱着已经逝去的爱斯梅拉达逃至一处，依偎着她不离不弃，直至化为一捧流沙……

不知怎地，昨夜我梦见重归北七家插队落户，我们仍住在装订厂西侧的男知青宿舍。每天清晨，唤醒众人的不再是大喇叭里播放的乐曲，而是装订厂里的钟声。是的，它还原为一座古庙，一口硕大的古钟悬挂在一棵古柏的树枝上，被敲钟人定时敲响。颇显疲惫的知青们被这洪亮、深邃、悠长的钟声唤醒，开始了一天的劳作。

第四辑

乡间寻访录

酸枣的故事

　　1984 年 8 月下旬的一天，我进山采访五十三岁的造林模范李富余，他的老伴用白面饼和炒土豆丝招待我，十分热情。李富余很忙，白天看不见他的影儿，即使晚上回家，时间也已经很晚，聊不了两句就鼾声大作。于是我不得不连续在他家土炕上睡了两个晚上，瞅准了空当就跟他聊上两句。

　　第三天，我对李富余做了采访，中途也总被打断，最后因为一件非他亲自处理不可的事情又被人叫走。好在通过侧面迂回方式我已经掌握了不少素材，回去写一篇人物通讯不成问题。

　　那几天，我跟李富余的老伴儿接触的时间最多，在一起聊天，帮她给民工们做一日三餐，还采访到了她的儿子和四女儿，收获不小。

　　上山后的第三天，是个星期六，我惦记着回城里的家，打算下午动身。大妈（李富余的老伴儿，可惜我不知道她姓名）非让我吃了晚饭再走，我依了她。

　　到了下午，我说再到山上看看种植的树苗。于是大妈撂下手中的活儿，领我爬上山坡。

　　大妈十九岁那年坐花轿来到边墙子这个偏僻的小山村，当时家里就两间小土房，连炕席都没有。她说来的第一天，就和造林结了缘分。因为赶上发大水，村里人正就着河里的水上山植树，于是她也挎着荆条篮子里的树种子到山里去种了三天树。

　　"过一条小河时，是一位小伙子把我背过去的。"大妈乐呵呵地说，"我和老爷子（大妈的公公，当时的生产队长）分为一组，老爷子刨坑，我点籽儿。"

"生老四（大妈有一个儿子、五个闺女）那一年（1958年），老爷子又带领着大家伙儿栽下了云梁山那片油松。"

大妈说，1966年以后，提倡学大寨，一直搞粮食，很虔诚，粮是多了，可边墙子一直是全大队最穷的队，日值总是在五六毛钱上滚来滚去。吃点儿精面窝窝头就算是好的了，里面还要掺些菜叶子和萝卜缨子。后来政策放宽了，国家鼓励荒山造林，还有补助，为解决劳动力少的矛盾，李富余想起邀伙造林的主意。

三年工夫，五千亩松、柏、刺槐、臭椿、杏树、山桃、山楂、桑树、栗子等九种树苗子出来了，扎住根了，成绩有了，李富余的大名也叫响了，当了人大代表，到香山去开会。

其实大妈也不简单，她是"造林公司"的总调度。"七抓八挠不失暇儿""人不勤就来不了钱"，这是大妈的座右铭。前不久，有一家新闻单位来拍电影，大妈就让拍电影的帮助看家，她抽空去搂山核桃籽儿，出去一会儿工夫，就背回来半麻包。

看见地埂里小树苗还没草长得高，我担心树苗长不起来。大妈解释道："别瞧这些树苗长得跟吐沫星子似的，只要一长起来，这么一盖，草就长不起来了。"接着她蹲下身来："你看，这是一棵刺槐，看上去叶梢儿都晒干了，可是根儿没死，一下雨就又活了。"她又指着不远处对我说："你瞧那一棵，长得多水灵。"

当看到被洪水冲塌的地埂和枯死的树苗，大妈心疼地用手抚摸着，像疼爱自己的亲生儿女一般。

返回途中，我发现小路边上一簇簇火苗似的酸枣棵子。山里人眼中司空见惯，可是对于我却是稀罕物。只见我钻进酸枣棵里摘起来，尖锐的酸枣刺很扎手也全然不顾。

同行的大妈也不动声色地摘起来。山里的女人年年摘，动作格外麻利，很快就把她随身携带的书兜装满了。据她说，如今这酸枣是药材，山下供销社花一斤六毛钱收购。我看见她摘的酸枣鼓鼓囊囊的，少说也有五六斤。不知为什么，每当发现一棵结满了果实的酸枣棵子，我就先摘起来，恐怕被她分享。不一会儿，我的两个上衣口袋就被装满了。

回到大妈家里吃过晚饭，我辞行之前，大妈将我叫住。只见她把采摘的一书兜酸枣一股脑儿地倒进了我的书包，一颗不剩。

我惊异地看着老人家的举动，不相信这是真的。这可是快要到手的三块钱呀！这个数目当时对于这穷山沟里的大妈来说，可是一笔可观的收入哩！等我反应过来，大妈正把落在炕沿上的一颗酸枣拾起来放进我的书包里。

"不行，这怎么能行？"我开始阻止大妈给我的书包系上带子，那里面都是鲜红的酸枣儿，其中三分之二是大妈亲手摘的，是大妈的劳动果实。

"来我们山里，也没什么好送你的，这些酸枣就算是大妈的一点心意。"大妈一边说一边帮助我把书包带系好。

我真后悔！刚才在山上采摘酸枣的时候，我以为大妈是在为她自己忙碌，还因此暗自埋怨过她老人家。

望着大妈布满皱纹的脸庞，我想到上山三天以来，我吃住在大妈家里，大妈对我无微不至的照料，我感动得眼里充满了泪水。

后来我把这些酸枣带回了城里的家，让家人都品尝一下山里的酸枣，同时还把大妈的故事讲给大家听。至今，我眼前还不时浮现出大妈在陡峭的山坡上，在酸枣棵子里钻来钻去采摘酸枣的身影。酸枣的味道又甜又酸，只要尝上一颗，那股味道就能保持很长一段时间。

医书上说，酸枣能入药，有镇静、调节心跳紊乱的功能。大妈的一言一行恰似给我思想上的一剂良药，使我在镇静沉思之后看到了自己的不足，看到了山里人平凡中的不凡。

　　三十一年后的一天，在北京市农委宣传处处长陈立玺联系下，我在锥臼峪村的一户农家院落找到了已年过八旬的李富余，院子当中有一棵樱桃树，爷儿俩就坐在树下喝茶聊天。他的听力不大好，但是脑子还好使，我大声地问他当年我采访他的事，他仍然记得我。当问及他老伴时，得知大妈已去世二十年，我想起那些酸枣，心里不禁一阵酸楚。我问李富余："当年您家不是住在边墙子村吗？怎么搬到了这里？"老人告诉我，因为在山上取水困难，边墙子村的十几户村民在政府安排下于二十多年前就迁至山下锥臼峪村了。我说想上山去看看边墙子村的老房子，他说上面的房子早就没了。见我执意要去，老人就指给我一条山路。我开车上山看见路边树林中几处残垣断壁，估计就是从前李富余家的旧址。我把车停在路边，伫立在废墟前回想着三十一年前的情景：我曾经在那条土炕上睡过两个夜晚，大妈坐在炕沿上把满满一书兜酸枣倒入我的书包。我环顾四周，当年漫山遍野"吐沫星子"似的树苗如今已经长成了十多米高的大树。

阳坊乡蹲点札记

　　1984 年 6 月中旬至 7 月中旬，我和县里的几位干部组成三夏工作队，来到昌平县阳坊乡蹲点，如今三十年过去，尽管是点点滴滴，仍历历在目，回味无穷。

1

1984 年 6 月 14 日是我来到昌平县阳坊乡蹲点的第一天，安顿妥当之后我来到京密引水渠边溜达，遇见一群劳动打歇儿的姑娘。其中一位女子生性活泼，一双火辣辣的眼睛，两片鲜红的嘴唇宛若朝阳的色彩。闲聊中我问她是哪一届的，她说是 78 届的，由此我推算出她今年二十四岁。她说："不对，是二十二岁。"原来她是早上了一年学，后来又跳了一个年级。她身边一位女孩突然"咯咯咯"笑起来，像哥伦布发现新大陆那样兴奋："原来你是在问她的年龄！"先前那位姑娘的脸本来就红润，听了伙伴这句话，就更红润了。

在乡里住的第一个晚上，半夜里我听到一阵急促的敲钟声，时间持续了几十分钟。我以为出了什么事，披衣跑出去看，没见什么动静。我重新躺回床上，却再也睡不着了。

这一带梨树多，皮薄味美，据说从前是给朝廷的贡品，新中国成立后也是国宴必备之佳品。这梨树不需要肥厚的土壤，有些石子和细沙为好，而东贯市村就属于这种土质。问及东贯市村名的来历，当地人答曰：从前倒是有一个很美的名字，叫"凤凰村"，后来因为附近有前白虎涧和后白虎涧（"涧"与"箭"是谐音），有这两个村在前面，凤凰村总富不起来。村里人认为是被"箭射中"的缘故，于是就把自己的村名改为东贯市，其中的"贯"字有"穿过"之意，即使再有利箭射来，也无伤皮毛。后来东贯市村果真富了起来。

此次蹲点正值麦收季节，七年前我在该县北七家村插队，在"三夏"中吃过不少苦。起五更割麦子，在尘土飞扬、噪音四起的场院里往锥形脱粒机里面塞麦个子，浑身被汗水浸透，奇痒无比。如今我来阳坊乡参加"三夏"，身份不再是知青，而是县工作队队员，我的主要任务不再像从前那样玩命地割麦、打场脱粒，而是参加一些现场会，帮助写几篇广播稿，肯定会少受一些皮肉之苦。但是我却担心社员们会用一种异样的眼光看我。这种眼光我在插队时也曾经有过，面对的是某些只动嘴不动手、指手画脚的村干部和检查团。今非昔比，自己也在经受那种不信任眼光的挑战。

相比之下，县文化科的王学文却备受当地人欢迎和优待，下乡几天来，他用不着上公社（请原谅我还是习惯使用这一老称呼）食堂去打饭，他自己有饭辙，当地许多熟人轮流请他到家里去喝酒。

老王五十来岁，寸头有些发白，个子不高，总是乐呵呵的，是个地地道道的乐天派。他多才多艺，这次主要是采写广播稿。天气热，晚饭后他就在庭院里的石桌旁写稿，旁边围着一大帮人，都是公社的机关干部。

"这一篇稿子是一瓶酒。"

"这一篇稿子是二两肘子肉。"

大伙儿你一言我一语地跟老王开着玩笑。说的是他用稿费将要买来的食物。

老王也不在意，一边与众人打着哈哈，一边依旧趴在石桌上起草一篇稿子，不受任何干扰。

2

这天下午，我骑车沿着河边公路回县城办事。一路上行人甚少，偶尔见几位姑娘媳妇在河边洗衣说笑，白皙的双腿浸泡在碧绿的河水中，岸边树林传来串串动听的鸟鸣。

前面有一道水闸，一位妇女刚在麦田里干完活儿从河边走过，清凉的河水诱她脱去外衣，只穿背心裤衩，白嫩的小腿伸进水里，撩起一捧捧清水朝自己身上泼。

路上走过来一位少女，城市姑娘打扮，穿一件蓝色连衣裙，头戴一顶折叠式乳白色太阳软帽，肉色长筒袜，红色半高跟鞋，骑一辆凤凰牌蓝色 26 女车，在来往的村姑中十分显眼。赶大车的小伙子直眉瞪眼地盯着她，驾辕的马儿吃着路边的草也不走了；路旁田里割麦的小伙子也停下手中的镰刀，直起身来朝这边张望。

傍晚，我骑车回到阳坊乡政府，同宿舍的文化科老王写稿如痴，白天跑了一天，晚上先不吃饭，就趴在桌上写稿。等写完了，人困马乏，已是深夜，独自喝上两盅，便躺在床上呼呼睡去。自由自在，逍遥随意。

天气闷热了一天，夜里好不容易下起了阵雨，我跑到院子里，伸手捧接这天降的精灵，暑热暂时消退，感觉凉爽了许多。站在我身旁的乡党委书记却满肚子不高兴。只见他眼睛总盯着头顶上那块乌黑的云朵，嘴里嘟囔道："快刮到城里去吧，反正那里也没有麦子，我的麦子还要收哩！"他穿一件和尚衫，锃亮的脑门上汩汩地淌着汗珠，却不愿意这场阵雨下在自己跟前。

阳坊村西路口有一个体茶庄，店主叫黄进清，三十岁，只是显得有点儿老，也许是乡下女人辛苦的缘故。她个子不高，留着短发，旁边玩耍的一个小男孩是她的儿子，只有三岁。黄进清的丈夫名叫田泽新，小她一岁，在生产队开拖拉机。茶庄是年初开的，有茉莉花茶、花茶、花三角、红茶、绿茶等十三个品种。店铺仅四平方米，地盘是凭着乡亲的面子朝人家借的，小铺很矮，仅有一人多高，闷得很。柜台的铁架是请综合厂的师傅给做的。

她既卖茶叶又照看孩子，孩子缠着她，妨碍妈妈接受采访，于是妈妈对孩子说："你到路那边找小东哥看金鱼去吧。"妈妈拉开门让孩子到公路对面，一个差不多大的小男孩正蹲在那里卖小金鱼，金鱼只有黄豆般大小，半脸盆的水里游弋着许多小金鱼。

女店主和我攀谈起来："开个小店儿，一是自己图个小利，二是方便群众。一天，河那边的一位小伙子跑过来买茶叶，说是急着去订婚，带两罐茶叶去相亲。""我们这村 80% 是回民，回民喜欢喝茶，老人们清晨起来，漱完口头一桩事就是喝茶。亲戚家盖房，也时兴送茶叶。"

采访不断被打断，顾客络绎不绝，我坐了半小时，就来了七八个人，有军人、过路的司机、村里的老乡。"您来了！""您慢走！"店主人热情地迎送。

妈妈正被采访，三岁的孩子跑回来扑到妈妈怀里要吃奶。店主人解开领口喂奶，继续和我交谈。

女主人自己感觉不到什么，我却感到有些难为情，再说谈得也差不多了，于是我走出茶庄。

我走过马路，也来到卖金鱼儿的小孩那边去凑热闹。那孩子还不懂得和客人应酬，一问才四岁。他身后是"阳坊京津修表店"的店面，跟刚才见过的那家茶庄一般大小，只是多了一台嗡嗡作响的电风扇，小屋里相对凉爽一些。

进门左手是柜台，透过柜台上的玻璃，看到里面摆着各种各样的钟表的外壳等零件，以及精细小巧的钻头、锥子、小刀、钳子等修理工具。

店主是姐弟俩，姐姐三十岁，不在家，弟弟二十二岁，两颊及下巴颏儿长满了浓密的胡须，虽算不上魁梧，但是个头很高，足有一米八几。手艺是哥哥教的，哥哥在北京城里一家钟表厂做工。

3

这天早晨 4 点半就起床了，所有乡里的干部，连同我们这几位工作队的同志都被组织起来帮助农民割麦子。我们沿运河逆流而行，昨夜一场雨，搞得土路泥泞。

途中我们看到了刚刚升出地平线的太阳，天上飘着几朵云彩，朝阳在乌云和地平线之间升腾，鲜红鲜红的。我有四五年没见过这样壮观的景象了。

记得从前在农村插队的时候，经常会见到这种景观，因为要早起下地干活儿。从某种意义上说，如此美丽壮观的景色属于勤劳的人们，属于这片广阔的田野。

我对五年前在农村插队割麦子的情景仍记忆犹新，如今手中的镰刀却不大听我使唤了，一不小心镰刀砍在我的小腿上，一阵刺骨的痛，好不容易坚持割到地头，挽起裤腿一瞧，腿上流了许多血。

和我分到一垄麦地的是乡办公室打字员兼文书档案管理员，比我小五岁，个子也矮我半头，镰刀比我的快不到哪儿去，但是她割得就是比我快。旁边另外一位姑娘也在乡里供职，也有一双漂亮的眼睛，个头和我差不多，身材苗条，不过嘴唇泛着白色，话语不多，似乎在把说话的气力节省下来，好多割几把麦子。

麦子运到了场院，脱粒、晾晒、进仓。人们辛勤的劳动有了丰厚的回报。

清晨出发前，我随身携带了一个小笔记本和一支笔，想利用空闲时间把听到的俏皮话什么的给记录下来。可是一旦干起活儿来，我的手就属于了镰刀和麦子，根本就没工夫去摸笔和本，头脑也变得有些迟钝，灵感一闪而过，难以捕捉。

4

"不在乎这一块钱两块钱，要看他那眼光清不清。""瞧这天气热的，我的衣服全湿湿了。""我是维持人的人。""我的肚子（量）可不是平常人的肚子（量）。""你的内涵外延多，脑门上的皱褶儿多（意思是说，你聪明）。"……

说这些话的，是人称活宝的县文化馆的老王，他、老李和我住在阳坊乡同一间宿舍。你瞧，他现在正坐在一张钢木折椅上，与前来采访的县广播局播音员兼记者马德清开玩笑。

老王整天价乐呵呵的，老年不知愁滋味，口不离曲，手不离笔，走到哪儿写到哪儿，唱到哪儿，把玩笑、奇闻说到哪儿。

"飞机扔的炸弹，就像羊拉的羊屎蛋儿似的。"这是他在回忆战争年代的一次亲身经历。

电视剧《嫁不出去的姑娘》里面有一段听评剧的情节，老王边看边评价道："这个姑娘不如刚才那个要彩礼的姑娘唱得好。"

老王是个评剧迷，不知不觉间就能哼出来几句词儿来。这不，夜间饮酒时突然来了灵感，哼出几句顺口溜："鸡蛋是妻送的，豆腐是伙房剩的，花生豆是备用的。"瞧他那逍遥自在的神情，实在令我羡慕。

老王是麦收季节出生的，天生就跟麦收有联系有感情，尽管年岁大了，此次仍跟我们年轻人一起下乡。他的长相酷似相声演员郭启儒，语言也同样活泼风趣，颇受乡里干部欢迎。

"我跟县文化科说说，让你来我们乡做常驻代表。有你在身边逗乐子，我准能长寿。"乡党委书记风趣地说。

有人还给老王编了几句顺口溜：

老王写稿有怪癖，喜欢挤在人堆里；

换个地方很安静，他却反而没文笔。

5

麦收季节，农民的作息时间比平时有所变化。白天太阳晒，午睡时间长，一般睡到下午三四点，夜里摸黑儿干，早晨起得早。我们工作队的几位同志也入乡随俗，跟着麦收季节的生物钟走。

这天早晨，我和老李来到田间地头，听说这块承包地的产量挺高，我们想了解一下，把好经验宣传推广。一位农妇正在地里插秧，我们凑上去与其搭话，她一边插秧一边回答。她叫鲁长华，我管她叫鲁大嫂，三十六七岁，身板结实，健谈，也很实诚。我们要离开时，她从水田里走出来，光着脚板来送行，路面上尽是小石子，她也不怕扎。她一米六二的个子，并不胖，黑里透红的皮肤，褐色的裤管挽到膝盖，结实的小腿上沾满了泥浆。

我们刚迈开几步便碰上她的丈夫牛廷义，一会儿村里的生产队长等人也来了，听说我们的来意，大家便在路旁席地而坐，七嘴八舌地聊起来。

这两口子前些年承包了六亩水田，是乡里试种旱直播水稻的试点，去年亩产一干多斤。路西有九亩地，以前别人种高粱，亩产不过八百斤；去年老牛开始承包，也是种高粱，亩产有所增加，今年也改种为旱直播水稻，另外还开垦了不少地边。加上原有的六亩水田，他家的稻田面积扩大到了二十亩。他俩天天清晨 4 点钟就来到地里，平地、播种、补秧、施肥、浇水。路西那块地从前生产队花了三年时间也没有平整好，如今这两口子仅用二十天就给平整好了。

　　这是一对患难夫妻。老牛四十六岁，长长的头发，高高的个子，鼻子上有些碎麻子，是一条堂堂正正的汉子。可惜他是地主出身，"文革"中被生产队长迫害，有杀父夺妻之仇。老牛原配妻子很漂亮，在那位队长的诱迫下，与老牛离婚。鲁大嫂是邻近的海淀区上庄村人，原来结过一次婚，不过女儿两岁时丈夫就死了；后经人介绍，又和老牛结了婚。鲁大嫂比老牛小九岁，可是站在一块儿，看上去年龄差不多，与同龄女人相比，她要显老许多。现在他们有两个女儿，一个十二岁，一个五岁。去年地富子女"摘帽"，一向受人欺负的老牛直起了腰。"我一定比你们干得要好。"那天村里宣布"摘帽"，牛廷义一句朴素的话掷地有声。这正是：

　　承包农田产量高，患难夫妻最勤劳；

　　地主帽子被摘掉，老牛从此直起腰。

6

　　乡团委书记也在这个村蹲点，他瘦高个儿，留着寸头，穿一条蓝色工作服的裤子，和尚衫已经洗得发黄。他曾在海军服役五年，见过世面，对各地方言有所研究，一听老李的口音，就知道老李是辽宁一带的人。这位乡团委书记自称读过六百部中外名著，有搞文学创作的志向；按说他对农村情况了如指掌，创作农村题材的作品不成问题。"咳，就是工作太忙，腾不出手来写。"他对我解释说。

　　他所在的乡工作队共有三个人，住在村小学校，学生放假了，有空闲的教师宿舍。饭是他们自己做，早晨熬粥，米是工作队长李中横在鲁大嫂那里买的。这三个人生于斯长于斯，对当地百姓的情况比我了解的要多得多。

"麦收季节，社员的眼睛都红了，脑袋都打破了，最反感的是下乡溜溜达达的人。"他们直言不讳地说，"像你们这样，穿着这样干净的白衬衫，鞋上、裤脚上干干净净的不见一点泥，他们会骂你们的。当然多是在背后骂。"

听了他们的话，我并未感到过分诧异，我想起从前自己插队时也遇见过类似的情况，我们正在地里干活儿累得半死，看见一帮人成群结队地前来检查工作，心里就骂大街。

"如今该轮到别人骂我们了。"我惭愧地想。

正所谓：

乡下干部话粗俗，直截了当点痛处；

当年厌恶检查团，今天反而遭厌恶。

7

6月16日至21日连天阴雨，这可苦了麦收的农民，因为麦子脱粒之后没地方晾晒，时间稍长就会发霉。附近的一些农民慌不择路，把成包的麦子拉到乡政府大院，把麦粒摊在药王庙的大殿里、会议室、办公室、楼道楼廊，甚至宿舍里，几乎所有能避雨的空地都被晾上了麦子。你也许会问，又是乡政府大院又是药王庙，到底你指的是什么地方？乡政府大院就设在阳坊村药王庙里，换句话说，乡政府占用了药王庙的地盘。除了大殿、配房等药王庙原来设施被用作乡政府各部门办公场所之外，人们又加盖了几间平房，我们的宿舍就位于其中。

这间宿舍约三十平方米，摆放着四张床，老王（前两天老王提前回家了）、老李和我同住，另外一张是空的。许多急红了眼的农民在我们宿舍门口转悠。他们大概知道里面住的是县里来的人，有些望而生畏，只要我们不主动开口，他们不敢贸然进屋。其实我和老李也在考虑敞开大门，让农民进屋里来晾麦。就在我们迟疑之际，有人却忍不住了，只听他嚷道：

"搞宣传的，天天价喊不霉烂粮食，可是你们占着这么大的屋子闲着，外面那么多麦子淋着雨，你们难道就不心疼吗？"我闻声望去，只见一位身体粗壮、皮肤黝黑的中年汉子站在门口，我认出是乡社管会主任。

他后面的话就更难听了，骂爹骂娘，"这地面上存不住你们，你们走！"这最后一句话等于给我们下了逐客令啊！

老王不在，我和老李两个人书生气太浓，才让他欺负；假如老王还住在这里，这位鲁莽的家伙肯定不敢如此造次。我心里这么想。可是我和老李毕竟是有涵养的人，不跟他当面争吵，也没有计较对方的粗鲁和莽撞，而是赶紧出门请一位农民进屋里来晾麦。尽管有些被动，尽管感到有些委屈。

事后我主动和这位主任聊天，做了些解释，说我们当时已经考虑让农民进屋晾麦，正在商量如何将地面上的东西规整一下，好让空地儿更大一些。

"原来是这样！我是个大老粗，心直口快，得罪了！"这位主任连忙赔礼。我连连摆手道："也怪我们的动作慢了些。"

听说主任的老家在沙河，我便询问是否认识一位名叫晓霞的插队知青。他摸一摸有些花白的寸头说："有印象。我当时在村里当干部，对那些知青有印象。"他问起晓霞目前的情况，我说她是我的大学同学，现在城里一家事业单位上班。于是他让我回头给晓霞带好儿。一个粗鲁耿直的汉子，内心却很善良，通情达理。这正是：

出口伤人难还口，耿直汉子太粗鲁；

摊晾麦子情可原，彼此误解被消除。

8

过了两天，天气阴转晴，我和老李帮助老乡把晾在宿舍地板上的麦子收拢装袋，将麻袋的收口扎紧，抬起来放在独轮车上，目送老乡渐渐远去的背影，老李和我也轻松了许多。

又过了些日子，"三夏"结束了，乡政府举办了一场庆祝丰收的晚宴，人们都在为血汗换来的丰收而欢呼、畅饮。有的竟然醉了，哼着小曲儿，有的在哭在闹，在这哭笑当中，我看到了这些农村基层干部质朴豪爽和善良的心灵。

"自己不能流泪，而是要笑，为农民的丰收而欢笑。"我是这么准备的，可是一见那么多人的热情爽朗和好客，我忍不住流下了眼泪。这些普通乡村干部以及千千万万的老乡们，他们辛勤的劳动和付出，给了我们丰衣足食的生活，促进了社会的发展。

次日晚上，乡里干部们为县三夏工作队的成员们饯行。我喝得有些醉了，老王酒量有限，过两杯不喝，老李仍旧坚持底线，滴酒不沾，只用白开水代替。餐桌上有一道菜叫白蒿头，可入药。第二天，离开阳坊乡时我们看到这种植物开遍了6月的乡间路旁，散发着沁人心脾的芬芳。

记者的女儿

　　一只用办公信笺叠成的小纸船，摆在我的书柜里面，十多年了，我搬了几次家都舍不得把它丢掉。这是一位七岁女童给我的留念，船上面写着她的名字"王雪花"。

　　那是 1984 年的夏天，我大学毕业刚刚一年，在昌平县委宣传部当新闻干事。这天我接待了一位从北京城里来的王姓记者，王雪花正是记者的女儿。这孩子 9 月就要上小学一年级了。眼下幼儿班在放假，她只能跟着当记者的爸爸下乡来采访。

　　那是一位多么惹人喜爱的孩子啊！梳着一根马尾辫儿，胖胖的脸蛋儿，一双格外大而明亮的眼睛，不时地做出"对眼"来逗你笑。她穿着一身浅蓝色的连衣裙，我领她出去玩，她解开连衣裙的腰际飘带，让它在风中飘起来，一边跑，嘴里还一个劲儿地叫着："小燕子，我是小燕子。"

　　可真没想到，就在我观察她的时候，我同时也成了她悉心研究的对象。

　　"你脸上怎么那么多痦子呀？"

　　"你头上怎么有白头发啦？"

　　"你有小孩吗？"

　　这劈头盖脸的三个问题还真让我难以招架，不好作答。我佩服孩子天真、好奇、坦率的提问，细腻观察对象的能力。她像不像一位小记者？

　　她爸爸在县委宣传部借了一辆自行车，由我的一位同事陪同进山采访，带着孩子不方便，于是我问是否可以把孩子留下由我代管。女孩儿一听连连称好。许多孩子都认生，舍不得离开父母半步，可这小女孩却与众不同。

为了哄她玩儿，我从阅览室找出几本画报，她看了两眼，合上画报就不看了。我又找出一截白线，两头一接，和她玩起"翻绳儿"。凡是我会的她都会，最后还给我表演了一个绝招小魔术：线头儿本来在指头的里侧，可经她一拨弄，那线头儿被翻到指头外侧去了。她还爱听讲故事，让我讲孙悟空三打白骨精。可是只听了两句，她就不爱听了。

吃完午饭，我问她困不困？

"不困，来的路上，我在汽车上睡过了。"

"那现在也要休息，乖乖。"我说。

她听话地躺在床上，很快就睡着了。刚才还说不困呢？

傍晚时分，记者爸爸从山里采访回来了，她连蹦带跳扑到爸爸怀里。

临走，她把在院子里采集的一小把草籽留给我，还有那只纸叠的小船，也放在我的手上作为纪念。

她跟着记者爸爸走了，用小手托着连衣裙上的飘带，跳着，蹦着，多像一只小燕子！在汽车里面，隔着玻璃窗户还冲着我招着小手。

一年之后，我的妻子怀孕了，熟人逗我："想要男孩还是想要女孩？"我笑着回答："什么都一样。"其实从心里说，我还是想要个女儿。结果，天遂人愿。

转眼之间，女儿已经上了初中一年级。童年的她也和"记者的女儿"一样天真聪颖。

倒车·多多

2017年秋天的一个周末，我照例驱车来到租住的村里。停车场距离院门口有三十米，前两次我来时为了图省事，没有把车停在停车场，而是直接停在了院门口，这样搬运车上的东西要省很多力。

可是那天，我没敢把车停在大门口。因为街道太窄，妨碍邻居行走。更要命的是，车头方向经过几户人家，其中一户总把一辆农用三轮车停在自家门口，我如果卸完车直接向前开，过不去。我必须事先敲敲那家的大铁门，请农用车的主人出来挪车。我敲过两回，每次抢着应答的是狗叫声，那是一条名副其实的看家狗。村里每家都养一条看家狗，品种算不上名贵，但只要能看家护院就成。

农用车主打着呵欠，睡眼惺忪地打开门，是一位四十来岁的汉子。他把三轮车发动起来，拐进东边更窄的一条胡同，等我把车开过去，他再将三轮车开回原处。因此我不愿意再麻烦他出来为我挪车。我宁愿按原路倒车返回。

促使我将车停在停车场的另一个原因是老门媳妇的一句话。上周末我倒车时，老门媳妇与一帮姐妹在她家门口打牌，我要倒车，她们就得挪地方。她们明显很不乐意。老门媳妇劝我不要再把车停门口，而是停到停车场。我当时还嘴说，因为要运送东西。她说，那你就找一辆小车推过去不就行了。我就没再吭声。

这一天我听从老门媳妇的劝导，将车停在停车场，用独轮车倒腾几次。费事是费事，可是免去了因倒车而引发的种种麻烦和牢骚。促使我这样做的还有一个原因，上上周末，我从门前倒车，请老门媳妇帮助看着。不小心压断了她家的一只小板凳。我想坏了，从此之后围坐在那里打牌纳凉的女人们总要有一个站着。其实我也是多虑，农家的小板凳有的是。当时我执意要赔，老门媳妇挥挥手说："算了，不就一个板凳嘛，赔什么？不用赔。"

返城途中我在寻思，我的车没有倒车雷达，倒车完全靠后视镜，而后视镜总会有死角和盲区，多少存在安全隐患。于是我下定决心，除非万不得已，我今后不在院门口停车了。

下午一觉醒来，我打算把一些成捆的书搬到东边的房子里。东边的房子与我的小院隔一条街，我把两边的大门都打开。我拎起两捆书要走，听到一阵狗叫声，后面还有一个男人的叫骂声。那是北边邻居的一条小黑狗，一边狂吠，一边窜进我的院子，企图阻止我走出去。真有点欺人太甚。我搬来有半年了，它应该认识我是这院子的新主人，可是它却不长记性。狗的男主人站在自家门口大骂自家的狗，大意是责怪它不该闯进邻居家捣乱。这条狗名叫多多。我经常听见那家的女主人温柔地对狗狗说，多多，在外面玩一会儿就行了，不要贪玩，该回家了。

话说我拎着两捆书迎着多多走过去，它且叫且退，阻挠我行进的企图终于失败。当我踏上东边房间台阶时，它仍不死心，围绕着我叫唤，男主人又狠狠地责骂一阵子，多多这才不情愿地回了家。男主人咣当一声关上门，继续训斥多多。

狗的男主人四十来岁，是县里的清洁员，经常开着专用电摩，身穿印有清洁字样的橘黄色马甲从我面前路过。他平时说话比较客气，可是教训起多多来，就大声喊叫，骂骂咧咧。他老婆比他要胖，性情比较温和，出现在大门口时，多数是在呼唤她的爱犬多多。

其间，天上下起了零星小雨，因为核桃树叶的遮挡，小院大部分地面仍是干燥的，只有个别角落见了湿。

刚进小院时，我就发现东厢房房顶换了几片新瓦，并用水泥灰浆加固，是房东胡师傅回来维修的。上周二他打电话给我，说收到了我前些日子发给他的几幅微信照片。我告诉他，东厢房房顶掉下来几片瓦，可能是刮风吹落的，请他抽空过来维修。那天他给我打电话，说是要换瓦，可是大门却打不开。我说，那是你自己家的大门，肯定能打开，你用钥匙再试试。也许是他很久没开过这道门了，自家的大门也变得生疏。

老门·菜地·别克

老门，六十岁左右，瘦高个儿，背稍驼，我租住农舍的一位街坊。我们之间的交情始于一场因菜地浇水而引发的误会。

事情发生在 5 月初的一天，我和弟弟、妹妹驾车来到乡下，往租屋运送物品。我在租屋收拾东西，他俩跑到马路对面山下的菜地去浇水。他俩对这块约十米长、五米宽的菜地很上心，翻地、打埂、撒种、浇地，不知劳累。菜籽是 4 月初撒下的，弟弟在网上一口气买来二十几种菜籽，期望长出的小红萝卜、胡萝卜、小白菜、黄瓜、茄子等新鲜蔬菜，源源不断地供应家庭餐桌。可是，几个星期后只冒出来几棵苗，圆圆的小叶片，兄妹仨猜测是小红萝卜。

言归正传，两个时辰过后，过了晌午，他俩拎着水桶回来了。告诉我，正赶上村里给菜地放水。我说太好了，省了你俩不少力气。他俩说，浇是浇上了，不过等了很长时间。因为要按照先来后到的规则，早到的先浇，后到的排队。如果没有排到你，即使水经过你家地头，也不能开口子往自家菜地放水浇地。他俩因为不清楚这条规矩，在田埂上开了个豁口，将水渠的水引进了菜地。这下引发了水渠下游一个人的抗议："你们干啥呢？晚到的却先浇上了，还有没有规矩？"弟弟和妹妹一边解释一边将水渠的豁口堵死。直到轮到了自己，才重新挖开豁口继续浇水，浇了个透。所以才拖得这么久。我连忙安慰几句，拉他俩到附近一户农家乐吃午饭。

等饭间隙，弟弟妹妹余兴未尽，仍在说浇地的纠纷。就在这时，院子里出现一位汉子，弟弟妹妹见了，异口同声地悄悄对我说："就是他！刚才在菜地冲我俩发火的那个人。""哦！"我惊叹道。居然如此凑巧，莫非他得理不让人，跟到此处来继续纠缠？

只见那汉子把手里拿的家什往墙角一搁。一瞧这架势，我们猜出来，来者不是别人，正是这家的男主人。

弟弟起身问好，递上一支烟，对方取出自己的烟，说习惯抽这种。二人一边互相让烟，一边掰扯了几句刚才的误会。我上前插科打诨，说真是不打不成交啊，如今认识了，就是朋友，以后相互照应就是了。几个人客客气气地打着哈哈。

这时，女主人从厨房走出来，呼唤老伴儿帮助炒菜做饭。我们兄妹仨回到饭桌，喝水闲聊。不在话下。

饭后结完账，我问老汉贵姓。姓门。我又要了手机号码，请他下次放水前通知我一下，我好来浇水。老门爽快答应。

一周后我来到租屋遇见了老门。他说，这三天菜地放水。临走时，他主动对我说："我看你挺忙的，菜地的水我顺带着帮你浇了吧。"这是我求之不得的事情，连说几声谢谢："回头给你拎两瓶酒来。"老门咧嘴憨厚地笑了。"您喝什么酒？""什么都成。"于是下回进村，我给老门拎过去几瓶红星二锅头。

俗话说得好，"不打不成交"，我们因此而结识，成为一对互助伙伴。

一次我从村里离开前遇见老门，他正带着小孙子在街上转悠。说起菜地，他问我改种些什么，架豆行不行。我知道，兄妹仨先前撒下的菜籽几乎全军覆灭，及时改种是唯一的出路。"行啊，只要不撂荒就成。"

又到了周末，我和弟弟来到村里，午饭仍在老门家吃，见到一位年轻女子带领一帮人来吃饭，看长相，我估计是老门的女儿，因为脸庞跟老门妻子长得极像。老门妻子上菜时我问了这一问题，得到了证实。我瞥见屋前窗台上摆放着几只红星二锅头的空瓶子，我送来的酒已被老门喝干，于是暗暗记下再来时给老门添几瓶新酒。老门说起菜地，已经改种上了架豆、黄瓜等等，都是些喜欢爬秧的家伙，需要买竹竿做架子。我说买吧，事后我给你钱。老门点点头。

菜地对于我，曾经是一件棘手的事情，自己不会种，弃之又可惜。亏得我还在农村插过三年队，居然没有机会学会种菜。谢天谢地遇上了老门，他会帮助我照料那块菜地了。

但愿笑口常开的架豆们早日长大成熟，吃进嘴里肯定与平时吃到的滋味不一样，因为它们取自我的菜地，尽管生长的过程不再让我操心。

最近一次进村，我遇到另一件棘手的事情，又被老门帮助摆平了。此次与菜地无关，而与停车有关。那天天色渐晚，我来到停车场，急于赶路回城，却被一辆黑色别克商务车挡住去路。无计可施之时，我想起了老门。

还好，他正坐在街角的一张美人榻上与一个小伙子聊天。这西洋玩意儿也许是别人家淘汰的，老门捡了来；也许就是他本人买的，用得旧了，挪出来给新家具腾地方。我宁愿相信后一种猜测。新闻里总说，要缩小城乡差别，改善农民的生活水平，依我看，这话要辩证分析，反正我家至今没买过美人榻，而村里人却拥有了。

我询问别克车是谁家的，挡住了我的去路。老门站起来挠了挠头说，不清楚。"你按几下喇叭试试。"他给我出招。我不情愿地按了两下。说实在的，我真不愿意按，怕惊扰了山村的宁静。没有反应。我接着对老门说："刚才我在院子里，听见南面隔壁那一家有人说话，是不是他家的？"老门一拍大腿叫道："对了，你提醒了我，准是他家的。""那您陪我去看看吧，我跟他家不熟。"我说。于是，老门带领我来到这家门前。

老门轻轻敲了敲门。"有人吗？""有，进来吧。"里面传出说笑声。老门推开虚掩的大门，我看见院子里有四个人，一男二女，三个大人站在那里聊天，一个八九岁的小男孩在院子里玩耍。黑色别克的确是他家的。男主人身宽体胖，四十来岁，一边往外走，嘴里一边嘟囔着："我在车上留了手机号码的，你可以给我打电话。你没看见吗？"我说没注意，问他是否也是租户。答案是肯定的，周末假日带家人来换换空气，小住两天。这一次又多亏了老门，没有他的指点，我不知要耗到什么时辰。

独轮车与核桃树

　　周六下午，我把城里的一车藏书运到乡下的租屋。一趟一趟地用独轮车从停车场运往小院。

　　这独轮车我驾轻就熟，当年在北七家插队锻炼时经常推着这种车往田地里送粪，在挖河工地泥泞的道上推送河泥，秋收时运送庄稼，尽管时光过去了四十多年，技术还在，感觉还在。这辆独轮车是房东留下的，以为会碍我的事，将其雪藏于西厢房与南面邻居北墙的夹缝之间，我和弟弟费了九牛二虎之力才倒腾出来的。

　　车架子是用铁管和角铁焊接而成，跟北七家的独轮车极度相仿。北七家独轮车的那些铁架子是在装订厂所在的破庙的院子里安装的。我做过一天小工，负责锯铁管，打下手。组装和焊接的师傅来自一部分知青的家长，他们都是五六十岁的老工人，白发苍苍，技术老练，材料是工厂里的下脚料，用来支农是再好不过的正当理由。

　　他们身边的几棵柏树高大挺直，树龄足有数百年。柏树下，弧光闪烁，叮叮咚咚，一辆辆独轮车的框架应运而生。后来，村木匠带领几位知青，制作了木质的车斗，安装上胶皮轱辘，几十辆独轮车就做成了。

　　四十年后，深山中一家农舍小院里的这辆独轮车恐怕是当年我们知青使用过的独轮车的幸存者，辗转来到这家院落。轮毂上沾满了水泥，前年房东改建房屋运料时的结晶，施工者懒惰，未能及时清除，固化下来结成了硬疤。轮胎是瘪的，从房东那里借来气筒补足了气。我推着它在院子里转了一圈，找回了四十年前的那种感觉。

　　刚才停车的地方有一片水泥浮尘，是邻居盖房遗弃的尾料，竣工后也不来清扫。我只得小心翼翼地踩在上面，唯恐蹿起浮尘弄脏了我心爱的皮鞋。

卸完车，我驻足欣赏院中的核桃树，算是犒劳自己。树上结了许多乒乓球般大小的青涩核桃，其中两枚位于一根今年新生的被压弯的枝条上，我高抬手便能触摸得到。

在疏朗的枝条和浓密的叶片保护下，这两枚核桃像母亲心爱的一对双胞胎依偎相伴；又像是一双某种动物（牛、马、驴、斑马、恐龙）硕大的眼睛，用温存柔和的目光将我凝视。

据房东说，这是一棵油核桃，结下的果实不供人食用，而是供人把玩的文玩核桃，如果一对核桃完美对称，可以卖出好价钱。

雨后的枝条生长得疯狂，眼看就要与房门接吻了。应该告知房东，他会及时从县城赶来修剪。当然，我也可以听之任之，随其自然，野蛮生长，直到撞破玻璃门，那双铃铛般大小的慧眼定会饱览我的藏书，烂熟于心。

寻找诗友

2021 年 6 月初的一天中午，我开车到昌平区文化馆领取《军都文苑》杂志，里面刊登了我那篇碑文考证及赏析。我又驱车三十里来到租住的农家小院，我打算做两件事，一是整理内务，二是寻找村里一位姓段的诗友。她曾经在 1977 年昌平县文化馆在小汤山举办的诗歌写作培训班上作过典型发言，她写了一篇题为《盖房》的诗，清新淳朴，散发着浓郁的乡土气息，给我留下深刻印象。我知道这位诗友叫段志权，从前就住在这个村子。

　　两年前我和家人在上口村吃农家乐，品尝当地特色美食马武扣肉和大豆腐。其间有村民带孩子来串门，我问村里有没有姓段的，那几位女人连同老板娘齐声回答："有啊！段姓是村里的大姓。"我又问："段志权你们认识吗？"那女人回答："认识啊！她特别爱写东西。"我兴奋地说："是啊，她爱写诗。"她们问我如何认识段志权。我说四十二年前在一次诗歌培训班上，老师请她做示范，朗诵她写的一首诗《盖房》。我兴奋地说："我想去看望她，她家住在哪里？""就住在村中间那边，你过去一问就知道了。"一个女人回答。这个意外的发现，令我很兴奋，想马上见到她。但是天色已晚，看完《新闻联播》之后，还要返城，只能改日登门拜访。本来我应该即时找到这位诗友大姐的，可是后来疫情来了，又遇上一些其他变故，于是就把寻找这位诗友的事情拖到现在。

　　刚才突然下起瓢泼大雨，我一边吃饭一边听着屋外雨打树叶、屋瓦和庭院青石地面的声音，时大时小；不知名的鸟儿盘踞在核桃树上密匝的枝叶间喳喳啼鸣，仿佛在催促我不要把要办的事情无限期拖延。

　　我给房东老胡打电话询问段志权这个人，老胡说是有这么一个人，男的。我说不对，我要找的人是女的。后来老胡又打来电话告诉我，想起一位同名的，是女的，从前在区里上班。我问他："村里有一男一女两个段志权吗？"老胡说是的。真是天下事无奇不有，村里居然有两个名字一模一样的人。我喜出望外。老胡主动说："我给你找找段志权的电话号码，到时候告诉你。"

　　夜里雨仍在下，我站立在落地窗前，雨滴滴答答仍在有节奏地敲打核桃树的枝叶、屋瓦和青石地砖，四十四年前小汤山诗歌培训班的情景浮现眼前。

小汤山党校，董老师和高老师对我说，此次诗歌培训班从1977年1月28日到2月2日，时间很短，任务是紧急写一组农业学大寨的诗歌，文化馆要办一期文艺通讯。学员们分成若干个小组，我分到了司建会小组。司建会是一位来自百善公社的知青，写诗基础好。组里大多是岁数较大的，其中有秦城公社四十六岁的段士明，大东流公社三十五岁的柳琪。

第一天学习讨论毛主席《论十大关系》和华国锋在第二次全国农业会议上的讲话。晚上集中交流创作体会，在座的三十多人中，多数是知青，也有当地的农民、教师、干部和学生。

大东流知青刘群首先发言，他结合一首诗的创作过程，剖白了对农村插队生活的感受，抒发了对贫下中农淳朴的阶级感情。

段士明大伯讲得最好，他1947年参加中国人民解放军，参加过华北、西北战役，抗美援朝，1956年复员还乡。在部队时，他曾经是师宣传队的干事，能歌善舞，能写会画，多才多艺，从事诗歌、曲艺创作近三十年。

长陵公社上口大队的段志权特地赶来，讲述诗歌《盖房》的创作体会。董老师评价说："作为一个山村青年，把农民盖新房的喜悦与目前形势相结合，诗歌写得淳朴自然，情感真挚，值得大家学习。"

接着，大家进入了紧张的创作阶段，学员们或趴在炕头上悬笔沉思，或坐在桌子旁奋笔疾书，或踱步于庭院轻声吟诵，千姿百态，各显神通，假如竹林七贤转世也会羡慕不已。

第三天，县文化馆的谢老师也赶来了。他宽额头，尖下巴，戴一副厚厚的近视眼镜，个子瘦小，南方口音，1964年北大中文系毕业的高才生，在县文化馆一直从事文学创作辅导工作，并潜心积累十余年，编纂了一本《十三陵的传说》的小册子。

三位老师在学员们中间往来穿梭，俯身查看学员的创作进度，时而现出会心的微笑，时而眉头紧皱，时而提示措辞用语。

夏庆尧，百善公社某大队的农机修理员，朴实可爱可亲，他写的作品虽然不如别人，但是他的实践经验，对劳动场面的描写，一般人是比不了的。

郑刚良跟我是一个村的知青，此时文思泉涌，酝酿多日的主题，在灵感的召唤下，纵横驰骋，写了一篇《老贫农的誓言》。

马兰早已胸有成竹，不慌不忙地整理头发，两根发辫打散又编好，三只发卡在嘴唇上抿一下，依次别在头发上。这才开始动笔，娟秀的字迹落在白纸上，一气呵成。

我遇到些麻烦，仍然固守惯常的思维模式，写实有余，超脱不足，几易其稿，仍不得要领。

学习班还有一天就要结束了，虽然只有五天，但是彼此之间结下了深厚的友谊。上午开了一个小型联欢会，同时又是告别会。每个人都朗诵了个人创作的新诗，然后，段士明和马兰表演了几个小节目。

我和郑刚良一边欣赏节目，一边在内心感叹：暂时摆脱了繁重的体力劳作，摆脱了北七家村那诡秘而又复杂的人际环境，在诗歌艺术的殿堂上勤奋打磨，与众多诗友切磋技艺，形象思维的翅膀纵情翱翔，诗的意境层出不穷。感谢诗歌艺术的力量，在我们最困难的时候，让灵魂得到了净化和升华。

下午大家又聚集在一起，这是培训班最后一次会议。谢老师总结以后，董老师发给每个同学一个笔记本，作为学习班的留念。笔记本塑料皮儿有蓝色、红色和绿色，我选了蓝色，这是我喜欢的一种色彩。

诗歌培训班结束了，我更愿意称之为"小汤山诗会"。

晚饭吃饺子，里边的馅儿虽然不多，但是很香。临行之前，大家相互签名留念。段士明把我写的叙事诗《老罗和老郭》抄了去，说是要据此改编为一个山东快书。

那天晚上，郑刚良有事提前回村了，我独自一个人到小汤山浴池泡温泉澡。澡堂子里面弥漫着一股硫黄味道，雾气很重，看不清对面人的脸，池子里的水是淡黄色的，一股浮力将身体轻轻托起，仿佛要脱离地心的引力。上午联欢会表演节目的场景历历在目：

段士明在所有学员中年龄最大，性格却像年轻人，甚至比年轻人还要活泼。他不仅会唱《白毛女》中的《北风吹》，还会唱许多朝鲜歌曲。

他正在演唱《金日成将军之歌》，先用朝鲜语唱一遍，再用汉语唱一遍，嘹亮雄壮的歌声在房间里回荡，把人们的思绪带到了抗美援朝的战斗岁月，带到了白头山下、大同江边。

他又开始演唱《挖野菜》："拖拉机，拖拉机，拖拉机（发音）……"一边唱，一边手舞足蹈。他的动作柔和舒缓，舞姿轻盈优美，观众面前仿佛出现了一群美丽的朝鲜小姑娘，正在山坡、河边采摘野菜，漂亮的衣裙上下飘摆，胸前的飘带随风舞动。在房间里炕头前这块狭小的空地上，刚好够他腾挪伸展的空间。

最后，他还表演了一段自己创作的山东快板《张四海探亲》，浓厚的生活气息扑面而来。

他曾在志愿军一个师文工团工作，向朝鲜文艺工作者学到不少民族舞蹈和歌曲，时隔二十多年，仍然如此娴熟。你看他那灵活的身段，听他那清亮的歌喉，谁能相信他已有四十六岁了呢？是艺术的魅力使他焕发了青春。

　　兴寿公社的女知青马兰也唱起了一首朝鲜歌曲——《南江颂》，她那圆润清爽的歌喉美妙极了，唱到高音时响彻云霄。她用中文演唱一遍，又用朝鲜语演唱了第二遍。跟电影里唱得一模一样，难辨真假。那个时期流行朝鲜电影和歌曲，培养了许多崇拜者和模仿者，马兰算得上是模仿者中的一位顶尖高手。

　　……

　　夜雨仍在扑扑簌簌地下，街灯投过来温馨的暖光，假使天空晴朗，定能观赏到天穹的晶莹星月。

　　又过了两天，房东老胡给我发微信说查到了段志权的手机号码。我急忙按号码打过去，接电话的虽然是一位女性，但是不认识段志权。我给老胡发微信，请他核实一下号码。老胡改动了两个数字的次序，我拨过去就对了。

　　对方的口音我还有印象。我说起1977年小汤山诗歌培训班董老师请她讲述《盖房》那首诗的创作体会，讲完就走了。对方说是有这么一回事。我补充道："当时我是学员之一，你可能不记得我。"

　　她长我四岁，我自然称呼她大姐。段大姐说，她后来上了昌平师范，毕业后在县里一所小学教书，1988年调到西城一所小学校任教，直到退休。我问她现在还写诗吗？她说净忙工作了，没时间去写。

　　我问："你们村有一个人居然与你同名同姓，是吗？""差一个字儿，他是泉水的泉，我是权利的权。"段大姐笑着答道。

　　晚上我发短信给她："段大姐你好，中午与你通话很愉快，那首《盖房》的内容你还能复原吗？哪怕记得其中的几句也行。我当时没记下来。"

　　段大姐回复道："太客气啦！'地盘选了又选，木架挑了又挑，为知青盖新房，老支书亲自把心操……'时间太长了。昌平印刷厂应该有留存。以前有个职工曾说过。"

　　好了，我找到了尊敬的诗友段大姐，如果有机会我也许还会继续寻找"小汤山诗会"其他诗友的下落。

第五辑

情谊暖人间

春游

　　1983 年 4 月初的一个晚上，我突然接到杨广文的电话，通知我明天早晨在县委大楼门前集合乘车，到官园春游，务必参加。并提醒我带上一个小纪念品。我问做啥用？杨广文诡秘地笑道："现在不能告诉你，到时候你就知道了。"

　　杨广文何许人也？他乃昌平县团委宣传委员、县广播站通讯员，来广播站送过稿。他当过兵，做过放映员，性格开朗，组织能力强，从事宣传鼓动工作是行家里手。团县委办有一油印小报，有一支通讯员队伍，明日官园春游，邀请的正是这支队伍的骨干成员。

　　我干脆地答应下来，因为这些人同时也是县广播站的通讯员，具有双重身份。我想利用这一机会，认识一下这些新朋友，向他们约稿，或者征集线索，合作采写稿件。

　　杨广文还透露，他将去市委党校参加团体舞培训班，培训回来传授给县里的团干部，分散于全县各行各业的团干部们再去培训本单位的年轻人。"五四"青年节的夜晚，团县委将举办一场盛大的篝火舞会，地点待定。他让我做好思想准备，届时一展舞姿，大显身手。

　　我苦笑说不会跳，杨广文连声说："不信不信，你们大学生不会跳交谊舞吗？""真的没学会。"我认真起来。"没关系，到时候我给你物色一位女舞伴，教你跳舞，给你扫盲。"话筒里传来杨广文爽朗的笑声。

　　这笑声感染了我，也傻呵呵地笑起来。在一旁看稿的县广播站的两位同事曹力平和马枚吓一跳，问有何喜事，竟如此兴高采烈。我放下话筒，把杨广文的话复述一遍。曹力平说他也不会跳，马枚说："没关系，到时候我教你。"

次日清晨，从县城通往官园途中的面包车里，大家先做了相互介绍：有团县委宣传委员杨广文和助手小李子；有十三陵特区的陈一娟，她是定陵博物馆的讲解员，长得天庭饱满，雍容大方，笑口常开。另外的几位朋友分别是南口的康立雪、阳坊的刘志忠、三中的兰花、二中的魏红光等人。

接下来进行一场猜谜语游戏。杨广文怕大家寂寞，想出这个点子活跃气氛。

"我说一条规则啊。"杨广文从副驾驶座上偏转身面向大家，扯着嗓门道："这个游戏有两个道具，第一个道具是我手里的这朵红纸花，咱们先玩击鼓传花，花儿传到谁的手里，谁就出一道谜语，让大家猜；谁猜中了，出题的人就把预备的小纪念品送给他。你们每个人不是都准备了一个小纪念品吗？这就是第二个道具。听明白了吗？"

"听明白了！"众人齐声道。

"还有什么疑问吗？"

"没有！"

红纸花传了几个回合，谜语猜中了一箩筐。其中，我的谜语被物资局的申云猜去了，而我猜破了县委打字员李秋平的谜语。我的纪念品送给了申云，而我却得到了李秋平的纪念品——一只别致的锁链，小牌牌上挂着一只调皮的金猴，背面是十二生肖。

谜语猜完之后，杨广文又起头唱歌，大家群情激昂，连唱了两三首，目的地也就到了。

与颐和园、北海公园相比，这里的山水花草有相似之点，亦有独特之处。论规模论气势，它相形见绌，但是它有许多游乐设施，还有一个小剧场。在座的人都是第一次来此游玩，可以用目不暇接、流连忘返来形容大家的游兴。

这不，他们正在观看一部儿童动画片《木头姑娘》。故事讲的是木匠、画匠、首饰匠分别给木头姑娘以形体、色彩和财富，只有小伙子的爱情才给姑娘以生命。故事短小精悍，情节波澜起伏。

午饭时间到了，大家简单地用过面包、香肠和水之后，准备返程。刘志忠遗憾地说："要是有一部相机就好了，给大家拍一张合影。"杨广文解释说，团县委只有一部相机，被组织委员拿到政协会拍工作照了。

"请大家放心！下次活动我一定带上，照一张全家福。总之，牛奶会有的，面包也会有的。"杨广文模仿电影《列宁在1918》瓦西里对妻子说的一段台词，安慰刘志忠。

圆明园偶记

1984年7月上旬的一个下午，我参加市广播局召集的一个会议，会场在一座造型别致的北京四合院，电视连续剧《红楼梦》剧组的演员们正在院子里参加培训，女孩们个个长得胖似仙女。

会后，我顺便来到附近的圆明园遗址。这里有一片二十多亩水面的荷塘，密密匝匝的荷叶在凉爽的夏风中摇曳，粉红色的花含苞欲放。岸边的蝉声不断。不远处的灌木丛中，一对青年男女依偎在一起亲热，明知有人在偷看，他们竟毫不在意。此时此刻，他们忘却了周围的一切，世界上只有他们两个人。后来他们匆匆走了，原来一位头戴草帽的农民赶着七只绵羊和三只小羊羔来了，他手里拄着一根榆木棍，肩上搭着一件旧雨衣，左手牵着头羊的绳子。

"大伯，这羊是您家的吗？"

"啊。"

老人七十岁拐弯了，住在附近一个村子里。老人说，荷塘是生产队的，从前是一户地主的。"三亩稻子赚的钱才顶这一亩荷塘的收入，白露采藕，卖荷叶，可是一笔不小的收入。"羊吃的草是拉拉秧。

原来是这位牧羊人惊动了那一对如胶似漆的恋人。

我和牧羊老人天南海北地聊着，从幽静的小路上走过来两位少女。她们边走边笑，雀跃着走过石桥，正朝我们这边走来。不料被羊群挡住去路，只好绕道登上山坡。她们怕羊。她们爬坡时很吃力，我真想上前拉她们一把。

我坐的是一块方石，大概从前是用作某座楼台的奠基石。四周坑坑洼洼的。"解放前，卖了五十年了。"我想起牧羊老人的话。石料、砖头能挖的都被挖走卖掉了，只剩下一些横七竖八的石块，大概价值不大或是因为还没来得及搬走就解放了。当年富丽堂皇、辉煌一时的皇家园林，宫殿、水榭楼台一去不复返了。唯有眼前这片碧绿的荷塘，年年生长，岁岁开花，年年采藕，岁岁卖叶。

圆明园的毁灭有内外两个原因：一是外国列强烧毁的，二是自己人挖自家墙脚。

老人追他的羊群走了，迈着蹒跚的步子，走在蜿蜒幽静的小径上，最后隐没在远端的树林之中。他在这块地方牧羊有很久了，每到黄昏，他独自一人赶着羊群，回想起前辈有关圆明园的传说。那难以回首的往事。他会怎么想？他每天黄昏迈着沉重的步子在此徘徊，追忆失去的梦。梦见自己在大水法里逛游，可是脚下却是一片废墟。

周围已没有什么游人，天渐渐阴沉下来，远处传来几声沉闷而急促的雷声。该是倦鸟归巢的时刻了。

芬与琴

1983 年 4 月的一天，我收到二姐的来信，问我女朋友的问题是否解决了。真有意思。

其实，我在家排行老大，下面有一个妹妹和一个弟弟。这位"二姐"我最先是从琴嘴里听到的，琴是"二姐"介绍给我的一位女朋友。

那是我上大四的时候，一天我正在教室里和同学们通过闭路电视收看著名学者李泽厚的美学讲座，电视屏幕上出现一幅幅欧洲古典绘画作品，李教授一一分析这些传世之作的特征。忽然，身材胖乎乎的班主任推门进来叫我的名字，她说门口有人找。

我离开座位看到门口站着一位青年女性，确切地说也是一位老师，因为我很快认出来她在校长办公室工作，脸很熟，但不知叫什么名字。其实早在大学一年级新生报到那天我就认识了这位老师，她那笑意盈盈的模样给我留下深刻印象。她的年龄看起来与我相仿，后来听说比我大两岁。我上的是一所大学分校，此类大学分校当年在北京有三十六所，1977 年恢复高考后的第二年决定设立的，为的是让高考分数略低的考生也有上大学的机会。十年"文革"已经耽误了许多年轻人学习深造的机会，从各个角度来说扩大招生都是天经地义的事情。办了这么多的大学分校，校舍成了问题，于是政府把一些中学改造成了大学分校。位于西单丰盛胡同的一所中学就这样换成了大学分校的牌子。"二姐"是从前那所中学的老师，留在大学分校做行政工作。

话说在教室门口，我看到这位老师找自己，心里感到很纳闷。年轻女老师自我介绍道她叫芬。

"喂，你有对象了吗？"芬问得很直率。

"还没有。"我条件反射地回答。

"我从学生档案里了解到你和你家里的情况，我给你介绍一个女朋友行不行？"

"唔。"芬突如其来的问话，几乎使我没有思考的时间，只是下意识地回答，"行。"

"那好，明天我再来找你，给你们定一个约会的时间，行吗？"

我忘记了是怎么与芬道别的，当我重新回到座位时，感到脸上火辣辣的。

次日，芬又找到我，告诉我她已经把情况和对方做了初步介绍，约定当天傍晚在北海公园见面。

傍晚我准时来到北海公园门口，在人群中找到了芬。她身边站着一位姑娘，不用说，准是芬介绍的对象。芬简单地为双方做了介绍，说了声"慢慢谈吧"，便消失在人群中。

我买了两张门票，和这位姑娘走进了北海公园。

她叫琴，北京某艺术学院美术系大四学生，一米七的个头，在女孩子里面算是高的。

"二姐把你的情况跟我说了。"琴首先打破了沉寂。我问她二姐是谁，琴告诉我，二姐就是芬。"我们是邻居，从小就在一起玩，我习惯称呼她二姐。"

我对琴的专业很感兴趣，琴告诉我她的绘画兴趣缘自画彩蛋。琴的童年家境贫寒，母亲给年幼的女儿找了一位善于画彩蛋的老师。为了学画，琴吃了不少苦，但她不后悔。我一边听着琴的述说，一边为她勤奋好学和坚韧不拔的毅力所感动。她的背略微有些驼，也许是长期伏案劳作的印记。

琴把我当成一个可以信赖的倾诉对象，在首次见面的这个夜晚，我成了一位耐心的听众。尽管如此，琴还是大概了解到我的身世和经历。我谈得最多的是三年插队的艰苦生活。琴静静地听，但从她的表情和神态，我看得出来她对此并无太多的兴趣，也许是她缺少类似经历的缘故。

第二天，二姐（我从这一天起也开始这样称呼芬）继续传话给我："琴对你的印象较好，主动提出第二次约会。"二姐还问起我对琴的印象如何？我说还可以。

但是第二次约会之后，不知为何，我没有很快得到琴的反馈信息。其间，我给琴寄过一封信，除了谈到对她的良好印象之外，还附带寄去一篇有关插队生活的自传体小说。出乎我的意料，这封信连同小说通过二姐很快退还给了我，而且没留下任何言语。当二姐把这些东西交到我手里的时候，她也觉得十分尴尬。我后来想，也许正是因为琴对自己那篇小说缺少共鸣，才导致了此次恋爱的失败。我的自尊心多少受到了打击，正像她把我当作一位虔诚的听众一样，我采取平等的方式反过来也把她当成自己的听众，一个值得信赖的诉说对象，结果却适得其反。但我否认自己做错了什么。"况且她也算不上漂亮"，我竭力为自我解脱而寻找借口。

后来，我还是收到过琴的一封信。信中首先对没有继续下去而感到遗憾，她说也许是缘分不够。另外，琴用大量的篇幅谈到二姐，她说二姐总是为别人着想，其实她本人还没有男朋友。我也感到有些惊讶。二姐的条件按说还算不错的，怎么会没有男朋友呢？我本来不想再给琴去信了，但是作为礼尚往来，我还是回了一封短信，表示愿意和琴一起为二姐张罗对象。

后来我又见过琴两次，巧得很，地点都是在中国美术馆。

头一次，我和妻子一同去观看一个舞台美术创作展，那是几位画家的作品共同展出，其中就有琴的作品。在熙熙攘攘的参观人流中，我猛然看到一个人，没错，正是琴。三年不见，她的样子没有太大变化，乌黑的长发披在肩头。琴也发现了我。两个人虽然没有说一句话，但我敏感地感觉到她曾一度向我走来，可是我却躲开了。也许是身边还有妻子，说话不方便；还有就是对琴仍怀有一种莫名的抱怨。

第二次见面是三年之后的事情。我偶然从报纸上看到一则消息，说的是一位女画家自费赴西藏体验生活三年，从事自己挚爱的绘画事业。此人不是别人，正是琴。报纸上还预告说，琴的个人绘画展将在某月某日在中国美术馆展出云云。这则豆腐块大小的消息在我的心里激起了层层波澜，我佩服琴。到了展览开幕的那一天，我也去了。

在签名处我见到了她。尽管离别了六年，但是两个人还是一眼便认出了对方。双方很自然地握了握手。在我的眼里，她的样子发生了一些变化。也许是青藏高原的洗礼，她看上去显得成熟多了。面对这样一位对事业执著地追求并取得成就的女人，一种崇敬之情在我心中油然而生。

琴把身边的一位身材不高却很壮实的男士介绍给我。

"这是我的丈夫。"琴又侧转过身来向自己的丈夫说，"他叫某某某，我从前的一位朋友。"

两个男人豪爽地握了握手。展览前言我已经看过，上面提到琴在青藏高原采访写生过程中，这位卫士似的男人始终陪伴在左右。

琴陪着我观赏了几幅画，中途离开去迎接其他来宾，我有时间在长长的画廊中仔细欣赏她的作品。

后来在画廊里两个人又遇见了，我再次向琴表示祝贺。她也询问起我这些年来的情况，当得知我已经当上父亲，她投桃报李，也表示对我的祝贺。她还提及三年前在这里曾见过我和妻子，就是没有说上话。

画家的眼睛果然厉害！我暗自惊叹。继而对三年前的那次不期而遇却未能主动与其打招呼感到懊悔。一个男人的心胸干吗那样狭隘？

自此之后，我再也没有见过琴。若干年后我在网上发现，她已成为一位享誉海内外的著名画家。

至于二姐，我大学毕业后曾经有过几次联系。我分配到县广播站，二姐来过两封信，主题仍然是操心我有没有女朋友，如果愿意，她还可以为我介绍一个。我对着那封信一阵苦笑，回信里也没有明确表态。为改变命运，我也动过考研的念头，二姐得知后曾给我寄来一些复习资料。二姐是个好人，我一直这么认为。为我做红娘，虽然没成，但是人家的心意是好的，应该感激人家。至于答应琴一同为二姐张罗对象的诺言，我始终没去兑现，主要是不好意思跟二姐开口。后来我再没有二姐的消息。有诗云：

慧眼识珠突造访，穿针引线做红娘；

矢志不移琴姑娘，彩蛋画出花绽放。

阴差阳错难共鸣，失之交臂颇感伤；

音信渐无终有聚，总念二姐好心肠。

车友

1986 年初秋，我刚刚从昌平县委宣传部调到市委工作，周围多是陌生人，急于寻找一位熟悉的人交往。

第一次坐班车回家，我到得较早，坐在后面的位子上，车友们陆陆续续上了车。这时我看见一个高个小伙子上了车，潇洒的身姿，清俊的面容，我觉得有些眼熟。

"你是不是叫 C？"高个子经过我座位时，我大着胆子问了一句。

"是啊。你是——"

"你是不会认识我的。我是十一学校毕业的，比你小两届。我看过你的演出。"

"哦。是校友。你好。"C 主动坐在我旁边的座位上，热情地与我握了握手。

"我经常会遇见这样的情况：大街上许多人都认识我，叫我的名字，可我却叫不出他们的名字。真不好意思。"C 抱歉地解释道。

我做了自我介绍。从前是校友，在各自的人生道路上行走十多年之后，如今又在同一个单位工作，而且每天上下班又坐同一辆班车，真是难得。因此自然成了关系密切的车友。

经过几次交谈，我了解到：C 那年三十一岁，长我两岁，他一米八的个头，身材颀长，性情温和。中学时代，他当过学校文艺宣传队队长，在现代芭蕾舞剧《红色娘子军》中扮演洪常青，是响当当的 A 角。1974 年高中毕业后他到昌平麦庄插队，不久调到县宣传队成为宣传队的骨干。1976 年参军，在某部队文工团当演员，后来又在部队当了六年保卫干事。复员后到市歌舞团，1985 年初调到市委宣传部。

他在班车上给我讲了许多小故事，有奇闻逸事，也有我熟悉的人和物。他叙述得有声有色，人物形象栩栩如生、惟妙惟肖，情节峰回路转，极富戏剧性，语言颇具雕塑感和感染力，让我听得过瘾。由于受到车程时间的限制，每个故事一般控制在半小时左右。假如给他的时间再长一些，也许会更加精彩。

我在市委工作了两年，坐了两年班车，做了 C 两年车友，听他讲了两年的故事。后来我把这些故事汇编成册，十多年后的某一天通过电子邮箱发给了他，他看后很高兴，说我是一个有心人，真难得。现在我挑几个他讲的故事与读者分享。声明两点：第一，由于篇幅所限，我只能从众多故事中选出四个。第二，我只能把故事的概要复述一遍，论生动性、感染力以及精彩程度远比不上 C 亲口所述。

山小二

山小二是怀柔县九渡河某村的一个小伙子，与 C 相识于 1979 年的一个冬日。当时，C 所在单位搞施工，发料员因受贿，让六个拉沙子的拖拉机手白得了六千元钱，这些拖拉机手便是九渡河的农民，C 和一位同事奉命前去讨债。到了村头遇到了山小二，憨厚纯朴的山小二主动为两位军人带路，还让他们在家里住宿。双方的感情就是这样结下的。因为山小二的哥哥当兵去了，他母亲一见到当兵的就自然想念起儿子，招待得十分热情。以后，山小二年年都进京看望 C，杏儿下来了送杏儿，桃儿下来了送桃儿，栗子下来了送栗子，昨天又送来了十来斤苹果，七八斤核桃和栗子。

心交心，C 也是位好客之人，听说山小二要给姨表妹捎几件衣服，怕他一个人买得不合适，便主动陪他到西单去买。依山小二的主意，挑了几件大红大绿的衣服，看上去很怯，C不同意，说现在是80年代了，自己做主为山小二的姨表妹挑选来了两件"新潮服装"，并跟小二打赌说，包你表妹穿上满意。晚上7点多，C把山小二送到西直门火车站，山小二在那里上火车到南口，他姨表妹就住在那里，等送完了衣服，他再从南口回怀柔。来的时候他走的便是这条路。后来山小二给C来信说，姨表妹对那身衣服特别满意，问是谁帮忙挑的，说是要感谢他。

化装舞会

　　1988年1月的早班车上，C说今晚有一场化装舞会，地点在市急救中心，邀请市委机关的朋友参加。C所在的文化处三个人分了工，C主要负责请乐队，一晚付八十元；处里的两位女士本来想借几套京剧院的龙袍、高脚靴之类，没借成，C出主意说，赶快自制"佐罗式眼罩"吧。于是两位女士忙了一整天，先用硬纸壳剪成眼镜模样，再贴上黑布。将要参加舞会的主要是市委机关工作人员的女友、男伴及子女。我本来也想讨一张票的，可怜有孩子缠身去不成，只好作罢。

　　第二天，C在早班车上说起昨晚化装舞会的一则趣闻。

　　副部长L平常说话总是点到即止，部下只能意会，如果领会得不准确，往往误事。昨晚L本想在舞台上穿一身戏袍画上脸谱登场的，因为不久前他曾让京剧院的化妆师把自己塑造成一位身穿戏袍、画有脸谱的形象，并留了影，旁人见后连声说好，L本人也觉得很好，便把三张彩照洗印了许多张分送给各处室的同志们。总之，他对这一形象的自我感觉是良好的。于是在昨晚的舞会上，他仍想旧梦重温，让更多的人一睹他的风采。孰料事先没有安排具体人督办此事，以至于当他问"京剧院的化妆师来了没有"时，四周竟无人答应，显然，京剧院的化妆师没来，舞美师也没带来戏装。于是 L 格外扫兴，拂袖而去，令舞会的筹办者不知所措，追悔莫及。

C 还告诉我，他原来打算在市委大楼六楼图书馆再举办一次化装舞会，可是跟沈馆长一提及此事，她不干，怕把楼板给跳塌了。C 说，要是在那里办化装舞会，一定要把沈馆长扮成江青，把处里的老宋扮成林彪。因为他们二人脸谱的基本特征与江青、林彪的脸谱特征相似。

业大同学聚会

1988 年 3 月底的一天，C 告诉我下个星期天业大的十几位同学将到他家里聚会。

"到时候你只准备点儿青菜就行，海参呀、对虾呀什么的由我包了。"说这话的是二十六岁的 B，他在橡胶厂跑推销，一个月少说能拿一千多元。

C 参加的这个业大班专业是政工，六十八人。物以类聚，班里同学按职业划分成若干个部分，其中有十来个是工厂里的大小头目，重哥们儿义气。本来，不论按职业，还是按脾气，C 本归不到他们这一类的，是他们硬拉 C 入伙的。

那是 1987 年，业大组织学生到四川实习，他们宿在峨眉山下一个农家客栈。这是用竹、木造的阁楼，每个房间住三人，隔窗望去，不远处有个水泥地面的打谷场。为招揽游人，店主放起了流行音乐。C 手脚痒痒起来，一声吆喝，领一帮人跑到打谷场上跳起舞来。其他人没有这个胆量，缩在一旁看热闹，不肯上舞场。C先和一位跳了一曲，又让一位女生唱起《白毛女》选曲，自己跳起了独舞，一直折腾到深夜。

他的这一举动引起那些讲哥们儿义气同学的好感，当夜，摆下酒席宴请C。C也毫不含糊，仗着六两的酒量狂饮起来。桌上的酒喝光了仍觉不尽兴，又自个儿出去买来当地最有名的酒，又与众人干了，赢得众人的阵阵掌声。"真够哥们儿的！""海量！海量！"当下结为莫逆之交。

贩羊毛的女人

这天，C在班车上跟我说起一位自强不息的女人，这里称她为Y。

Y小学、中学都和C同学，住在C家楼上。"文革"中，其母被说成是"香港特务"，被迫与丈夫离婚，回到湖南老家。后来她疯了，每天跑到山坡上呼唤孩子们的名字。不久，父亲又结了婚，后母自己带来两个孩子，对Y等孩子不好。那一年Y才十二岁，兄妹四人，Y排行老三，哥哥、姐姐出去得早，她和弟弟相依为命。十四岁那年，Y报名参军，部队上的人说："你的个子小，不收。"Y就软泡硬磨。入伍后一年，她把弟弟也带到了部队。

当兵十二年，复员后到某工厂当工人。与单位领导不和，后来停薪留职，创办了一家公司，专做贩卖羊毛的生意。Y是中间人，从张家口市外贸局购进羊毛，运到深圳加工后再出口，赚来的钱三家分成。现在Y个人存款二十万元。她丈夫是出租汽车司机，一米八的个子，而她才一米五三，不过大丈夫很惧内，因为妻子比自己有本事。

以前丈夫好赌，现在不敢了。这个女人想拉 C 入伙，保证他一年成个万元户。C 淡然一笑，婉言谢绝。

恩师

1977 年的春节临近了，我插队的北七家村给知青多放了几天假，我做了严密的计划：首先去拜访刘雨老师。刘老师是我的高中语文老师，我是语文课代表，俩人互动自然多一些。1976 年 3 月，我到北七家插队之后，遇到了几个棘手问题，有诸多烦恼，便给刘老师写信，经过老师的开导和鼓励，我逐渐走出困境。因此我更加依赖与刘老师的交流，总想着利用假期登门拜访，向老师当面请教。

1

第二天中午，我捏着一封刘老师两个月前写给我的信，里面画了一张草图，标明他家的位置，我按图索骥，找了过去。老师的家原住在 122 中学一间狭窄的单身宿舍，上高二时，我与另外两位男生曾经去过一次。后来老师来信说，他已搬家。由于不熟悉地形，我找过两次都未果。这一次，按照老师信里的详细描述，我终于找到了位于白堆子的一栋六层板楼，老师住在五层。

我敲了几下门，里面一个人问道："找谁呀？"

"找刘老师。"我听出问话的是刘雨老师的爱人袁老师。

袁老师热情地把我领进一间屋，端来一碟花生和一碟葵花子，又打开一只方匣子，里面是花花绿绿的糖果，她一股脑儿地都摆在桌子上。袁老师说，刘老师到楼下买菜去了，一会儿就回来。

"这是一套两居室的房，与别人合住，咱们家只有一间房，厨房和卫生间与另一家合用。"袁老师解释道。

"上次你就来过吧？"袁老师笑吟吟地问。我点点头。

"让你和郑刚良扑了空，实在抱歉。"袁老师说完走进厨房做饭。我这才有机会细细打量一下房间的陈设。

什么桌子哟！原来是拼在一起的两只木箱子，上面铺一块印花塑料布，这就算作桌子了。对面一张铁床，靠东是一个衣柜，上面放一只袖珍半导体收音机，这就是老师家的主要家当。

家具虽少，但布置得非常巧妙，温馨而又整洁。刘雨老师用小篆字体书写的毛主席词《水调歌头·游泳》的横幅挂在墙上，其中两句是："不管风吹浪打，胜似闲庭信步。"虽身处陋室，却能感受到老师的意志和气魄。这幅字曾经挂在 122 中学那间单身宿舍，现在我又看到，备感亲切。

我欣赏着这首词，门被打开，刘雨老师买菜回来了。

我叫一声："刘老师！"对方稍微一愣："啊？是建鸣呀！"

时隔数月，师生再度重逢。我早就想有这么一天，可是话到嘴边，又无从开口。

老师从甘家口商场买来了年货：南豆腐、冻豆腐、四斤牛羊肉，等等。他交给袁老师，然后把我按在藤椅上，他自己坐在对面的一把椅子上说："来，让我看看！"

老师上上下下地打量着我：裤子上缝补着两块补丁，回到家里还没有来得及换，大号的黄色军棉衣显得与我的身材很不相称，头发也长得老长。

"一身乡下打扮。"刘老师风趣地说。接着他一边让我吃花生、瓜子，一边询问乡下的近况。

"要做饭、洗菜，盆里没水了。"袁老师从厨房探出身来提醒道。

"哦，是这样。"刘老师赶紧对我解释，"这座楼很差劲儿，工程质量不合格，供电局不供电，输水管又被冻住了，连吃水也要下楼去打。"

"我和您一起去打水。"我说完站起身来，拎起一只水桶，跟着刘老师下楼打水。

从五层到一层，又从一层回到五层，我把一桶水拎上来，能帮助老师做点事心里很高兴。

师生二人坐下来继续交谈，谈到学习，老师提醒道："要注意两点，一是系统地阅读中国文学发展史、欧洲文学史。二是多读些文学作品。特别是读一读赵树理的作品《小二黑结婚》《李有才板话》《三里湾》等。赵树理的作品很有特色，他土生土长在农村，是个八路军的土记者，他的作品没有学生腔，全是劳动人民口头上的语言。"老师说完，将一本《中国文学发展史》递了过来，说道："要想搞文学创作，不了解文学史不行。这是第一册，拿回去看看，看完之后再给你换一本。"

谈到锦云（刘老师的大学同学、时任昌平县文化馆领导），他说："你有机会问问他，让他帮你搞到一些书籍。"

有道菜需要刘老师去做，袁老师跟他换了个位置，陪我聊天。她毕业于北京女三中，刘老师毕业于101中学，1958年双双考入北大后成为同学。她目前在122中学供职，也教语文。她谈到过去学生怎么考试，老师怎样教学，言谈话语中多少流露出对当时文化教育行业的不满和担心。

饭做好了，两位老师要留我一块用饭。我哪里肯依。再说了，什么东西都没给老师带，哪好意思吃老师的饭呢？

刘老师把我送出楼门，目送我骑上自行车，说道："让你几次扑空，实在过意不去。……"听了老师这句话，我心中一阵酸楚。老师对我的教诲和关怀无微不至，现在却这么说。

我骑上车走出一段路程，回头看看，发现刘老师仍站在原地，像一座雕塑，一动不动。

此次拜访有个遗憾，就是没见到老师的女儿霏霏。我对这位小姑娘印象很深，高二时我到122中学那间单身宿舍拜访时，霏霏才三岁，绕着父母跑跑颠颠，十分可爱。一年多不见肯定变了样。袁老师说，孩子送到奶奶家了。"她懂事儿多了，下回来你一见就知道了。"

2

第二次到刘老师家登门造访的时间大概在1977年夏天，我事先给老师写过一封信，信中我向老师汇报了生产队人事变更情况和各种关系，还介绍了"小楼"（男知青宿舍的别称）比较浓厚的学习空气。老师听了很高兴。他讲了当时文教战线的大好形势，有一部分知识青年有考上大学的可能性，文理科都有，年底就要招收一批。文科的考试科目包括语文、历史、地理、政治、外语，考文科主要考前四门。

老师鼓励我报考大学："你要做一个长远的学习计划，有步骤地进行学习，不要胡乱抓。"他又说："如果你想搞文学创作，不一定要上大学，上大学主要是进行文学理论的深入研究。从前我的许多同学都抱有上大学搞创作的念头，结果一上大学就变了。"老师用亲身经历启发我。

从老师家里出来，我想了一路。尽管考上大学的希望不大，但还是要认真准备。考上了更好，可以选择一项学科进行系统的学习；考不上也不要紧，只当作一次尝试，见见世面，一次学习的机会。

晚上，我按照老师的提示，把政治、社会发展史、历史、地理和法语的各种学习材料、课本过了一遍，从今以后再也不能胡乱学习了。无论如何，目前的主要任务是高考复习，到年底考试仅剩下四个月的时间，其他的事情先搁一边。我制定出 9 月的详细学习计划。

第二天我来到梁左军家。梁左军也在父母的督促下复习功课。他找出一本影集，逐页翻开，其中有他大爷的遗像。他大爷是一位享誉海内外的建筑师。梁左军又拿出一只玩具式计算机，这是他父亲去德国参观考察时买来的。梁左军的父母都是高级知识分子，家里经济条件优越，仿佛生活在另一个世界。他父母卧室里有一张席梦思床，我第一次见到，梁左军让我坐上去试一下，我感觉弹性十足，飘然欲仙。

我回到北七家的第二天，收到了县文化馆发下来的一本诗集《十三陵儿女怀念毛主席》。封面是一棵苍劲的青松。诗集中有 360 篇作品，其中有锦云、董老师的，还有海发、晓波、刘群、司建会等人的，我那篇《毛主席给咱无价宝——写在十三陵水库》也被收录了进去。我的心情格外激动和兴奋，在县级诗集里发表了作品，有些出乎意料。

村党支部副书记志英在大队会议上特意说起此事，称赞"建鸣能在县里的诗集里发表作品，为北七家争了气，添了彩，是北七家的光荣和骄傲"。

刘老师不赞成我写诗，前两天见面时他对我说过："你搞诗歌创作不如搞短篇小说创作，前者，无一定形式，况且你的基础差；后者，你有一定基础，又跟实际生活关系密切。"刘老师与郑刚良的观点竟然有着惊人的相似，动摇了我写诗的信心。

可是这本诗集里分明有自己的作品，自己的诗第一次成了铅字，这说明它还有存在的价值，怎能轻易舍弃呢？我一时陷入矛盾之中。俗话说"一心不能二用"，而我恰恰在此时——高考复习的关键阶段——分了心。

3

1977年秋季的一天，知青们放假，我把分到的白薯留在张婶家里，只身回到城里的家，傍晚第三次敲开了刘雨老师的家门。

我从村里带来一只老母鸡，作为国庆节的礼物。老师一边道谢，一边把母鸡接过来放进厨房，它的双腿和双翅被线绳捆绑着，喉咙里发出咕咕的叫声。

我从挎包里取出那本县文化馆出版的诗集，告诉刘老师，里面刊登着自己的一首诗。刘老师翻阅了一下。我接着又取出几页纸，是我刚刚写完的短篇小说《新队长的故事》。

袁老师在厨房做饭，刘老师坐在藤椅上翻阅小说，时而凝眉沉思，时而拿起笔在原稿上写些什么。我在旁边哄着老师四岁的女儿刘霏摆积木。

这孩子从小受父母的家庭教育熏陶，懂事早，说起话来像个小大人。当她遇到问题时就说："这（图纸）上面设计得不科学，我自己设计了一个。"说完她就按照自己的设想摆了起来。

刘老师看完小说直起身来对我说："我说的可能严重些，你可要经得住。"刘老师先给我打预防针。

"你写得像个表扬稿，可是从笔法和情节上看，还是小说的题材。"老师分析道。

我的耳根开始发热，毛孔里析出冷汗。

"小说要有情节。"刘老师语重心长地接着说，"要设计几个人物，要抓住矛盾。故事情节要完整……"

聆听着老师的教诲，我联想到刚才刘霏按照自己的设计方案，搭建起来的一种建筑样式。

两位老师一定要留我吃晚饭。盛情难却，我洗洗手拘谨地坐在桌子旁。

"喝喝我的灵芝酒。"刘老师一边说，一边从橱柜里取出一个酒瓶。瓶中有一些形状跟扫帚苗子差不多的植物，老师说是灵芝草。我一边品尝杯中酒，一边听老师津津有味地介绍灵芝草的来历。

"这可是真灵芝，跟那种像蘑菇似的灵芝不同，是学校里一位老师从川中渡口一位老中医那里给我弄来的。"老师举起酒杯与我碰一下，喝上一口，"这灵芝可不易得，据说全国只有两个地方有，一是在四川渡口，另一个在西藏的某个地方。在白天是找不到它的，只有在夜晚才能找到。在夜晚，这种草会发出一种磷光。……"老师差一点儿把灯拉灭，现场给我演示一番。

饭桌上摆放着五道菜、一个汤，其中凉拌白萝卜丝是由刘老师亲手制作的，萝卜丝切得很细，拌上盐、醋和香油，别有风味。

"来，尝尝这个，这是解酒的。"刘老师对我说。

当我离开老师家时，天已完全黑了，马路上亮起一串灿烂的街灯。我骑着快车，迎着凉爽的秋风，回想起刚才在老师家的情景，耳边回响着老师亲切的教导："多写些，特别是练习写写短篇。"我心中非常兴奋。

4

　　1978 年春季的一天，一场雪覆盖了大地，这些调皮的雪花儿啊，莫不是在天宫里待闷了，舞姿翩翩地跑到人间来分享喜怒哀乐。雪，纯净无瑕，是正直和善良的写照，给心地善良的人一种安慰。

　　我踏雪来到刘雨老师家拜年，算起来这是我第四次到刘老师家（不含 122 中学那次），主要目的是归还上次借阅的三本书。

　　五岁的刘霏打开一只绘有彩色图案的糖果盒子，从里面挑出两块她认为最好吃的也是包装最漂亮的糖果捧给我，我把其中一块糖纸剥开，放入口中，品尝着甘甜的滋味。接着，她又打开一本影集摆在桌子上，坐在我的膝盖上，指点着里面的照片，一一做着介绍。她是老师夫妇唯一的孩子，虽然不足五岁，说起话来却像七八岁的小姑娘。

　　这是老师夫妇积攒了多年的珍贵照片，其中有 1946 年刘老师少年时与家人在鸭绿江畔的留影，有两位老师上中学和大学毕业时的留影，有刘老师在广州与麦贤得交谈的照片，有夫妇二人年轻时的鸳鸯合影。更多的是小刘霏的照片，有躺着的，有坐着的，有跑跳玩耍的，使我对老师一家人有了更深入的了解。

　　老师说过，他 1963 年从北大毕业后考上了中山大学考古专业的研究生，1966 年毕业就赶上了"文化大革命"，被安排到河南洛阳拖拉机厂做过几年钳工，在保定市委做过几年机关秘书，与袁老师长期两地分居。1974 年调回北京，后来就到了 188 中学，成为我的语文老师。从前学过的考古专业一直没能用上，耽误了青春和事业，早日从事心爱的考古研究工作是老师的心愿。

有一张照片，刘老师身穿工作服，那体格和装束很像一位淳朴憨厚的工人师傅。还有一张照片，是 1964 年刘老师到农村参加"四清"时的留影，他的胳膊、腿脚被晒得黝黑。老师说，他年轻时非常注意锻炼身体，打球、游泳、冷水浴。

许多照片是袁老师的，有年轻时打篮球的，也有下乡劳动锻炼的。袁老师在大学也喜爱体育运动，曾是北京大学女子篮球队的队员。

"好了好了，你大哥哥要发奋读书了，让爸爸跟大哥哥多说一会儿话，好吗？来，刘霏，到妈妈这里来。"袁老师对女儿说道。刘霏十分懂事，从我这儿离开，跑到妈妈身边。

最后刘老师说，他将要给学校的年轻教师进修班上课，问我有没有时间，也可以去听听；还建议我去参观画展，作为一个文学爱好者就是要广泛接触各种事物，开阔眼界。

从老师家里出来，我的心情久久难以平静。老师为我树立了榜样，我要像老师那样，努力学习，矢志不移，正直无私，锻炼身体。另外对恋爱问题我也有了初步认识，我不急于涉足，因为最要紧的是抓紧时间复习。

前天一位插队同学来玩，当我述说起自己目前的困难时，他连连摆手说："学什么呀？还学什么呀？学得再多又有啥用？应该首先跟干部搞好关系。"他仿佛已将这个世界看透，急于向我传授自己的处世哲学，恨铁不成钢。

过完春节，知青们陆续返回村里。第二天我起得很早，打算刷牙洗脸，可是没找见水桶，不知被谁借走没有归还。这也难不住我，我将一根绳子分开两叉，分别捆住小铝锅的两个把手，来到眼镜形状的井台上，把小铝锅慢慢地放到井里，将绳索轻轻摆动，然后手腕一抖，小铝锅便盛满了水。把水提上来，一次、两次，脸盆就装满了。端回屋去，呼噜呼噜地洗把脸，感觉无比清爽。

洗漱完毕，我在小楼附近走一走，欣赏乡村的雪景。我走到鸭子沟，远远望去，白雪茫茫，银装素裹，沟壑、土岗、树枝、田野，总之所有一切都被雪覆盖住了，给人一种到处都很干净的感觉。旁边树枝上积满了雪，像爱打扮的小姑娘。

队长说雪没化，没有活儿干，于是第二天又放了十五天假，我当天下午就赶回家中。

放假的第二天，我来到中山公园看花展，又到劳动人民文化宫看通史展览。草坪上，假山下，影剧院前，展览大厅里，处处都有青年男女悄声低语的场景，有的还互相轻挽手臂，怡然散心，神情悠闲。我形单影只，独往独来，也图个自在。

晚上看电影《我们村里的年轻人》，这部片子很有意思，大胆地挖掘那些日常生活中的小事，还有谈恋爱，通过一群年轻人的日常生活来表现，处理得自然妥帖，观众看了常常笑出声来。

董立红接到了录取通知书，兴奋之情难以言表，尽管录取的学校是一所中专。同时被录取的还有两位女知青，分别是 L 和石梅。他们三个人考上的都是中专，在北七家村六十多位考生中居然没有一个考上大学，而邻村的知青一下考上了十几个。套用电影《南征北战》中敌军参谋长的一句台词："不是我们无能，而是给我们的复习时间太短了。"

每一位离开北七家的知青心情都是复杂的，董立红也不例外。不知道其他患难与共的兄弟姐妹们何时才能逃离北七家，不知道自己何时还能再回到这个地方。

这年夏天，我再次参加了高考，考了 332 分，第一批次落榜。可是我问心无愧，因为我克服了各种困难，尽了全力。到了 12 月，关于高考 300 分以上的考生可以上大学分校的消息传到了北七家，那些日子里，不论走到哪里，人们都以羡慕的目光看着我。荀子曰："锲而舍之，朽木不折；锲而不舍，金石可镂。"时间是公正的，对待那些勤奋好学的人往往赐予恩惠。我抬头看着床头那句老子的话"祸兮福所倚，福兮祸所伏"。我体会到这不是天命，而在于人的主观能动性，这是矛盾转化的必要前提，是一个决定成功与否的杠杆。次年年初我进入中国人民大学，尽管是分校，走读，我也是很幸运了。每每回顾我考学的过程，都会想起刘雨老师对我的谆谆教诲帮助，这对于逆境中的我坚定信心有直接的帮助，令我终生难忘。

橡皮树

2002 年春节前夕，我去看望刘雨老师。来到老师在西湖新村的家，袁老师开了门，刘老师一个人正坐在餐桌前吃早餐。我把行李放在地板上，把带来的东西一件件摆出来递给袁老师。此时的刘雨老师夫妇已经 64 岁了，来到这个清净之地，比较适合养老。

"你家的猫呢？"来之前，我听说这里养了两只猫。袁老师把我引到暖气旁的一个地方，原来它们正在睡觉。老师们告诉我，女儿刘霏很孝顺，他们小两口不常在父母身边，于是两个月前买来两只波斯猫，送给父母解闷儿。老师们又说，两只小猫还没有断奶，身体免疫力差，一来就闹病。这可急坏了老两口，他们抱着小猫到宠物医院看病。大夫说是由于肠胃不好，需要给猫打青霉素。这不，猫睡醒了，老两口准备给病猫"咪咪"吃药（一公一母，咪咪是母的，娇娇是公的）。袁老师抱着猫，刘老师负责喂药。

只见刘老师手持一支注射器（不带针头），往咪咪嘴里注射。咪咪不喜欢药味，很不情愿地张嘴，于是老两口便连连叫着："咪咪，咱们吃药吧。啊……"就像哄自己的小孩子一样。花了一刻钟，药才被喂完。我端起相机把眼前的情景拍摄下来。

我看见屋子里摆放着一些稀奇古怪的东西，袁老师就一一介绍。比如，有一个猫头形状的毛茸茸的东西，那是猫睡觉的地方；门口摆放着一只长方形的塑料盒，里面堆放着白色的粗沙砾，那是猫大小便的地方。袁老师说，猫是很讲干净的动物，从不随便便溺，都要到这个地方来方便，每次排完了，它们还要用沙子把自己的排泄物掩埋起来。这种特殊的沙子能把排泄物紧紧地包裹住，只要把这一团团的沙球夹走就行了。

两位老师还介绍供猫练习捕捉老鼠的假老鼠、专门给猫梳理绒毛的小梳子等。所有这些配套物品加起来有1000多元钱。

现在袁老师一个人躲在厨房里吃早餐，否则被小猫知道，它们会爬到她的腿上，可能还会爬到饭桌上。老师说，可不能让它们养成这种坏习惯，否则就不好改了。

刘老师坐在沙发上，右手提溜着一根宽面条似的橡皮筋逗着小猫，娇娇玩得很欢，咪咪拖着病体无精打采地蜷曲在一旁。刘老师又让小猫表演打架，公猫娇娇依仗自己健康的体格主动进攻，母猫咪咪则在地上被动地反抗，不到万不得已，她不会伸出爪子抵抗。

小猫对我已不陌生，借助沙发的高度，间接爬到我的怀里，"喵喵"地叫着。难怪老师们给它起的名字叫"娇娇"呢。

　　我建议老师们看一看我带来的《世纪经典》的光碟，刘老师对其中的一首童声合唱《长城谣》感兴趣，聚精会神地聆听。袁老师则对几首俄罗斯歌曲和芭蕾舞精彩片断情有独钟。

　　我问："那株橡皮树还在吗？"老师们不约而同地说："在那儿！"顺着他们示意的方向，我这才看到，主人怕树被冻坏，从阳台搬到了屋内的一角。宽大的叶子依然翠绿，褐色的树干仍是那样挺拔。这株橡皮树有些年头了，六年前老师曾经住在红莲东里，我去看望时就见到过它。

　　刘老师夫妇原来在红莲小区居住的时候，种养了许多花木，搬到西湖新村时仅保留了一盆橡皮树，其余的都被丢在了原地。原来这株橡皮树是女儿刘霏十四岁时从街上买回家里的。当时只是一株幼苗，刘雨夫妇像关爱照料女儿一样悉心地照料着它。如今，十四年过去了，小橡树已经长有一人多高。刘老师他们把橡皮树放在阳台最显眼的地方，橡皮树的两边摆放着两把靠椅，老两口经常在黄昏时分坐在橡皮树下纳凉，小橡树默默地陪伴着两位老人。橡皮树简直就成了女儿的化身。如今，女儿也长大了，高中毕业后到莫斯科大学读书主修生物，利用课余时间做旅游生意，赚了一些钱，女儿做的第一件事情就是请父母去俄罗斯旅游，然后为父母在京郊购买了这套住房。年初，女儿结婚了，还是国内国外地跑。

　　我为刘老师夫妇拍了几张照片。他们一会儿坐在客厅的沙发上，一会儿坐在餐桌旁，老两口还特意嘱咐为他们在橡皮树旁拍了两张。最后我又为袁老师拍了几张弹奏钢琴的照片，她买了一架钢琴，每周到琴行上两次课。我从不同的角度为袁老师拍，不论哪一张都缺不了钢琴顶上那幅女儿的结婚照。刘霏穿着鲜红的曳地长裙，是那样的美丽和典雅。

　　我是看着她一点点长大的，转眼之间，二十多年过去了，从前的小女孩已经长成了大姑娘，而且已经结婚。我也已人到中年，自己的女儿也有十五六岁了，大概也是当年刘霏把橡皮树苗抱回家的年龄。

　　袁老师告诉我，刘霏是昨天刚刚离开北京回莫斯科的。本来我是想见她一面的，无奈两边都很忙，也就错过了这次机会。

　　有诗云：

　　当年纯真书香女，满怀翠绿映露珠。

　　如今潇洒闯天下，西湖新村置新屋。

　　怡然自得何所有？亭亭玉立橡皮树。

　　春夏秋冬影相随，默默陪伴老夫妇。

风筝之歌

　　2003 年 3 月初的一天，中学同学 S 打电话问我世纪坛公园附近有没有饭馆，说是明天中午要找个地方吃饭。我问："你是想请我吃饭吗？不用这么客气，我带你到单位食堂吃自助餐即可。"对方笑道："不是我一个人，而是一大帮人，你饭卡里的钱够用吗？哈哈哈。"原来她要率领单位的二十几位女职工到世纪坛公园放风筝，一同度过一个有特殊意义的"三八妇女节"。我说军博南门西侧有一家鹭鹭酒家，你们中午可以去那里就餐。我提醒她，最好还是跟餐厅事先预约一下，留两张桌子，省得到时候被动。S 同意了。

　　"你有那里的电话号码吗？" S 问。

"回头我找一找，再告诉你。"我说。

"如果有时间的话，我也到场去看一看你们放风筝。"我接着说。

"可以呀，不过我可不方便跟你打招呼。"S 说。

"甭管我，你们玩你们的。"

我告诉她公园里有卖风筝的，不过都是小商小贩，不能开发票。S 说："没关系。本来我们就没有准备开发票。"

次日早晨上班，我带上照相机，心里想，不管今天的事情多么忙，我也要到公园里去看看，拍几张风筝的照片。

午饭后 1 点钟，我带上照相机来到公园。我呼 S，可是她不回，估计她接到了我的信息，但不便与我联系，因为她带领着一大帮子人正在鸳鸯酒家吃午饭。估计这顿饭要到下午 1 点半左右才能结束。于是我进了公园，随便拍摄一些景色，消磨消磨时间。我拍了即将化冰的湖水、一只小松鼠、运动场上老人、孩子锻炼戏耍、冬泳等场景，然后赶到世纪钟前等候她们的到来。眼看过了下午 2 点，我有些焦急，在世纪钟的高台上朝南面眺望。

终于出现了一群清一色骑自行车的女士，我料定这准是 S 的队伍。果然，等这群人存好车，进到公园草坪时，我透过照相机的变焦功能，发现了走在这群女人中间的 S。

今天她上身穿一件绛色翻领毛绒大衣，下面是一条蓝色紧身长裤。我哼着一支快乐轻松的曲子从她们身边经过，S 认出是我。我示意她别顾我，装作不认识。

她们先合了影，然后围住一位小贩为买风筝而讨价还价。突然，她们不约而同地离开小贩的货摊，寻找其他的小贩。我料定这是她们事先制订的欲擒故纵的策略：把价格压了再压，这是女人购物时惯用的手段。果然，女人们兜了一圈，又被刚才那位小贩唤了回来。由于是集体买，数量大，价格被压下来不少。最终的价格当然是她们的领袖——S来拍板。

女人们开始精心挑选自认为满意的风筝。S首先挑选了一只，迫不及待地跑到开阔的草坪上，只见她左手攥着红色的线轴，右手不停地收放手中的细线，一只小风筝就这样冉冉升上了半空。

"你这绳儿太短了！"S一边扯动着细线，一边大声地嚷嚷着。她把手中的风筝交给走过来的一位同事——戴眼镜的小姑娘，自己跑到小贩那里继续挑选，跟小贩计算着数量和价钱。

风筝被一一挑选了出来，女人们纷纷扯动着线轴上的细线，一只只风筝随之飘上了天空，女人们兴高采烈，叫叫嚷嚷，好不热闹。

S又一次走到小贩那里，慢慢地挑选自己要用的风筝，她有意识地将挑选的过程放慢、拉长。S终于选定了一只风筝。她走向一块草坪将手中的风筝升上天空，小贩殷勤地跑过去，手把手地教给S收放线的要领。

我朝那个方向慢慢走过去，然后坐在甬道旁的路牙上。大约五分钟过后，S突然离开教她放风筝的小贩，沿着花岗岩铺成的甬道朝我所在位置走来。她对我说："风这么大，你还是先回去吧。"我"嗯"了一声，但是没动窝。

S的风筝缠在一根电线上，请人帮忙摘下来。不久她的风筝又挂到树枝上，我远远地看见她正与卖给她风筝的小贩设法从树枝上取下来。

S独自一人拉着风筝从东边方向朝我这边走来。她远远地朝我笑着，笑得开心、甜蜜、自由自在，手中的一根细细的白线上方牵动着一只风筝。这时，一位女孩朝S高声喊叫着什么，S也大声地回应。她重新融入集体之中。

　　将近下午 4 点，S 和她的同事们开始收拾行装，她们一人带一个风筝——节日的礼物，骑着自行车打道回府。

　　事后，我把拍摄的照片冲印了一套送给 S，她一张张仔细翻看，说："谢谢你，我们单位的宣传橱窗正在筹办一期'三八妇女节'活动专题展览，我正好选几张照片放上去。"看到老同学满意的表情，我欣慰地笑了。

父亲的藏书

　　窗外，"科大"东北门的空场上正在放映电影：

　　列宁正在给一座工厂的工人们作演说，卡普兰用一把左轮手枪瞄准他，列宁被三发子弹击中……术后躺在病榻上的列宁说着胡话……工厂里一位领导模样的男子正在向工人们读报："体温——三十八度二"……

　　是的，这是苏联电影《列宁在一九一八》中的几个片段。

　　电影银幕与我家西屋西边的窗户有百米的距离，我家住在三层，尽管有几根杨树的枝条和树叶遮挡，但并不妨碍我超远距离观看。确切地说，我是一边写法语作业一边看电影，否则第二天在课堂上要被满脸胡楂带苏北口音的胡忠立老师点名批评。

　　我喜欢看电影，尤其是被译成中文的苏联老电影，尽管这部电影那几年在我家周边的七八个"免费露天电影场"轮番放映了数十场，但我对这些影片百看不厌；而且每看完一遍，我都会翻阅一本书——

《苏联电影剧本选》，对照电影对话与剧本台词，口中念念有词，模仿人物发音，爱不释手。

那是一本大 32 开、厚得像砖头、散发着淡淡墨香、封面和封底几乎快要散落、纸页些许泛黄的书——父亲的一本藏书。

父亲的藏书基本分为两类：一类是医学书籍，收藏医学书籍是父亲的职业需要，不论是内科、外科、呼吸科、神经科，还是血液科、免疫学、传染科、泌尿科等，都在他的涉猎范围之内。父亲的第二类藏书属于文学类，包括《苏联电影剧本选》等等。可以看出，父亲在年轻时酷爱文学，从他的日记以及刊登的文章和诗歌的剪报中可以证明。我现在也喜欢写东西，肯定是受到了父亲的熏陶和影响。

现在回想起来，当年我没能子承父业学医，转而对文学产生兴趣，大抵是因为鲁迅先生的一篇散文《藤野先生》。

这位中国现代文学巨匠从前在日本留学时是学医的，后来他看了一部电影，日本人在日俄战争中把几个中国人当间谍杀掉，又看到许多国人精神麻木的画面，鲁迅怒其不争，于是弃医从文，立志通过写作文学作品来唤醒国人的自强意识。

我大概受其影响，转而对文学产生了兴趣。尽管我刚刚从父亲的几本医学教材中支离破碎地了解到一些医学知识，根本还谈不上"弃医从文"。不过我当时"从医"也并非没有可能，假如我上中学时课余精读了那十几本医学类书籍，加上父亲耳提面命地悉心辅导，假以时日，很难说我将来不会走上"悬壶济世"之路。

父亲的藏书中也包括几本鲁迅的杂文集、诗集和小说，我配合课本内容读了，愈发感到自己的直觉是对的。也就是在那个阶段，我开始尝试写诗，很大程度上是受到另一本父亲的藏书——《1958 年诗歌选》的影响。

诗集的扉页上有父亲购买此书的时间和地点，大概是在该书出版不久就买到手的。虽然"1958年大跃进"有浮夸的成分，诗集里部分作品也存在类似的倾向，但是多数诗作昂扬向上，热情讴歌新时代，富于想象，生动鲜活。这是我对这本书的基本印象。我从中汲取了丰富的营养，对我开阔视野、写诗作文起到了范本作用。

当然，我个人喜好并不代表别人也喜好。我家楼上一位叔叔听说我喜欢写诗，见到我调侃道："听说你喜欢写诗？写诗有什么难的，我也会呀，你听听——'啊！飞来一群乌鸦！啊！又飞来一群乌鸦！'"接着还哈哈大笑，搞得我十分尴尬。现在想起这件事来，我觉得不能全怪那位邻居叔叔，有些诗（包括我的习作）无病呻吟，用词贫乏，缺乏诗意，难怪人家瞧不上。

我不打算辩白，也没必要抢白，就当没听见，一笑了之。正如斯大林在《列宁在一九一八》里说的那句话："不理睬他！"

把讥讽当作激励——从心理学角度分析，大概属于心理学研究中的逆反心理，你不让我做什么，我偏要弄出点儿动静让你瞧瞧，很多人的成长过程中都有着类似经历。

父亲写读书笔记，偶尔写日记，他的几本日记我都读过，尽管有点像流水账，但不乏精彩闪光的段落；父亲经常在单位报纸发表文章，有关剪报我都读过，尽管大多为"豆腐块"，但短小精悍、文字简洁，也有自己的风格。

总之，我的兴趣走向起源于父亲的那些藏书。父亲兴趣广泛，除了本职工作之外，他爱好文学和文艺，我选择从文，与父亲的兴趣喜好以及他的藏书密不可分。

2001年12月初的一天中午，父母到我家里来，饭后看了些名人字画，因为母亲要学习绘画。我又把自己的日记给父母看，他们很惊讶自己的儿子这些年来居然积累了这么多东西。

当时，父亲正在写自传，但进展不快，我毛遂自荐，把电脑中我写的文本提纲演示了一下，父母再次露出惊异的神色，发现电脑居然能做这么多的工作，大开眼界。我答应父亲，给他买一台电脑，让他也学着在电脑上写作。十年之后父亲先后写出来两本回忆录，都是他自己在电脑上敲出来的。

志愿讲解员姜老师

上午9点，我和几位朋友来到河北博物院参观，遇见一位志愿者讲解员，讲得很好，我们一直跟着她。她五十岁左右，穿一件红马甲，马甲后背标注一个黄颜色的"志"字。当我们站在展柜前欣赏里面的一只宝葫芦形状的瓷瓶时，她情不自禁地脱离开展品，谈了一段个人的心路历程，她说：

"有一段时间，可能与年龄有关，工作压力也特别大，我的心绪特别烦躁。可是我到了省博物院，看到这件展品的时候，我的心就突然沉静下来，被这件展品所具有的那种内敛、沉静之美所深深吸引了。我在这里站了半个小时，心马上就平静下来。我在想，这么好的一件美物，一定是经过了皇帝的手，它是被造之物，被我们后人所共赏。皇帝那么大的人物，早已化为泥土，人世间还争什么抢什么呢？人，开始是为了生存，第二个是为了精神，最后是你要找到灵魂的归处。这个时候的人是最幸福最愉悦的，最完美的人生。但是，一般人是达不到第三种境界的。"

"你讲得太好了，我正好给你录下来了。"我说。

"太不好意思了，你们这是要——"

"我想根据您刚才的讲解写一点东西。"我解释道。

我原以为她是博物院的一位职业讲解员，退休之后义务来做讲解的。可是她却说，她仍在一家企业上班，前几年省博物院招聘一批志愿者做讲解，她前来应聘被录取了。她参加过短期的培训，现在每周三到省博物院来做志愿讲解。

两个半小时过去了，我们仅仅参观了博物院珍藏的长信宫灯等部分镇馆之宝，可是却到了必须离开的时间了，因为我还要赶火车。我们一行四人依依不舍地与姜老师告别，离开了博物院……

石家庄至北京的高铁以三百公里的时速奔驰着，车厢内的我望着窗外飞逝而过的景物——田野和建筑物，心里还在想那个展柜里的宝葫芦瓷瓶，姜老师那甜美风趣而且富有人生哲理的讲解仍在耳边回响。

宝葫芦瓷瓶固然珍贵，价值连城，姜老师现身说法所阐释的人生哲理更值得咀嚼和回味。古老厚重、博大精深的燕赵文化在姜老师内心中积淀升华，她通过讲解娓娓动听地传导给我们这些参观者。现在，我再传导给更多的人，分享姜老师驻足半小时所获得的那份感悟，分享那种内敛和沉静之美。

香水城的故事

2009年秋季，我随团到法国戛纳参加国际电视节，一天早饭后我乘坐同屋老林的宝马车前往展馆。老林是一位越南华侨，在一家传媒公司工作，也是参展商之一。我跟随老林到各展台参观，遇见一位三十来岁穿黑色连衣裙的年轻女子。老林介绍说女子是越南人，是他所在公司的一位同事。

下午3点，老林带上我和越南女子LE前往"香水城"的一家香水厂参观，服务台特意安排了一位来自台湾地区的女子为我们讲解。她介绍了许多适合女性的香精和香水，包括纯天然系列、果味系列、鲜花系列、东方系列，搞得我眼花缭乱。

我跟老林说，我看过一部美国电影，叫作《闻香识女人》，现在我大约明白女人身上的香味为什么那么复杂了。那是因为她们涂抹在身上的香水各异，而且各有偏好，所以男人们就是闭上眼睛也能够识别出自己的女人。老林无暇与我讨论，他正忙着陪同LE搜寻喜爱的香水。

女讲解员还告诉我们，店里还有许多适合男性的香水云云。我的鼻子本来就对花粉过敏，这下可好了，闻了那么多的香精、香水，真担心鼻炎会更加严重。我有点累，坐在椅子上歇息。

LE听不懂汉语讲解，只是凭个人兴趣四处观看，她以前曾经来过这里，此次是有备而来，挑选了一篮子香水，价值300多欧元。有送朋友的，也有留下自己用的。林先生也不甘示弱，买了好几瓶。本来他想凭关系打20%的折扣，可是收银员说，老板不在，她本人仅能给出15%的折扣。

来回"香水城"途中，老林和 LE 说个不停，不过我听不懂，他们说的是越南语。LE 中途下车后，我询问林的经历。他说自己是越南华侨，来法国三十多年了，他所经营的公司是买卖电视节目，主要业务范围在越南、菲律宾和中国香港。他与我们公司节目交流部门交往多年，此次戛纳秋季交易会又相约互助，因为熟悉当地情况，我们就请他帮助料理食宿和交通。

他开着一辆深绿色宝马，4 日那天他从巴黎开车九个小时来到戛纳。他个子不高，六十岁出头，精明干练。

晚上我在网上逗留了四个小时，直到夜深人静才回房间睡觉。睡在客厅里的老林早已鼾声大作，不过电视机仍开着，他喜欢看电视，习惯于在电视节目的陪伴下入睡，然后在事先定好的时间让电视机自动关闭。

第二天我没去展馆，独自一人在宾馆准备材料。11 时，换上行者装束沿山路一直朝山上走去，只要见到好的景致就举起相机拍照，但愿有一些会成为珍品。

沿途见到许多私人别墅，山下有一座机场，再就是大海。

一路上除我之外几乎见不到别的行人，盘山公路上上下下的小汽车不少，还有一些摩托车。我这一趟花费了两个小时。回到宾馆，洗了澡，在电脑上导照片。接着吃了一盒方便面，躺在床上歇息。

下午 4 点半，房门被打开，一位黑头发女服务员进来。见到我，把她吓了一跳。她以为房间里没人。接着又进来一位瘦高个的黑肤色女人，两个人都礼貌地用法语跟我打招呼："泵如何，默雪和。"（法语，意为：您好，先生！）我鹦鹉学舌地还了礼。其实中学时我学过法语，只不过现在基本上都给忘了。此次临出门，女儿曾给我一套光盘，让我安装在笔记本电脑里，说那是一部法语教程，督促我临阵磨枪，利用闲暇时间学说几句。

巧合的是，前些天在北京时我曾经拜会过一位比利时友人。他住在比利时南部，因此会说法语。他很健谈，政治、社会、哲学、文学、绘画等领域无所不谈。他67岁，梳一绺马尾辫，一米七几的个头，清瘦，比实际年龄显得年轻许多。我们之间的对话，主要靠他的中国籍妻子做翻译。他妻子介绍说，他小时候说起话来很害羞，后来年龄增长，就不太害羞了，而且变得很健谈。他是个画家兼诗人，其中一句诗是这样的："人老了就会有皱纹，可是人的灵魂是没有皱纹的。"

很奇怪，我的鼻子现在感觉舒服多了，难道参观"香水城"时的顾虑是多余的？难道那么多香水的味道无意中配成了一服专治过敏性鼻炎的良药？

五棵松的变迁

我所说的五棵松，确切地说是五棵松东北角，三十年前这里还是一片菜地，如今灯红酒绿，洋味十足，以至于我第一次到华熙饮食街吃饭时，很为自己把这个地方当作一个陌生之地而惊讶和羞愧，因为从小至今我一直在这一带生活、居住，却忽略了这个地方的变化。

那次是几位同事为我正式退休而操办的晚餐，正好遇上一场瓢泼大雨，我几乎淋了个落汤鸡，然而内心却是火热的。毕竟相处了很长时间，多则二十载，少则八年，都称我为老师。他们特地选择此地用餐，因为我家住在育英学校一带，来去方便。大家回忆起相处的点点滴滴，哪怕是很小的一件事也被他们从记忆中挖掘出来，那一份份情感厚礼，令我深受感动。

酒酣耳热之余，我给他们讲起此地的变迁，告诉他们这里从前是一片菜地，再往北走，也就是现在耀莱影院的位置，曾经是我的母校——图强小学的校址。上小学一年级的时候是 1964 年，我讲到小猫钓鱼的幻灯片，讲到在教室旁边栽种蓖麻，讲起教导主任请我在食堂吃了一顿饭，讲起上学途中一位淘气的同学只顾玩耍不小心掉进粪坑内，讲起上小学二年级暑假之后遇上"文革"，有半年时间无学可上。

我的回忆引得同事们议论纷纷，顿生沧海桑田之感。在一阵阵惊讶和感叹声中，我俨然一位历史老人。

我第二次来到此地是一个星期前的事情，那天傍晚，我突然心血来潮，来到这里散步，偶然发现一条健步专用道，路面铺的是塑胶材料，呈猩红色，踩在上面能够产生反作用的回弹力。我沿着这条健步道走下去，弯弯曲曲，经过华熙 HI-UP 广场、时代美术馆和地下饮食街，严格讲，是在饮食街的上面，再到西侧的树林，共计一千米。

路过广场时，看见工人师傅正在搭建一棵高大的圣诞树，周围的树木也装点了无数盏小灯泡，一派火树银花不夜天的美景。

路过时代美术馆，只见西面的混凝土墙壁上映出活动的影像和字幕，伴以英语解说，是一位男中音的美式英语，流利而又厚重，大意是在介绍五棵松体育馆以及周边设施的特点。

路过地下饮食街，各种香味混合着初冬的寒风扑面而来，间或有时强时弱的音乐和歌声，想必是卡拉 OK 的现场实况。

最令我感到惬意的是林间那段路，似一串珍珠般的小夜灯在路边的草丛中闪亮，展现出神秘幽静的一面，南面三〇一医院的霓虹招牌格外醒目。

　　当我折返再次路过时代美术馆时，墙壁上的宣传广告仍旧播放着，藏于对面房内的投影仪通过两三个圆孔，把光投射出来，映在对面的墙壁上，显然是在做循环播放。

　　我在一道玻璃门前止步，用手机将美术馆开放的时间拍摄下来，以便抽空专门观看。

　　我沿着这条健步甬道来来回回走了两遭，加上其他路途，大约走了五千米，折合成步数，手机上显示有八千多步，达到了医生提出的基本指标。

　　尝到了甜头，树立起信心，从此我每天都要来此处走上两遭，但愿我能持之以恒，锻炼与观景两不误，何乐而不为呢？

代课班主任

　　前些天的一个晚上，我给初中同学王丽莉打电话，聊起上学时的一些往事，谈到几位老师的教学特点。她突然告诉我，她也当过一段时间的老师。

　　"是不是支教去了？"我问道。

　　"不是，我一个朋友在C学院教计算机兼任一个大学二年级班的班主任。他孩子在澳大利亚上学，他得请三个月的假去看孩子。校领导跟他讲，假你可以请，但你的专业课必须有人代，你的班主任也必须有人代。专业课他找着人代了，班主任却没有着落，于是他找到我，让我帮他代几个月。"

"哦，原来如此。那你如何入手呢？"我问道。

"我先找来苏联教育学家苏霍姆林斯基和几位美国教育学家论教育的书，可是仍不得要领，我只能自己摸索，取得了成效——刚一开学考试时我担任班主任的那个班的总平均成绩在全年级十几个班里排名倒数第二，而两个月后已经到了全年级正数第二名。"

"老同学，你还真有两下子！你是怎么做到的？"我好奇地问。

"其实也没啥妙招，就是平时多观察学生，天天找同学谈话，发现他们的优点和不足，对象主要是那些学习成绩一般的学生。"

"我记得咱们上初中时，老师们常用的方法是'抓两头，带中间'，而你的方法好像不太一样。"我说。

"那种方法在某些情况下固然有效，但我认为中间的大多数更重要。因为学习好的人你不用管他，他学习照样好；学习差的，你费多大劲儿他也没什么起色。而中间那些绝大多数，你只要关注他，给他方向，给他鼓励，他们的进步往往是显而易见的。"

"似乎有些道理。我很关心你在找学生们谈话时，对方有何反应？"

"说实话，一开始并不顺利。陌生、害怕是学生的第一反应。比如叫一个孩子来办公室，那个孩子很害怕。战战兢兢地问：'老师你找我干吗呀？什么事儿？'我说你先坐下，别紧张。他说，从小到大没有任何老师找他谈过话。这就属于特老实的那种孩子，不好也不赖，一直没人关注。反正老师也不理你，也没你发言的机会。为了调动这类孩子的积极性，遇见一帮学生时，我就先跟这些看起来不起眼的学生打招呼，慢慢地，这些'蔫'孩子就变得活泼开朗了，学习的积极性和主动性也有了。"

"还有一个男孩子，学习成绩不错，但社会活动从来不参加。我找他谈话，我说你作为一个新中国的青年，大学生，连团都不入，那你将来在社会上怎么混呀？咱们说一个最现实的问题，将来毕业了，公司到你们班来挑人，你和另外一个同学学习成绩一样，你不是团员，他是团员，你说我会要谁？这不是很现实的问题吗？那孩子很受触动，他说，从小到大没有任何人跟他讲过这种话。我问，你父母都跟你讲什么呀？他说他父母就整天让他学习学习学习。我说那你原来的班主任跟你讲什么？'我原来的班主任不理我。'因为他也不理老师嘛，老师干吗上赶着理你呀，对吧？我就抓这帮人，效果就很明显。"

"看来是你的真诚和耐心打动了'沉默的大多数'的心。"我感慨道，"那么，在你担任代理班主任期间，有没有叫你刻骨铭心的事情呢？"

"有啊。"王丽莉不假思索地告诉我，"一天晚上 12 点了，派出所突然打电话给我提溜去了。"

"啊！发生了什么事儿？"

"班上几位男生在五道口一家酒馆吃饭喝酒，跟几个外国留学生打架。酒馆老板报了警。"

"因为什么打架？"

"唱卡拉 OK 相互抢麦呗。别看这些大学生平时谦恭有礼、温文尔雅，一喝了酒就完全变成了另外一个人。警察到了之后，让我的学生跟学校或家长联系到现场来领人。这几个孩子不敢找父母，也不敢找学校，就找班主任呗。"

"这么棘手的问题，你怎么处理？"我一边问一边做着各种猜测：在警察面前偏袒自己的学生，让警察赶紧放人；或者在学生身上撒气，把学生臭骂一顿。……

"我一去，也不理那几个孩子，因为我很生气。我说，大晚上你们也不让我睡觉。"

"看来你是真生气了。"我笑道。

"生气归生气，可是终归也得解决问题呀。我看那个警察跟我那几个学生岁数差不多，也就是跟孩子一样嘛，我态度和善地跟警察问了一下情况。那警察给我介绍了一下。我就跟警察说：'你放心，我回去肯定要好好教育他们。但是这几个孩子在学校都挺老实的，不是那种惹事儿的人，都是挺好的孩子。这个事儿肯定是对方先动的手，这些学生都是独生子女，谁能忍这个气？你们就放他们一马吧，我保证他们下次不会了，就别给孩子留案底了。'

"警察看我岁数挺大，又是老师，就给了我一个面子。不过他还是抱怨了一句：'你看，他们给我们警车里吐的。'我就赶紧跟那几个孩子说：'你们还不赶紧给擦车去？'那几个孩子很听话，连忙去擦车。警察看几个学生态度挺好，说这次就算完了，下不为例。我说您放心，如果他们下次再有这种情况，你该怎么着就怎么着，该走学校就走学校。"

"这几位闯祸的学生后来怎么样了？"

"我给他们带出去，让他们赶紧回家。这个时候不能跟他们讲任何话，因为他们这时候还觉得一肚子委屈哩，而且喝醉了，也讲不了道理。当时他们肯定是吓醒了，但是他们也有委屈要诉，我还没教育他们，他们就得跟我诉苦。我跟他们说：'说实在的，谁没一肚子苦，大半夜把我拽进来，我不苦吗？你们赶紧回去，明天不许迟到。'他们就说：'老师，您别跟学校说。'我说：'我看你们的表现。'于是他们都灰溜溜回家了。后来我在学校里没跟任何人提过这事儿，那几个学生也接受了教训，没再惹事儿。"

"你这种软处理的方式比较恰当，既保护了学生又能督促学生长记性，不再犯类似的错误。"我连连称赞。让她再举一个例子。

"都德不是写过一篇《最后一课》吗？你还记得吧？咱们初中上法语课时老师曾经讲过。我担任代课班主任的最后一课也挺精彩，那个场景让我终生难忘。

"那是个周五，我接到朋友的电话，说他从澳大利亚回来了，下周一就能来上班，我就不用来了。我问他怎么提前回来了？他说他女儿开学了，也给她安排好了，所以就回来了。哎哟，我那个高兴呀，就是千斤重担终于放下了的那种心情。

"快要放学了，我走进了教室，教室乱哄哄的，我说大家先静静，宣布一个事情：从下周一开始，你们原先的班主任老师就回来了，我就不再来了。然后我就开始嘚吧嘚吧。我说感谢大家，这一段同学们进步也很大，表扬鼓励。

"说着说着，我突然就停住了，大脑一片空白，为什么？教室里鸦雀无声，就从来没那么安静过，所有的人都瞠目结舌。我就愣在那儿，他们也愣在那儿，就这么眼对眼直愣愣地对视了半天。

"突然有个学生喊了一句：'为什么呀？'

"我就再也忍不住了，扭头就跑，几乎就跟撞了很多人那种感觉。我戴着眼镜，眼泪流出来，眼睛什么都看不见了，就一直哭，跑到了办公室。

"办公室有一个男老师，他问，你怎么了，别哭别哭，别跟他们生气。他以为学生气到我了，一个劲儿劝我别跟他们生气。我把桌子上的东西收拾起来，塞进书包，我也说不出话来，扭身跑出了学校，跟同事和学生也没好好告别。

"我在路上跑，还是看不见路。你知道吗？如果你在一个地方付出得越多，你就越舍不得那个地方。"

"就这样离开了学校？后来回去过吗？"我关切地问。

"最后就是这样跟他们分别了，再没有任何交集，我也从来没问过我那个朋友，那些学生怎么样。因为我觉得不能影响人家，人家肯定有他自己的一套教育方法，你不能用你的方法去干扰人家的事情，或者说让原来的学生留恋你。所以我也从来没有过问，也不去想。但是就那么一段短暂当老师的经历，我已经感受到了老师的伟大，做一个负责任的老师太不容易了，给多少钱都应该。"

王丽莉几乎是一口气把她的"最后一课"讲述完的，我完全沉浸其中。最后，我还是劝她，如果有机会还是和那个班的学生聚一聚，哪怕是一边喝茶一边嘚吧嘚吧几句也行。

王丽莉告诉我，后来那个学校的系主任找过她好几次，撺掇她从现在的公司出来，转去当老师，因为他觉得王丽莉的教学方法有长处，效果也好。对方诚恳地说："王老师，原来我招老师只招师范毕业的，现在我觉得也应该招像你这样有企业管理经验的人。你到我们学校来吧，我给你班主任最高的待遇。"

"你是怎么回答的？"

"我说：'真的不行，我这是临时帮忙。'"

王丽莉告诉我，现在回想上初中时的那些老师，挺理解他们的。"但是我至今仍质疑部分老师的教育方法，比如有的老师缺乏经验，不善于疏导学生的思想，跟学生对着干，师生之间发生过不少冲突。而我这次代课班主任的经历就是吸取了从前那几位老师的教训，也算是一次有益的尝试吧。"

"咱俩还真想到一块儿了。"我说，"前段时间我也在思索这一问题，还写过一篇题为《八角楼》的短篇小说，写的是一位初中同学不服老师管教，经常挨批斗的故事。以前我总觉得是那位同学的不是，是他咎由自取。后来我设身处地站在他的角度思考问题，就发现他那个年龄不该受到那样简单粗暴的对待，我开始同情他了。你想想，初中学生，十三四岁的年纪，正值青春期，有逆反心理，难免做出些荒唐事，老师作为过来人，应该能够理解的。小说里面有这样一个情节：班主任发现一位平时爱捣蛋的学生穿上一件白衬衫，还把领子立起来，就嘲讽了几句，说这位学生沾染上了资产阶级思想，其他同学也跟着起哄。你知道那位同学有什么反应吗？"

"让我想想啊——第二天那位同学穿一件黑色的破棉袄，腰上扎一根粗麻绳，骑着一头毛驴到学校上学，毛驴就拴在教室窗外的一棵大槐树上。对不对？"王丽莉笑道。

"对。瞒不住你。这都是咱们当时亲身经历，耳闻目睹的。我把它写进小说里了。"

"我觉得挺好，这个故事不论对学校老师还是对家长都是有借鉴意义的，简单粗暴的教育方法是行不通的。说实话，这件事给我的印象也很深刻，我去做代课班主任之前，就曾经暗示自己，要接受初中时那位老师的教训，对待学生要耐心，要润物无声，晓之以理，动之以情，千万不能走简单粗暴的老路。"

"看来咱们俩是不谋而合呀！"我说。

"尽管你作品里说的是咱们初中的故事，而我教的是大二的学生，但是有些基本道理是相通的。"

"嗯嗯。"

"你这篇小说我在哪里能看到呀？"王丽莉迫切地询问。

"本来我发表在了公众号里，后来又觉得不太合适，怕得罪当事的老师，我又给删了。"

　　"可惜了。"

　　"不过没关系，到时候我单独发给你，你可别外传呀！"

　　"好吧。"

第六辑

荧屏幕后人

入台

题记：

有些人希望你走，不是嫌弃你，而是考虑到你的未来。

沙漠中的红柳表面看已经枯萎，但根还在，总有重生的那天。

1988 年 11 月 24 日，北京市委农工部宣传处的七位同事齐聚市委农工部副部长赵友福的办公室，讨论"关于黄超副市长做农村形势报告的草稿"。此时已经三易其稿。一开始，让我和小彭负责写成就部分，后来因为我好几天请假和夫人轮流在家里照看生病的孩子，顾不上写稿，于是中途脱身。

讨论中，赵友福让我们逐个发言，谈修改意见，我最后发言。赵部长这样安排自有他的道理，比如说按年龄排序我最小。当然也有我调动的因素。

最开始他是同意放我走的，可是中途一度变卦，放出话来说，这段时间谁也不能调走。前些天我看到老裴跑到赵部长办公室，两个人说话的声音逐渐加大。只听赵部长倔强地说："我就是不放人！"接着传来老裴的声音："人家调动的事情已经办得差不多了，现在就等着调函了，咱们不能说话不算数呀！"听上去，两个人的态度似乎都比较强硬，我有些不安，担心因为我的事儿，伤了老裴和赵部长的和气，同时也担心我的调动之事变黄。

不一会儿，老裴从赵部长办公室回来，我听到老裴拨电话的声音。509 办公室约有三十平方米，中间用深褐色的木质文件柜隔成里外间，老裴和小彭两位女士在里间，五位男士在外间，虽然空间被虚拟隔开了，却不隔音。电话接通了，我听出对方是赵文芝。她一年前从昌平县委宣传部调到了团市委任副书记。老裴压低声音把我调动遇到困难的事情跟赵文芝说了，商量如何做老赵的工作，对我放行。我很感激她们，在我遇到难处时总有贵人相助。

"小刘，轮到你了，你谈谈修改意见吧。"赵部长留着灰白的短发，说话带有河北唐县一带的口音，态度和蔼，眼角堆起四五道鱼尾纹，面色红晕，满脸笑意。我猜想，老裴和小赵的游说已经奏效；我自己也要态度积极，将意见如实表达出来。

"从思想认识的角度看，首先应解决农村干部和群众目光短浅的问题，树立长远眼光和整体观念。现在中央提出了今后要狠抓农业生产，保证明年丰收，早就该抓了。种粮食搞农业是农民的本职，是根本利益，如果为了抓现钱而放弃农业生产，则后患无穷。"

赵部长一边听，一边在笔记本上认真地记着什么。老裴在发言中肯定了我的这一观点，老赵在小结时也提到了这一观点。这是我在市委机关最后一次发言，应该给赵部长以及同事们留下了深刻印象。

次日上午，陈若愚来电话说："建鸣，别再打不起精神了，调令来了。"让我马上到电视台取调函。

我立刻坐地铁从王府井站赶到军博，走进了被人们戏称为"冰棍楼"的彩电中心。在人事处的一个房间里，高个子大韩正襟危坐，给我开了调函，嘱咐我准备好照片之类的注意事项。下午我就回到了市委大楼。据说这座大楼是用建设人民大会堂的余料建成的，拾级而上，大堂明亮，我意识到这应该是我在这个地方办公的最后一天，禁不住产生一种依依不舍的情感。我的上级和同事们待我都不错，很真诚，我女儿生病的时候，大张和建才还拎着一袋食物到我家去探望。

我把调函交给了干部处的老任，经过一个流程之后，我的档案将从市委寄到电视台。

老裴和老宋由衷地向我表示祝贺，其他同事也围拢过来依依惜别，搞得我都快哭了。

1988年11月26日是我在电视台上班的第一天，我随若愚一行来到101中学拍片。事情是这样的，电视专题片《祖国不会忘记》播出后，在社会上反响很大，连续播了两次。《电视你我他》栏目打算做一期"播后记"。恰好国防科工委在新疆的马兰基地有五十五名子弟在北京101中学借读，若愚决定先拍这些子弟在北京借读学习和生活的情况，再带着片子到基地放映，搜集基地的反映。下个月的5日，若愚等人就去基地。

两位精神抖擞、飒爽英姿的女军官热情地接待了我们，一位四十岁左右，一位二十多岁，她俩是带队老师，负责管理学生们的起居和生活。

我们来到教室，学生们表演了节目，有小合唱，有日本舞蹈，还有小魔术。这些孩子常年在基地军营环境中生活成长，组织纪律性自然养成，加上有两位女军官悉心陪伴，他们的生活、学习井井有条，宿舍里的被子被叠成了豆腐块，桌上的物品也被码放得整齐有序。

忽然一位中年军官出现在现场，原来是国防科工委主任伍绍祖前来视察，大家围拢过来，伍主任嘘寒问暖，女军官和学生们笑逐颜开，沉浸在融洽的氛围中。

听说我们几位是电视台来采访的，又听说将要去马兰基地采访，伍主任竖起大拇指赞叹《祖国不会忘记》的专题片做得好，这个"播后记"的创意也不错。并且叮嘱我们，去基地采访，一定要做好吃苦的准备，随后和我们在院子里合影留念。

不难看出，与其他同事相比，照片中的我显得有些疲惫和憔悴，穿戴也比较"土气"。也许这与我长期从事农村工作有关，带些土气也是自然的事情。另外，我的宝贝女儿才两岁多，我和夫人抱着她从翠微南里送往北师大幼儿园，挤汽车，赶地铁，每天跟打仗似的，气色当然要差一些。

紧张的一天过去了，我感触良多，仿佛又回到当年在昌平工作期间走乡串户、披星戴月、采写新闻稿件的忙碌情景，回到了熟悉而又热爱的岗位。同时我也深知，对于我来说，制作电视节目是一个全新的行当，很多东西很陌生，有许多意想不到的考验在等着我。

贵人相助

题记：

当一个人陷入困境时有贵人相助，是一件非常幸运的事情。

伯乐，都想把你调教和训练成一匹千里马。

我从小就喜欢写日记，不断地在日记本上写每天的见闻和感受，把日记当作自己最好的朋友。日记带有时代烙印，能够反映出一个人在不同历史时期的人生轨迹。

教会我写日记的是初中的李文普老师，他要求班上每一位同学每天都要记日记，每周还要交给他，批改之后再返还。在这件事情上他很执著，也很细心。不知道他本人是否也有记日记的嗜好，答案应该是肯定的，这是我的直觉，尽管我从未问过李老师这个问题。

李文普是十一学校的一位代数老师，我初三时的班主任，相处时间长了，同学们发觉李老师是一个不寻常的人。比如他不是党员，也不是干部，却组织我们学习《共产党宣言》《反杜林论》。其实他对当官不感兴趣，对政治也不感兴趣，喜欢干自己想干的事情，是个业务尖子。当时我们十四五岁，思想不定型，就跟着他学，他这种人生观念对我们有潜移默化的影响。

实事求是地讲，我当时写的日记并不被李老师看好，他在批语中总以批评的口吻，指出这里写得不细致，那里写得不深刻。尽管有些苛刻，但我仍然认为他是我向文学方向发展的启蒙老师之一。他不修边幅，个子很高，戴一副深度眼镜，微微弓起的身体，说起话来慢悠悠的节奏，代数课上比尺的投影，擦拭黑板时纷纷扬扬的粉笔末衬托着他临近中年的常常沁出汗珠的额头。

从心理学角度说，写日记是一种自我分析的简便方式，自我勉励、自我安慰、自我反省、自我解压，在不介入更多外力的情况下，使自己内心逐渐强大，化坎坷为乌有。

但是不管怎么说，外力的介入有时不可或缺，比如说工作调动。1983 年初，我大学毕业的时候，仍然实行组织分配，不是说你想到哪儿就能到哪儿，除非有伯乐出现，可惜没有。

到了 1986 年夏天，出现了一位伯乐——裴屏，市委农工部宣传处处长。当时处里正缺人手，她在各郊区县撒下大网，网罗得力干将。这一天她带领副手老宋来到昌平县委宣传部挖人，县委宣传部长赵文芝推荐了我。应该说这三位伯乐共同发力，把我调到了城里。

市、县机关是干部的摇篮，每一位相当级别的干部都想挑选合适的人加入自己的工作团队，形成战斗力。就像里皮物色国家足球队队员，不同的人踢不同的位置，不同位置的人的精妙配合才能达成进球目的。

老裴1961年考入中国人民大学新闻系，1966年毕业前夕，"文化大革命"开始了，原分配新闻单位的方案被说成是修正主义的，"被砸烂"作废，拖到1968年，按新分配方案被分到京郊门头沟区的一所中学，不久被调到门头沟区委宣传部，1975年被调到中共北京市委农村部宣传处。她的一位校友是昌平县委宣传部部长孙学（后任县政协主席，赵文芝接任县委宣传部部长）。孙部长也是一位伯乐，我1983年春分配到县广播站，不出五个月就被调到县委宣传部。他大学所学的专业是政治经济学，《资本论》读得滚瓜烂熟。有一次他在县委党校讲课，为了测试老孙的才学，一位学员从讲义上随机找到马克思的一段话，老孙即刻就说出了出处。

我在市委机关工作了一年，总觉得自己不太适应机关的工作，老想找个更适合自己特长和爱好的工作。这个机会在1987年终于等到了，那一年正在酝酿人事管理制度改革，人才流动开始有松动的迹象。在老裴的默许下，我开始四处活动。后来找到了大学同学陈若愚，她所在的中央电视台总编室观联组正好缺人，虽然并非最理想的记者岗位，但是应该比市委机关要好些，于是我在1988年秋调到了电视台。

老裴后来经常对我说："你到电视台这一步真是走对了。我在大学里是学新闻的，电视台里就有我好几位同学，我也想专业对口，可是年龄大，没机会了。"她鼓励我一定要珍惜在电视台工作的机会，发挥特长，有所作为。

1988年11月28日上午，我再次回到市委大楼。办好了干部关系、工资关系和组织关系，并将结果正式告诉了老裴。在她的倡议下，全处同志在下午为我开欢送会。除老宋因外出不在外，宣传处其他六个人悉数到场。

老裴清一清嗓子，首先做开场白："我讲三点，第一点，建鸣同志比较注意学习，平常注意积累，这是一个优点。第二，他和同志们相处和谐，性格比较绵，人际关系处得好。第三，生活作风朴实，为人比较纯正。从表到里比较朴实，在年青一代各种思潮中，基本的素质纯正，不像有的人那样咋咋呼呼，疯疯癫癫。他能做具体事。提几点希望：（1）注意身体锻炼。家庭负担可能多，年轻人要过好家庭关。家里的事要妥善处理，合理负担。（2）事业才刚刚开始，既然有决心从事此项事业，一定要有闯劲，从头学起，好好钻研，泼辣大胆。以前是谨慎有余，以后要坚持不懈，会干出点成绩的。"

对于老裴的评价，我觉得基本公允，优缺点都有。尤其是"绵"字概括力很强，它具有双重含义：一层含义是指性情温顺、柔顺，与"温良恭俭让"的儒家思想高度契合；另一层含义是绵软，缺乏锐气和狠劲，如果做到"绵里藏针"就好了。这是老裴对我的殷切期望。其实我自己也意识到了这一点，正在努力改进。比如那天在赵部长办公室里讨论黄副市长的工作总结草案，我的发言就有"绵里藏针""柔中带刚"的味道。

刘建才第二个发言，我和他的名字仅差一个字："建鸣真的要走了，我有点舍不得，处里工作压力大，人少，他发挥了不小的作用。几年接触下来，我感觉他素质好，基本功还是有的。喜爱看书，敢于智力投资，注重积累。爱好也比较广泛，可能对今后的工作有益。同志关系处理得好，互帮互助。到新的单位后，如何发挥自己的优势，可能会遇到一些问题，可能要挑大梁。我们俩人的性格比较相似。但是今后你要有思想准备，迎接新的困难，要思考如何开拓自己的事业。"他比我大四岁，北京师范学院毕业，当过中学教师，调到宣传处已有四五个年头。

接下来发言的是张力翔，他身材高大，一米八七，穿四十五号的球鞋，嗓音洪亮而浑厚："建鸣有较大的特点：一是有所追求，比如买书。他不追求时髦，和一般的人不一样，能舍得买书，比如买了'三言两拍'，订阅英文的《中国日报》。二是你正好处于困难时期，工作上、生活上都遇到不少困难，不过你都挺乐观。三是去了电视台不容易，颇费周折，总算去了，那是个好地方，是一件可喜可贺的事情，也对你的路子。另外离家也近了。孩子也大了。以后的前途是光明的。赠言：苟富贵无相忘。人活在世上就得互相帮助。有点好镜头给我们留着点儿。"他与刘建才同岁，北京师范学院的同学，曾在顺义教过几年书，比我早到宣传处一个月。

第四个发言的是于兆海，比我大两岁，带有浓重的密云口音："看起来你这个人蔫乎乎的，但是对自己的志向是挺有远见的。为人很好，领导让干什么就干什么。"他来宣传处三年了，人很勤快，干事也很麻利。

第五个发言的是彭玲，与我同龄，月份好像大我一点儿："你去的地方还挺合适的，是人生关键的一步，从昌平到市委，再到电视台，真不容易。你的性格比较温顺，去电视台比较合适，有宣传报道的底子，为今后的发展奠定了基础。你还年轻，迈出了关键的一步。电视事业刚刚起步，确定了自己的发展方向。你的优点是突出的，为人正派、朴实。到新的工作岗位后，面临着很多困难，希望你发挥自己的特长。无论是出了名了，还是总是在幕后，都不要忘了我们。希望给处里留点意见、建议和希望。走出这一步，与你的性格有关，有自己的主见。希望到了新岗位后，多一些魄力。"

　　大家说了一轮，我放下手中的笔和本，对两年来大家对自己的关照和帮助表示感谢，到了新的工作岗位一定要踏踏实实地干，不辜负大家的期望。

　　老裴总结道："建鸣调走了，希望留下来的同志继续努力工作，大家要珍惜市委的工作。"她心中有数，剩下的四位年轻人都是从各区县百里挑一选出来的，随着工作经验的丰富和成熟，迟早会成为市农口各局的栋梁之才。

气场

　　题记：

　　气场的强弱因人而异，笃信者法力无边，怀疑者一文不值。

　　自从广告在我国电视屏幕上出现的那一天起，非议者便层出不穷。

　　我下班后来到幼儿园，本想看看女儿就行了，没想到阿姨说："星期三晚上别的孩子都接走了，你女儿也得走。"正当我犹豫时，女儿高兴地跑出来，等着让我给她穿衣服。我看到桌子上摆着碗，快到吃晚饭的时间了（下午5点半开饭，我看看手表还差十八分钟），就对女儿说："你先吃饭，爸爸先去取奶，取完奶再来接你。"没想到她呜呜地哭起来，很伤心。我赶忙收了原来的主意，把她接走了。

　　夜里她闹得厉害，大概是有点感冒，但吃饭还可以。我初步判断是刚上幼儿园不大习惯所致。果然，第二天清晨她说不上幼儿园了，非要去爷爷奶奶家，或者留在翠微南里自己家里。无奈之下，我只好以带她上公园转一圈的理由出门，她就跟着我去了，中途却被我送进了幼儿园。对孩子说话不算数，说假话，是我极不情愿的事情，但愿不要因为一句假话，给孩子带来什么不好的影响。

"国际大众传播研究会"发出吸收观联组入会的邀请，已被国内有关部门批准，若愚让我带着批文，去阜成门中国银行汇款，交纳会费。

银行职员指着汇款单说："汇款单上没写清楚收款人所在地点是何银行和账号。"我离开柜台，找到窗户下面的电话，听了一会儿没有声音，仔细一瞧，原来底下的电话线不知被谁给扯断了。我只好找另一部打。打通后，若愚说："你先回来再说。"

这天早晨我起得早，6点半开始做气功，将种种烦事抛到脑后，渐渐有了气感。这是我几个月以来几乎每天早晨必做的功课。曾几何时，社会上刮起一股"气功热"，"气功师"们四处开办讲座，追随者甚多，据说还有一些是高级知识分子和科学家。我在市委机关工作时，在朋友的怂恿下听了一两场这样的讲座，"气功大师"在讲台上吹得神乎其神，说着说着，就发起功来，让听众呈站立捧手的姿势接"功"。我双眼微闭，身体前后左右地摇摆，浑身开始发热，"气功大师"便说，这是因为你们接到了我发给你们的"功"。他又让找一个随身携带的物件（比如钥匙坠儿、项链、手镯），将做功的意念转移到这些物件上，将来你本人或者你的亲人身体疼痛，把这物件贴上去便可消灾止痛。我对此将信将疑。有一天，我母亲胆囊炎发作，我恰好在场，从腰带上取下钥匙坠儿，虔诚地搁在母亲患处。父亲问是什么宝贝？我说某某气功大师的气场能量存在里面，"气功大师"说了，哪里不舒服就搁在上面，包你"药"到病除。就这样，我摁着钥匙坠儿，生怕它掉下来，在十分钟里一直保持着一个姿势，可是母亲还是龇牙咧嘴地喊疼。父亲说道："儿子，你那玩意儿肯定不管用，赶快到医院急诊室叫救护车吧。"我这才收起钥匙坠儿，跑去医院搬救兵。父亲是位医生，在急诊室当主任，他的第一反应和抉择应该是正确的。尽管有了教训，但我仍心存侥幸，每天早晨还是坚持做功，直到一年后才放弃。

半小时过后，我开始看书，这是我多年以来养成的习惯。今天看的是《电视节目的制作》中有关 ENG（便携采访摄像机）和电子编辑机的操作要领。临时抱佛脚，急用现学。我相信，自己不但能当好电视编辑，必要时也能扛着摄像机四处拍摄。

接下来的一天被我安排得满满的，上午我和同事老闫一同去丰台区政府找新闻干事李杜，寻找节目线索。其中一条是花乡文化站办了一个合唱团，某女青年看电视后受启发，冲破阻挠参加合唱团的事。我将这条线索让给了老闫。下午我与昌平县回龙观乡南店村联系，约好下周二去采访闭路电视的事情。

见我放下了话机，坐在我前面的若愚转过身来向我传授有关制作节目的注意事项："你可以先写出底稿，根据底稿设计出需要拍摄的镜头；也可以先拍摄，后写出脚本。"我会意地连连点头，将要点记下来。

下午，我跟随施伟来到编辑机房，看她在编辑机上编辑素材，增加感性认识。机房里面有一股怪味，弄得我很不舒服。我属于过敏性体质，尤其对气味敏感。从前我家住在 332 号楼，我在楼下便能闻到三层家里厨房炒菜的味道，辨别出今天我家吃什么菜，邻居家吃什么菜。

次日上午，我来到回龙观乡，朝老张借了一辆自行车，自己一个人来到南店村采访。村长吕国庆等人十分配合，我拟订好若干镜头，返回乡里。

前些年我在市委农工部工作时，曾在该乡蹲过点，跟乡里干部很熟，我敲敲门，径直走进乡委书记王继德的宿舍。他点燃一根烟悠然自得地吸了两口，开始跟我闲聊。烟雾缭绕中，我发现床头仍摆放着外国某领导人的著作，顺手拿起来翻了翻，上面画着许多红杠杠，还有眉批。我问道："书记，您还在看这本书呢？"上一回我来他宿舍时就见过这本书。"这本书好哇！"王书记吐出一个烟圈，用沙哑的嗓音为我讲述了他对那本书的感想。他脸膛黑红，目光犀利，仿佛在黑暗中行走，忽然发现前方出现亮光一样兴奋。

向导

题记：

电视节目制作有一个特殊的流程，比起单纯的文字写作，要复杂得多。

俗话说"当事者迷，旁观者清"。外国人看中国，有时候比中国人自己要看得清楚，看得明白。

下午两点，我从回龙观赶回电视台，和晓鸥说她要去演播室，问我去不去。我爽快地答应了。

　　我替她拎着那只盛满录像带的手提袋，袋子很沉。我们沿着长廊向前走，晓鸥向我介绍沿途的景观："刚才咱们下电梯的地方是方楼，现在这个地方叫圆楼，这个半圆形的走廊叫候播大厅，左边是理发室，以后你可以到那里去理发，前面是医务室。"晓鸥一路介绍着，我就像刘姥姥进了大观园，对于看到的一切都感到新鲜好奇。

　　到了第十四演播室，我们推开两道厚重的隔音门蹑手蹑脚地走进演播大厅。节目主持人刘笑梅同志在摄像机前正襟危坐，口里还念念有词，在她身后有一道蓝色布景，晓鸥说那是用于"抠像"的。

　　晓鸥冲她做做手势，问是否打扰了她。笑梅笑着回答："没关系，我正在试音。"于是晓鸥领着我沿着旋转扶梯上到二层的监控室。又是一道隔音门，我们推门进去再关上，若愚正和两位技术员在那里调试机器。

　　我是第一次见到这种场面：彩色屏幕就有五六个，显示出经过处理形成的各种画面，主要是背景的差异，有的是绿色的天幕，有的是机房设备，有的是叠化画面。

　　我仍能嗅到室内的化学气味，一种融合了塑料、钢铁和黏合剂的有点儿甜滋滋的味道。与昨天在编辑机房闻到的气味类似。

　　晓鸥坐到若愚身边，她俩将在操控台上与楼下演播厅里的主持人相互配合，完成主持人配音。本期节目由晓鸥担任责编，节目反映的是交通民警的生活内容。她们想在节目的片尾配上主持人的一段话，由于时间节点不易把握，反复了十来遍，有时是因为话说得不够紧凑，有时是因为画面上出现了干扰的闪光点。然而她们都很有耐心，默契程度不断提高，最终匹配成功。

　　次日下午，我写完《乡村的闭路电视》的分镜头稿，交给若愚初审，征求意见。她反复看了两遍，在稿纸上面写写画画，再把我叫到桌旁，把意见反馈给我。

第二天清晨，我拉开窗帘，发现外面白茫茫一片，下雪了。晓鸥再也不用发愁了，因为前些天她编了个节目，点播儿童歌曲《下雪了》，可是今年以来尚未见到一片雪花，为此她还担心节目播出后会不合时宜。现在好了，她可以填写一份派单，到调度室申请 ENG（便携采访摄像机）和摄像师，赶到小花园拍雪景了。

为安全起见，我没敢骑车带女儿，而是绕到地铁站，乘坐地铁送她上幼儿园。夫人也一道走，可到了军博站，女儿看见妈妈没有下车，立马哭了，非要找妈妈。我哄她上到地面，抱到一边人少的地方，鼓励她自己在雪地上行走，可她只走了两步，便嚷嚷着让我抱。也许她还不习惯在雪地上行走。

昨天下班时，我在电梯口遇上了总编室王秘书，我说："我是新来的，今后请多多照应。"今天她来了，给我一摞子彩色纸条。我心想，昨天请她多多照应，这不，"照应"马上就来了。我问是不是让我帮助去贴标语，她打开纸条说是谜语，让我帮助在纸条的下端标上号码。其中一条谜语是：千姐妹，万姐妹，睡一床，盖一被（打一果品）。我念出了声儿，惹得若愚忍俊不禁。

施伟把头发撒开，对着镜子打扮，问恰巧从身边走过的吴老师："吴老师，你瞧瞧我梳这样的发式好看吗？"

吴老师是一位返聘的老同志，负责拆信看信，当年五十七岁。她的回答令施伟很伤心："弄得披头散发的，还怎么工作呀？"若愚禁不住又笑出声来。

又过了一个星期，时间到了 1989 年 1 月 7 日中午，我到北大勺园接来了三位留学生做节目嘉宾，其中一男一女在元旦晚会小品中扮演过"大山"和"玉兰"，另一位是来自刚果的留学生。他们正在复习考试，大山和玉兰学的是中文专业，在车上他们也在翻阅卡片。听说我也是学中文的，大山便递给我一张卡片，上面写的是"谢朓"，古代南齐的一位作家。大山问我"朓"字的读音，我想了想说读 tiǎo，三声。大山不大相信，坐在司机旁边的玉兰翻开字典证明我的答案是正确的。

我把三位洋人领到演播室后，帮助置景，又去车队预订返回的车。然后回到办公室想歇一会儿，屁股还没坐稳，李老师说楼下一位叫晓霞的人带着一位老人和两位小孩，是若愚约他们来录像的，让我去接。我签好了进门条，跑到东门一瞧，原来是我的大学同学鄂晓霞，那位老者是她父亲鄂烈，小男孩是她的侄子鄂明，小女孩是她家的邻居。

原来若愚正在做一个介绍《动物世界》的节目，请来一老二小来串节目。鄂伯伯我也多次见过，因为上大学期间我到晓霞家一起复习过功课。

采访

题记：

新闻干事是一个非常有趣的岗位，能接触到方方面面的新闻记者，从他们身上能学习到许多东西。

电视一旦介入农民的生产和生活，就能产生许多奇妙的变化。

　　1989 年 1 月 11 日，是一个值得纪念的日子，因为由我担任责编的《乡村闭路电视》的拍摄开始进行，摄制组一行五人乘车前往回龙观乡南店村。我并不感到紧张，因为在昌平担任新闻干事的三年里，我作为陪同和向导，接待过不少国内外新闻单位的记者，其中也有电视记者。

　　第一回是陪同中央电视台国际部的几位记者到昌平县沙河乡踩河村采访，时间是 1983 年 5 月 31 日，踩河村是北京市新村建设的一个样板。记者们采访一位养牛能手，他回答得很干脆，噼里啪啦说出一串数字："五斤草一斤奶，一天几十斤草，一头牛一年平均要吃掉四亩牧草。"好像他脑子里有一把算盘。他与另外三十户农民专业户还买了汽车。摄像记者为了把镜头拍好，累得满头是汗，为了拍一个全景，他扛着二十多斤重的摄像机顺着梯子爬到了房顶。他叫张中令，午饭时他没怎么喝酒，说自己心动过速。"搞我们这行的，往往都会得这种病。"他的同事在一旁解释说。一位天真活泼的小姑娘是第一次跟着在电视台工作的妈妈来乡下，大人们在街巷楼群中穿梭往返，寻找最佳拍摄角度，这个五岁的小姑娘则在路边采摘一簇簇雪白的喇叭花，让妈妈帮她插在自己柔软的鬓发上。三层综合楼旁边的展览厅呈六角形（使我想起十一学校的八角楼图书馆），深红色的落地窗帘挂在巨大的玻璃窗前，根据反复推敲修改的新村规划方案做成了沙盘，把参观者引向了 2000 年。时值 5 月底，张中令走进麦田拍摄麦穗的特写镜头，捻破了一颗麦粒，发现才灌浆了一半。"最怕的是干热风。"陪同的村长说。

　　第二回是 1984 年，具体时间记不清了，《话说运河》摄制组的戴唯宇和石宪法两位老师到十三陵进行采访，这是继《话说长江》之后该摄制组接手的第二部大型专题纪录片。他们径直登上定陵的宝城，仔细观察辨别刻在砖上的字。这是运河漕运的一个证据，这些字不但标明了烧制窑厂的名称和时间，还有监制官员的名字，就相当于现在的二维码，可以追溯生产的每一个环节，从而保证了质量。两位老师认真严谨的工作作风和态度给我留下了深刻印象。

第三回是接待外国记者。时间是 1984 年 4 月，采访地点在孙桂英家。孙桂英当时是昌平县北七家乡东二旗村的养鸡专业户，远近闻名，吸引了众多中外记者前来采访报道。这天我陪同加拿大《环球邮报》记者艾伦、加拿大有线电视网公司记者汤姆·克拉克和路易·南吉尔一行三人采访孙桂英，其夫姓张，在市政协某单位供职主任。一辆丰田小汽车停在她家的院子里。孙桂英本人不怎么会说，主要由她的丈夫侃侃而谈。几位加拿大记者用尽看家本事，东问西问，旁敲侧击，有三次几乎打乱了张的阵脚。艾伦问："你家去年挣了三万多元，纳不纳税呢？"张回答："不纳。个人养殖业，国家不收税。"艾伦风趣地说："我们当记者都是要纳税的。要不你来当记者，我们来养鸡，好吗？"众人哄堂大笑。

负责摄像的南吉尔脖子上系了一条蓝色花头巾，在中国的城市里，那是姑娘媳妇们的饰物，想不到系在南吉尔脖子上也如此和谐。他一米八的个子，三十来岁，很精干，少言寡语，只会可怜的几句中国话。凹进去的蓝眼睛布满了血丝，淡黄而舒卷的头发，刮得发青的鬓角，坚定有力的下巴，白里透红的肤色，见棱见角的骨架。他和艾伦配合默契，每一组镜头的选定都是由他们俩商量而定，再通过翻译将拍摄意图和方式传达给孙桂英夫妇。

第四回是几天后德国的两位电视记者来采访孙桂英。最后一个镜头是选择男主人驾驶丰田小汽车，背景选在一个十字路口。刚要开拍，"等等！"那位金发碧眼的德国记者对陪同的翻译用英语叫道。原来对面正好过来一辆马车。金发记者贴着翻译的耳朵叽叽咕咕，比手画脚地说了一通。"你把汽车开回去再来一遍，要与那辆马车错成一条斜线。"翻译唯命是从地指挥着男主人。"不行，这样悬殊的对比，我们接受不了！"我发表了自己的意见。于是他们放弃了那组镜头的拍摄。因为我很敏感，早在我上初中时就看过由意大利导演安东尼奥尼摄制的一部介绍中国的影片《中国》，在反映成就的同时展现了许多贫穷落后的"阴暗"面，有丑化的作用。后来还受到过中方的批判。如今我也面对类似的问题。不让他们拍摄小汽车与马车强烈对比的镜头，我认为自己是对的。

　　事后我曾经对这两次采访活动做过小结。这两家外媒的确有其独到之处，首先，提问的方式切中要害。其次，适当的幽默感能够化解采访对象的紧张情绪和尴尬场面。最后，巧用对比，揭示和表现采访对象的真实状况，德国记者的镜头设计的确很专业，当然我也有自己的原则。

　　话说《电视你我他》摄制组成员共五人，包括若愚、笑梅、徐伟、张海和我。因为我事先踩过点儿，拟定的采访提纲和镜头设计也比较周全，又有若愚亲自督战，采访和拍摄比较顺利。

　　笑梅首先采访南店村村委会主任吕国庆。笑梅问道："为什么村里安装闭路电视呢？有什么背景吗？"吕国庆回答得很实在，他说："1985 年 8 月安装的，当时牡丹电视机厂正给西三旗饭店安装闭路电视，南店村与之相邻，于是也就安了，投资 5 万多元，村里 392 户，已经安装 370 户，后盖房的还没安。"

　　笑梅又问："村里利用闭路电视为村民办了哪些实事？"吕国庆说播放过科学种田、普法、妇幼保健知识的录像，还有故事片和文艺片，深受村民欢迎。

接着笑梅又采访了种田能手、村妇联主任、电工、家庭户代表等人，不到两小时就干脆麻利地完成了任务。

第二天我打报告给总编室主管技术的副主任史启新，申请办理磁带证。他说："不行，你和其他人差距太大，得一年以后才能办。要经过培训，了解流程等知识后再说。"于是我只能用同事的磁带证借来空白磁带。

接下来的几天我一直在跟编辑机较劲儿。第一次上编辑机，开始有畏惧感，不敢动手。后来横下心来也就不怕了。好在若愚就在隔壁操作，有了问题便去请教。老闫问："你现在手是不是有点痒痒？"他指的是上编辑机。我说是。

中途我发现还缺少几个镜头画面，于是请昌平电视台包淑清和小段到南店村补拍了几个镜头，并且送到了台里。我很感激他们，虽然我早已调离那里，但是人情还在，他们支持我的工作。

又经过几天紧张的修改和调试，经审查合格，《乡村闭路电视》终于在 1989 年 3 月 13 日晚上的《电视你我他》栏目播出了。

故地重游

题记：

地理位置上的相对闭塞，造就了村民淳朴的性格。

形同陌路，并不意味他们之间从未有过情感上的交集。

　　随着时间的推移，总编室副主任臧树青对我也逐渐熟悉起来，一天他忽然对我说："你在昌平工作过，对那里的情况比较熟悉，能不能帮我打听一个地方？"原来他1964年参加过"四清"工作队，驻扎在昌平县桃洼公社的一个村子，可是村名给忘记了。他十分想念村里那些曾经同吃同住同劳动、朝夕相处的村干部和老乡，特别想回村看一看。

　　臧主任的一席话令我颇受感动，原来主任也是一位性情中人，二十多年了，还惦记着当年共事的老乡！我一定要助他圆梦。我立即向昌平的朋友们打听，又与臧主任核实，确认了他当年工作过的地方是桃洼公社（后来改为桃洼乡，现在划归南口镇管辖）长水峪村。

　　于是我策划了一次"故地重游"的活动，请摄像师带着设备随时随地搜集素材，请新入台的节目主持人孙晓梅遇到合适的选题做一期节目。臧主任和若愚赞同我的计划。

　　1989年春天的一天，摄制组动身了，面包车奔驰在京郊公路上，先到昌平县委宣传部接上两位向导，然后直奔桃洼乡而去。

　　距离目的地越来越近，臧主任愈发兴奋，他用手指着车外的景物不断地告诉大家，这就是他二十多年前生活和工作过的地方。汽车开进了长水峪村，停在大队部前，两位四五十岁的中年男子在院中等候，臧主任一下车就紧紧握住他们的双手，彼此叫出对方的名字，分别二十多年的老战友老朋友终于重逢了。他们手牵手走进大队部办公室，坐在板凳上唠起了家常，回顾往事，沉浸在喜悦中。

　　趁臧主任与老友叙旧，我们几位年轻人走出房门抓拍街景。这是一座古朴的小山村，房屋建筑就地取材，使用的基本上都是石料。

　　听说电视台的记者来采访了，村子里许多人从家里走出来看热闹，平时在电视屏幕上笑容可掬、语音甜美的主持人突然出现在他们面前，让他们感到又惊又喜。一位妇女带着两个孩子站在街边，小女孩忽闪着一双大眼睛，羞怯怯地望过来，晓梅走过去亲切地搂住她，问她今年多大了。抱孩子的妇女伸出一只手握住晓梅的手说："平时在电视里能看到你，今天可见到真人儿了。"晓梅与她唠起了家常。

那一天寒风凛冽，摄像师鲍杰衣服穿得少，冻得瑟瑟发抖。

从小山村出来，汽车返回京张公路拐进路边一个村子——踩河村。五年前我曾在这个村子蹲过点儿。时间有限，我们没做深度采访，只参观了位于村东头的"爱犬乐园"——踩河村开展多种经营的一个新项目。乐园里的铁笼分割成一个个犬舍，从标牌上可以看出不同的犬种。此时，它们站立在犬舍外，由驯犬师用绳牵着，好让游客能够近距离观赏。一见有陌生人过来，它们有的表现得很乖，有些则叫起来，好像在表演大合唱，驯犬师们一个个如临大敌，下意识地拉紧了遛狗绳。

令我惊喜的是，我一眼就认出其中的一位驯犬师小王，五年前我在村里蹲点时他是村团支部书记，彼此称兄道弟。我高兴地上前打招呼，不料他牵的那条狼狗"呼呼"跃起，做出前扑的动作，不让我靠近。小王发出严厉的呵斥声，控制狼狗的鲁莽行为。他表情冷峻甚至有些木讷，与当年那位热情幽默的小伙子判若两人。我也无法跟他握手，因为他正双手用力扯住遛狗绳，以防那条汪汪狂吠的狼狗再次向我扑来。

"你还认识我吗？"我只能隔空喊话。

"当然认识。"小王冷峻的表情稍微挤出来一点儿热情，简短的回答没有任何修饰。

我和小王就这样隔着十多米的距离，不能接近，我内心有些伤感，不由得想起一桩往事。

1984 年春天，我在踩河村蹲点，和同伴小田住在大队部那栋小楼的二层，村团支部书记小王住在一层。夜里，撤了烟囱但炉火尚未完全熄灭。

我偶然惊醒，发现了异样，我刚起身站立却感到天旋地转，我挣扎着推醒小田，他一下床便跌倒在地。他奋力站起打开窗户，我手扶楼梯扶手下楼呼喊救命。声音明明喊出去，却软弱无力。

楼下还住着一位六十多岁的看门人老张，他从房间跑出来，把所有门窗打开，然后跑出去喊人。小王的房门被撞开，他的情况最为严重，陷入深度昏迷，众人将他抬起来搬到院子里，然后给沙河卫生院打电话，派救护车救人。最终，我们三个人大难不死。

眼前小王冷峻甚至有些木讷背后，是不是煤气中毒后遗症作祟？我不得而知。

回程途中，臧主任仍很兴奋，继续讲述"四清"时发生的往事，表达他今天遇见老朋友的喜悦心情，同车的人都为他感到高兴。他的情绪也感染了我，把我从伤感的情绪中带了出来。

吉洪诺夫

题记：

生死悬于一线，你还有时间思考人生吗？

演员最高的艺术境界是什么？把自己完全交给了所扮演的角色。

距离 1989 年的春节还有两周，我突然病倒了。那天我感到不舒服，夜里发烧头晕，第二天上午因为发烧，手脚和腹部抽搐。当时就我一人在家，家里又没有电话，我只能挣扎到电梯间，请开电梯的小姑娘去叫附近保健站的大夫。大夫来了，姓孙，她给我扎针，拔火罐，半小时后稍好。后来，我夫人和孩子又先后感冒发烧，折腾了很多天，估计是患上了流感。

一天，夫人去单位值班，我在家照看女儿。她一生气就说："明天我不给你蹦蹦糖了。"身体难受就"哎呀，哎呀！"连哭带叫，挺可怜的。情绪好时，她自己也能玩，比如，模仿幼儿园老师的口吻自说自话："请刘媛媛负责，给某某某发糖，发饼干，不给某某某，某某某淘气。"听到窗外放鞭炮她也不怕了。她的听力极好，妈妈回家敲门声音很轻，我毫无察觉，她却能一下子听出来，拉着我去开门。她口齿清楚，给爸爸妈妈复述幼儿园老师讲过的故事。她还喜欢画画，人物五官俱全，就是耳朵画得太小。

一家三口的病逐渐好起来，我恢复正常上班。若愚让我做两期节目，一个是采访苏联著名影视演员吉洪诺夫；另一个是围绕电视剧《师魂》召集一场观众座谈会，也做一期节目。于是我和同事们紧锣密鼓地忙活起来。

首先说说吉洪诺夫。1988 年，央视播出了一部苏联电视连续剧《春天的十七个瞬间》，吉洪诺夫在剧中扮演男主角，好评如潮，中国电视艺术家协会邀请他来华访问。大的国际背景是苏联总统戈尔巴乔夫将于 1989 年 5 月来华访问，吉洪诺夫的来访属于预热环节。

1989 年 3 月 6 日下午，吉洪诺夫一行来到中央电视台，在 113 贵宾间，中国电视艺术家协会主席阮若琳和《春天的十七个瞬间》中方译制导演车适等人与苏联客人热情寒暄。随后主宾来到第九演播室（1000 平方米）参观合影。在大录音间，吉洪诺夫即兴演唱《莫斯科郊外的晚上》，笑梅即兴钢琴伴奏。

众人返回贵宾间，一起观摩《春天的十七个瞬间》电视连续剧的部分镜头，畅谈创作体会。看到关键之处，吉洪诺夫跪在电视机前专注地观看，这一场景令我难忘。

然后，吉洪诺夫从怀里掏出一张三十年前和中国留学生在莫斯科的合影照片，陷入美好的回忆。原来 1959 年苏联拍摄了一部名为《非常事件》的电影，讲述一艘中国油轮在运油途中遭遇美蒋阻挠，在经历了艰难险阻之后终于到达目的地的故事。由于剧情需要，剧组请来一些中国留学生协助拍摄，那张照片就是其中的一张合影，三十年来，吉洪诺夫一直珍藏着。

"他们现在什么地方呢？"吉洪诺夫通过翻译询问，"我很想见到他们，想通过这张照片表达我对他们的美好祝愿。"吉洪诺夫充满感情的话语感染了在场的每一个人。中方代表接过照片，答应想办法去寻找这些留学生。

下一个环节属于主持人采访时间，笑梅提问："拍摄《春天的十七个瞬间》这部电视连续剧时，给您印象最深的是什么？"

吉洪诺夫回答："拍摄这部电视连续剧，使我能重新体会战争的灾难，以及和平的得来不易。另外，我也体会到中国导演在译制过程中处理得很好，感受到中方译制导演和配音演员对这部电视剧的热爱。"

"再过几天，《电视你我他》栏目将在电视里播出，中国观众都会看到您，您想对中国观众说些什么呢？"笑梅继续问道。

"我想说，中国是个伟大的国家，中国观众正等待着我下一部影片（或电视剧），如果再译成中文版在中国播映，希望你们喜欢。祝你们万事如意，再见！"吉洪诺夫热情饱满的答复赢得阵阵掌声。

　　吉洪诺夫一行结束了在中央电视台的参观访问。目送他们远去，我忽然想起来，除了看过他主演的电视连续剧《春天的十七个瞬间》之外，大学期间我在小西天电影资料馆还看过一部拍摄于1966年至1967年的苏联影片《战争与和平》（由列夫·托尔斯泰同名小说改编），吉洪诺夫在影片中扮演安德烈·保尔康斯基公爵。他在老橡树下对人生的思考给我留下深刻的印象，他的思考后来转变为我对人生的思考并且深深影响了我。

演技

　　题记：

　　作为演员，剧情需要时该怎么着就怎么着。

　　喜欢摆架子的人，内心其实是空虚的。

　　有人建议我采访一下人艺演员牛星丽，理由是前些年电视台播出电视剧《末代皇帝》，他扮演大管家张谦和，获得过飞天奖最佳男配角奖。我对这位北京人民艺术剧院的老演员也有很深的印象，除了《末代皇帝》里扮演大管家，他在电影《老井》中还扮演过一个生动的老农形象——万水爷，他朴实精湛的表演风格令我佩服，感觉他就是现实生活中的一位真实的老农，而非演员。

　　还有人建议说："你最好采访一下扮演溥仪的陈道明，他的故事更多。"我说："好吧，这两位演员我都去采访。"陈道明给我印象最深的是电视剧《围城》里的方鸿渐，就连钱锺书老先生（小说《围城》的作者）也夸赞他演得好。

　　这一天，我敲开了牛星丽老师家的门，他很随和，我们坐下来很快进入了正题。他那年六十一岁，一年前退的休。谈到《老井》，他回忆说，当时采用的是多机拍摄，同期录音。多机拍摄的好处是能够多层次多角度展现主人公复杂的性格特点、丰富的内心世界和开阔的延展力度；而相对于后期配音的效果来说，同期录音对于人物的性格塑造和环境渲染起着无可替代的作用。他对导演的魄力和创新精神赞赏有加。

　　说到扮演老农万水爷的体会，他说要扮演农民形象就要演得像才行，要吃很多苦，"拍摄的时候风很大，我就说：'咱们全家（指的是剧中万水爷一家人）要立个规矩，像当地农民一样，全不戴帽子。'"

　　他还谈到中国农民的特性，认为当时农村的状况就是那样，农民普遍有小农意识，很难突破，每天喝三顿粥，就说是丰衣足食了，知足常乐。可是他们也有敢于抗争、不屈不挠的另一面，比如找水吧，为了生存争夺水源，不惜和邻村村民发生械斗。影片中最动人心魄的重头戏就发生在为争夺水源发生的械斗事件中，混战中引发井壁坍塌，旺泉和巧英被困井底，进而产生了一段男女主角的激情戏。

　　《老井》是由吴天明执导，张艺谋、梁玉瑾、吕丽萍主演的一部爱情片，以一个山村农民缺水找水为背景，讲述了农村姑娘巧英（梁玉瑾扮演）和同村小伙子孙旺泉（张艺谋扮演）两人有着向往山外世界的共同志向，却事非人愿的故事。

　　牛星丽老师又说到他曾在六集电视连续剧《天下第一楼》中饰演

福贵，还准备在张艺谋发起的一部中日合拍的电影中饰演一个"老爷子"的角色。虽已年过花甲，要拍的戏却接二连三。

他还谈到了家人。他的夫人叫金雅琴，也是人艺的一位演员。女儿叫牛响铃，办了一家"响铃美容厅"。孙女叫牛晓耕，已经六岁了。说起他的爱好，除了拍戏，还爱绘画。牛老师曾经在华大三部的美术科学过美术，后来一直没扔，即使在"五七干校"期间也从未间断。他从前攻油画，后来画山水花鸟。他还爱好服装设计，话剧《龙须沟》的服装也是他设计的。

"你看，这尊小佛像，也是我自己雕刻的。"牛老师指着桌上的一个摆件对我说。

最后牛老师说到电视连续剧《末代皇帝》扮演大管家张谦和（他因此而获得第九届中国电视剧飞天奖最佳男配角）的创作体会。

"喏，飞天奖的奖杯就放在书橱里。"他说在影视剧中他伺候过三个皇上，"平时走在大街上，小孩叫我老爷子，其实我得叫他们（指的是剧中的三个皇上）老爷子哩！"

"在剧中我曾经挨过嘴巴，扮演皇上的陈道明开始不好意思打，我就鼓励他打，结果把我的脸给打肿了。事后，我的小孙子对陈道明说：'你打我爷爷！我得打你。'"

"我觉得，作为演员，剧情需要时该怎么着就怎么着。什么叫演员？就是要按照艺术规律办事，这是当了几十年演员最基本的素质。"牛老师说话时语气坚定而诚恳。

从牛老师家出来，我顺藤摸瓜，又张罗着采访陈道明。

陈道明的家住在中央电视台后面的一栋塔楼里，房间整洁，日式风格，陈道明、笑梅和我三个人在榻榻米上席地而坐，一边喝茶，一边聊天。说是聊天，因为还不是正式采访，也没带摄像机。也许是这个缘故吧，他显得无拘无束。我开始有点儿紧张，毕竟面前的是一位大明星呀！后来见他随和的样子，毫无大明星的架子，我的心情也放松下来。

陈道明谈到电视连续剧《末代皇帝》和《围城》的创作体会，大约聊了两个小时，只要我和笑梅问到的，他都给予回答。

下班后我回到家，听说我采访了陈道明，夫人说："从某个角度看，你跟陈道明长得还挺像的。"我当了真，"是吗？我得仔细看看。"我对着镜子比对一番，"扑哧"一声笑了，从头型和面部的轮廓看，还真有点像。

如果拿《末代皇帝》与《围城》比较，我觉得陈道明在《围城》中的角色——方鸿渐演得更好，基本上还原了钱锺书笔下的那个人物。自从看了那部电视剧，我又细细地阅读过两遍小说，体会小说语言是如何转化为影视语言的；然后又回过头来，揣摩电视剧是否忠实地表现了小说中的人物性格。

本来我和笑梅计划好了，准备第二天再约陈道明进行实拍采访，制作一期《电视你我他》节目，不料拍摄和制作牛老师和陈道明的节目计划因故而搁浅，直到我退休也没有找到机会去拍摄。

征文

题记：

鸿雁传书，曾是电视观众与电视台联络的主要方式。

美中不足的是，征文 4000 余篇，却只出了一本容纳 97 篇的小册子。

每天早晨一上班，吴老师做的第一件事就是去电视台东门收发室取信。她有一个专用的布袋子，从标有"观联组"的木格子里将里面的信件取出装入布袋子拎回办公室。

其实，寄到观联组的观众信件只是观众所有来信的一小部分，凡是信封上写有"某某栏目收"等字样的信件，已被直接投送至具体的栏目或部门。

吴老师把信件倒在桌面上，信件顿时堆成一座小山，她用裁纸刀将信件开口，然后坐在窗前一封一封地拆开阅读，分类，特别有价值的被挑出来放进一个文件夹供大家传阅。

吴老师原是翠微小学的语文老师，退休后经人介绍来到观联组帮助看信。她是浙江杭州人，遇见有特点的信她会念给同事们听，像是西湖上吹过的一阵风，让大家疲劳的神经获得片刻的松弛。大家做出不同的反应，有的还要凑上去再看一遍才肯罢休。

有一天我们在演播室录制节目，发现置景师傅正在清理废旧物品，其中有四张涂有白漆的长条桌，我们找来平板车把它们拉回办公室，摆放在办公室中央位置，既可以当会议桌，又可以把信件放在上面，方便大家拆信看信。

　　过了些日子，观众信件骤然多起来，信封上大多标注有"《电视你我他》征文"字样。原来这是总编室和《中国电视报》于 1989 年春联合组织的一次有奖征文活动。

　　征文启事上说得很诚恳，欢迎广大电视观众积极参与，诉衷肠、谈感受、发议论都可以，字数限制在 1000 字。不久，来自全国各地的征文稿件如同雪片一样汇集到电视台来，短短两个月就收到 4000 余篇。

　　若愚对全组同志做了分工，对这 4000 余篇文章进行初选，优中选优，提交给评选委员会审定。

　　所有征文我都过了一遍手，作者们对电视台褒贬不一，多数是称赞和表扬，让我感到如春风拂面；也有中肯的批评和建议，让我感到如坐针毡。其中有些细节，至今我还记得。一位男性中年观众酷爱观看足球比赛，但是又怕电视机音量开得过大影响家人休息，于是他想了一个办法——找来一根超长的耳机线，插在电视机上，就可以舒舒服服地坐在沙发上观看球赛了。还有一位观众，妻子因难产去世，他既当爹又当娘，把女儿拉扯大，在他照顾不过来时，就让女儿看电视，让电视节目陪伴孩子成长。……

　　应征的作者中，有学者、作家，也有目不识丁的老农；有十几岁的中小学生，也有阅历丰富的干部、教师，范围之广，层次之多，堪称一件盛事。同年 7 月，主办单位邀请专家组成评选委员会，对征文进行认真严格的评定，遴选出一等奖 5 名，二等奖 15 名，三等奖 27 名。

　　后来结集出版的征文作品集的序言中这样写道：

　　"这不是一次普普通通的征文活动，而是电视工作者与电视观众诚挚的双向交流。大多数的作者以质朴的笔触叙述了电视在家庭中的作用、地位及其带来的喜怒哀乐。其中，北京延庆县 68 岁的老农卫永强的口述文章《老农话电视》更是别具特色，他生动地讲述了自从有了电视机，坐在炕头上便能学科学，看大戏，宽心解闷的心境，从而使人们看到电视给一户普通农家带来的喜人变化。类似以小见大、朴实无华的文章还有很多，如《生命的四要素——阳光、空气、水和电视》《电视——你给我家带来欢乐》《电视——我的老师和伙伴》《电视使我和祖国人民同呼吸共命运》，仅从这些文章标题就可以看出不同职业、不同经历的人对电视由衷的赞美和感激之情。尤其感人的是，应征作者中有一些身残志坚的人，他们以《我要说一声，谢谢，电视》《电视——你是我心中的诗》等为题，深情地述说他们怎样在电视的陪伴下抱残立志，终于成才的亲身经历，读后不禁使人肃然起敬。"

"在获奖的文章中，也有一些评论文章，例如山西齐援朝的《主持人的身份和口气》，论说电影演员刘晓庆主持《世界电影之林》的成败得失之后，提出了'把专家培养成主持人，把主持人培养成专家'的宝贵建议。此篇以及《愿有更深印象的广告》《体育节目……我真愿意》等文章之所以可贵，是因为它们表明一些观众已经从被动的接受者转为主动的欣赏者和积极的参与者，必将给予电视以越来越大的影响和促进。"

"与其他大众传播媒介相比较，电视是最具双向性的，电视连着你我他，你我他又影响着电视。这次征文活动在电视与观众之间架起了一座桥梁，增强了电视工作者的责任心和使命感；而作为观众，则更深一层了解了电视，理解了电视工作者。征文对于观众和电视工作者都具有双向的启迪和教益。基于此，将 47 篇获奖作品，以及纪念奖中的 50 篇作品，共 97 篇辑在一起，出版了这本书《电视你我他》。"

　　根据此次征文活动，观联组还策划了一个《给你五分钟》——《电视你我他》特别系列节目，请来部分作者代表在演播室的摄像机前讲述自己的作品。他们都是首次见识这种场面，开始时心情难免紧张，加上演播室的照明灯聚焦在身上，脸上不免有汗珠冒出来，拿在手中的稿纸瑟瑟发颤。此时，坐在他（她）对面的主持人的作用就显现出来了，她会巧妙地加以引导，递给对方一张餐巾纸让他擦擦汗，喝口水。经过一两回试录之后，他们很快进入角色，完成了节目录制。

　　最后还举办了一场颁奖晚会，请所有获奖代表参加，晚会中主持人朗诵了征文中的精彩片段，还有歌舞节目和小品穿插其间。

　　比起单个的五分钟节目，颁奖晚会的运作就要复杂得多，若愚给每个人都派了活儿，而且每一个人被分配了多重任务。比如我的任务之一是到东华门附近的一家肯德基快餐店订餐运餐，这是我第一次接触洋快餐。看到演播室内的观众代表在录制节目的间歇，津津有味地啃着香喷喷的鸡腿，喝着饮料，我切身地感受到电视台与观众的距离又被拉近了。

　　整个征文活动就这样有始有终地完成了，相互衔接，一气呵成，营造了一个电视台与广大电视观众沟通和交流的良好机会，也在《电视你我他》栏目发展历程中留下了浓墨重彩的一笔。

脑洞大开

题记：

如果我们面前摆放着一锅汤，有人想知道这汤的味道怎么样，办法很简单——他不用将一锅汤都喝下去，只要用小勺舀一点儿尝尝即可。在搅拌均匀的前提下，这一小勺汤就能代表一锅汤整体的味道了。

转眼间到了1989年的夏天，若愚在翻译的陪同下出访英国，两周之后归国，带回来许多资料与大家分享。其实，还有些东西表面上看不见，但却比这些有形的资料更为重要——她的脑洞大开，一个大胆的方案在她脑子里有了雏形。

她和翻译在出访期间重点考察了英国广播公司（BBC）听众调查部、AGB公司、莱斯特大学等受众研究机构，了解其机构设置和调研方式。"他山之石，可以攻玉"，通过考察，若愚看到了我国观众调查水平与发达国家之间的差距。国外从上世纪四五十年代就开始采用日记法对电视节目进行收视率调查了，后来又采用收视率测量仪。

在给领导的出访报告中，她在介绍了英国进行收视率调查的经验之后，又列举了我国在这方面的现状：

我国只是在近几午开始摸索进行收视率调查，而且主要是委托外单位来搞。结果是：调查方式陈旧，调查时效缓慢，调查数据得不到深入开发，电视台自己的调研专业人才得不到培养和锻炼。

为此她提出建议：为了彻底扭转这种被动局面，应该建立一个运转自如、反馈迅捷、适应中国特点的收视率调查网络。就这样，建立

"全国电视观众调查网"的构想呼之欲出。这一动议，引起总编室和台领导的高度重视。

这是一个庞大的系统工程。作为一个组织者，她没有忘记舆论宣传的重要性。因为建立一个庞大的调查网络，需要资金、设备、人力，亟须提高大家对此项工作的认识，赢得领导的理解和支持。为此，她写了一篇题为《收视率测量的科学性研究》的文章，发表在1990年第5期的《电视研究》（双月刊）上。

文如其人，她的文章外柔内刚，既让大家接受自己的观点，又不让大家感到是强加上去的。在行文中，她常常借用一些典故，看似唐突，但和上下文联系起来，却让人感到是一个完美的整体。她能把枯燥无味的数理统计、随机抽样原理用通俗易懂的语言表达出来。

要知道她和我一样，在大学的专业是中文，数理统计应该是弱项，但她能够根据电视台事业发展的需要，自觉吸收养分，刻苦钻研业务知识，渐渐成为台内此行业的专家。就如何减少抽样误差、保证调查样本结构和样本数量的合理性，这篇文章都一一做了探讨。所有这些思想理论上的论述为后来的"全国电视观众调查网"的创建提供了有力的舆论支持和思想准备。

万事俱备，只欠东风，这东风是什么呢？应该是台领导的批示。批示一下来，资金、设备和人员就有了保证。就在这时，一个人忽然出现在观联组办公室。

他来找若愚谈事，就坐在我办公桌前面。此人三十五六岁，中等身材，说起话来不紧不慢，不急不躁，不卑不亢。我的办公桌就在若愚身后，他们交谈的内容我大概听明白了。原来此人叫金文雄，广电部政策法规司的，找若愚商讨开展"亚运会宣传效果"调查的事情，主要是谈分摊经费的问题。

　　第一次没谈成，老金又来过两回，终于有了眉目。那天，金文雄离开之后，若愚转过身子对我说："北京亚运会马上就要开幕了，部里的政策法规司打算联合中央三台共同开展'亚运会宣传效果调查'，总编室领导口头上基本同意，但是需要草拟一份请示报告。建鸣，你来写吧。"

　　我愣了一下才答应下来。自从来到观联组，我渐渐了解了组里的所有业务：一是观众来信和电话，二是制作《电视你我他》节目，三是进行收视率调查。前两项我已经过关，现在就剩下收视率调查了，而我有些胆怯。因为数学底子差，我在大学学的是中文专业，没有数学课；在中学学的数学知识只是在高考时用了一下，过后就再没有用过。

　　若愚鼓励说："没事儿，这回正赶上亚运宣传效果调查，你参与进去，跟他们一块儿讨论，在实践中学，肯定没问题。"就这样，我的调查和分析的生涯从此开始了。

　　我很快写好了请示报告，报告中写道：

　　"部政策法规司最近提出在'亚运会'举办前后进行一次'亚运会宣传效果'的大型调查。调查内容涉及报纸、广播、电视等新闻传播媒介进行亚运意识、亚运精神宣传的实际效果。"

　　"我台在亚运会宣传报道中做了相当大的努力，利用这次调查的机会，可以及时地了解电视观众对亚运会电视宣传的反馈情况，便于我们及时总结经验，改进工作；为我台承担今后重大宣传任务（比如奥运会）也能够提供科学的决策依据。因此，参加这次'亚运会宣传效果'的大型调查很有必要。"

　　然后水到渠成地申请调查经费。

　　请示报告很快就有了批复，时任总编室主任沈纪的意见是："这一调查是必要的，也是有意义的，拟同意。经费可否从某某委员会提供。"杨伟光台长也做了批示："同意。"

于是我作为电视台的常驻代表来到广播大厦东翼的一间会议室，参加此次调查的第一次会议。调查小组成员共有十六人，还请来三位特邀专家：陈崇山、范东生和喻国明。对于我来说，都是生面孔。我就只管听，尽量少发言，不想让他们知道我在抽样调查方面还是一个生手。

说完了总体调查方案，很快就进入调查问卷的设计阶段。仅仅提出了一个框架，就花费了半天时间。后来的几天里，大家每天都聚在一起讨论修改，再讨论再修改。经过反复打磨，终于有了一个雏形。

专家提醒说，还需要找一些人进行试答，根据试答的结果对问卷进行再修改。两天之后，终于完成了抽样调查的第一步——"亚运会宣传调查"问卷诞生了。

与此同时，若愚那边正在对建立调查网事宜进行策划论证。计划在 1991 年开始实施"全国电视观众调查网"的创建工作，采取以点带面、稳步发展的策略，即上半年首先建立北京网，总结经验后再向全国其他省份铺开。

投稿

题记：

有的东西看似简单，其实却很复杂。只有亲身经历过了，你才知道那有多么不容易。

　　只要努力和付出，总会有所收获。

　　那些日子里，我经常到广电部大楼参加金文雄召集的亚运会宣传效果调查联席会议，一有空儿还要回到电视台处理其他业务。一天，一位四十来岁、中等身材的女同志来找我，她叫马超增，《电视研究》编辑部的一名资深编辑，她说："前不久你给《电视研究》投了一篇稿，今天我来找你谈谈。"原来，1990 年春节期间我们通过邮寄方式做了一次抽样调查，我根据调查数据写了一篇文章，打算在刊物上发表。

　　马老师说话的声音十分柔和，问几组数据的计算方法，还问了其他几个问题。临走前她笑着对我说："文章写得挺好的，继续加油！"

　　这篇文章后来以《观众评价春节晚会的趋同性和差异性管窥》为题发表在 1990 年第 6 期《电视研究》上，在总编室引起小小的轰动。有人议论道："你这小子还真有两把刷子，刚来两年就发表了一篇论文，而且写得还挺有逻辑性的。"我听后轻松地笑了笑。其实隐藏在背后的是艰辛的付出，一点儿也不轻松。

　　这是我第一次设计调查问卷，问题非常简单，一个态度量表，让观众打钩，然后解释一下原因。等数据出来之后我就傻眼了，因为数据过于简单，就那么几组绝对值和百分比，写一份情况简报勉强够用，但是要写成一篇四千字的论文可就难了。

　　我没有打退堂鼓，因为我在想：既然花了时间、物力和人力做了这次调查，就等于栽种了一棵果树，好歹也得让它长出果实来，不能半途而废。这些数据又像是有限的"食材"，做出一桌丰盛的饭菜难度很大，但是并不能说什么饭菜也做不出来吧。于是我琢磨着如何把眼前这些"食材"做出一桌像样儿的饭菜。

我开始盘点和审视我所掌握的"食材",调查数据就那么简单,可挖掘的潜力十分有限,但是我们拥有观众来信和电话记录呀,这些材料看似零散,如果对它们进行深入的内容分析,肯定能够发现许多有价值的东西。

于是我请吴老师帮忙,将当年春晚播出后的观众来信都集中起来给我。我一封一封拆开,边看边记录,边写感想;又打开电话记录本收集有关反映;再结合调查数据进行"三合一"的综合分析,茅塞顿开,很快列出了一个论文提纲。在此基础上,加以提炼,形成了几个小标题作为思想观点。就这样,论文的框架搭起来了。经过一个月紧张繁忙的工作,终于写出了初稿。我送给若愚征求意见,她指点之后让我送给总编室副主任王传玉看看。

这是一位解放前参加工作的老同志,年近六旬,山东人,他平时经常到组里来串门,见到我伏案劳作的模样,他提示我"不要总是使蛮劲儿,要使巧劲儿,否则你就太累了"。

文章送到他手里,很快就看完了,跑到观联组找到我,一五一十地将看出来的问题告诉我。他提醒我文章不一定要凑字数,关键是要把问题找准,切中要害,给春晚剧组一些实实在在的启发和帮助。

根据王主任的意见,我又对文章作了修改。王主任看后问道:"想不想给《电视研究》投稿?"我说想。他爽快地在文章右上角的空白处写上几行字递给我,让我交给《电视研究》编辑部。于是就有了马老师上楼找我的场景。

那段日子我还做过一期节目,介绍即将在央视播出的专题系列片《女人的发现》。这部专题片反映的是中国妇女运动的来龙去脉,在资深编导王娴率领下，几十位志同道合的同事花费一年多的时间制作了这部鸿篇巨作。全国妇联的领导非常重视，黄启藻、关涛等人在研讨会上对该片予以肯定，黄启藻认为片子有深度有厚度，展现了中国女性勤劳勇敢、吃苦耐劳的传统美德，特别是展现了新中国的女性风貌，不是采取说教的办法，看起来比较兴奋，得向摄制组表示祝贺。另外，她建议某些解说词还要斟酌，比如在发展商品经济中妇女的拼搏精神还应该强化。

我带领的摄制组在当天下午对参加研讨会的代表黄启藻、关涛等人做了采访，随后进入解放军总后勤部记者站电视制作中心进行后期编辑。

自从接手这个选题，我就一直在想，如何利用五分钟的时间把这部专题片介绍清楚。好在有王娴老师出主意，指导我领会这部专题片的精髓，抓住了精髓之后稍加铺展就行了，用不着面面俱到。

我为自己的节目起名《女人发现》（大概是这个名字，网上没查到）。这个题目实在难起，因为专题片的名字本身就引来不少争议，有的说，到底是女人的发现还是发现了女人，有点拗口。我这个五分钟的介绍类节目就更说不清楚了。后来总算完成了任务。

这应该是我做的最后一期《电视你我他》节目，后来我工作的重心转移到了调查研究领域。我曾经感觉，这是一件遗憾的事，因为在电视台工作，最能体现个人价值的就是做节目，如果一直在做节目，我可以充分发挥在基层从事新闻采编积累的经验，在广阔的舞台施展拳脚。可是命运有时候不可能完全掌握在自己手里，只能服从大局。

后来的事实证明，我当时的选择是对的。因为电视台的舞台大得很，在幕后从事观众联系、调查研究，可能会被有些人看不起，但事在人为，只要努力开拓，砥砺拼搏，同样能够做出不凡的业绩。

若愚曾经对我说过一句话，至今仍记忆犹新。她说："观联组是总编室的后花园，是一块未开垦的处女地，只要你想做事，并把它做好，领导一定会支持你，这事儿就一定能够做成。"后来二十多年的实践一再证明，她这句话完全正确。

亚运调查

题记：

观众关注的不仅是电视屏幕，他们更希望了解屏幕背后的故事。
梅菜扣肉的味道香甜可口，使我的味蕾成为它的俘虏。

第 11 届亚运会于 1990 年 9 月 22 日—10 月 7 日在中国北京举行，这是中国举办的第一次综合性的国际体育赛事。按照专家的意见，"亚运会广播电视宣传效果调查"采取了事前、事中和事后的调查方式，1170 个调查样本分布在北京市区的工厂、农村、居委会、学校、部队等单位，若干个调查小组分赴各个随机抽取的调查点入户访问。我和金文雄分在一组，负责 5 个调查点，分别是：首钢公司的特钢厂、海淀区玉渊潭乡五棵松村、丰台区丰台街道办事处、石景山区古城居委会和丰台区郑常庄村。

10 月 19 日，我俩首先来到首钢公司特钢厂。厂区里烟囱林立，高炉、管道、铁轨上运料的火车，笼罩在空中的水蒸气忽聚忽散。严格来说，这是我第二次进入首钢厂区，第一次是在 1973 年暑假期间，我上初三，学校安排我们到首钢学工劳动，我和几位同学的任务是筛沙子，中午在食堂吃一顿饭，伙食很好，比在家里吃的强太多。（参见《在学工劳动的日子里》）我们参观了炼钢车间，当时正在热播一部描写钢铁工人英雄形象的电影《火红的年代》，十七年后我来到相同的环境，备感亲切。

被随机抽中的五位干部职工代表集中在一间办公室。第一个步骤是填答调查问卷，我和老金负责答疑。问卷收齐后召开座谈会，收集大家的具体意见。大家争先恐后地发言，他们对亚运会的报道普遍满意，认为亚运会的比赛内容丰富，转播质量好，量也合适，对央视的几位播音员都表示满意。他们以身边发生的事情作为实例，表达自己的愿望："亚运会期间各项服务质量、社会治安状况都比平时要好，比如，以前自行车搁在地铁站旁边经常有丢失的，亚运会期间没丢的了，可是现在又有丢的了。"现在关键的是，要借这股东风把这种好的状态保持下去。

10月22日，我们来到五棵松村，复兴路北侧一大片菜地归他们村所有，菜地里有一间看菜园子的窝棚，我俩钻进去，里面挤满了人。被抽中的五位农民代表填答问卷时花费的时间比首钢那边要多些，可能是文化水平较低的缘故。我和老金耐心地给他们讲解。接下来的是小型座谈会，他们认为央视把获奖的运动员请到演播室效果好，"亚运之最"节目效果也不错。其他话题包括农民爱看农村题材的电视剧；《红楼梦》拍得好，可以多播。他们也给电视台提了几条意见，比如广告太多太频繁，有些好节目安排得太晚，有些节目相互撞车。

我们留下几个纪念品，从窝棚里钻出来，与乡亲们挥手告别。返回汽车站途中，我向老金介绍周边的环境，因为我家就住在附近，对周围环境比较熟悉。"刚才那个窝棚，再往北走一百来米，就是我从前的母校——图强小学。"我用手指着北边的方向说道。"哦，原来是这样，难怪你对这一带熟悉哩！"他是江西瑞金人，有地方口音，嗓音清亮，上大学之前在省歌舞团拉中提琴。

　　第二天在古城居委会，几位大爷大妈对电视里的广告也有意见（当然他们是泛指，并非都是央视的问题）。有的说："一些电视连续剧本来播得就晚，片头片尾还加上大量广告，这样不好。"有的说："广告里搂搂抱抱的镜头太多，弄不好电视成了教唆犯。有的电视剧床上镜头多，小孩看了不学好，小孩提的问题大人不太好回答。电视上也要扫黄。"还有的说："一些电视剧说广东话，应提倡用标准话。"另外，他们还指出屏幕上曾经出现过几个错别字，比如：膝（xī）盖的"膝"，常被念成 qī；秩（zhì）序的秩，常被念成 chì……

　　五个调查点都跑完了，我体验到了入户访问员的辛苦。好在收获不小，除了问卷填答，还召开了五个小型座谈会，收集到很多建设性的意见，受访者真心地为北京举办此次体育盛会而感到高兴；亚运会是成功的，不仅我国运动员获得了好成绩，而且人际关系也变得密切了，窗口行业的服务态度明显好转，人们的劲儿往一处使，振奋了民族精神，促进了民族团结，对祖国的发展、繁荣昌盛有益。不少市民踊跃捐钱，有一分热就发一分光。所有这一切，都与广播电视等新闻工作者的辛勤工作有关，传播效果良好。这些鲜活的素材可以运用到调查数据的分析以及撰写报告上面。

　　除了在北京，调查组还在京外抽取了一些样本，与北京的调查数据进行对比。另外，调查组还在中央三台（中央电视台、中央人民广播电台和中国国际广播电台）等新闻媒体发放了调查问卷，了解媒体从业者对此次传播效果的态度和评价。

我作为央视的代表参与了此次调查活动的全过程，包括问卷设计、样本抽取、入户访谈、数据分析和报告撰写。我和若愚合作撰写的《亚运会电视传播效果分析报告》不仅被《亚运会广播电视传播效果调查》一书收录，还刊登在了《电视研究》杂志上。就这样，我从一只调查行业的"菜鸟"蜕变为一位调查能手，实现了一次业务转型。

我经常回忆起那次调查的细节，尤其是我四处拜师求教的经历，陈崇山、柯惠新、黄京华、沈浩，他们是抽样调查研究的前辈或者是数理统计方面的专家，有了他们耐心热情的辅导，我才能在短期内了解和初步掌握相关的知识和技能，完成一项"不可能完成的任务"。

记得有一回为了求证某个专业问题，我专程找到陈崇山老师的家里，中午还在那里吃了一顿饭。陈老师是杭州人，年龄与观联组的吴老师相仿，她亲手为我做了一道梅菜扣肉。后来回到家，我买来食材学着做这道菜，味道却总比不过陈老师的。

为了咨询一个数理统计方面的问题，我在某个周末跑到长辛店黄老师的家里。到的时候天色已黑，她家里的人对我这个不速之客热情接待，黄老师顾不上吃饭，耐心地为我解疑释惑。

如今，整整三十二年过去了，所有这些发生在亚运会宣传效果调查期间的故事让我时时记起，经久难忘。

值得补充的是，五棵松村的那块菜地后来被国家征用，兴建起五棵松篮球馆，后来又临时改造为冰球馆，为2008年北京奥运会和2022年北京冬奥会提供篮球和冰球的比赛场地。细细想来，这块地三十年的巨大变化，难道跟当年我和老金递给菜农的那几份抽样调查表完全无关吗？答案当然是否定的。

漫画

题记：

富有幽默感的人具有一种无形的引力，身边总会聚拢一群拥趸。

"十一"快到了，我也想营造一下喜庆气氛，整理书架时我发现一个笔记本，引人发笑的神秘来客就藏在里面。

这是很普通的一个本子——深驼色，二十四开，一寸厚，单位发的，但我深知它并不普通，因为它是我一位幽默风趣的"朋友"，遇到不顺心的事情，打开它看上两眼，就能逗我开心；每当与这位"朋友"见面，我发自内心的笑便掩饰不住。这种笑可以转变为无所顾忌、旁若无人的开怀大笑，可以转变为矜持的笑，也可以转变为掩住口鼻暗自发痴的笑。总之，凡在正式场合（比如会场、静谧的办公环境）打开它都是一种禁忌。

这是一本漫画集，漫画是从报纸上剪裁下来的，一幅幅贴在笔记本的纸页上。且看这些漫画，潇洒轻灵的线条，恣意夸张的形象，需要剥掉无数层包装之后才能捕捉到的深刻寓意，针砭时弊的现实意义，幽默是其灵魂。对于情绪低落或精神紧张的人来说，幽默是一剂良药，或自嘲或讽刺或调侃，都会成为幽默隐匿的洞穴。大至国家国际大事，中至单位之事，小至家庭琐事，都可能成为我热衷于剪辑和收藏漫画的诱因。

我对漫画的嗜好说来话长，最早可以追溯到 1964 年。当时我在图强小学上一年级，班上一位姓朱的同学喜欢画漫画，因为他家订阅了一份《参考消息》，里面经常刊载漫画，他就模仿着画。课堂上有些内容他不感兴趣，就在作业本上画漫画，摇头晃脑地自我欣赏和陶醉一番，然后将那张纸撕下来，悄悄递给同桌。同桌看了，想笑，马上捂住嘴把笑止住。他下意识地传递给另外一位同学，就这样，那张纸片继续在同学们中间传递，一堂课下来，全班四十多人就全看了一遍。当然要瞒着老师，尽管实在想笑，却以各种姿态掩饰。但最终还是被班主任刘老师当场识破，只见她挺着怀孕六个月的大肚子，将那张纸片从一位同学手中夺走，气哼哼地回到讲台旁，刚要发作，却忍不住笑了，她被漫画的内容逗乐了：一位美国大兵穿着大皮靴，掉进越南人设置的陷阱里，锐利的竹签刺穿了皮靴的鞋底，美国兵疼得哇哇直叫。

"画得还挺像呢！"刘老师本来严肃的面孔顿时绽开了笑容，她假装生气地用教鞭在讲台上敲打两下，让"画家"（当时朱同学尚未暴露）下课后主动到办公室找她一下，让他给班里的黑板报设计一幅图案。

其实搜集漫画并且做成漫画册，并不是我的首创，我是跟发小高潮学的。我上小学二年级时在附近的一家食堂吃了半年小灶，父母忙于医院里的工作，顾不上回家做饭，不得已采取了这一临时措施。吃饭的共有五人，除我之外，还有高潮一家四口。高潮比我高一年级，他妹妹和我同岁，他还有一个弟弟，与我的妹妹和弟弟都在上幼儿园。有时候我到他家去玩，他拿出一本漫画册让我看。原来他家也订阅了一份《参考消息》，等父母看完了报纸，高潮就将其中的漫画剪下来贴在一本旧杂志上。后来我也学着开始积攒。

我想起"文革"初期的一幅连环漫画，画的是七二一医院护校校长王阿姨和护校教导员王伯伯，说王阿姨是"走资派"，王伯伯是"狗腿子""保皇派"，带着护校的一个班，还把王伯伯的三个孩子姐弟仁都给画进去了。其中一幅画的是王阿姨坐在沙发上，面前桌上摆一只冒着热气的烧鸡，王阿姨一边津津有味地吃鸡肉，一边看电视。你知道是谁画的吗？——护校的那帮学生造反派。那漫画画得好长，就贴在马路对面一幢小土坯房（这土坯房开始是地铁施工的部队一位连长的临时住所，后来改为科大商店专卖豆腐的地点）的墙壁上，这些连环漫画比小儿书大一点儿，围着小土坯房的四面墙贴了一圈。

阿霞、青云（王伯伯的大女儿）等一大帮孩子想了个报复的办法——只要那帮子护校的学生从居民楼下经过，就把事先备好的几盆水从楼上往她们身上泼，然后赶紧藏起来。那帮护校的学生也不知道是谁干的，还往楼上看呢……

话说回来，观联组也订阅了几份报纸，每份报纸上多少都有几幅漫画，我就拣中意的剪下来贴在本子上，日积月累就贴了满满一本。

后来没能继续贴第二本、第三本，可能是工作节奏加快的缘故，剪贴漫画的雅兴有所抑制。再后来，网络、智能手机发达之后，报纸看得越来越少，剪贴漫画的业余爱好也就终止了。转眼十几年又过去了，偶然翻出这本漫画册，抚今追昔，感慨万千。

说到漫画，我联想起一封观众来信——著名漫画家华君武先生写来的，落款是 1995 年 11 月 10 日，大意是说他家电视机出了毛病，"图像不清，忽明忽灭"，写信给电视台请教解决之道。我们咨询了技术部门，按照信中给的电话号码，打过去告诉华先生操作的要领。

我至今仍记得华先生信中的字迹，他的漫画作品落款就是这种字体——朴素大方、遒劲有力。假如他在写信时顺手画出一张漫画，随信寄来，该有多好！

夹克衫

题记：

老庄"素朴"思想是中国传统美学的重要组成部分，从老庄素朴思想的内涵出发，探究老庄素朴思想与服装设计、饮食、建筑、生活方式之间的关系，目前仍未过时。

我有一件穿了三十多年的赭石色夹克衫，适合春秋两季穿着。有朋友劝我赶快淘汰掉，换上一件新的。我说穿在身上挺舒服的，况且又没坏。

这件夹克衫是我在广州的夜市上买的，确切地说，是在1991年4月1日，即"中国广播电视学会受众研究委员会"成立大会当天买的。会议有四项议程，第一项议程是宣布受众研究会成立；第二项议程是受众调研成果现场交流会，请广东电视台介绍建立收视率调查网的经验，实地考察一两个调查网点；第三项议程是中央电视台介绍在全国建网的设想，探讨中央与地方合作实施建网方案的可行性；第四项议程是请有关专家介绍国内外受众调研的最新方法、交流受众研究的最新成果，探讨信息交流与开发的新途径。

那天夜晚，几位同伴到街上闲逛，在流花大酒店附近发现了一个夜市，街道两旁的小商小贩兜售各种商品，我在一家货摊前选中了这件夹克衫，我穿在身上，同伴们"啧啧"地连声夸赞，认为是专门为我定做的。

广州会议之后，会议组织我们前往深圳参观考察。这是我第一次来到深圳，有许多拔地而起的高楼大厦，也有许多在建的项目。陈崇山老师事先联系了《深圳特区报》的一位朋友，安排我们到那里去参观考察。她的这位朋友从前在北京一家报社上班，前几年来到深圳创办了这家报纸。报社在一处简陋的二层楼里，房顶加盖了一层临时板房，陈崇山的那位老同事正在简陋的办公室里紧张地工作。大家聚拢过来，听他讲述深圳的变化以及报社发展的过程。他将一沓白色的证件递给我们，原来是去中英街的临时通行证。

去往中英街途中路过蛇口工业开发区，挖掘机、推土机四处轰鸣，还是一个大工地。前面就是罗湖口岸，我们手持通行证通过，来到了久负盛名的中英街。我的眼睛就像一架摄像机，快速扫描周围的一切——属于深圳的一段街区比较冷清，到了香港管辖的一段则生意兴隆，货摊上揽客的多是化了淡妆的年轻女商贩，她们用不很熟练的普通话跟来客讨价还价。因为事先没有兑换港币，我没有买东西，主要是感受一下特定的氛围。

回到深圳，汽车再次经过"时间就是金钱，效率就是生命"的巨型标语牌，地处改革开放前沿阵地的深圳正在发生巨大变化，内地怎么改仍是一个未知数，我们心里都没底，只是萌生出一种前所未有的新鲜感和紧迫感。

一个多月后，即 1991 年 5 月 20 日，我和同事张进来到广州建立全国收视率调查网调查点，经历了一个星期的艰苦奋战，抽样入户工作初步完成。广东台的同志说，大热的天，你们太辛苦了，领你们去深圳看看。我不久前刚去过，动力不足，可是同伴没去过，于是随大溜再去一次。

这是我第二次来深圳，中间仅隔一个多月，但是已经发现这个城市又发生了许多变化——一些高楼大厦正在封顶，蛇口工业区已初具规模。

话题再回到那件赭石色夹克衫，我居然穿了三十年，而且放言还要继续穿下去，这在许多人看来简直不可思议。这应该是我骨子里向往朴素生活的一种表现，当然了，穿在身上依然合身，这才是最重要的。

雨夜联欢

题记：

"文思泉涌，行云流水。"这是我上高中时语文老师在我作文本上的一句评语。那篇散文写的是去延庆县白河堡公社进行社会调查的故事，时年十七岁。思想纯净，心无旁骛，写出来的东西自然也流畅。

1992 年 6 月下旬，"全国电视受众工作会议"在四川江油举行。会议有两项议程，一是"全国电视收视率调查网"工作经验交流会；二是部署开展"1992 年全国电视观众抽样调查"，重点是针对调查问卷（初稿）征求意见。

第一项会议内容比较单纯，因为凡是调查站存在的问题已经在平时的连线传输过程中基本得到了解决，借此机会主要是对这些问题进行归纳总结，对操作规范进一步完善。

相对而言，第二项会议内容要复杂得多，涉及各省（区、市）电视台与当地统计局协商签订委托入户访问的合同，还有就是要对调查问卷提出修改意见，时间紧迫，当年 7、8 月就要开始入户访问。好在有五年前（1987 年）第一次全国电视观众抽样调查的基础和经验，大家也逐渐形成了共识。

好了，两天的工作内容完成，下一步就是安排大家参观旅游。说实在话，这些参会代表来自工作一线，平时根本没工夫出差，都想利用会后放松身心。这也是人之常情。

江油是李白的故乡，他在这里生活了二十四年，为这座历史文化名城留下了大量脍炙人口的诗篇和遗迹。大家兴致勃勃，都想来沾沾这位大诗人的仙气。这里还有一座窦圌山，两山陡峭险峻，相互独立又相互呼应，别有一番气势。

最后大家的注意力集中在了九寨沟。汽车沿着盘山公路爬到一座海拔约四千米的高峰，前方出现一大片平坦地段。车子停下来，清澈的山泉水在绿草鲜花间流淌，片片白云在湛蓝的天空中飘动，空气里散发着纯净芬芳的气息。

那天夜里，我们到了九寨沟。住的房间很简单，两张木板床就占去房间面积的二分之一。被褥潮乎乎的，而且薄得可怜。更惨的是没有电。带手电的人又不多，只好到服务台来蜡烛照明。厕所在山坡底下，许多人举着蜡烛，打着手电在那条羊肠小道上晃动，远远望去，活像一群秉烛夜游的幽灵。洗脸刷牙用的自来水冰冷刺骨，沾水的时候得跳着脚、哈着气。

第二天一上山，大家又缓过神儿来了，原始森林、五花海、珍珠滩、诺日朗瀑布、五彩池……那纯净自然的景色使人恍如来到了仙境。为了留住这美好的瞬间，照相成了大家的主要活动。

海子边，我一身藏袍打扮，与打扮成藏族姑娘、小伙的其他代表合影留念。

五花海到了，蓝蓝的水映着山和树林的倒影，岸边一棵参天古松不知为什么倒伏在水中。

那天晚上的演出把大家的亢奋情绪推向了极致。本来想办个篝火晚会，你想想，请来一些藏族彪悍的小伙子、漂亮的大姑娘，和来自五湖四海的代表们一起围绕着熊熊燃烧的篝火载歌载舞，篝火上烤着的羊肉散发着香喷喷的味道，馋得人直流口水，那是什么劲头？可惜那天傍晚下起瓢泼大雨，篝火晚会泡汤。人们不死心，又到附近的一个藏族村寨想办法。好说歹说，藏族村长总算同意把小学教室腾出来一间，为我们办一个室内晚会，只是无法点燃篝火。由于停电，只好搬来一块汽车上使用的蓄电池，把电灯线接在上面，总算让会场有了微弱的光亮。烤全羊还是要上的，村长从羊圈里牵出来两只肥的，找个地方先烤着。又找来几瓶青稞酒，齐了。钱还是要给的，不拿群众一针一线嘛。当然为了省几个钱，跟村长也争得脸红脖子粗的，嗨，想起来也真有意思。

晚上 7 点多，大家来齐了，五十多个人挤在一间教室里，围坐了两层，中间空出一块场地，便是舞台。短小精悍的男主持来自广东，豪爽泼辣的女主持来自东北，这一南一北巧妙搭配，拉开了晚会的序幕。

"首先请郭梅小姐为大家演唱一首歌，大家欢迎。"短小精悍嗓音洪亮，潇洒地将右手由下往上画了一个半弧，指向郭梅坐的位置。可惜，我没听清主持人报的歌名。

她站在那里唱着，柔美动听。歌儿唱完了，台下又有人鼓掌让她再来一个。她毫不含糊，随口朗诵了一首唐诗。可惜，许多人都没能听懂，包括我在内。因为郭梅说的是陕西家乡的方言。

"还是我来给大家翻译一下吧。"郭梅为自己的这个小把戏获得成功开心地笑了。

　　原来是唐代杜牧的一首诗："清明时节雨纷纷，路上行人欲断魂。借问酒家何处有，牧童遥指杏花村。"

　　接下去的节目也很精彩，许多人步郭梅之后尘，有唱歌的，也有说笑话的，主动请缨的不多，多数是让别人推推搡搡才上台的。轮到我了，试图说个笑话蒙混过关，岂料众人不干。一位性格泼辣奔放的老大姐搀掇起另一个与我名字差不多的女孩上了台。

　　"你们俩来一段《兄妹开荒》。"

　　这下可把我给难住了，词儿和曲子全给忘了，只好说道：

　　"你们听我这嗓子，为大家服务得嘶哑了。这么好不好？我们'兄妹俩'在台上做几下开荒种地的舞蹈动作，大家在下面伴唱。"

　　"行！""中！""可以！"台下观众喊叫着。

　　也不知是谁递上来一条白肚儿手巾，让我系在头上。"看上去还真有点像一个陕北小伙儿。"台下有人议论。

　　舞蹈刚刚开始，便引得台下人前仰后合地一阵大笑，并把这笑声一直保持到"兄妹二人"逃下舞台。

　　"当时我笑得都岔气了。"郭梅事后跟我说。

　　能达到这种戏剧效果是我始料不及的。有好事者又提出须评选当晚的最佳节目，《兄妹开荒》竟然榜上有名。有人散出风去，要把这出节目作为保留剧目，下次活动还得上。我心里却在说，去你的吧，反正我是不再露这个怯啦。

　　烤全羊上来了，这是当晚最后一个节目。还是那位热情泼辣的老大姐走过来，疑是当年解牛的庖丁再世，只见她手持雪亮的藏刀，三下五除二便把两只羊分割完毕。人们挤上来你一块我一块，大口大口地咀嚼，男士们传递酒瓶子，攥着瓶子喝青稞酒，然后心满意足地回房间睡觉去了。

拉萨建站

题记：

雪域高原的神秘之处很多，其中之一是地广人稀，地理环境基本保持原貌，极少人为雕琢。

许多创作灵感产生于半睡半醒的状态，此时精神相对放松，容易勾起一些潜藏的意识和沉淀久远的记忆。

我仅有的一次西藏之旅是在1993年8月中下旬，同行的有总编室副主任胡运芳和成都电视台的骆大忠。胡主任祖籍四川泸州，毕业于四川大学中文系，在央视总编室规划组深耕多年，因其工作业绩出色而被提拔为总编室副主任，分管规划、观联等三个组，上任伊始就有了此次西藏之行，也是想尽快了解电视观众调查网的构建原理和运作机制。骆大忠在成都电视台总编室工作，请他与我们一同入藏，一是他分管观众调研业务，对调查网建设并不陌生；二是因为成都是入藏的最近地点，在此调整准备，乃最佳选择。由成都双流飞往西藏拉萨的一架航班于8月12日降落在贡嘎机场，从贡嘎机场到拉萨市区有六十多公里，基本上沿着拉萨河逆流而行。岸边有成片的农田，青稞业已成熟，正等待收割。

稀薄的空气中，我和大忠步履缓慢地拾级而上，打开宾馆的房门，我和衣躺在床上休息，和大忠聊天的力气也没有。我不折不扣地按照朋友的嘱咐——温差大，即使感觉热也不能脱外衣；走路的速度要放慢，等到适应了，第二天就好了。朋友的话是对的，随后的十天里我不再感到气喘，成功地克服了高原缺氧反应。大忠1953年生人，年长我四岁，曾经在北海舰队当过十六年舰艇兵，酷爱游泳，身材不高却很壮实。

第三天我们在西藏电视台总编室扎西宗巴带领下到拉萨市公安局、部分街道、居委会和居民家庭抽样入户。紧张而有秩序的工作完成之后，我们才有心情领略文物古迹和自然风光，参观布达拉宫和西藏十大著名寺庙中的三座：大昭寺、哲蚌寺和扎什伦布寺。

布达拉宫的一个房间正在修缮，几位夯土的工人一边夯土一边歌舞，她们舞步齐整，带动上肢瞬间发力，让沉重的石夯变得轻而易举；她们的歌喉清澈而又高亢，在这神秘的庙宇间绕梁三匝，继而直冲云霄。能量转换最奇妙的是物理能量转换为精神层面的东西。在雪域高原，这些看似古朴的现象蕴含着深刻的哲理。草原牧民的幸福感还表现在他们与自然环境的和谐相处，他们择水草而居，与身边的环境深度融合，他们脸上的笑容，简朴的衣着，以及吃草的牛羊，远处的雪山河流、蓝天白云，所有这一切都在无声地告诉我，什么叫作幸福。

接着去看羊湖，湖在山上，乘坐越野吉普车从拉萨出发两个小时就到。途中见到一处工地，羊湖发电站正在施工。山路蜿蜒，也很颠簸，但凡美丽的景色都在险要之处。司机是一位高大威猛的藏族青年，身着红衣，方向盘在他手中把控自如。驶过一个垭口，我们下了车，但见一片地形狭长蔚蓝色的湖泊横卧于山间。这就是羊湖！

我们沿着羊肠小道下山，来到湖边。放眼望去，方圆几十公里，除了我们几个人，见不到其他人，用人迹罕至来形容，一点儿也不夸张。湖水平展如镜，由于地处高原，周围没有树木，花草也少见。很难用如入仙境来形容，但凡传说中的仙境都少不了亭台楼榭、奇花丽树。不过这里也许是仙境的一种，而且更接近真实的仙境吧。

临时抱佛脚

题记：

学会外语就等于获得了一张通行证，将视野扩展到更加广阔的领域。

转眼到了 1993 年底，"全国电视观众调查网"面临留在体制内还是下海的选择，在酝酿调查网转型的同时，还要维持其正常运转：检查和督促各地方调查站对调查样本户的维护和更换，设备的使用和维护，数据录入的准确性，数据传输的正点率等等。在此期间还开展了"1992 年全国电视观众抽样调查"，随后是数据分析，撰写调查报告以及出书，忙而不乱。恰在此时，一项出国参会的任务落在了我的头上——1994 年 7 月，国际大众传播研究学会（IAMCR）第 18 届大会将在韩国汉城（后来改叫首尔）召开，出国团队两人：李殿云老师和我。

于是摆在我面前的，除了日常工作还要学习英语。虽然我在大学里学了两年，但是听说读写的能力，尤其是听说能力很差。

其实，四年前我曾经参加过单位组织的英语培训班，授课老师是赵宇辉和一位女老师，赵老师是中央电大的教务长，由他主持的电大英语教学课程曾经在上世纪 80 年代风靡全国，家喻户晓，他曾经荣获全国"五一"劳动奖章。老师教得好，我也很努力，假如当时就有出访任务的话，我会趁热打铁，从容应对。可是后来的四年时间，我没能坚持学下来，到了关键时刻还是张不开嘴。于是我开始硬着头皮重新学习。

　　填写出国申请表要求用英文打字机，总编室进口节目专办李壮那里有一台，于是我找他帮忙。他把打字机摆在我面前说，好的，你用吧。说完就出门了。我坐在他的办公室内摆弄那玩意儿，不会使，干着急。无奈之下，我只得再去求李壮。他没再说啥，让我把英文稿和空白的出国申请表交给他。第二天给我打电话，让我去取。

　　出国申请很快报给了总局外事司，等待审批。下一步的重点就是找一位老师对我进行英语口语强化训练。找谁好呢？真是"踏破铁鞋无觅处，得来全不费工夫"，王楠敲门走了进来。

　　王楠是外贸学院英语专业的一位研究生，前些日子她通过朋友介绍找到我，想了解收视率数据的功用，以便协助研究生导师完成一项研究课题。

　　正好到了中午吃饭时间，我用磁卡买了两份饭，和她一起在二楼餐厅边吃边谈。

　　"我现在成了两栖动物，"我自嘲地冲她笑着说，"学中文的，搞上了信息开发和数据分析，什么都得学。"

　　王楠说："难怪呢，你说话挺幽默的，原来是学中文的。"她告诉我，她母亲也是学中文的，从前在青年报，她父亲原来在总政，在她一岁时，举家迁往广州，一晃就是二十年。

　　王楠的个头不高，却很匀称，典型南方人的身材，梳着齐耳根的短发，给人一种干净利索的印象。除此之外，我最感兴趣的是王楠能用广东妹子常有的女中音说一口流利的美式英语。

　　我把7月要到韩国参加一个国际会议的事情跟她说了，请她帮助我温习英语，她爽快地答应下来。我们使用的教材是《英语900句》，每个星期她都要来检查我自学的情况，并且一句一句地纠正我的发音和语调。最后她还把我起草的将要在国际会议上发言的英文稿加以修改，一遍遍念给我听。我干脆拿来袖珍录音机，把她朗诵的声音录制下来，作为听读范本。

"我回家要反复听听你的朗诵。临时抱佛脚，临阵磨枪，不快也光。"我的话引来对方开怀大笑。

数月之后，我和李殿云老师如期到达韩国参会。小组会上我发言做了自我介绍，还跟国际同行进行简要沟通，没掉链子，多亏了王楠的应急辅导。

后来，双方都很忙，我与王楠渐渐失去了联系。最近家里装修，整理东西时我发现了二十多年前王楠给我录制的那盘英语讲话的磁带，又一次听到那熟悉的女中音。

徐老师

前些天的一个下午，我到位于青塔的一家敬老院看望岳母，正赶上老人们就餐。当我路过餐厅时，看到一位老太太非常面熟，停下脚步定睛一看，原来是徐立群老师。徐老师在1991年到1995年曾经在央视总编室观联组以老同志返聘的身份工作过，与我共事多年，关系甚为融洽。如今，二十多年过去了，虽然上了年纪，但她仍像当年那样和蔼可亲，又多了几分慈祥。

久别重逢，我抑制住激动的心情，连忙上前打招呼。

"徐老师，您好啊！"我弓下身，轻轻拍拍她的胳膊。

徐老师手中的筷子停在半空，转过脸来仔细端详，接着站起身来紧紧抓住我的手，明显认出我来。

　　"徐老师，您先吃饭，回头我再过来看望您。"我怕耽误老人用餐，连忙起身示意，依依不舍地离开。

　　徐老师仍站在原地，目送着我。

　　等老人吃过饭，我又回到徐老师身边，嘘寒问暖。我夫人闻讯也过来寒暄。徐老师将餐盘推至一旁，与对面的老伴儿张叔打了招呼，便牵着我和夫人的手，一边一个，沿着走廊走，"来，我带你们到窗户那边走走，说说话"。徐老师说话的声音与二十多年前相比，几乎没有改变，一边走一边唱起《志愿军战歌》：雄赳赳，气昂昂，跨过鸭绿江。保和平，卫祖国，就是保家乡……铿锵有力的歌声震撼着我的心房。

　　徐老师是山东人，1947年参加解放军，后来参加抗美援朝，在部队里长期从事空军电报收发机要工作，后来又到中宣部从事宣传工作，是一位离休干部。

　　我们来到活动室西侧的落地窗前继续交谈，徐老师用手指着远方对我们说："西边有山，你们看到了吗？"

　　"看到了，看到了。"我从高楼林立的狭缝中看到了西山的一角。在徐老师看来，远方的山维系着她遥远的回忆，战火硝烟的年代，生死与共的战友，熟悉的工作岗位，怀念之情溢于言表。

　　我让夫人为我和徐老师拍几张合影，"咔咔咔"几声响后，我和徐老师在手机屏幕上看到了彼此灿烂的笑容。

　　返回房间途中，遇见一位白发苍苍的老太太，徐老师问她为什么下午没有出来走动。对方笑着对我说："你看，老徐又在批评我了。"我会意地笑了，徐老师仍像当年在观联组那样，关心着周围每一位同志。当年工作之余，她会主动找年轻的同事拉家常，帮助对方解开心里的疙瘩，有时听上去像是批评，实际上是一种勉励，发自内心的关怀。如今，她仍然保持着从前那样一种积极向上的心态，热情鼓励同志不掉队，勇往直前。

徐老师看上去有些累了，我让她进房间休息。她指指坐在餐桌旁的老伴儿对我说："好吧。你过去再跟他继续聊聊。"

于是我坐在徐老师老伴儿身边接着聊起来。他叫张克力，从前在某中央媒体工作，二十多年前，我曾经见过他。与二十多年前那位大叔比较，变化很大，如果不是徐老师介绍，我真认不出来。

返家途中，我坐在公共汽车上，回忆着刚才与徐老师重逢的情景，当年我们共事的往事一幕幕呈现于眼前。

1991 年，我们建立了全国收视率调查网北京网，每个星期一是徐老师最繁忙的一天，因为来自全市各区县的几十位调查员来台里送收视率调查表，徐老师和另一位返聘老同志史书培负责接待、收表、复核查验，还领着路远的调查员到食堂吃饭，一天下来，两位老同志忙得不亦乐乎。那一年，徐老师 58 岁，史老师 60 岁出头。一转眼，我已经到了史老师当年的岁数，难免又感慨一番。

后来全国各省（区、市）的调查站陆续建立，观联组的工作重心转移到了建站、维护、数据采集传送、数据分析上，徐老师和史老师除了负责北京站调查员的管理，还帮助吴老师拆看观众来信，协调大家的情绪，调动大家的积极性，功不可没。

刚才聊天时，我还特意问徐老师："你还记得陈若愚吗？"徐老师想了一下，点点头笑着说："有印象，还记得。"我又问道："您还记得我叫什么名字吗？"徐老师迟疑了一下回答："记不得了。"看到徐老师略显抱歉的神情，我告诉了她我的名字，她点点头说："有印象，有印象。"

　　事后，我有些后悔，我不该问这个问题，因为人上了年纪，记忆力都会减退，徐老师也不例外。我还记得，徐老师牵着我和夫人走向落地窗的路上，我问她今年多大年纪了，徐老师乐呵呵地回答："101岁。"我以怀疑的口吻又问了一遍，徐老师仍是笑吟吟地回答："101岁。"接着，大家一同笑起来。现在我想，她不愿意说出自己的真实年龄，原因很多，总的愿望是希望健康长寿，亲眼见到伟大的中国梦实现的那一天。这应该是老人家们的共同心愿，为之奋斗了一生，就是为了实现这一梦想啊！

第七辑

缅怀与追忆

西郊机场的守望者

"今天睡觉前不再看手机！"我默默发誓，但是作为替代，我用口令唤醒了放置在桌子上的小度机器人，让它播讲小说《日瓦戈医生》。

这是一本 600 多页的小说，大约在 20 年前我就想挤时间把这本书看完，但是半途而废。当时我与妻子及家人轮班在协和医院看护住院的岳父，我利用看护的间隙坐在病房走廊的塑料长椅上，借着昏暗的灯光阅读这本书，有时候看着看着就打起了瞌睡。断断续续看了好几天，也没能看完。

四年之后，到了 2004 年，岳父经受着肺癌晚期痛苦的煎熬，拄着拐杖步履蹒跚地在楼下空地上徘徊。他可能意识到生命即将走到尽头，那年他以坚强的毅力与病魔搏斗，写了一篇回忆文章，并通过他女儿转告我："想到西郊机场看一看那里有什么变化。"

我并未感到诧异，因为当时我正负责将岳父写的一篇题为《北京和平解放与编印〈转换中的北平〉》的回忆文章输入电脑（后来该文刊载于《新闻春秋》2003.12），其中内容我大概知晓，于是在 2004 年 10 月 2 日上午开车前往。

汽车开到西郊机场外围护栏东南角不远的一个地点（因为机场里面进不去），在我和妻子搀扶下，岳父从车上下来，登上一个两尺多高的水泥台，他站在上面朝机场的方向眺望，现出凝重的神情。这位 81 岁高龄、身患绝症的老人在想些什么呢？

岳父的那篇回忆文章揭示了他的一段传奇经历。

"1949 年 1 月 31 日，人民解放军进入北平，北平宣告和平解放。几天以后的 2 月 6 日，北平解放后的第一架民航运输机抵达西郊机场。

内有 16 名乘客，其中 10 名为南京人民和平代表团成员，另 6 名为随行新闻记者。飞机降落后，10 名代表由北平当局联合办事处交际处长王拓接进城，新闻记者由于有约在先，就留住在机场共 6 天，至 2 月 11 日又与代表团一起，同机返回南京，我当时是上海《商报》驻南京记者，为停留在西郊机场的 6 名记者之一。"

"卢伯明（地下党员、岳父的上级）认为可利用这个机会，让我以新闻记者身份参加，以了解情况。卢伯明还提出因我在南京已有所暴露，要我到北平后能留下就尽量留下，党的组织关系以后可以转过去。"

"2 月 6 日下午记者们与代表团一起，乘中航飞机由青岛飞抵北平西郊机场上空准备降落。由于当天中午两架国民党蚊式飞机曾扫射西郊机场和颐和园，加上我们的座机在降落前未和机场电台联系，以致发生误会，飞机曾受到机场周围高射炮弹的射击，幸未击中主要部件。后迅即与机场电台联系，才安全降落。前来欢迎代表团的北平当局联合办事处交际处长王拓对此反复进行解释并再三表示歉意。我们这架飞机是北平和平解放后在北平降落的第一架民航飞机。

"代表团被接进北平城里，住六国饭店。进行参观、会谈、谈话，受到叶剑英、徐冰、陶铸等的接见。由于有约在先，记者们留住在机场附近的农舍。居处热炕生春，饭菜丰富，有时还有水果，生活上受到很好的照顾。更重要的是还供给我们大批精神食粮，有新出版的《人民日报》《北平解放报》以及《新民报》《世界日报》《益世报》等。我曾向负责接待的同志书面反映了所了解的代表团背景和成员的思想情况，说明自己的政治面貌，以及提出留在北平的要求。一两天后，接待同志作了答复：为了不给国民党当局和外界以任何借口，要我还是随团返回为好。这样，原作两手准备的我，就作返宁的准备，有意识地搜集一些报纸资料，并兑换了一张五元人民币，准备返回后作报道之用。"

从上述史料我们可以发现四个悬念：

第一个悬念，上级组织已明确告诉岳父，他"在南京已有所暴露，要我到北平后能留下就尽量留下，党的组织关系以后可以转过去"。这就意味着此次北平之行是岳父从国统区投入解放区怀抱的天赐良机，也是岳父向往已久的事情。岳父曾用名唐赉忻，也许就是在这个历史阶段起的，奔向新中国，投入解放区，这是他在西郊机场急切盼望实现的目标。

第二个悬念，"由于当天中午两架国民党蚊式飞机曾扫射西郊机场和颐和园，加上我们的座机在降落前未和机场电台联系，以致发生误会，飞机曾受到机场周围高射炮弹的射击，幸未击中主要部件。后迅即与机场电台联系，才安全降落"。岳父乘坐的这架飞机差一点被击落，其惊险程度，着实让我们捏一把汗。岳父等人死里逃生。

第三个悬念，飞机在北平西郊机场降落之后，岳父"曾向负责接待的同志书面反映了所了解的代表团背景和成员的思想情况，说明自己的政治面貌，以及提出留在北京的要求"。可是"一两天后，接待同志作了答复：为了不给国民党当局和外界以任何借口，要我还是随团返回为好"。这就意味着岳父必须回到南京，继续坚持做地下工作，这样的话，就很有暴露身份被抓捕的风险。但是岳父临危不惧，依然遵照指示回到南京。

第四个悬念，既然连机场也没有出，更谈不上进入北平采访，那么如何完成新闻报道任务呢？当飞机返回南京故宫机场，下飞机前，岳父发现"有的代表怕带回的报纸遭麻烦，弃置在座位下面。我即来个人弃我取，求之不得地把这些报纸拾了起来，以便在写报道时力求做到人取我予。应该感谢那位代表的慷慨弃置，因这些报纸品种全、数量多，否则我很难写出那些报道文章"。这表现出岳父胆大心细、临危不乱、灵活应变的特点。再加上在北平西郊机场得到的"大批精神食粮，有新出版的《人民日报》《北平解放报》以及《新民报》《世界日报》《益世报》等"，"这样，原作两手准备的我，就作返宁的准备，有意识地搜集一些报纸资料，并兑换了一张五元人民币，准备返回后作报道之用"。

"为了搞好这次系统报道，我与唐慧敏（岳父之兄，工商界进步人士，上海《商报》副总经理）除争分夺秒地当天写稿、当天发稿外，重视抓资料，做到信而有征，也引用国统区的有关资料。同时注意观点，在每篇报道的末尾，就客观事实谈些主观看法和带有倾向性的体会，设想与读者沟通心声，主要是联系当时上海工商业者与市民所关心的一些问题。在文字方面，力求朴素真实，尽量生动活泼。这六篇专题报道（六篇的题目分别为：货币与兑换、金融业务、企业接管、物资与物价、工人与工资、学校与学生），从 2 月 15 日起至 25 日，在《商报》连续刊登了十一天。"

"六篇专题报道的陆续刊登，受到国统区广大工商业者和人民群众的欢迎，有助于他们消除顾虑。根据读者的要求，《商报》于 2 月 20 日起，在第三版《解放区工商政策法令栏》分六次全文刊登了《不要打乱原来的企业机构》一文。交通大学学生对《学校与学生》那篇报道很感兴趣，曾与报社联系，要求补买刊登该文的报纸。圣约翰大学还出现了汇集六篇文章的油印本，在部分学生中传阅。

"在编写专题报道的过程中，即有读者希望报社能汇编单行本。所以，当六篇专题报道在《商报》全文刊登完的第二天，即 2 月 26 日，题为《转换中的北平》的单行本，即以商报出版社丛书之二公开出版发行，出书速度之快，在当时是不多见的。

"单行本的内容，除了已在《商报》刊登的北平行脚（即动态性的行程报道）和六篇专题报道外，还增加了《故都静态》一节，一字不易地利用 1949 年 2 月 1 日陕北新华社广播介绍北平概况的明码新闻稿，作为《转换中的北平》单行本的第一篇。该稿文字简洁，内容概括、全面，短短的五六百字，把故都静态说得一清二楚。

"单行本的前言"，由《商报》总经理诸尚一执笔，只有寥寥数语，着重提出该书是'为本报读者综合报道了一些故都之新印象'，体现了他对出版单行本的支持。

"在单行本的'后记'里，我首先写了这样两句话：'无疑地，1949 年是中国近代史上一个划时代的转折点。''当前北国巨变的影响，关注着人们，显然不只限于局部，而是全中国乃至全世界。'该单行本全书约 45000 字。

"该书出版后很受欢迎，初版印行 3000 册，二三天内即销售一空，3 月 3 日二版又印 3000 册。后来除在上海发现有翻印本外，在南昌、汉口等地也曾有人翻印发售。"

当环绕在岳父北平之行的四个悬念被解开之后，我们不难发现，这是一趟生死之旅、一趟由国统区投向解放区的光明之旅，可以用"惊心动魄、出生入死、义无反顾、巧妙应对"这 16 字来形容。为了完成党组织交给的任务，岳父不惧艰险，重入虎穴，凭着一位共产党员的胆识与聪慧、坚定与执著，写下他一生中辉煌灿烂的一页。于是我们就不难理解，50 多年之后西郊机场的故地重游，在他老人家内心掀起了多么大的波澜。

岳父在这篇回忆文章里回顾了自己 50 多年前北平解放不久的一

段记者采访经历，从当事人的角度重新审视那一段历史，有时动人心魄，有时委婉曲折，最为可贵的是在时隔半个多世纪之后，能够以一个历史见证人的身份，客观地反映那段背景复杂的历史事件。文章结构严谨而细致，不论事件、地点、人物，还是时间、环境，力求客观、细致、准确；他的文字洗练，具有文言文向现代汉语过渡阶段特有的语言表达特征；他的思想厚重，当初在新闻采访第一线，他以个人独特的观察视角，客观、真实地记录了北平解放初期与南京国民党政府、民间之间错综复杂的关系；在当时的特定环境下，他机智灵活，冒着生命危险，将解放区的政治、经济现状和政策巧妙地展现在当时仍处于国统区的上海和南京民众眼前，为当地民众正确了解与认识中国共产党和解放军起到了桥梁和媒介作用，让我这个新闻界的晚辈对新闻记者的神圣使命和职责有了进一步的认识。经历半个多世纪的沉淀，他在生命弥留之际旧话重提，表达了他老人家对于自己当年这一特殊经历刻骨铭心的怀念。看了岳父这篇文章，仿佛在我面前树起一面历史的镜子。

岳父去世后，所在单位提供的生平介绍中对其人生主要经历做出如下概述：

唐季平同志，1923 年 12 月 10 日出生于江苏省无锡市北门外南西漳乡的一个书香门第。1929 年至 1930 年在父亲开设的私塾读书，1931 年至 1935 年在无锡县县立南西漳小学初小读书，1935 年至 1937 年 6 月在无锡县立石塘湾小学高小读书，1937 年 8 月至 1938 年 12 月在常熟乡下避难种地，1938 年 12 月至 1939 年 2 月在无锡城内天元南货店学徒，1939 年 2 月至 1940 年 1 月在无锡私立祝余商业初级中学读书，1940 年 2 月至 1940 年 7 月在无锡省立高级工业职业学校读书，1940 年 9 月至 1941 年 7 月在南京中央大学先修班读书，1941 年 9 月至 1945 年 6 月在南京中央大学理工学院土木工程系读书，1945 年 6 月毕业。

1943 年 6 月在南京中央大学参加中国共产党；1943 年 6 月至 1944 年 6 月受党组织委派联系中学生和工人做党的发展工作；1944 年 7 月至 1945 年 8 月开办职工补习学校和夜校，做发展共产党员的工作；1945 年 8 月至 1946 年 6 月在南京与上海的铁路工务段工作，任沪宁铁路南京站工会铁路党团委员及沪宁、沪杭两路员工会常委；1946 年 6 月至 1948 年 4 月在南京地下党情报部，依靠职业掩护在南京中央商场开设立新百货商店，任经理，负责上海《商报》在南京的发行工作，为地下党筹集活动经费；1948 年 4 月至 1949 年 6 月在南京地下党情报部，职业掩护是上海《商报》驻宁记者；1949 年 2 月，以记者身份随南京市人民和平代表团赴北平参观采访报道；1949 年 4 月至 5 月以上海市工商业代表团秘书身份随该团绕香港二次到北平参访报道。

1949 年 6 月至 1950 年 5 月任青年团南京市工作委员会工委委员、宣传部长；1950 年 5 月至 1951 年 11 月任青年团华东工委研究室研究员、研究科科长；1951 年 11 月至 1953 年 2 月任华东工委出版委员会秘书长及华东青年出版社副社长、编审部主任；1953 年 2 月初，由华东局输送中央的第二批处长级干部来北京中央组织部报到，分配至中央二机部基建司工作；1964 年 2 月至 1966 年 6 月任一机部第一设计院建筑研究室副主任、主任；1966 年 6 月至 1970 年 3 月在一机部第一设计院建筑研究室；1970 年 3 月至 1970 年 7 月赴一机部在安徽蚌埠建院工作。退休后参与编写过《当代中国》相关章节。

晚年生活简朴充实，5 年前罹患癌症之后，与病魔进行顽强抗争，于 2005 年 3 月 7 日凌晨 3 时 38 分不幸辞世。

我记得岳父辞世前的某天上午，躺在病榻上的他身上插着各种管子，他向大女儿用手比画一下，嘴里发出微弱的声音，女儿很快明白，立即跑到街旁报亭买来一份《参考消息》递给父亲。每天阅读《参考消息》是岳父几十年养成的习惯。

"国民党主席连战将访大陆"——头版头条的标题赫然映入眼帘，岳父脸上露出自病重以来少见的笑容。他颤颤巍巍地向站立在病床旁边的子女们说，自己的许多大学校友当年去了台湾，他似乎看到了与这些老校友相聚的希望。可是几天之后的一个凌晨他就离我们而去。

此时此刻，小度机器人播讲完小说《日瓦戈医生》的一节内容，我果断地向它发出新的指令："小度小度，关闭！"机器人立刻做出反应，里面的声音戛然而止，闪烁的屏幕也很快熄灭。临届睡点的时候，我脑海里浮现出西郊机场防护网附近闪烁的信号灯，仿佛看见岳父拖着羸弱的病体站立在那个水泥台上，朝着西郊机场里面深情地眺望，仿佛一尊雕塑。是的，他正在寻觅当年他乘坐的那架螺旋桨飞机着陆的位置，他站在飞机旁正在紧张地撰写一篇篇新闻稿。

与董老师相遇的七个瞬间

《北京晚报》前些年曾经发表过一篇介绍大岩俊之阅读窍门的文

章，其中谈到要有意识地"输出"，让大家带着"要告诉别人"的目的去阅读，因此更容易抓住书中要点。通过向别人讲述，也更容易记忆书的内容。每次读完书，他都说给妻子听，还找来几位朋友，一边喝茶，一边不停地"说书"，后来又写下来在博客上介绍给别人。

我读后深有同感，隐隐觉得许多年来自己也在自觉或不自觉地做着同样的事。不仅将自己认为的好书推介给朋友，还采用口述或网上自媒体的途径给大家讲述自己亲身经历过的故事。

多年前的 10 月 2 日，我参加十一学校校庆，遇见老同学 F，参观完走出校门，她请我吃饭，我一边吃一边想着如何回报，于是就以初中老师对初中的我的影响为引子，向她讲述起董老师的故事，讲到动情处，竟然感动得她满脸泪花，这是我事先没有料到的。其实早在数年前我就以《与董老师相遇的七个瞬间》为题，发表在博客上了，她也看过，按说不会如此感动。我开始相信自己讲故事的能力了，假以时日，不小心也会练就为段子手。当然，故事之所以能动人，主要归功于故事本身。

董老师是四十多年前我在北七家插队时认识的，当时是昌平县文化馆文学组的一位辅导员，他经常下乡举办文学培训班，让许多怀揣文学梦想的知青和农村青年看到了人生的希望。后来我和他渐渐失去了联系，二十多年不知音讯；前些年的某一天，师生二人偶然恢复了联系；通完电话的第二天我就和妻子赶到敬老院去看望，师生阔别多年，有说不完的话；分别后的日子，老师隔三差五给我来电话，嘱咐我注意身体；又过了些日子，我得知老师因病去世。

就是这样一个故事，当然还有许多细节，当时难以赘述，却让我面前的这位老同学、这位唯一的听众感动得哭了。我意识到，应该把这样的故事讲给更多的人听，不管采取什么形式。

2010 年 7 月 1 日，闷热了数天之后，早晨终于下起了小雨。

上午 9 点我接到一个电话，号码显示的是插队同学戴惠明，开口说话的却是一位老头儿。

"你是刘建鸣吗？你是刘建鸣吗？"对方说话有些急促，像是在追问。当确认之后，对方继续说道："我是董瑞亮，你是否记得？当年我把我的外甥女介绍给你，你对我说，'我要从长计议'。"果然是当年的董老师，我也备感惊喜。

我问董老师，电话上显示的为何是我一位同学的号码。他说："你的同学戴惠明在这里开了一家农家乐，我住在附近的一家老年公寓，经常到这儿遛弯，和戴惠明聊天，说起北七家插队，问起了你。"

我也感到很意外，三十多年前插队时遇见的老师，后来在昌平工作时也是我的老师，分离二十多年了，如今竟然以这样一种方式重新联系上，真没有想到。

他问我的孩子多大了，我说二十四岁，他说："你的孩子怎么这么小呢？"我说我结婚晚。他说："我的孙子今年都二十四岁了。"老爷子接着说起他儿子："锦华现在是区林业局局长，从前在北七家镇当书记。"我惊讶道："是吗？"锦华也与北七家有缘。

老爷子问起现在我还跟谁联系过，我说十几年前开观众座谈会，请过刘锦云。老爷子问我是否认识李功达，我说认识，经常联系。

我问起两位县文化馆文学组的老师，谢明江和高淑敏。老爷子说，也都退休了。

我说我都五十三岁了。言外之意是自己老了。老爷子鼓励道："正是干事的时候。"

他问我还写东西吗，我说工作太忙，顾不上了。

　　我问他现在是否还在写东西，老爷子说，想写的时候就写，不想写了就放在那里。

　　老爷子兴奋得像个孩子，"那你这么多年怎么不找我呢？"老爷子还是老脾气，直来直去。我解释道："前些年我去看望过孙学，向他打听过您的消息，不知下落。"

　　其实我内心很矛盾，道理上讲，他是我的一位恩师，可是由于他外甥女的原因，我自知得罪了他，不好意思再见他，怕他思想还没转过来。现在我才明白，是我多虑了，他一直在惦记着他这位学生。我答应找时间一定去看望他。他还是喜欢喝酒，尤其喜欢喝"蒙古王"。他的性格还是那样豪爽。

　　戴惠明接过电话告诉我："老爷子经常遛弯到我们这里，今天他问我从前在哪里插队，我说在北七家村，他问我认不认识刘建鸣，我说很熟悉。老爷子的话匣子就打开了。"

　　戴惠明介绍说，他们家和一位朋友合伙开办了这家农家乐，名字叫作"生活禅农家乐"，位置就在神路旁边，占地十来亩。两年来，她一直住在这里。我嘱咐她，好好和老爷子聊聊天，老爷子有个性。

　　我与董老师约好，这个周日就去看望他。

　　当天夜晚，我回忆起我和董老师相见的七个瞬间：

　　（1）1976年一个盛夏的中午，我正在北七家村知青男生宿舍"小楼"躲进蚊帐里午休。突然夏延军将我叫醒："县文化馆的董老师看你来了。"我爬起身果然见到董老师站在我的床前，慈祥地笑着，向我问好，我很感动。原来我写了一篇散文《鸭子沟的春天》，向县文化馆的一个文学刊物投稿，董老师此次下乡走访业余作者，摸到了我们村，专程来看望我这位作者。

　　（2）1976年9月7日至9日，县文化馆在鲁疃村举办诗歌培训班，北七家村共有三人参加：王少华、孙朝伟和我。那一次是走读，每天早晨去上课，培训班管三顿饭，晚上再回到北七家村睡觉。我苦思冥想，写出一首叙事诗《一张毛主席像》。9月9日上午，按照计划是讲评作品，大家都有些紧张，不知自己的作品能否进入获奖名单。这时村里的大喇叭传出毛主席逝世的噩耗，大家悲痛欲绝，培训班随即解散。

（3）1976年12月26日，县文化馆在县剧场举办"纪念毛主席诞辰诗歌朗诵会"，北七家村有两篇作品入选，一个是王少华写的诗歌，由郑刚良和王晓辉朗诵；另一个节目是我创作的诗歌，由我自己朗诵。那是我第一次在那么多观众面前演出，我的腿一直颤抖，还好，我没有出差错，圆满地完成了演出。

（4）1977年春，县文化馆在小汤山举办诗歌写作培训班，我参加了为期三天的诗歌培训。

（5）1982年大学暑假期间，我和同学刘民朝前往清华200号，途经沙河镇丰善村看望董老师，还在他家吃了一顿饭。

（6）1983年夏季的某一天，我在昌平县广播站工作，董老师把我约到沙河镇他的家里，把外甥女介绍给我作对象。次日，我以"从长计议"为由，婉拒了这门亲事。

（7）1985年，在昌平县下庄乡我给通讯员讲课，董老师也在，他要讲的是文学创作知识。我们爷俩乘坐同一辆吉普车，住一个房间。他在酒桌上说了一句话刺痛了我："有些人忘恩负义。"我听得出来，还是抱怨我没有看中他外甥女那件事。我只当没听见。

从此我们师生之间有了隔阂，彼此回避。直到今天，通过电话重新修好。

妻子听后鼓励我说："你完全可以根据这个写一篇小说的。"

2010 年 7 月 4 日，星期日，我和妻子一起驾车前往昌平区温馨老年公寓看望阔别二十多年的董瑞亮老师。

他事先在电话里向我介绍，温馨老年公寓占地一百八十亩，据说老板是一位赵本山式的女强人，董老师十分敬佩，鼓动我为她写一篇报道。

董老师站在门洞的阴凉处，虽然二十多年没见面了，但我还是一眼认出他来。他引导我们前往他的住处，他走路一拐一拐的，可能是轻微偏瘫。进入他的住处，是一个一居室，屋子中间摆着一张大床，靠窗是一张桌子，两把椅子，里面是卫生间。设计时是上下二层楼，可是他们租的是下面一层，通往楼上的门被封死了，楼梯上摆满了家具杂物。他现在的老伴姓武，我们叫她武老师，比董老师小三岁，两年前患上糖尿病。当着我妻子和武老师的面，董老师一直在夸我，说我写诗的角度往往与众不同。他回忆起 1976 年在鲁疃办诗歌培训班时，我写了一首《一张毛主席像》，写的是一位老大娘在地震时返回屋里，抢救出了挂在墙上的毛主席像。董老师说："你的构思独特、新颖、巧妙，与众不同。"我说："我写东西，就是不喜欢与人雷同。"董老师说他也一样，要找自己独特的角度。

他总是让我坐在他的右侧，原因是他"左侧耳朵听不清楚"。

董老师为我们准备了两斤黄瓜和一箱黄杏，黄瓜装进一只塑料袋中，黄杏在路边的小摊上代存。我们在公寓湖边合了影，然后开车到"生活禅"吃午饭。

戴惠明迎上来，像久别的亲人一样寒暄。戴惠明还是前几年那样，一副丰满富态的模样，她描述了前些日子跟董老师聊起我的经历。

那一天，董老师夫妇到"生活禅"来避雨聊天。一会儿，雨停了，董老师夫妇起身走出院门，忽然董老师问了一句："老戴，当年你在哪里插队？""北七家。"戴惠明回答。"那你认识刘建鸣吗？""认识啊，我们是同学。"接着他们又一起聊了好一会儿，述说各自对我的印象和评价。于是又引出董老师用戴惠明的手机给我打电话的情景。

分别的时间到了，我跟戴惠明道别，又把董老师夫妇送回温馨老年公寓。

返城途中，遇上堵车，我们绕道十三陵水库，经过昌平城东的一条路右拐到白浮桥，驶进了回京的高速路。上高速之前，接到董老师的电话，问我到家没有，我说刚才去了锥臼峪和水库，这就上高速。他年纪大了，心里搁不下事儿。

2011年2月8日，我接到董瑞亮老师电话，他说，今年9月的教师节，他要召集最后一次同学聚会，请我前往帮助拍照。在后来的半年时间里，他多次给我打电话，主旨没变，仍是叮嘱我教师节那一天，一定要到他那里去帮助拍照。后来此事因故取消，不久他就住进了医院。

2013年1月4日，我要给董老师寄一本挂历，打电话跟他核实通信地址，电话没人接。下午我又给他儿子锦华打电话。锦华告诉我，他爸爸已经走了。我愣了一下，后来才反应过来所谓"走了"的真正含义。

"啥时候走的？"沉寂了片刻我继续问道。"去年4月。""得的啥病？""心衰。""葬在了什么地方？""流村公墓。"

我打算到墓地去看望董老师，带一瓶他爱喝的"蒙古王"祭酒在墓前，再念一首我写的经他修改过的诗。

回忆舅舅

　　书桌上摆放着舅舅的回忆录《往事实说》，扉页上有舅舅的赠语和签名，"送给建鸣外甥留念，2017 年 12 月 12 日，于石家庄"。

　　我很伤感，因为这是他老人家留给我的最后纪念。我去石家庄最后一次看望他的四个月之后，也就是 2018 年 4 月 16 日，舅舅因病去世，享年九十岁。

　　舅舅题字时，我就站在他身边，我注视着他艰难地做着书写的每一个动作，内心为之震撼。他患肺癌已到晚期，病痛的折磨已使他难以握笔，为了把字写好，他事先在一张纸上打下草稿，然后在书上正式题字，每写一个字都要花费几分钟的时间，他的手一直在颤抖，一横写出来像一条波折线。写完之后，舅舅笑着将书郑重地递给我，像是完成了一项历史使命。

　　我把带去的诗集赠送给舅舅，他翻阅着里面的诗作和插图，称赞我的书有文学色彩。我说，"您的书要比我的书分量重"，"不信，您可以用秤称一称"。这后半句应该是一个玩笑，我是在有意识地调节气氛，力图转移和减轻舅舅的病痛。舅舅缓慢地站起来，笑吟吟地叫我表姐找来一把杆秤，为两本书称重。结果很快出来了——舅舅的回忆录重一斤八两，我的诗集重一斤整。

　　说起这杆秤，我并不陌生，在舅舅家里用途颇多。比如包饺子用的面、菜、肉事先都要用秤称好，而且都有比例。不论家里来了多少人，通过他的计算总能将饺子面和饺子馅儿的量配置精准，不论是饺子皮儿还是饺子馅儿都刚好合适，一点儿剩不下。不像我家包饺子，不是剩下馅儿，就是剩下面，结果往往要再和一些面，或者再剁一些馅儿，才能将就着收场。

大概是八年前 10 月的一个周末，我陪父母来到石家庄看望舅舅和妗子。已是八十多岁的舅舅精神矍铄，红光满面，指挥一家人包饺子。他一边包，一边一五一十地将包饺子的诀窍告诉我，煮饺子也有讲究，漂起来后捞进笊篱能弹起来即可，不能煮老了，煮的时间长了，就弹不起来了。他在单位里管过一段时间的食堂，这些包饺子的秘诀是一位老炊事员告诉他的。舅舅叮嘱我，做工作跟做饭的道理一样，心眼里要有底数。

舅舅和妗子都是抗日战争时期参加工作的老革命，前些年抗战胜利纪念日，他俩双双获得了金光闪闪的纪念章。不论物质条件如何改变，勤俭朴素的本色始终如一。记得 1972 年，舅舅从石家庄到北京在我家住过一段时间，他用柳条编了许多菜篮子，这手艺是他年轻时在老家跟我姥爷学的，后来在"五七干校"又跟其他师傅学了几手。那几天里，一旦吃过晚饭，他就让我和弟弟陪他上山选择编筐的材料。山脚下有不少柳树，正值夏天，树木葱茏，我们采集了一大捆柳条。一回到家，舅舅坐在小板凳上开始编织，借助剪刀等工具，一堆柳条儿顷刻间变成了一只只造型别致的菜篮。

在舅舅的回忆录中，记载他在"五七干校"时学会了使用缝纫机，学会了裁剪衣服。为我题字时他穿的一身洗得发白的蓝布中山装，就是舅舅自己裁剪缝制的。

舅舅的回忆录有 560 多页，写得很平实，但也不乏精彩之处。有性格丰满的人物，有难忘的事件，有直抒胸臆的感慨，有发自肺腑的忠言，警示后人走好人生的每一步。

如今舅舅走了，永远离开了我们；他仿佛又从未离去，他眷恋人生和亲人，《往事实说》就是他与后人沟通的一座桥梁和感情纽带。

琴声依旧，伴君远行——忆盛中国先生

惊悉小提琴家盛中国先生去世的消息，我不胜悲痛。他的一生与小提琴同在，他美妙动听的琴声征服了无数人。

我和盛先生相识于 2013 年 9 月 24 日那天晚上。央视总编室与《开讲啦》栏目在江西抚州二中举办一场节目录制和观众互动活动，盛先生是开讲嘉宾之一，晚餐时我们相识，他和妻子濑田裕子温文尔雅，谈吐随和。次日在节目录制活动现场，盛先生讲述了自己与小提琴的不解之缘，鼓励学生们努力学习，他还现场演奏了一首《新疆之春》，他的妻子为其钢琴伴奏。

活动结束后盛先生告诉我，10 月 5 日在中山公园音乐堂将举办一场"盛中国濑田裕子小提琴钢琴名曲音乐会"，他给我留两张票。

第三天上午，我们一行数人参观抚州名人雕塑园。过了文曲桥，导游小姐指着一尊立像道："这是盛老师的雕像，咱们过去看看与您本人像不像？"果然很像，盛中国夫妇在手拉小提琴的盛中国雕像下合影，欢快得像一对孩子。盛先生的祖籍在抚州，成为当地人的骄傲。

回到北京之后的一天，盛先生的经纪人羽朋来电话，让我到盛先生家里取票。当我敲开朝阳区罗马花园盛先生的家门，看到盛先生正坐在沙发上调琴，我们聊了起来。我问他每次演出要带儿把琴，他说带一把就行，但是要带上几只弓。茶几上有两把小提琴，地上靠音响的位置还有一把，只是尺寸小许多，他解释那是一盏台灯。说着就蹲下打开，果然亮了。

他和夫人将两张 5 日的音乐会门票递给我，还送给我一张音碟，是他录制的世界著名电影的插曲。他在碟上为我签名留念。从盛先生家出来,隔着铁门,里面又传出他调琴的声音。

2013年10月5日晚上,中山公园音乐厅座无虚席,盛先生和妻子联袂演奏了十五首乐曲,其中有小提琴钢琴奏鸣曲《春天》、钢琴奏鸣曲《月光》,有中国名曲三首:《牧歌》《思乡曲》《金色炉台》,有世界名曲三首:《沉思》《美丽的罗斯玛琳》《爱的欢乐》,有小提琴协奏曲《梁祝》,还有《女妖的舞蹈》。

盛先生的琴声时而哀婉忧伤,时而快乐激昂;他妻子的钢琴伴奏与他的小提琴产生和鸣,听众们沉醉在美妙的琴音中。

那一年盛先生七十一岁,那天晚上他在舞台上足足站立了两个小时,可是我看不出他疲惫的样子,他宝刀不老,精力充沛,给听众带来一场难忘的音乐盛典。

从此之后,那张音碟一直放置于我车内的CD播放器中,每次开车都要播放。那时而哀婉忧伤、时而快乐激昂的琴声给我带来美的享受和无尽的遐思。

今天,当我打开车门,再度启动CD,车内又充溢了盛先生的琴声。听着听着,我不禁潸然泪下。琴声依旧,盛先生却离我们远去——他的琴声和音容笑貌将永远铭刻在人们的心里。

杨雪英同志二三事

惊悉杨雪英同志因病去世,我在悲痛惋惜中回忆起有关她的二三事，其中有些是将近三十年之前的，有些则是近些年才发生的，历历在目，恍如昨日。

杨雪英生前供职于天津电视台，长期从事观众联系和收视率数据分析工作。1991 年"全国电视观众调查网"建立，她兼职管理天津调查站的工作，由于工作上的原因，我们之间接触较多，除了每年一两次业务研讨会见面，更多的是平时调查数据的传送、业务交流。在我印象中，她性格开朗、待人热情、乐于助人，研讨会上总能切合实际地提出加强和完善调查网的意见和建议。她比我长一岁，中等个儿，身体微胖，一口带有津味的普通话在所有与会代表中独树一帜。

京津两地距离较近，我每次去天津出差，她只要得知消息，总会热情地款待我，有时她脱不开身，也会安排朋友照应。

2005 年的一天，她突然打电话给我，说她决定提前退休了。我很惊讶，才四十九岁，为啥要提前退休呢？她说女儿大学毕业了，正好电视台出台了新政策——允许职工子女顶替接班，杨雪英思考再三就作出了提前退休的决定。她说，这样也好，自己有更多的时间照顾家庭，还可以下海找些事情做，贴补家用，也可以培养自己的兴趣，做一些自己喜欢做的事。

十年过去了，我在微信公众号上发表一些诗歌和散文，一次发表了诗歌《夏日拜访董老师》，很快收到了杨雪英的评论："建鸣，看你的诗文能感受到你现在的心情。好惬意，对吗？"我回复道："工作并非人生的全部，做一些自己感兴趣的事情，是一种很好的调剂。"像这样轻松愉快的交流话题还有很多。说来也很有趣，从前我们交流的主要是业务工作，讨论如何完善调查网的工作、如何从干巴巴的数据中提炼出有价值的东西；而今天我们讨论的是艺术，是个人的业余兴趣爱好。我每发表一篇作品，她一般情况下都会跟进发表感言，鼓励我积少成多出一本诗集。我问她平时有什么爱好,"文化模特儿。"她爽快地回答。我很惊讶。原来,她退休之后参加了一个中老年模特队,已有七八年了。在我印象中,她的身体状况和爱好似乎与这一行当风马牛不相及,很好奇她为什么有这样的选择并且坚持了七八年。2016年9月中旬的一天,她转发给我一篇她自己写的文章,题为《我爱旗袍 我爱秀》。看了这篇千字文,以上的疑问才有了解答。

这篇文章参加了《全球华人旗袍映像长卷》的征文活动,她说她爱上模特这一行缘于一件旗袍。

"我爱旗袍,是因为它带给我一段刻骨铭心的记忆。我自幼失去母亲,十岁之前可以说母亲的音容笑貌在我脑海中没有半点记忆。随着我慢慢长大,在一次收拾衣物的时候,我发现了一件浅粉色的长衫,非常漂亮(我在十多岁的时候,对衣服颜色的识别只有蓝、白、黑、绿、灰)。我好奇地问奶奶,这是谁的衣服,奶奶告诉我这是旗袍,是我妈妈留下的。这是我第一次接触旗袍,也让我对妈妈有了第一次的认识。从旗袍的长短和肥瘦,我似乎看到一个个子不高、身体瘦弱的母亲形象。捧着旗袍,我傻傻地呆住了。奶奶提醒我,快收拾吧,这样的衣服以后穿不出去啦。我恋恋不舍地叠好旗袍,放在柜子里。……时过境迁,没想到五十多岁的时候,我穿上了旗袍,并且走上了舞台,旗袍内在的美让我享受到母爱,让我萌生了做优雅女人的心态。"

"我爱艺术模特,她给了我一个人生的新高度。"她在征文中继续写道,"我做梦都不曾想过的事情发生了。在我退休后,朋友拉我去练习模特,我实在是不好意思参加这样的活动。一是我粗壮的身形,再有就是我曾从事的工作是传播研究,动笔动脑多,和模特的表现形式相去甚远,甚至我连音乐的轻重节拍都不会听。耐不住朋友的诚邀，我和她做伴参加了市民学校的培训班。让我至今难忘的是，我刚参加了一个社团就赶上了一场大型演出，而且是在海口'申奥'的舞台上。

"面对台下黑压压的观众，作为刚入门的新生，我一下子扮演了三个角色——红卫兵、送丈夫上前线的军嫂、藏族姑娘。演出结束后我的心脏都要跳出来了，我太激动了。我也能上台演出了！晚上躺在宾馆的床上，我仍然睡不着觉，脑海中回放着我演出的角色和自己在舞台上的表现。突然队友穿旗袍的婀娜身姿闯入我的影像中，我羡慕极了。她们走得太美了！就是这场演出让我有了学习专业模特表演的冲动，回津后我投奔到天津市老年人大学，在专业老师辅导下开始系统地学习中老年模特的基本知识和形体训练。

"在演出和参赛之后，我愈发喜欢旗袍，女儿结婚我一下就做了两件。八年的学习和舞台锻炼，让我受益匪浅，我的身形和精神面貌都发生了很大的变化，以至于亲戚和同事都用惊讶的眼神看我，并给我点赞。艺术的魅力和感染力让我的身心双收获，我深深地爱上了艺术模特表演。"

"优雅到老，是我新的追求。"她在征文中最后写道，"八年的模特学习和训练，我的体重下降了，身体挺拔了，有了较好的表演基础，这些都是外在的变化。常言道，相由心生，要穿出旗袍的品位，关键在于穿旗袍的人文化修养的深浅。我要做优雅、善良、上进的女人，更要不断学习。画中人静怡雅学馆的开办正好满足我学习的需求，我愿意学习新的知识，提升自己的文化修养和艺术品位，做一个优雅到老的中华女性。"

看了杨雪英的这篇美文，我感慨万千，写了一首诗《旗袍传》赠送于她：

雪英中秋晒美文，旗袍模特秀津门，

一招一式皆神韵，十年未见难相认。

幼年丧母堪可怜，柜中遗物结奇缘，

浅粉旗袍压箱底，深藏不露躲动乱。

少女着装色单一，及至成年仍未改，

转眼之间过五旬，退休年龄忽到来。

友人荐入时装队，青春活力又重现，

各种款式全试遍，唯有旗袍最偏爱。

若问缘故泪先滴，慈母远逝爱难弃，

旗袍在身如母随，此生此情两相知。

　　两年之后，即 2018 年的夏天，"全国网"的部分代表相约赴承德旅游，杨雪英也在其中。刚一见面，我几乎认不出她来，如果她不主动上前跟我打招呼，我很难分辨出站在我面前的这位女同志就是当年的杨雪英，因为不论从服饰、形体，还是气质，与十多年前的她判若两人。同行的五六位女同胞围住她啧啧赞叹，纷纷讨教健身塑形的经验及体会，叽叽喳喳说个不停。旅行中，大家相互拍照，每拍一景，雪英总能笑盈盈地摆出一个优美的 POSE，自然大方，恰到好处，毫无扭捏造作之感。众人慨叹，雪英这十年的功夫没有白练。大家还得知，她已经当上姥姥了，女儿生了一男一女两个小孩，杨雪英经常要帮助带孩子。她一边说着，脸上漾起幸福的笑容。

　　一转眼两年又过去了，雪英却猝然离我们远去，凡是与她相识的人都为此感到悲痛。她对工作的热爱，对家人的热爱，对同事和朋友们的热忱与真诚，她对大家的好，她对美的执著追求，永远激励着我们！愿她的灵魂在这蓝天白云中永存。在那里，她甜蜜地笑着，依偎在母亲身边，母亲慈爱地搂着女儿，仍然身穿那件漂亮的旗袍。

怀念胡秀英老师

前些日子我听妹妹讲，胡老师去世了，我感到十分震惊，因为2017年春节的时候我还到胡老师家里送过一本诗集。那是2017年1月19日傍晚，我携带刚出版的诗集《镂空的岁月》到胡老师家送书。她家住在太平路33号院，原是十一学校的游泳池，后来改建成教职工宿舍。她一人在家，书房里摆放着一架钢琴，墙上挂着几幅油画，都是她已去世十五年的当画家的丈夫所作。

2012年十一学校校庆，我曾经见过胡老师一面。第二年，她因病做了三次手术，身体十分虚弱，毕竟已是八十三岁的老人了。

她坐在沙发上认真地翻看我送来的书，不仅品诗也看插图，更对诗后面的注释感兴趣，因为诗集可以按照时间顺序排列，她能够梳理出四十多年来我的主要经历。

我在诗集"编后记"中鸣谢了中学阶段的各位语文老师，其中当然也有胡老师。我写道："没有您们的启迪和教导，就谈不上我对文学的兴趣和痴迷；没有您们的关爱和激励，我就缺乏持之以恒的创作动力。"我注意到胡老师在这个地方停留片刻，脸上现出欣慰的神情。是啊，她知道我的心思，是在向她汇报的。她下意识地摸出一支笔，似乎想在什么地方写点什么，如同当年学生的作文交给了她，她一定要写出批改意见一样。

四年前，我与胡老师这最后一面持续了十几分钟，没想到这竟是与胡老师的永诀！

悲痛之余，我回忆起胡老师的点点滴滴。胡秀英老师是我初中的语文老师，我初中毕业之后她接手我妹妹所在班的语文老师兼班主任，于是她成为我们兄妹二人语文写作的启蒙老师。初中时我是语文课代表，胡老师在我的作文本上圈圈点点，眉批上写下不少赞叹和鼓励的话语。我脑海里浮现出胡老师站在讲台上，捧着学生的范文高声朗读的情景，没有她的鼓励和培养，我走不到今天。我初中毕业至今四十八年了，不是做新闻工作就是搞调查研究，业余时间还进行文学创作，基本上是一条从文之路，这与胡秀英老师的早期教导有着千丝万缕的关系。

我后来得知，胡老师是在 2020 年春节期间去世的，享年八十六岁，因为疫情，丧事简办，半年之后家人才对外告知。不幸的消息又辗转一年有余，才传到我这里。凡是闻此噩耗的同学无不为之悲痛！同学之间相互转告此消息时，回忆起胡老师的诸多往事，令人感叹不已。

李欲超和韩长青是十一学校 7154 班的学生，胡老师是他们的班主任，他俩在回忆时跟我说了几件事，足以说明胡老师的为人。

李欲超回忆说，作为班主任，胡老师不仅抓学生学习，对学生生活上的细节也关怀备至。有一次踢足球，他不慎把一只"懒汉鞋"的松紧口踢裂了，胡老师得知后就带他来到她家，找出针线缝补好了。

韩长青回忆说，胡老师除了培养学生对语文课的兴趣，对其他的业余爱好也积极支持。韩长青喜欢画画，胡老师得知后就把在美院工作的丈夫介绍给他，成为韩长青绘画的启蒙老师。

俗话说，严师出高徒，胡老师也有严厉的一面。韩长青说起一件令他终生难忘的事。有一次因为惦记着下课抢案子打乒乓球，他在一次语文考试时心不在焉，又没有仔细检查，就第一个交了卷，结果得了八十九分，而他平时的语文成绩都是满分。成绩讲评完下了课，胡老师把韩长青叫到教室外面的平台上，当着同学们的面，狠狠地把他训了一顿。胡老师说："韩长青，你是态度问题，骄傲自满，你这样下去不行，很危险。""这件事对我触动很大，一辈子也忘不掉，对我后来的成长影响深远。"韩长青在电话另一头跟我说起此事时心情很激动。

曲进是我的同班同学，他回忆说："那时候咱们年龄很小，对有些概念不是很清楚，胡老师非常耐心，循循善诱。如果你发现了问题，老师就耐心给你解答，然后又鼓励你，把咱们当成她自己的孩子一样。除了教授语文基础，她还经常运用作文评比的方式引发咱们对语文的兴趣。她还经常教导咱们，对自己要有自信，也要看到自己还有哪些问题。胡老师给我的这些印象相当地长久。"林立、宓利群等同学也纷纷提供线索和事例，表达了同样的心声。

胡老师与我们相处的时间虽然只有三年，却格外重要，因为我们当时只有十三四岁，正值青春期，能遇到胡老师这样的老师是我们的福分。

近日我整理从前的录像带，发现一段胡老师的影像，那是2012年10月2日，十一学校校庆，学校西门口签到处，当年的班干部赵海生陪着一位白发老太太走过来，正是教语文的胡秀英老师（参见《阿霞归队》），当时她七十九岁，跟当年给我们教课时的模样一样，戴眼镜，梳短发，身体清瘦。她依然记得我，依然记得我妹妹。

无尽的思念

十天前我给刘雨老师的女儿发微信，将《恩师》和《橡皮树》两篇散文发给她，请她让刘老师过目，结果一星期不见回音。前些天我又写了一篇跟刘老师有关的文章，发给她再请刘老师过目。第二天，也就是 2021 年 11 月 4 日中午，她终于给我回了信："上午好！不好意思，我一直在想如何告诉你这个消息，所以最近都没有回你的信息。我父亲去年年初时已经离世了。……看了你写的回忆散文，一件件小事记录得很简洁，很有感情，让我从另一个角度回忆起父亲生前的点点滴滴。往事终不可追，感恩你以这样的方式回忆老师，还分享给我。"我霎时蒙了。当时我出了一趟远门才回到西翠路，刚把车停好。一个人坐在驾驶座上捧着手机望着窗外阴沉的天空，悲痛难以自制，泪水唰唰地流。回到家里，我的心情稍稍平复下来。

不论是文学创作还是为人处世，刘雨是对我影响最大的一位老师。他 1938 年出生于吉林省集安市，1963 年毕业于北京大学中文系考古专业，后来在中山大学读研究生，师从容庚、商承祚两位先生从事金文研究。研究生毕业时正逢"文革"爆发，无法从事考古专业，被分配到河南拖拉机厂做了八年钳工，又在河北保定市政府做过几年的文秘工作，1975 年来到北京 188 中学担任语文教师，直到 1979 年才转到中国社会科学院考古研究所从事感兴趣的学术研究。临退休前几年又转到故宫博物院工作。绵延三十多年，我与刘老师一直保持着密切的联系，特别是在 1977 年和 1978 年我面临两次高考的关键时期，刘老师伸出热情援助之手，给我邮寄复习材料，给我写信指点，有时还在我放假拜访之际耳提面命，当面给我教诲，令我终生难忘。

四十多年以来我与刘老师相遇时的一系列情形宛如昨日，一幕幕浮现于眼前。

1975 年 2 月寒假刚刚结束，我来到 188 中学语文老师黄玉泉的办公室，把《赴延庆县白河堡社会调查报告》(参见《顾老师》) 交给黄老师，请他提出修改意见。黄老师神情忧郁地看了几眼对我说，从今以后他就要调离这所学校了。我感到很突然，我对黄老师是很有感情的。他属于"老三届"，高中毕业后到云南建设兵团，后来病退回到北京到这所中学来教语文，我是语文课代表。

黄老师转过身去，把一位中年老师介绍给我，"来，我给介绍一下，这是你们新来的语文老师兼班主任，刘雨老师"。接着他又向刘雨介绍说："这是班里的语文课代表刘建鸣。"刘老师跨前一步，热情地与我握手，"以后咱们就要在一起战斗了"。黄玉泉接着在刘老师面前夸了一阵子，说我学习很勤奋，作文也写得好，希望刘老师多多栽培云云。我不好意思起来，我打量了一下面前这位新来的温和敦厚的语文老师。

当年 6 月，学校组织学生来到解放军某部汽车团驻良乡的一座农场参加插秧劳动。在水闸等处留有照片，其中有刘雨老师，是用 135 相机拍摄的，篇幅小，里面的人也很小，却十分珍贵。除了劳动，还进行队列训练，我们年级有四个排，一百多号人，每天早晨出操，围着操场跑圈。一位小个子解放军班长任我们排的排长，干活、训练总和我们在一起，和我们成为要好的朋友。四个排成立了宣传组，在一栋平房的西山墙开辟墙报，我在上面发表过两首诗:《月下哨兵》和《出操》(参见诗集《镂空的岁月》)。

板报上五颜六色的粉笔字和图案簇拥着这些诗文，假如是刘老师的板书就好了，我常常这样想。刘老师的板书遒劲有力、潇洒自如，以至于每当语文课结束，值班的同学站在黑板前总会迟疑不决——不忍心用板擦擦去上面的字迹。

那一年赶上"评水浒"运动，在刘老师推荐下我成为学校"评《水浒》写作组"成员。我从前没通读过这本书，这一次有机会通读一遍。后来我写了一篇评论通过学校的广播系统在全校范围内宣讲，反映还不错，我成为全校公认的一支"笔杆子"。

眼看就要高中毕业了，刘老师忙着给自己的学生写评语。给张建华的评语是"动手能力强，心灵手巧"，给王晓辉的评语是"健康活泼，心直口快"，给我的评语是"写的作文如同行云流水，在写作上有较高水平"。第二天，刘老师在全班公布了自己对班上每一个同学所写的评语，念到精彩处，引来大家一阵阵笑声。

我在农村插队期间与刘老师经常通信，记得下乡后不久，我曾把自己的思想变化写信告诉了他。老师在回信中鼓励我，要发挥自己的特长，写写东西。并嘱咐说："不要看到点儿，想到点儿，就动笔；看得深些，想得远些，准备得充分些。"

他在信中还写道："一年多的相处，生活是生动的，分别时有许多我该做的没做，有许多该谈的没谈。至今，在我的心中形成压力，感到内疚。""近时期来，学校形势急转直下，新接的班，新的环境，大不如以前，就更加使我想念你们了。"

当时正是"四人帮"破坏教育事业最猖獗的时候，身为教师，面对那么多捣蛋的学生却无能为力，你说老师能不感到焦虑吗？他曾经给我举过一个例子，要过年了，因为没有冰箱，许多人家将买来的鱼和肉等年货挂在自家阳台或窗户上，几个捣蛋的学生就用顶部带铁钩的竹竿把这些年货一一摘走；再从一所托儿所餐厅偷来油盐酱醋，躲在一个废弃的白菜窖里烧火做着吃。被人发现，告到了学校。后来学校把二十几个调皮捣蛋的男生集中起来成立了一个特殊班。需要一位班主任，别的老师都躲开了，刘老师说："我来试试吧。"这些高一的学生文化课基础差，为了调动学习积极性，刘老师就给他们讲故事，引起兴趣后，再将故事里面的字词写在黑板上，标上汉语拼音，教他们读和写，有些学生连汉语拼音也不会，刘老师就先给他们补习汉语拼音再识汉字，效果还不错。

为了安慰老师，我经常写信给他介绍一些农村的见闻，或许能让老师开心一下，让老师解除烦恼。

有一次母校举办经验交流会，邀请几位到北七家插队的毕业生回校谈接受贫下中农再教育的体会，我亦在其中。会后我去看望刘雨老师。其实在经验交流会上我说话是有保留的，我在村里经受的种种苦闷和磨难只能自己默默承受。但是有一个人我可以向其倾诉，这就是刘老师。我推开老师办公室的门，刘老师坐在那里看书，看见我来了，他站起身让我坐在一把椅子上。久别重逢，我真有千言万语要向老师倾诉，可是又不知从何处说起。我真想把几个月来受到的委屈和苦恼全都告诉老师。可是我没有，我竭力镇定下来，把自己下乡九个月来的收获做了简单的汇报："收获很大"，但是，"现实生活远远难于想象的东西"。

老师细心地听着，慈祥的目光注视着我。这目光渗透着同情、关怀和爱护。他鼓励我不要灰心，要顽强地生活下去，坚持学习，将来一定会有好处的。临走时，他把我一直送到了很远的地方。这次谈话使我坚定了生活的信心，理想的风帆再次扬起，这风帆的动力就是学习。

我在农村插队期间每个月有四天假，我经常去看望刘老师。（参见《恩师》）1978年1月22日晚上去刘老师家那回我印象尤为深刻。因为两个月前我参加了恢复高考制度之后的首次高考。刘老师夫妇二人首先问我的问题就是考中了没有，我真不知如何回答。我没有让老师的愿望马上实现。是我无能吗？老师会怎么想呢？一种难言的痛苦。

提到那篇作文，老师说似乎有些文不对题。言外之意就是批评我作文失败了！我喜欢听到这种批评，这种批评比赞扬和夸奖要有用，我宁愿要这刺耳的批评，也不要那顺耳的夸奖。老师说，要认真总结总结这次的经验教训，制订出半年计划，争取复习成熟，迎接6月的考试。

谈到文学创作，他再次叮嘱我，还是写小说好，当然前一段锻炼写诗也不是没有一点好处，在语言精练这方面得到了一些磨炼和摸索。要多看书，先模仿某一个前人的风格去写，在此基础上加以发展。不要一开始就自己闷写，追求什么"独特风格"。他借给我三本书：杨朔的《东风第一枝》，还有《东周故事选》和《外国文学选编》。老师说，看完之后还可以再换，比如曹雪芹的《红楼梦》，比如赵树理的《三里湾》。

我从上大学的时候就开始养成了记录卡片的习惯，摘录读书心得和经典语句以及英语单词，说到底，这种学习和研究方法我是朝刘雨老师学的。那是1980年我上大二，一天下课之后我来到位于中国美术馆南侧的中国社会科学院考古研究所看望刘老师。只见他和一位老先生正伏案疾书，从古代文献中找出要点摘抄在一张张卡片上，然后把这些卡片扔进一个铁丝编织的大篓子里面。我默默地立在研究室门口，观察他俩摘抄卡片以及扔进篓子里的连续动作，生怕打搅了他们的工作。几分钟过后，刘老师无意中抬头发现了我，他站起来引我到小过道里说话。我问起卡片的作用及用法，刘老师耐心地答复我：摘抄卡片是学术研究的第一步，然后再对这些卡片进行排列组合，分类分层研究，提炼观点，寻找证据，形成论述，最终完成研究论文。他提醒我不妨在毕业论文写作时也尝试一下。我茅塞顿开，毕业论文前期资料的搜集准备就是按照这一方法做的，收到了立竿见影的效果。二十多年过去了，我已经积攒了上千张卡片，中国古诗、古文字、西方文论、英语单词等类别的卡片，是我念大学时积攒的；大众传播、信息社会、心理分析、采访技巧等类别的卡片则是我调到电视台之后积攒的。我经常翻阅和整理这些卡片，每整理一次就能获取灵感，就能写出一篇学术论文。有诗云：

浩如烟海资料多，边做卡片边斟酌；

文思泉涌止不住，厚积薄发结硕果。

1987 年 12 月 2 日晚上我去刘雨老师家，他的家搬到了月坛北街的一幢房子，这里是刘老师母亲的家，刘老师一家三口搬过来与母亲同住以便照顾老人。冰箱坏了七年，不久前变卖了，一包火腿肉放在阳台上，那里是天然的冰箱。刘老师亲手做炸酱面款待我，面条又白又细，鸡蛋炸黄酱咸淡适宜，他切的胡萝卜丝非常细，用醋、蒜拌了很可口。我们边吃边聊。

"下午你一给我来电话，我就知道你要说什么。"刘老师说，"快说说你个人的想法吧。"

于是我把有关机构精简的风声告诉他，打算借此机会从市委机关出来挪动挪动。

"晚啦！"只听刘老师长叹一声，"明年 3 月人代会第七届会议将召开，中央各部委要撤销很多个，到那时根本就安排不下。有的部门正着手成立若干个公司，好安排下来的人去学做买卖。""哦，你是想去新闻单位和出版社，晚啦！今年某某大学毕业生都退回去几十个。

最近我去外省几个地方，听说那里都在动。"

　　听说我通过关系与某出版社初步挂上了钩，他赶紧催促我："依你的性格，干新闻这一行你不行，那得需要交际，需要有复杂的人际关系，你应付不了。还是当编辑不错，一边当编辑，一边积累素材搞创作，蛮不错的。那里比较松散，不像机关里那样死板，把时间抠得那样死。"

　　我说："这是一次机会，从某种程度上说是一件好事。俗话说人挪活树挪死嘛。"

　　刘老师很赞同我的意见："只有这样，产生危机感，人人都去想自己的生路，整个社会才会有生气。"

　　师母袁老师和女儿刘霏回来了，袁老师在白塔寺中学正教着一个毕业班，工作很紧张。刘霏已经在四中上了初中，个子已有一米六六。"我们三个人站在一起差不多一样高了。"刘雨老师风趣地说。

　　1994 年，刘老师一家三口应邀到电视台参观，我陪他们在咖啡厅吃饭。此时的刘霏刚刚高中毕业，考上了北师大生物系，即将到莫斯科大学留学。她朴素无华，戴着一副近视眼镜，在我面前略显腼腆和拘束。毕竟不是从前的小姑娘，现在已经是十八岁的大姑娘了。"我们三个人站在一起，一样高，都是一米七一。"刘老师站在一旁笑呵呵地说。

　　1996 年，还差一年就要退休的刘雨两口子干了三件大事，第一件大事是购置了一套计算机，开始学习计算机。学习计算机有两个目的：一是写文章，二是利用电子邮箱与远在莫斯科留学的女儿以及海外的同行、朋友联系，这样既快捷又省钱。第二件大事是老两口前些日子去了一趟俄罗斯——在莫斯科大学学生物的独生女儿利用课余时间做旅游生意攒了一笔钱，请父母到俄罗斯旅游。这对上世纪 50 年代的中学生、大学生对俄罗斯（苏联）向往已久，崇拜托尔斯泰等文学家，专门到他们的故居参观。第三件大事是他们从俄罗斯一回到北京就决定"加大消费力度"，重新装修房间，改善居住环境，改变过穷日子的旧观念。

转眼到了1997年3月底的一天晚上，快10点了，刘老师打来电话，说他刚从深圳回来，他弟弟在那里开了一家拍卖行，刘老师利用假期去指导如何鉴别青铜器等文物，当弟弟的顾问。老师谢我送给他的《孙子兵法》录像带，虽然还没来得及看，但是对片中的内容很感兴趣。我介绍其中有考古发现，配乐也不错，特别是讲到垓下之战、虞姬之墓，音乐演变为京戏行板叠进交响乐，发古人之幽思，将这一女性悲剧主题体现出来。老师问我是哪儿做的，我说是电视台的一位音乐编辑。我想写一篇评论文章。

我还说对拍卖感兴趣，想跟他学习如何鉴别文物。他说可以带我到"鬼市"，偶尔能碰到有价值的东西。

他问我什么时候搬到红莲（1996年单位给我在红莲南里分了一套房子，恰巧刘老师当时也在红莲小区居住），我说上下左右的邻居都在装修，没法住，再说没有煤气和班车，等有了再过去住。刘老师欢迎我们全家人到他家去玩，袁老师还可以辅导我女儿功课云云。

2001年10月27日，上午10点半，我与刘老师通电话，他们住在西湖新村，我说，昨天就想给您打电话，因为是老师的生日，结果工作忙，今天才打来。刘老师忙说谢谢。我问最近是否出过远门，老师说，下周去郑州开会，再就是下月5日去昆明开会，顺便转转。我问他去什么地方，并主动推荐说，去大理、丽江，再往前走，有中甸，也不错，传说中的"香格里拉"就在那里，不远处有卢梭湖。老师说知道那个湖。我说，从丽江回来，可以去腾冲，那里有保留完整的火山遗迹，有热海温泉，把鸡蛋放里面，一会儿就熟了。老师听了哈哈笑起来。我接着说，附近有一座锥形山，事实上就是一座死火山，最近一次喷发是 17 世纪初。爬上山去，俯瞰山下，可见当年火山岩浆流动而后又凝固下来的壮观景象，像是大海的波浪，但却是凝固的。

老师问昆明附近有没有可看的，我首推世博园，还有西山，山上有庙，山下便是闻名遐迩的滇池。从滇池坐船回城的方向有大观园，园中有全国最长的对联。稍远的地方有石林可以去看看。刘老师问："石林不是在广西桂林吗？"我说："云南也有石林，传说中的刘三姐，不，是阿诗玛的故乡就在那里。"我一口气向老师介绍了一大串云南的名胜，如数家珍。刘老师问我去过那里吗，我说 1999 年去过。

刘老师打算会后跟一个旅行团选几个地方转一转。我建议他事先联系，免得到时被动。

我最后问："袁老师也去吗？"刘老师说去。我说这很难得，应早做准备才是。假如去丽江，必登玉龙雪山，山高四千余米，十分寒冷，须带羽绒服云云。

放下电话之前，我又问："昨天的生日是如何过的？"刘老师说，没怎么过，也不逢五逢十。我祝福他们注意身体，多多保重。

2001 年 12 月初的一天上午，我给刘老师打电话，他基本退休在家了（后来又被故宫博物院返聘），继续写考古方面的文章。我说起自己除了工作，仍在写东西。我不怕说写小说，我早就说要写，可总是写不出来，在老师面前不好意思。我说我翻阅了过去的日记，有许多记载的是老师您的谆谆教诲和帮助，令我难忘。老师鼓励我抓紧时间写。他记起我经历过许多事件，有切身感受。他说他去南宁开会时在朋友家见到一本王小波写的书，作者嬉笑怒骂，自我解剖，连老师这位搞考古专业多年很少看小说的人也爱不释手。他建议我有时间也看一看，看看人家是如何感知当今社会的。

我坦白道，我写作最大的毛病是难以超脱自我。老师说，小说创作一定不要过于写实，否则就成报告文学了。他再次激励我去写，他要当第一读者。

随后，我同袁老师说了几句话，她刚才正在弹钢琴，钢琴买了没几年，直到退了休才有钱去买，才有时间去学。

2004 年正月初六我去看望老师，他用了将近一小时的时间阐发对现代考古学的认识，认为《圣经》中记载的大洪水在中国历史上也能找到线索和根据，因为大禹治水的年代与之极为接近。他还提及"三文碑"，埃及有，中国也有。当老师听说我女儿报考文科并对历史感兴趣时，便建议她也学考古。这一段话老师讲得十分精彩，可惜我只顾聆听，竟忘了用随身携带的摄像机拍下这段珍贵对话，等我意识到这一点已经晚了。好在我让夫人随后拍下了我和老师对我上高中、插队时的一些回忆。

我说起高二临毕业时（1975 年 11 月下旬）学校组织到海淀区永丰公社参加挖河劳动，我一边劳动一边写通讯稿，其中一篇是小故事，故事写完了，只是找不到合适的题目。我找到刘老师，请他帮助起个名字。老师坐在田埂上，看完稿件略加思考，提笔写下三个遒劲的字：小老虎。

听了我的讲述，刘老师颇受感动，事情过去快三十年了，某些细节他记不太清了，经我提醒颇为激动，笑着擦拭着眼泪，从前发生在我们师生之间的往事一幕幕涌现在他的脑海里。

"那篇故事的原稿我至今仍保留着，下回来时带给您看一看。"我说。

　　刘老师又提起我上高中时写过的一篇作文，题目《拒马河边》，里面的故事情节也依然记得。几乎每次我与老师相见，他总回忆起这篇作文。

　　合影之后三个人从老师家里出来，开车到附近一家餐馆吃饭。此次看望老师，最令我惊奇的是他学会了开车，2002年5月1日拿到了驾照。那年他六十四岁，居然比我开得熟练。

　　"那我们就更有共同语言了。"我笑道。因为我刚刚开车。

　　刘老师凭经验告诉我："你起码要烧掉十桶油，才能基本上熟悉你的车，熟悉行车规则。"

　　我说："我还差得远哩。我才烧了两桶油。"

　　餐桌设在一条无法移动的木船上，女服务员上上下下很不方便。这样设计我们不敢苟同。"人们来这里主要是为了吃饭，而不是坐船。这样设计过分追求氛围和形式，而忽略了吃饭这一要务。"老师说道。"这不是喧宾夺主吗？"我附和道。

　　刘老师患有糖尿病，我们点的菜都不甜。他的胃口不错，临走时还将剩下的一碗东坡肉打包回家，晚餐的菜就解决了。袁老师前几天跟女儿一家人到南方旅游，家里只剩下刘老师自己。

　　出了餐厅门，我们各自驾车上了京通高速路。他去国际邮局去邮寄同学聚会的照片和录像带。去年是他们大学毕业四十周年纪念，许多同学聚在一起，袁老师大包大揽将邮寄照片和录像带的事情都揽下来，结果这些工作又全都推给了刘老师。

　　2010年春节期间，我和刘老师通电话聊刚播出的春晚，他询问收视率调查的方法，我大概解释一下。我说我对数学不太在行，后来做起这项工作，渐渐就熟悉了。听说我对电脑也比较熟悉，老师便问起一些有关电脑的问题。他对电脑已是行家里手，书桌上有四台电脑，用途不一。他告诉我他目前正在编纂一位考古学前辈的书稿。

那几年我又去过刘老师家三两次，一次临别之前，刘老师送给我一本他的考古研究专著《殷周金文集成》（刘老师先后著有八部考古学研究方面的专著，是我国著名的古文字学家、青铜器研究专家。参见百度"刘雨"词条）。

再后来刘老师就搬到女儿家里去了，因为他患有睡眠呼吸暂停综合征，睡觉必须佩戴呼吸机（有一次我去看他，其中一台呼吸机坏了，我抱着机器跑到一家维修点修理），有女儿照料，以防出现紧急情况；另外他患有糖尿病，对饭食有特殊要求，女儿家里的保姆既看孩子又做饭，可以按医生要求给他烹制合适的饭菜。

2015 年 9 月的一天，我给刘老师打电话，我说要出一本诗集，打算请刘老师作序。老师说你先把书稿发到我邮箱，我先看看。后来此事搁浅，主要原因是老师年纪大了，没有足够的精力和体力，另外他正在撰写一部重要的考古学著作。诗集出版之后，他急切地让我给他寄去一本。我问袁老师的情况，刘老师告诉我，袁老师仍独自在朝阳北路的家居住，其中一个原因是那只唤作"娇娇"的猫需要照顾（参见《橡皮树》）。

我给袁老师打过电话去问候，问起从前见过的两只猫。袁老师说，现在仅剩下"娇娇"一只了，另一只猫"咪咪"因身体不好，买来不久便被退回给宠物店了。"娇娇"已经活了十三年，按猫的年龄，已到了九十多岁。"开始的时候，我叫它孙子，后来叫它兄弟，如今我叫它叔叔了。"袁老师很乐观，一边跟我计算猫的年龄与她的年龄之间的变动关系，一边在电话里开心地笑。现在她每天弹钢琴，看冯友兰的《中国哲学简史》，自己做饭，她喜欢清静的环境。当然，去女儿家与家人团聚也是常事儿。

　　再后来，逢年过春节我通过微信给刘老师拜年，他有时回复，有时不回复。我通过他女儿了解老师的身体状况。直到最近，我的散文集部分文稿需要刘老师过目，却迟迟不见回音，我预感到肯定是刘老师有不方便之处，不禁忐忑不安。也没别的办法，只好静候他女儿的回音。没想到等来的竟是噩耗。

　　我询问袁老师的情况，她女儿说："我妈妈身体不错，没有什么基础疾病，现在老年公寓生活也比较稳定。"

　　我打算找机会去探望师母，听听她在钢琴旁弹奏的是哪一支乐曲，我也许会在这乐曲中暂时忘却悲伤与失落。

第八辑

大道匿其中

藏石

　　我搬家收拾东西，陆陆续续发现许多大大小小的石头。不知情的人也许会当成普通石头扔掉，而我却视若珍宝，因为它们是我心系四方、感怀寄托的信物。

　　也不知从何时起，我对色彩斑斓的石头产生了兴趣，也许跟那些年频繁出差有关。每到一地，工作之余免不了四处看看，各处的大好风光留在照片上、日记中，这还远远不够，总要带回一些实物，看得见摸得着，于是我的目光聚焦在一块块色彩斑斓、晶莹剔透的石头上。大块的不易携带，只挑小块的，塞进行李箱的边边角角。

　　一块鸡卵大小的黑色石头来自云南腾冲，与同样体积的其他石头相比，它的重量要轻得多，或许是它浑身上下都带有气孔的缘故。那是 1999 年夏季的一天，我和几位同伴在向导带领下前往腾冲火山景区游览。途中，我们发现老百姓的房屋、院墙，连同铺路的材料都含有这种黑色的石头。向导解释说，这是火山爆发后岩浆和火山灰的混合物，热气蒸发后冷却，就变成了这个样子。

　　这种奇特的地质现象对我产生了强烈的吸引力，要知道我对地质科学从小就充满好奇。记得 1973 年的一天，我正在十一学校上初三，礼堂放映一部《火山》的纪录片，是法国人在其海外领地的一座岛屿上拍摄的。探险者身着防护服走近火山口的边缘，冒着生命危险用一把长勺采集熔岩标本，场面惊心动魄。如今我也要登上一座火山了，确切地说，是一座火山遗址，据说这座火山最近一次喷发是在 1609年，我心情激动，也有些忐忑，担心它会随时喷发。

　　登上火山之巅，我们看到了火山口，它形如一口巨大的铁锅，凹陷的火山口内郁郁葱葱，长满了树木和花草。很难想象，当年从这个火山口喷出来多少岩浆、火山灰和热量。

向导带领我们来到山顶外沿，呈现于眼前的情形更令人惊心动魄。只见锥形的火山由上而下有岩浆流淌过的痕迹，所到之处，好像大海翻滚的波浪。很显然，这是火山岩浆喷发、奔流、逐渐冷却后形成的形态。这种波浪般的物质一直延续到山脚，直到当年岩浆流淌的终点。而我收藏的这块带气孔的黑色石头便是腾冲火山的一块标本。只要见到它，我就会想到腾冲的火山，如大海波浪般奔涌且凝固下来的形状，当年火山岩浆喷发、奔涌、流淌、凝固的那一刻，就会定格在我的脑海中。

现在摆放在我面前的是另外几块小石头——光滑圆润、色彩斑斓，它们来自新疆克拉玛依戈壁滩和魔鬼城。那是1999年11月中旬，我去新疆克拉玛依石油公司采访。我兴致很高，攀登到了市广播电视塔的中段，那里距离地面五十多米。我极目远望，俯瞰这块蕴藏石油的土地，我用相机拍摄辽阔广袤的景色。磕头机（采油机）成排成排地矗立在城外，机头有节律地运作，汲取地下岩层中黑色的液态黄金。

在向导带领下，我们驱车两三个小时，行程约200公里，来到被当地人称作"魔鬼城"的地方。身处似墙似壁似颓败城垣的中心，我捡到两块小石头，表面光滑、色彩斑斓，我与同伴探讨天地演进的秘密。突然狂风大作，飞沙走石，遮天蔽日，同伴即使就在我身边，身影也模模糊糊。

在狂风中，我听见向导大声告诉我们，很久以前这里是一片大海，地壳上升后耸立起一座高山，经过数亿年的风吹日晒，雨雪侵蚀，这座山就变成眼前这副模样了。

风的力道，风化的历程，只有地质学家使用精密仪器方能测定，我们只是匆匆过客，只是这座"城池"演进过程中某一时刻的见证者。再经过若干年——几百年、几千年或许更长的时间，这座"城池"也许会消失，荡然无存，变成戈壁滩或者别的模样。

大自然以它特有的方式改造这个世界，我们人类也试图改造大自然，但更重要的是要保护，因为属于我们的地球只有一个。

二十几年前我从海南三亚带回来的几块小石头静静地横卧在一只包装盒内，周身被旧报纸裹得严严实实。它们再没有机会接受海浪的涤荡与爱抚，它们被海水消蚀的进程戛然而止，或许由此能够延长它们的寿命。对于它们来说，三亚一别，不知是好事还是坏事。

三亚海滨的傍晚万分迷人，我穿着泳裤在海水中游泳，最令我惬意的是仰泳。海水的盐分高，浮力大，我四肢不用动，也可以舒舒服服地让身体悠然漂浮在海面上，睁开眼睛可以看见蔚蓝如洗的天空；闭上眼睛，让温暖的阳光和柔情的海风轻轻抚慰。海中的我像一个婴儿，只要友人哼上几句歌谣我就会睡着。我仰望天空飘浮的云彩，想想个人的心事。夕阳透过云层的边缘洒下万道金光，也洒在我的脸上，但并不刺眼，仿佛经过了特殊的过滤，让我乐意接受。

我决定从大海带走点儿什么，当然是石子，因为它们体积小、分量轻，易携带。岸边沙滩上应该能够捡到，但是我首选从海底捞。

我憋足一口气，一个猛子潜入水底。能见度不太好，又因为海水的盐分作怪，因此我闭住双眼，改用盲摸的方式。经过连续三次潜水，我摸到了三块形状各异、手感舒适的石子。我攥在手心里，仍用仰泳的姿势游回岸边。

我站立在沙滩上，身上的水滴滴答答流到脚面以及邻近的沙滩上。我惬意地把玩掌中的斩获物。它们身形精巧，周身光滑，色彩各异，虽然没有玛瑙、翠玉那样的富贵荣华之气，但也是大海的馈赠，我心满意足。

我回到住处吃过晚饭，天已黑下来。同伴们有的去散步，有的期待着能去卡拉 OK 厅，还有几位挤在一间小铺里，让一位算命先生在那儿抽签占卜，几位同伴站在旁边看热闹。我看了一会儿离开了算命先生，走出了那间弥漫着神秘色彩的小屋。周围是浓浓的夜，也不知什么时候，月亮撩开了蒙在脸上的云彩，好奇地窥视尘世间的芸芸众生。我下意识地摸一摸裤兜里那三颗石子，在手掌中使劲儿攥几下，发出一阵"咯吱咯吱"的响声，打破了周围的沉寂。

另外几块石子横卧在另外一只包装盒内，它们来自西藏拉萨的羊湖岸边，浑身透露出灵气。我仅有的一次西藏之旅是在二十五年前。羊湖岸边，我问湖中是否有鱼，向导说有，不过当地人不吃鱼。这是一种风俗习惯。

我俯身捡起几块小石头，收入囊中。我时常放在手掌上把玩，反复端详，那些小石块仿佛具有魔法，把我的思绪引向在西藏出差的日日夜夜。

回到北京之后，我迫不及待地跑到图片社冲洗胶卷，几天后取出一看，我再次被惊呆了。只见我站在山坡上，背景便是浩瀚蔚蓝的羊湖，还有巍峨的高山，我的笑容在高原的阳光下格外灿烂。

我还珍藏有许多石头，它们分别来自九寨沟、峨眉山、五台山、长白山等风景名胜。对于我来说，都具有不同的纪念意义。由于篇幅有限，就不一一展开了。

在这篇以《藏石》为名的散文结束之前，我还是情不自禁地要写写老家的石头，尽管那里不是风景名胜，也并非历史古迹，但是我父母生于斯长于斯，我本人在幼年和童年早期也在此生活过数年，我对家乡的一山一水一草一木最为熟悉，感情笃深。

村南河套里的鹅卵石，个头大的如冬瓜，小的如鸡卵，似花生，在年复一年的洪水冲刷下，它们之间也相互摩擦，原本见棱见角，后来都变成了鹅卵石。当地百姓因地制宜，用这些石头垒墙盖房、铺设街道。

除此之外，老家的石头给我印象深的，还有《饮水》中写到的井台上支撑辘轳的那几块青石板，水井开凿的年代可以追溯到明代嘉靖年间，距今已有四百四十多年。

南坡顶上有用石头搭建的牛羊围栏和牧羊人居住的石屋。我还发现了一块颇似盆景的石头。而掩埋于村西路上的一块刻有文字的石碑则具有历史考古价值。

识花

我虽然在北七家村插过队，把自己改造为能辨五谷（当然了，也能识别一些野花野草）的知识青年，但是世间植物繁多，我能识别的毕竟有限，我经常为见到一些奇花异草却不认识而感到遗憾、惭愧和尴尬。

单位北门过马路就是玉渊潭公园，退休之前那是我经常光顾之处，当然也与工会提供的公园月票有关。公园里的植物种类很多，槐榆杨松樱自不必说，还有许多我叫不上名的树种，花草灌木也是一样，有些叫得上名来，有些就见面不相识。用相机或手机拍摄时，总想标注一下，却无从写起，也是一种无奈。

单位小花园种植了许多花草树木，树身上挂着标牌，告诉我树木的名称、特性及产地，比如龙爪槐、雪松等等，有些成片的花卉中间也会插上一块标牌，标明身份，让过往的人们学到许多知识。不过仍有许多植物未设标牌，不知为何物。我曾想拜园丁为师，可是我不是爱与人唠嗑的那类人，找不到接近的机会，因此一直未能如愿。

外出旅游，因为看见叫不上名的花草树木而感到尴尬的例子就更多了。两个月前，我和一群老朋友到承德和坝上旅行。正值初夏，沿途百花争艳，美不胜收。在百花坡，导游小陈教我们认识了狼毒花、野菊花，不过还有许多花草我们仍不认识，导游也来不及介绍。同行的陈同学四下打探，问我有没有识别花草的手机软件，如果有了那玩意儿，随时识别就方便多了。我摇摇头。

这一问题传到导游耳中，她莞尔一笑，告诉我她手机里就有一款。说完就打开手机向我展示并示范。这玩意儿真灵，只要把需要鉴别的植物用手机拍一下，屏幕上立即给出相应的图片、名称和简要介绍，正是我期盼的效果。我急于掌握使用方法，导游便手把手教，没过多久我便学会了。我如获至宝，分享给陈同学，陈同学见了，拍手称好，又推荐给其他人。一时间，大家如鱼得水，边走边拍，相互交流，收获颇丰。大家得意之时，忘不了对导游道一声感谢。

这位女导游三十岁出头，衣着素朴，大眼睛炯炯有神。参观避暑山庄时，某个展室的墙上悬挂着慈禧太后的相片，导游站在相片一旁讲解。我为她抓拍了一张与慈禧相片的合影。我与同伴窃窃私语："像，还真挺像！"原来导游曾自我介绍她是满族，是慈禧太后家族的后裔，刚刚我拍的这幅对比照片，似乎能够验证。

话回正传，自从有了这款识花神器，在某个时期我客串了一回花痴。每每见到漂亮的花花草草、树木灌木，我都会不由自主地用识花软件识别一下，然后显出一种恍然大悟、茅塞顿开的表情。

父母家的阳台如同一个小花园，那天我用识花软件将一盆盆花卉拍下来，知道了各自的花名，与父母分享，其乐也融融。

依靠这一识花神器，我又来到单位小花园，把所有植物——不论是花草还是树木——拍了个遍。每拍一个，手机屏幕上便会显示出该种植物的图片、名称和简介，有些与标牌上的说明有所出入，但大多数都高度一致。不管怎么说，自从手里有了这么一款识花神器，解决了我对这些植物的基本认知需求。

养鱼

2018 年春天我刚到石景山中转房的时候，横柜上面的一口玻璃鱼缸引起了我的注意。它长、宽、高分别为三十、十五、二十厘米，里面有半缸水，一条瘦骨嶙峋长约两厘米的小鱼慢吞吞地在里面游弋，估计上一轮租客搬走之后的三个月间，它一直没吃东西。鱼缸里还有几只两分钱硬币大小的暗黄色的螺蛳以及几只体形更小的，它们在鱼缸内侧的四壁爬来爬去。螺蛳的生命力很强，我担心的是这条半死不活的瘦鱼。我想喂它，可是手头又没有现成的鱼食，即使找到了鱼食，我也不敢贸然投喂，怕它撑死。

又过了几天，我正式搬了进来，发现那条鱼不见了，连尸首也难觅踪迹，估计是被那些蠕动缓慢且行为诡秘的螺蛳吃掉了。

我觉得应该往鱼缸里补充新鱼，这样，租屋里就有了几分生气和活力。我对养鱼，还不完全是外行，因为小时候养过。有从河里或者沙坑里捞上来的小杂鱼，也有发小赠送的热带鱼。鱼食都是鲜活的鱼虫，我和小伙伴们拎着罐头瓶子，拿着自制的小渔网四处捞鱼虫。好在鱼虫生长的地方很多，繁衍得也快，即使在臭水沟里也能找到。

这天我去看望父母，父母家里有鱼，我决定从那里讨几条。二老养了许多观赏鱼，其中五六条金鱼足有十厘米长、五厘米宽。一缸热带鱼，另有一缸是热带鱼小鱼崽，之所以将其分开，是害怕小的被大的吃掉。

母亲特别喜欢它们，把鱼缸摆放在室内窗台上。我提出要几条小鱼，母亲开始有些不舍，父亲站在一旁说，咱们家这么多鱼哩，给儿子几条没问题。母亲这才用小渔网抄起几条热带鱼，还有一些水和鱼草，装进一只塑料袋里，递给我。嘱咐我回到租屋后赶紧放进鱼缸，还把换水、喂食的要领一一传授于我。

回到租屋，我首先把晒了三天的一盆水倒进鱼缸，然后把塑料袋打开，放进鱼缸，让里面的鱼儿自然而然地从塑料袋里游出来，逐渐适应鱼缸中的水温。

一共有八条两厘米左右的鱼，公母各半，这是母亲特意挑选的，为的是让它们各有伴侣，生儿育女。另外，还有几条小鱼崽，这样，租屋里这口鱼缸又会热闹起来了。

我严格按照母亲的要求喂食、换水，相安无事。一周之后，却突然发现少了几条。只见它们静静地躺在水底的沙子上面。我搞不清楚死亡的原因。接下来的两周内，鱼缸里的鱼接二连三地死去，我手足无措，只能眼睁睁地看着它们的生命画上休止符。

鱼缸空闲了一段日子，我决定去花鸟虫鱼市场转转，补充鱼苗。

在一个摊位我相中了八条红色长尾鱼，仍旧公母各半。老板将鱼捞出来装进塑料袋交给我，我兴冲冲地将鱼和鱼食带回家，我把鱼放进鱼缸。一个月内，它们的状况不错，但是不久便出现死鱼，小生命接二连三地逝去，我既伤感又迷惑不解。

就这样，一个月之后，鱼缸里仅仅剩下一条母鱼。只见它孤独地在水里游弋，动作略显笨拙。这种情形持续了几天，突然有一天奇迹发生了，鱼缸里多了三条小鱼崽——是那条幸存的母鱼产下的，我喜出望外。隔了几个小时，又多出来三条。这样，母鱼共产下六条鱼崽。它们母子幸福地共同生活了一个星期。

这天早晨我发现母鱼死了——它安静地躺在水底一个隐秘之处，不仔细看不容易发现。母鱼是伟大的，它在艰难时刻产下六个子女，用有限的时间教会子女生活的本领，这才撒手而去。虽然是鱼，却令我悟出许多与人生相通的道理。

六条鱼崽无忧无虑地玩耍，吃食，渐渐长大，可分辨出是四公二母。虽是近亲，应该也能繁衍后代的。

为了改良它们的族群，我从母亲那里又讨来二十来条，其中一半是成年鱼，且公母各半。它们与原有的六条鱼形成新的组合，它们的后代会产生新的基因，它们的生命力会更加顽强。

饮水

早晨，我拉着小拉车，上面驮着水桶，到小区水站打水。富氢水五毛钱一升，活净水三毛钱一升，我本能地选择了前者，因为它的营养价值高，尽管贵两毛钱，也物有所值。跟所有退休的人一样，我也开始重视养生，养生从饮水开始。

记得小时候，不论做饭喝水都是用自来水，没有这么多讲究。因为与幼年在老家以及高中毕业后到农村插队相比，条件好多了，没有理由不满足。

我喝的第一口水应该是母亲的奶水，寻找和吸吮母乳是每个嗷嗷待哺的婴儿的本能。母亲躺在张家口二五一医院产科的病床上，尽情享受着母子之乐。

我一岁多时被母亲送到老家我爷爷奶奶家，她自己坐火车返回了酒泉基地的一所野战医院，追随父亲。从此我就开始饮用刘各庄村的井水。

那口井离爷爷家的大门口不足百米，井是明朝嘉靖年间开凿的，架设辘轳的一块青石板上清清楚楚地记载着那个年代，分明是文物。上世纪 60 年代初闹饥荒，我每天只能喝上两碗玉米糁粥（当地人称为白粥），而且越来越稀，几乎能照见自己的影子。

我六岁半进的北京城，住上楼房，当我第一次用小手拧开自来水龙头时，十分好奇。母亲见我拧来拧去，大声提醒我不要浪费水，虽然那时候还没安装水表。

十三年后我高中毕业到昌平北七家村插队，又开始吃井水。那口井距离宿舍仅有二十米，井台上不设辘轳，石头井盖上凿了一对眼镜状的窟窿，直径各二十多厘米，铁皮水桶刚好能顺进去，为的是防止打水人不小心掉进井里。

距离知青食堂最近的水井有百米远，老孟、郑刚良、范学文、李洪庆、杨放鸣等人先后承担过挑水的工作，他们把两桶水倒进水缸，再从缸中舀出来淘米、和面、洗菜、烧水、刷锅，养活着一百多口人。

1976 年 5 月的一天，生产队长给秀华送来两箱消毒粉，要求她每天天亮之前把消毒粉撒到全村所有的吃水井里。队长叮嘱道："全村共有五口公用水井，分布在村子的东西南北中。"说着，队长在院子里的地上用树枝画了一张草图，五口水井的位置一目了然。"你不能漏掉一口水井，确保全村人的吃水卫生安全，责任重大，人命关天。"于是，秀华每天天还没亮就拿着手电筒背着消毒粉出发了，从一口井又到另一口井，等她撒完最后一口水井时，天才开始发亮。就这样，坚持了三个月，为村里人安全用水保驾护航。

三年之后，知青们纷纷调回城，又开始享用自来水。再后来，市场上有了桶装水，有了饮水机，有了过滤器，还有价格更高饮用更方便的瓶装矿泉水、纯净水。总之，围绕水，生意人做足了文章。而饮用者呢？换来换去，总要选择品质高的，以保障自己和家人的健康。但是也有专家在微信里说，还是喝自来水好。看到的人耸耸肩，莫衷一是地苦笑。

该到做午饭的时辰了，我舍不得用富氢水淘米，还是用自来水。一是舍不得用，二是受了那位称赞自来水的专家的蛊惑，三是想到刘各庄村和北七家村井水的甘甜。

"大半辈子都过来了，就不要太讲究了。"我嘴里嘟囔道。

老山野趣

2018 年 5 月 14 日的天气预报说当天最高温度三十四摄氏度，我怕热，不想出门，但内心一个声音却向我呼唤，走出家门，投入大自然的怀抱吧！

上午 9 点多的老山城市休闲公园，一群"大妈"刚刚跳完舞，三五成群喊喊喳喳说个不停，我绕过她们择一条僻静山路前行。这是一条专为摩托车和山地自行车准备的越野赛道，道路坎坷不平，不规则形状的小石块凸显于黄红色的土路中，这条路并非人工开辟，完全是狂野的摩托车和山地自行车疯狂冲撞、反复碾压所致。记得五十年前我跟随父亲来老山观摩摩托车越野赛，观众站在赛道两侧，任凭摩托车飞驰而过扬起的尘土在面前和头顶飘舞，那是我第一次观看此类比赛。如今赛道仍在，我沿着赛道独自攀登，动作虽有些迟缓，但向上的志向仍是那样坚定。

途中不乏鸟雀在树枝和草丛中翻飞跳跃，有喜鹊、麻雀，还有一些叫不上名的飞禽，漫山遍野的植被仿佛专为它们而设。它们是主人，我等仅是过客，无权惊扰它们的平静与惬意。

山桃挂满枝条，绿莹莹的，假如我是流浪汉或顽皮少年，采摘充饥是自然之事，然至今日，早餐的牛奶和火烧在腹中尚在消化，毫无饥饿之感，任凭天赐果实在微风中轻摇，任凭它们其中的一部分不经意地脱离母体，坠落于树下的草丛和山径。

合欢树的樱束尚未染红，稚嫩的丝芽与邻近的松塔莞尔对视。松柏郁郁葱葱，一年四季似乎总是一副表情。几棵高耸入云的榆树，应该是原始物种，俯瞰身下的野桑树。桑叶丰盈饱满，该是采摘喂蚕的好时节。记得少年时家中养了上百只蚕，曾在父亲带领下爬上此山采摘桑叶。（参见《采桑与养蚕》）如今那张蚕茧不知放在何处，蚕宝宝们的后代更无从寻觅，空留这满树肥美的桑叶挂满枝头，别有一番感慨。

山坡上不时出现一块块平整的台地，那是练武之人开辟的。我站在其中的一块台地上即兴做了一套广播体操，舒筋活血。记得我少年时曾经从师习武，只是忍受不了压腿拉筋的疼痛才半途而废。

漫山遍野的野菊花迎着从树叶的缝隙渗透进来的阳光恣意地开放，惹得路过的几只名犬嗅而再嗅。他们的主人免不了催促几声，才不情愿地跟去。遛狗不再是时尚，而成为一部分人的生活必需，因为这些犬类的奔跑习性，它们的主人也养成了健身的嗜好。

老山北侧脚下，原是采石场留下的一大片沙坑，夏天时积存下雨水，形成一个个大小不一的水坑，里面的水通常是透明的，里面有鱼，也有野泳者。冬季成为天然的溜冰场，我和发小们乘坐自制的冰车执杖滑行，直到累得腰酸背痛，才肯拎起冰车归家。如今，这里已改造成一个规模庞大的蓄水池，每逢雨季，周边多余的雨水便顺流其中，调节着西郊雨季的水量，免除水患之灾。

顺着老山西侧一条下山的甬道，远远望见游乐园巨大的摩天轮，仿佛一座巨大的时钟表盘，提示我该是打道回府的时辰了。

步出公园的一刹那，我听见一阵女声的自动语音提示："您已进入山林，请注意森林防火。"进山时听见这样说，出山时又反复叮咛，但愿不是多余的唠叨。

次日我再次来到老山，昨天傍晚的一场暴雨给老山带来些许变化，空气中弥漫着一种潮湿、清香的气味；四十度斜面的山路中间出现一道边际滑润的裂痕，显然是雨水冲刷的造化；林间的鸟鸣此起彼伏，似乎比晴天时还要委婉动听，布谷鸟在歌唱，空灵而有节制，引来更远的一只同类错时应和；雨后的山石、树木、灌木、花草洗了一个澡，都显得面目清秀，精神抖擞。从前曾流行"革命向前进，生产长一寸"，时至今日，我更乐于置换为这么一句："一场豪雨过，翠绿意更浓。"

途中，遇见三位老者站在甬道边聊天，其中两位手拄铁锨，裤腿上沾着泥土，面目稍黑，显然是公园雇的民工；另一位则身穿黑色 T 恤，手中捻一串深黄色的菩提佛珠。我与他们擦肩而过，听见黑色 T 恤问其中一位多大年纪，对方回答六十七了。黑色 T 恤说："按农村说法，虚两岁，但起码也有六十五了。"随后话锋一转："都是黄土埋到半截的人了，还在这儿干什么啊？不如回家歇着。"那位民工憨厚笑道："农村家里的耕地都流转了，在家也是待着，不如出来找个活儿干。"

我继续在雨后的山路上攀爬。雨水抚平了昨日的浮尘，土路两侧出现一串串隆起的松土，或许是蚯蚓或者别的昆虫趁势开凿的隐居的暗道。

我相信密林深处的树下或草丛中肯定有蘑菇，雨后是蘑菇生长的好时机。记得小时候经常上山采蘑，多是这样的天气。夏季采的通常是白蘑，它们隐藏于橡树下潮湿的枯叶中，如果运气好，剥开一层枯叶，会惊喜地发现一大片，采摘回家，足够一家五口人美餐一顿了。

几只黑蚂蚁在红黄色的山路上穿行奔走，它们的巢穴或许已被雨水吞噬，必须在下一场暴雨降临之前构筑起新的巢穴。再往上走，大大小小的蚂蚁成群结队地从蚁穴中将沙粒和土块运出洞外，其中一个洞口不远处还有一个洞，类似于人类开凿隧道时开凿的一条辅洞，以备不时之需。再往前走，蚂蚁窝比比皆是，大多营造完毕，或在路面或在草丛的边缘，细腻的泥沙颗粒隆起，精妙地堆砌成一座座堡垒。假如你有足够的兴趣、时间和耐心，驻足观察，或许能揭开蚂蚁王国的奥秘。

山上散落的石块多为层页岩，呈红褐色，土壤亦黄中带红，估计远古时代这里曾是火山活跃区域。山下多为鹅卵石，千姿百态，经过雨水冲刷，奇形怪状的山石露出天然的纹路。你可以想象这些纹路所隐含的动物、人像等图案，如果运气好，你还可能拾到一块价值连城的珍贵奇石。

一只鸟儿扑扇着翅膀从头顶飞过，来不及识别是一种什么鸟，因为我正望着眼前的景色陷入沉思——山核桃仍旧无人采摘，任其自然坠落，迟早会消弭于无形。干燥坚硬的果壳不知何时会豁然炸裂，生出根芽，再塑一棵山桃树。

山上的灌木、花草、蕨类繁多，有些可以分辨，多数识别不出；林中的鸟儿叫声不一，此起彼伏；地面和草丛中的昆虫也名目繁多……假如我有足够的兴趣和毅力，在查阅学习后，晚年时很有可能成为业余的植物学家、鸟类学家和昆虫学家。假如我擅长绘画，会在此默然写生，将此美景揽入方寸之间，渐成永恒。

在花香鸟语的陪伴下，我踏上归途。山脚下一棵巨大桑树结满桑葚，其中一部分坠落于石径，猩红色的果浆将石板染红。这是前几天一位大汉手持长杆敲打所致，为解一时嘴馋，留卜狼藉一片。

一位年轻妈妈推着童车在一旁驻足，另一位年长女性采摘来一堆野菜，她们是一家人。我问是何种野菜，答曰苜蓿。如何食用？年轻妈妈答道："在老家，苜蓿和土豆一块儿炒着吃。"不知她们的老家远在何方？

空气中弥漫着潮湿的气息，天上的阴云预示着一场暴雨又将袭来，它正在酝酿。

花园见闻

下午，看了不少稿件，为消除疲惫，我走出办公室到小花园散步。

小花园生机勃勃，石径两侧银杏树、桃树、海棠树、白皮松、金叶槐，还有许多叫不上名字的花草灌木。桃子个头不大，傲立枝头，嘴馋的人有摘下来啃上一口的冲动。树下一片落果，有的已经腐烂，有的仍青涩坚硬。海棠果的个头跟西山的山楂果差不多，周围的叶片密密匝匝，试图遮挡游人的视线。

池塘呈不规则状，堤岸由上千块恐龙蛋大小的鹅卵石衬砌而成，呈三十度斜坡延至池底。正值盛夏时节，雨水正旺，一米多深，半亩见方。池塘中的鱼儿比往年要多，大大小小，红的白的，密密麻麻，我曾担心会不会因为密度过大，为争取生存空间，鱼儿之间发生互斗相残。其实也是多虑，俗语道，人有人道，鱼有鱼道，鱼儿有自己的生存法则，相安无事。

池塘以水为本，雨季靠天补水，旱季靠人工补水。补水的胶皮管插入水中，一股清流汩汩而出，引来池中十来条十厘米长的红鲤，迎着水头逆流而动。看上去几乎纹丝不动，只因水流的力量与鱼儿逆游的力量旗鼓相当而产生了假象。

前些日子观看纪录频道《生死洄游》，讲述东北某条河流中的华子鱼每到繁殖季节都要逆流而上、拼死洄游的壮观场景。现在，胶皮管水流前的这些红鲤，想必也有逆流而行的冲动，但远没有华子鱼的坚韧和耐性。眼前的这些鱼儿最想得到的是清流夹带的凉意。池塘中央有两片睡莲，骄阳似火的日子，这些红鲤躲在莲叶下乘凉，如同经过的路人，急于躲进装有空调的房间。

顺着弯曲的池塘边沿向前走，脚下感受得到鹅卵石圆润而又坚硬的质感。见到一棵高数十米的大树，迈过草坪近距离观察树身上挂着的标牌。去年年初，花匠为一些高龄树木建立了档案，树身上就多了这样一块白底黑字的身份牌。上面写道：七叶树，35 年树龄。为何叫七叶树？我想探个究竟，将信将疑地仰望，果然发现每个细小的枝条上都有 7 片树叶，真是天地造化。再看旁边一棵树的标牌，上面注明：龙爪槐，小叶 4 至 7 对。我细数一下，果然如此。算起来，我进出这座花园将近有 30 年历史了，对这些树木早已司空见惯，而以上细节我却一直忽略，直到今天才有所发现。

晚饭后经过花园，一只白猫正在池边饮水。

它饮水的姿势和动作十分优雅，用舌头在水面上不紧不慢地卷着水往嘴里送，涟漪以它的舌头为原点，一层层地放大，直至消失。据说猫科动物都用这种姿势喝水，相信它们永远不会被水呛着。

害怕惊扰它，我轻手轻脚地绕到背后。它仍原地不动，只是微微抬起头，随着我移动的方向画了一个半弧。它早已认识院子里的每一个人，每个人见到它都会投去友善的目光，尽管如此，警觉敏锐的天性仍使它这般注视，直到我走出一定的距离，它才低下头继续喝水。

我发现它比几个月前瘦了，也许是天热的缘故，它顺应自然规律欣然脱掉一层毛，一对肩胛骨突兀出来，显得更有骨感。

　　回到办公室，我取了手机再返回去，打算拍一张暮色下白猫饮水的画面。可惜方才那个位置空荡荡的，猫已不见了踪影。我环顾四周，也未见其行踪。

　　无猫的池边，你能想象出它会幽幽地随时光顾此地，用灵巧的红舌卷起层层涟漪，仿佛向同伴、向万物发出和平、友善的信号。

街头花园识花记

　　傍晚遛弯时我看见街头公园的一角出现一抹鲜艳夺目的红色，平时经过时没太注意，也许是因为盛花期尚未到达，直到今天才格外妖娆。

　　我不由自主靠近它们拍摄玩味，但又不知其姓甚名谁。尴尬片刻，突然想到手机里近日装了"拍照识花"的APP，于是打开尝试，知此植物为碧桃，紧挨碧桃右侧开粉红色花朵的植物叫海棠。

　　它们身后有高大的杨树、柳树、柏树、榆树，身材矮小而又秀气的碧桃和海棠仿佛依偎在这些大哥哥大姐姐身旁涂着红脸蛋儿的小妹。

　　在这些树木之间间或种植着一些草类和灌木，在"拍照识花"的协助下，得知它们分别叫牛筋草、玉簪、狗牙根、菖蒲、冬青卫矛、黄杨、连翘、蜡梅、金钟花、木芙蓉、萱草、叉子圆柏、铺地柏等。

　　可能是因为天色渐晚，光线渐弱，"拍照识花"的识别度较低，好在这款软件比较客观，给出植物的名称都提供了相似度的百分比供我参考，于是我也借花献佛，将大概的结果告知众人。

　　见了这些花花草草，难免回忆些旧事。比如见到狗牙根，我联想到八九岁时和发小阿振的一次"长途跋涉"，我俩临时起意沿着正在施工的地铁 1 号线去天安门。没走多久饿得走不动，于是从路边的菜地里揪几把两寸长的韭菜充饥。这块菜地属生产队，位于后来建立的央视彩电大楼的一角。

　　再比如，我现在看到马蔺、地毯草、菖蒲，就联想到十一学校原址运动场西侧的几栋二层学生宿舍楼楼下的草坪。1971 年至 1973 年我在那里上初中，当时没有住宿生，宿舍楼自然少人光顾，楼前的草坪也疏于管理，长得足有一尺长。课余我喜欢一个人在草坪上走一走，享受那几分松软和弹性。

　　后来我到北七家插队，伺候麦苗、稻苗，它们的形状就跟眼前的某些植物相似。我曾经自以为接受贫下中农再教育三年，摘掉了"四体不勤、五谷不分、六畜不认"小知识分子的帽子，其实不然。

　　幸亏有"拍照识花"这样的小助手救急帮忙，否则，眼前的许多植物我都难以识别。看来真是要"活到老，学到老"。

第九辑

影评兼书评

国图重游记

2016 年 3 月 30 日，阳光灿烂，微风习习，正是举足远行不负春光之时，故轻履简囊，步出家门，拾级而下，踏足而行。

出甘家口，过建筑大厦、新疆饭店，过地下通道，经首体，抵白石桥，举目北望，只见国图圣殿，素墙绿瓦，巍峨庄严，乃万千学子及好书者顶礼膜拜、不辞远道而络绎不绝者也。

存行囊，过安检，刷读书卡，入阅览室。但见书架林立，书籍琳琅满目，鸦雀无声，座无虚席。

此番入馆，并无硬任务，仅作中途歇脚、静心调谐之用。然既来之，只做徜徉散步之态，恐为人耻笑，故择一时兴趣，于书架中得《四书全解》，坐而浏览，岂不乐哉！然阅览室内，人头攒动，竟一座难求。

终觅得座椅空余者，喜不自禁。椅背搭衣，安然端坐，抚书翻阅，文章经典，词简意深，温故而知新也。阅至将半，偶发奇想，何不将此行此感落于"印象笔记"中，亦不虚此行也。故掏出手机，指尖飞舞，俄而完成，送圈内众友把玩放松是也。

书中讲至慎独，乃一人独处尤当慎重之意，因无旁人，监督缺失是也。此番解析直截了当，振聋发聩，疑古人神算，知当今情势也。

时至晌午，饥肠辘辘，携囊即出，四处觅食。见一招牌，有读者餐厅，按图索骥，寻入一空旷地带，只见柳枝鹅黄，草皮嫩绿，顽童戏耍，父母陪伴左右，常言天伦之乐，莫过于此。

但见一书状建筑，横亘面前，须仰视才见，乃方才入出其中之国图新馆也。余持手机拍摄，高低错落，角度各异，恐错失良机，难以补救此景致也。

再说餐厅，位于西侧配楼，中西风味，一应俱全。牛腩米饭，贰拾贰元，比对之下，自觉实惠。交钱刷卡，授之以柄，不知为何物。贩卖者笑而释曰，此乃遥控令牌，响时取食。吾思量片刻，恍然大悟，坐等之余，不忘抚弄手机，自不在话下。

《芳华》中的笑点和泪点

2017年12月19日上午，我陪妻子在耀莱影院观看电影《芳华》，这是时隔十二小时后，我看的第二遍。我发现同场观众中大多数跟我年龄差不多，属于中老年人，我想这不仅是工作日又是白天的缘故——年轻人都在上班，无法前来观看，更重要的原因是影片中的主人公与我们是同龄人，经历相同或相似，因此更能引发共鸣。

纵观整部影片，其动情点主要体现在三个人物身上共十五处。

首先是何小萍，与其相关的动情点共有七处：

第一个动情点是她趴在上铺给爸爸写信，讲述自己如何受欺负，如何想念爸爸，眼泪止不住掉下来。

第二个动情点是何小萍为刘峰送行，把刘峰打算扔掉的奖状、纪念品全部留下来，并在走出男兵宿舍时，大声宣布："刘峰，明天我要为你送行！"表达了对战友被诬陷的愤慨和同情。

第三个动情点是她得知爸爸病故后无声地哭泣。刘峰在一旁安慰。

第四个动情点是在南疆前线野战医院，何小萍为掩护伤员，扑在伤员身上进行保护。

第五个动情点是何小萍因受到战争氛围的刺激而住进医院精神创伤科，刘峰去探望时，何小萍痴呆的表情令其感到极度悲伤。

第六个动情点是文工团为伤员演出舞蹈《沂蒙颂》，坐在精神科患者中间的何小萍在音乐舞蹈的感染下手舞足蹈，继而走到礼堂外面的草坪上翩翩起舞的场景。

第七个动情点是在时隔十几年后，与刘峰在蒙自小火车站长椅上，吐露出为刘峰送行时最想说而没说，一直积压在心里十几年的一句话："你能抱抱我吗？"

与刘峰相关的动情点也有七处：

第一个动情点是在何小萍被人欺负，无人愿意陪何小萍练习舞蹈动作，刘峰毅然站出来做陪练，陪何小萍练舞。

第二个动情点是他蒙冤受屈，被下放伐木连。

第三个动情点是在战场上目睹战友深陷沼泽牺牲，以及他手臂受伤不下火线。

第四个动情点是在医院精神科看望何小萍时，侧脸流下的眼泪。

第五个动情点是他伤愈重回文工团看望时，遇见了小穗子，在女兵宿舍木地板缝隙中，无意间发现了何小萍当初撕毁的照片并拼接在一起的场景。

第六个动情点是他退伍后来到海口市打工，被联防队欺负，昔日战友为其打抱不平。

第七个动情点是在蒙自小火车站，他与何小萍依偎在一起的场景。

影片中与小穗子相关的动情点有一处：她暗恋吹号手陈灿，偷偷把一封情书塞进陈灿的乐器盒内，却又得知陈灿已另有所爱，又悄悄将那封情书取出，撕碎扔掉、无声哭泣。

以上十五处动情点，正是吸引我观看两遍的原因。我想，如果有第三次机会，我还想去看，肯定还能发现新的动情点。

前面我归纳了影片十几处动情点，或者说泪点，现在我再盘点一下影片中的笑点。

影片中有许多发自内心的开心的笑，而有些笑却演化为了泪点，这是观众所关注的。尤其是那种影中人在笑，观众心里却要流泪、要咒骂的节点。

影片中最大的一个笑点，莫过于男女兵们在泳池边的晾衣绳上发现一件衬衣内缝着两块搓澡用的海绵，让大家笑得前仰后合。问是谁的，没人敢认。于是有好事者暗地蹲守，终于发现是何小萍趁着夜色冒雨收了那件衣服，继而发生了对何小萍进行嘲讽、围攻、厮打和侮辱等情节。就这样，一个笑点演变成了对弱者的肆意欺凌。除了何小萍势单力薄的抗争和无助的哭泣，观看影片的观众心里也在流泪——他们为何小萍的遭遇感到悲伤，为制造这出闹剧的那些人感到羞愧和愤怒。

何小萍的确闹出过许多笑话，比如为了早日拍一张军装照寄给爸爸，没跟林丁丁打招呼便穿走她的衣服去照相馆照相，后被人看出破绽；比如打靶训练，将子弹打到别人的靶子上面，等等。这与何小萍本人的孤僻性格、爱耍点小聪明以及思想有些幼稚、作为新兵缺乏锻炼有关。她的战友们本应给予包容才对，而不该动辄上纲上线，最后归结到个人品质问题上去。

故事虽然发生在四十多年前，时代早已发生了天翻地覆的变化，但是影片中所反映的一些社会现象，直至今日仍时有发生，比如媒体不断披露出来的"校园欺凌"。这是值得我们深思的。

　　何小萍几度成为文工团的笑柄，大概有两个原因：一是她有小小的虚荣心，二是她有小小的爱美之心。而这两条几乎在所有的女孩子身上都存在，不足为奇，一般情况下人们是不会去笑话的。问题出在何小萍性格孤僻，一旦露出破绽，辩解乏术，只能用否认和"抵赖"去应对。结果，遭到的是更为尖酸刻薄的讥讽和嘲弄，变本加厉的羞辱和欺凌。于是，她不再做无效的抗争，选择忍耐，一次次陷入内心的孤独和痛苦。

　　造成何小萍悲剧性格的因素有很多，其中与特殊时代爸爸的遭遇相关。爸爸因"欲加之罪"被送到新疆劳改，何小萍六岁起就再没见到爸爸。妈妈为了生存不得不和丈夫离婚，带着何小萍改嫁，何小萍不得不改姓。何小萍感觉生活在一个缺少温暖和亲情的家庭。而正是这些小小的虚荣心、小小的爱美之心成为她有尊严地存活下去的本能。这些小小的虚荣心和小小的爱美之心，本可以为战友们所理解和宽容，但却阴差阳错地被周围的人们不断地误解，被放大，被欺负、嘲弄和羞辱。所以说，这不仅仅是何小萍个人的悲剧，也是那个特殊时代的悲剧。

　　其实，林丁丁才是故事中最可怜的姑娘。她居然认定自己不能被"活雷锋"抱，不能被"活雷锋"爱。这也怪当时的宣传出现了偏差，把模范描绘成不食人间烟火的圣人，扭曲了英雄模范人物的真实形象。致使让林丁丁觉得，"活雷锋"一旦对自己产生恻隐之心，光环从此消失。这种辛辣的讽刺不仅针对林丁丁，也针对有过类似言行的其他人，针对那个年代怪异的社会现象。可怕的是，这种怪异的现象现在依然存在，比如有人在路上摔倒了，竟然很少有人上前帮扶，担心对方"讹"自己。依我看来，这可能是当年"林丁丁式心理"的一个变种——学雷锋有什么好结果？不要多管闲事，多一事不如少一事。这也许是电影院里的观众看到林丁丁怪罪"活雷锋"抱她而引发的闹剧想笑而笑不出的深层原因。

梵高的爱情

2017年12月8日上午，我来到五棵松东北角的华熙广场，此行目的不是在健身道上暴走如飞，而是要参观健步道旁的那家时代美术馆。从前每次夜晚走路路过那里心里直痒痒，因为夜间闭馆，我也无可奈何，但是总会忍不住隔着玻璃门朝里面瞅瞅，期盼有奇迹发生。今天特意赶来，正逢开馆时段，人又少，在宽敞的展厅里徜徉漫步观赏应该是一种享受。

门卫告诉我，展厅共有两层，上面一层是油画展，下面一层是摄影展。我先看油画展，展品数量有限，画家也不太出名，但作品颇有特点，有浓郁的生活气息，有写实，有虚幻，还有一幅视野开阔的山水风景画，看了令人心旷神怡。

相比之下，位于地下一层的摄影展给我留下的印象更深。正在展出的主题展围绕重庆库区移民的生活景象，揭示移民对故土的眷恋与无奈。有赤身拉纤的船夫；有礁石上绵延千百年的石刻书法；有携带家什，告别故土，迁往他乡，一张张深沉凝重的脸庞，无不令人动容。库区百姓为了大家而牺牲小家，高贵的品格和豁达的人生态度令人赞叹。

其中有一组照片，拍摄的是重庆市云阳县双江镇下岩寺，第一幅拍摄于 2005 年，其他几幅分别拍摄于 2006 年 9、10 月间，正是下岩寺佛像在大坝蓄水水位从 96 米、135 米，再到 175 米，不断升高而逐步淹没的过程的几个瞬间，十分震撼。

录像厅正在循环播放一部电视片，厚重深沉的背景音乐下，配合一幅幅画面，反映长江三峡库区的人情风貌，更具有一种铭刻骨髓、激荡心胸的魅力。

从时代美术馆出来，我在冬日的阳光下欣赏一尊银光璀璨的骏马与骑手的雕塑，脑子里却仍回放着方才展厅里的照片与影像，内心久久不能平静。

华熙白天的景色与夜晚不同，在阳光照耀下，所有的景物都是坦荡而透明的，少了些灯红酒绿的魅惑。

接着，我来到毗邻的耀莱影院看电影。昨晚在网上搜到一部影片，片名很奇特：《至爱梵高·星空之谜》。我很好奇，想通过这部影片看看这位后印象派绘画代表人物的至爱和星空之谜是什么。我买了一张下午 1 点 25 分的票，付款后时间还充裕，我跟售票员套磁："听说这不是一部故事片，你简单介绍一下，这是怎样的一部影片呢？"这位穿 T 恤的姑娘解释道："它是由很多画家根据梵高作品的风格创作的，由很多画串联起来的梵高的生平故事。"一口气说下来，信息量很大，我一时难以消化；她的穿着也让我自惭形秽。"哦。"我似乎明白了，离开了柜台。其实我还是想象不出，这是怎样的一部影片。

距离开演尚有几分钟，我顺势坐在过道旁的一张按摩椅上。接触椅背的一刹那，我感觉到了那几个隐藏在皮革后面的小锤轮番顶撞我的后背，像几个淘气的孩子，用小拳头在我后背顶来顶去。

检票员开始检票了，第五放映厅里的座位上稀稀拉拉地落座了三分之一的观众。我坐下来，灯也暗下来，电影开演了。果然如那位售票姑娘所说，所有画面是由100多位当代画家模仿梵高的风格合作创作的，串编成了一部90分钟的动画片。原本只是落在画布上的静止的油画，却变为流动的动画片。2015年，为了纪念梵高125周年诞辰，英国和波兰合拍了这部动画影片，通过动画师手绘的120幅梵高作品，探索梵高的精神世界与死亡之谜。而今天恰好是在影院上映此片的第一天。

广义上讲，动画片主要是放给孩子们看的，然而我认为，此部动画片仅适合成年人观看。因为它所反映的主人公的死因扑朔迷离，过于沉重，忧郁、深沉，甚至有些晦涩，带有明显的英式风格；况且画面色彩总在跳跃，视觉上也容易产生疲劳。尽管如此，我还是被这部影片深深吸引，这位绘画天才克服了种种困难，创作了大量作品，成为人们顶礼膜拜的对象，除了画作本身，还跟他与众不同的身世和命运有关。

梵高与医生女儿之间有一条若隐若现、似有似无的爱情线。在梵高画作中那是一位端庄高雅的女性，着一袭白裙，挽着美丽的发髻，坐在钢琴旁弹奏乐曲。经考证，说那是医生女儿的画像。相比其他作品笔触粗犷的画风，这几幅女子像则显得细腻柔婉，可以想象，梵高是极为用心的。影片依此编纂出二人一同划桨出游等剧情，诱导观众以为梵高乃为情而赴死。后经几度扭转，又排除了此种可能性。

无独有偶，两小时前参观过的时代美术馆门外有一座"爱情广场"，在那尊银光璀璨的骏马与骑士雕塑的护卫下，树立着一道用铁丝网构成的爱情墙。此网不同于防盗的那种，没有伤人的倒刺，表面上涂了一层亮晶晶的油漆。上面拴着花花绿绿的纸条，写着卿卿我我的甜言蜜语，还有锁在网上的一把把连心锁。

　　此类信物多现于名山大川的绝佳之地，爱侣因险峻而生豪情，将姓名镌刻于上，锁在临渊护栏的铁链上面，将钥匙扔进脚下深谷，并在其坠落过程中，默默祈祷，苍山做证，老天保佑。相比之下，眼前这平地而起的网上的连心锁就显得平淡了，好在所表达的爱并不打折，同样情深义重。

　　《至爱梵高》基本上是一部写实的影片，尽管依据的主要是他亲手绘制的那些画作。假如换一个风格浪漫的编剧，也许会在爱情广场上寻找到灵感，改写剧本，将梵高与医生之女的暧昧发展到极致。如同《秦俑》中那个两千年后复活的秦俑，变成一位默默无闻的考古工作者，站在兵马俑发掘现场一丝不苟地修复文物；与两千年前的爱侣——一位身穿和服的女子不期而遇，相互凝视，随后定格。

借书、还书和读书

　　从图书馆借阅的四本书又要到期了，半月一周期，这已是续借后的第二个周期。续借的手续很方便，是在手机里的 APP 上操作的，现代科技所提供的便利性提高了效率，同时也助长了我的惰性。最明显的例子就是借阅来的书不及时去阅读，而是摆在家里的某个地方，仿佛家中的几个玩物摆件。现在马上要到还书的时间了，这才想起去读，脸上难免现出自嘲的表情。

　　反思之后产生愧疚，于是就有了时不我待的紧迫感，于是就取来其中一本书阅读。它开本最小，厚度最薄，书名叫《诗的八堂课》，作者江弱水。挑选这本书自有我的道理，一是题目对我有吸引力，二是书本不厚，读起来没多大压力，短时内即可完工。

确切地说，我午睡起来就看这本书，居然渐渐地入了迷，读到精妙处，忍不住使用看图识字小程序将这些段落拍摄下来，并在"印象笔记"中复制，进而变成读书笔记，有时竟然整篇幅地平移。卡片柜的功能已经改变，用卡片和笔抄来抄去的笨办法早已被我淘汰，卡片柜的二十几个小抽屉里被分门别类装入了各种杂物。

书的八讲各有千秋，七、八、九后三讲涉及情色、乡愁和死亡，我看得更仔细些。

读着读着，再次撬动了自己的心思。我下意识地在百度上的搜索框内输入自己的名字，看看我曾经发表过的诗文有哪些反响，揣摩下一步写作的走向。

排列前面的有《卫星城》里的"沟崖尼姑"，《人生漫步》里的"相聚咖啡厅""鸭子沟"，还有那部名为《镂空的岁月》的诗集，在网店打出降价促销的广告。

装修后的书房，吸顶灯开成全亮模式，如同白昼，灯光下的我由前一阶段的手机控和电视迷转瞬间还原为一介书生。

鱼缸里的鱼原本已在昏暗中卧底入眠，而霎时雪亮的灯光又让它们纷纷浮起，在鱼缸内无目的地快速游弋。我突然意识到自己过于自私，扰乱了它们正常的生活节律，于是拉上一道猩红色遮光门帘，让它们重新恢复到昏暗状态，继续方才中断的睡梦。

摆脱浮躁和开胃菜

2017 年 11 月下旬的一天，因为收到一条微信，使我摆脱了难以名状的浮躁，注意力得到了相对集中，在电脑上敲出些自然流畅的语句。那么这是一条怎样的微信，居然有如此奇效？

这是一部名著名篇的音频集锦，内容包罗万象，其中有鲁迅先生的作品。朗诵者嗓音浑厚深沉，自然幽默，把原著诠释得淋漓尽致。有些文章，如《从百草园到三味书屋》《藤野先生》《范爱农》是我年轻时曾经读过的，印象较深，今天温故知新，进一步加深了理解。记得上中学时，接触鲁迅先生的作品较多，《一件小事》《痛打落水狗》《藤野先生》等成为语文课本的必选篇目。先生的杂文如同匕首，尤为犀利，为许多政论文章所仿效。

这部音频集锦之所以吸引我，还与视力有关。众所周知，读书报，看电视，看电脑，看手机，凡是跟文字影像有关的都要用眼，致使眼睛的负担越来越重，视力越来越差，苦不堪言。好在有了这些经典名著的音频，以听代读，即使闭上双眼也能进行。在这一有声读物的感召下，激活和增强了自己对周边景物、事物、人物感知的灵敏度和掘进力，脑中涌现许多被称作灵感的扑朔迷离的东西。

这条微信是周宏兴老师发给我的。他是我的大学老师，曾经教授过诗歌评论与写作的课程，为我的诗集《镂空的岁月》题写过书名。老师擅长指书隶书书法，年近八旬，宝刀不老。近来他正在书写各地楹联，每写完一幅，都要拍照发文，让朋友们先睹为快。间或发来许多颇具价值的资料，这条名著名篇的音频集锦亦在其中。老师也许没有想到，他转发此条微信的举手之劳，给我带来了诸多益处。

　　两年之后的一天，我又在构思新诗。自从京城连续下了两场雪，激活了灵感，一连三篇写的都与雪有关，今天还写雪，就觉得有画蛇添足之感，读者也会产生审美疲劳，甚至怀疑作者陷入江郎才尽的尴尬地步。于是我干脆不再做无谓的坚持，打算换换思路。

　　下了几盘棋，战果并不理想，翻看手机，滚动新闻热点不多，足球超级联赛还没有开张，浏览了几条就停下了。接着注意力转移到微信上面，查阅昨日发表的作品是否有新的评论留言，有多少读者点赞。于是，心里有点儿小小的满足，如此而已。我意识到老是这样的一种心理状态不行，要设法塌下心来，时常陷入沉思。

　　我想起十七年前，也就是 2000 年 6 月下旬的一天所发生的事情。那几天北京的天气奇热，三十八九摄氏度，一天天浑圆起来的月亮也变成了红颜色，看看日历，当天正好是阴历十五。中午在沙发上睡了一觉，下午没有什么急事，于是我没有让自己立即清醒，也没有马上站起来，而是仍然半躺在那里游离在清醒与不清醒之间，这种似睡非睡的蒙眬状态，使我搁浅了两个多月的一篇稿子形成了一个新颖的结构，观点也水到渠成。《收视率调查与电视台决策行为》一文中加上了"如何实现两者的转化"这一关键章节，整个文章于是变得活起来。

　　那个月的 14 日，朝韩举行首脑会议。据说韩国总统金大中在临行前的那个夜晚，闭门谢客，一个人躲在一家宾馆里沉思，考虑将要和金正日会谈的要点。无独有偶，在 1994 年金日成逝世后，金正日六年很少在公开场合露面，深居简出，大概也是在花费大量的时间来沉思吧。

　　如今是知识爆炸的信息时代，有各种各样的诱惑，比如有些孩子沉湎于计算机游戏中，学习注意力不集中，边听音乐边做作业，边看电视节目边解数学题；比如有些年轻人下班后，跑进迪厅、歌厅，在剧烈的肢体动作和声嘶力竭的歌唱中陶醉；再比如有些老年人轻信蛊惑，无节制地购买保健品等等，在一定程度上都反映出人心浮躁的一面。

在这浮躁的环境中，如果有人冷静下来，不人云亦云，不随波逐流，找时间去沉思，让自己的身心沉浸于一种忘我的境界，或许就能够得到出人意料的灵感和思想启迪。沉思，在一定意义上说，是人类智慧的源泉。

现在回到 2017 年 11 月下旬的这一天，我无意中想起微信中有一个网络链接，专门播讲小说，我曾经收听过《钢铁是怎样炼成的》，临睡前听几段，效果不错，既能减轻眼睛疲乏，又能使我排除杂念，自然入睡。尽管许多内容我没听全，因为我睡着了，他仍在播讲，无意中起到了催眠作用。

于是我打开那个链接，继续收听《钢铁是怎样炼成的》的最后几段。一位音色洪亮，带有磁性，而又激情饱满的男子的声音再次在我耳边响起，他的播讲艺术颇具特点，既能够绘声绘色叙述故事，还能够惟妙惟肖地模仿小说里每个人物的口吻和声调。既能模仿男声，也能模仿女声。这部小说共分六十集，还差最后四集了，我一口气听下来。小说里讲述主人公身患重病，卧床不起，甚至双目失明，但他仍然坚持写作。当他接到他的小说即将出版的消息时，他感觉自己又回到了自己的队伍中来，自己仍是一个对社会有用的人。整部小说的故事戛然而止。这部小说我在年轻时阅读过很多遍，但是这一回，我仍被感动得热泪盈眶。我找出这部小说的纸质版，翻阅刚才听过的那几页，然后掩卷沉思。

四十多年前，高中语文老师刘雨曾在语文课堂上说过一句歇后语，叫作"老鼠拖木锨——大头在后边"，比喻我们做的一些事情并非事情的全部，而是在为完成更大的事情做准备。总之，我又要继续写小说了，写作几首诗仅仅是开工的序曲，一顿大餐的开胃菜。

私人图书馆

前些日子，我徜徉于书海之中难以自拔，确切地说，我经历了一个将一堆堆书从暂存处搬回家里的过程，在此期间，我所从事的角色是整理归纳师或者图书管理员。这一过程花费了我两个星期的时间，我感觉自己就像一枚薄而轻的石子，被一位顽童抛入湖中打水漂，溅起一串串水花，发出一阵"嗖嗖嗖"的声响，最终沉入湖底不见踪影，然后湖面上留下一串串逐渐放大至无形的涟漪。

其实，我只是潜入了一片深不可测的知识的海洋，虽不能通读每一本书，但它们在不断分类、梳理和上架的过程中在我脑海里形成了一个有标签、有条理、随时可以查阅的属于自己和家人的知识库。我可以随意打开其中的一本书，坐下来静心读一读。

我正在写一部系列随感录，每一篇所涉及的内容与"私人图书馆"藏书中的某一本书有关，同时又不完全局限于此。因为说到底我是一个实用主义者，得到一点灵感就"移情别恋"，去思考我自己应该写点什么的问题了。

今天我读的是詹姆斯·B. 梅里韦瑟编辑、李文俊翻译的《福克纳随笔》，这本书是女儿撰写大学毕业论文期间购买的，我是第一次接触，感觉是新鲜的。

福克纳是美国最有影响的现代派小说家之一，编者在前言中给出了编辑此书的理由。他认为，通过《福克纳随笔》中的六十三篇作品（非小说作品），我们能"更好地了解作为小说家的福克纳，同时他的非小说作品又是与他的长篇、短篇小说密切相关的"。

第一篇《记舍伍德·安德森》，舍伍德·安德森是马克·吐温的儿子，福克纳晚年时期经常约他在密西西比州杰克逊广场散步闲聊，他们之间的对话所涉及的话题务实而又深刻，别有意趣。

比如就如何写好一部小说的开头的话题，安德森认为："你必须有一个地方作为起点，然后你就可以开始学着写，是什么地方关系不大，只要你能记住它也不为这个地方感到羞愧就行了。""你可以牵一发而动全身，就像拿掉一块砖整面墙就会坍塌一样。"福克纳说："有水泥和灰胶的墙就不会坍塌。""是的，不过美国还没有抹上水泥与灰胶呢。人们还在建设美国。"安德森接着说。

我也在尝试着写一部小说的开头，比如昨天我的小说开头是从小区保安的秃头写起的：

中午我打饭回来，在小区南门看见警卫室内保安正在手持电动推子剃光头，明光锃亮。他的上司——保安队长也剃着光头。这样的发式容易打理，亦可借此彰显刚正不阿、威武不屈、为民服务的骨气和侠义。

剃着光头的保安面前的桌子上安装了一个电子开关，只要我喊一声"师傅"，他就顺手在那开关上一按，供人进出的小门便徐徐开启。他不嫌麻烦，我也养成了不掏自己钥匙的坏习惯。

喊保安"师傅"，就像在原单位逢人就喊对方"某某老师"一样顺嘴。按说在工厂里称呼对方为师傅是最恰当的事情，可惜我没当过工人。在农村的称呼比较复杂，万一叫错了会引来不必要的尴尬和麻烦。

比如我在北七家插队时遇见一位工头，我第一次称呼他："王队长，您好！"不料他本人不但不答应，反而嘴里发出"哧哧哧"的嘲笑，几位陪他一起抽烟的男知青也在一旁起哄，我一时不知所措。最后还是王队长给我解了围，他对我说道："你叫我二哥就行，叫我队长就生分了。"

其实，二哥脾气很好，笑口常开，从不端架子，在村里是出了名的，尤其在女社员们中口碑好，常开他的玩笑。有一次他被几位三四十岁的女社员密谋按住，他想强力挣脱，终因寡不敌众，在玉米地里被"看了瓜"。

《伊豆的歌女》的眉批

我在私人图书馆找到一套《诺贝尔文学奖金获奖作家作品选》，其中收有川端康成《伊豆的歌女》（又译《伊豆的舞女》《伊豆的舞娘》），书上居然有我的眉批，是我对小说与同名电影所做的比较分析。眉批的内容涉及梳子和结尾耐人寻味的两个细节，由此回忆起三十九年前发生的一些事情。

当时我上大四，学校组织我们到小西天电影资料馆看过几场内部观摩片，其中就有《伊豆的歌女》。这部电影有两个版本，我在电影资料馆看到的是吉永小百合主演的早于山口百惠主演的同名影片。

看过此片的当晚，我在刚刚购买的《诺贝尔文学奖金获奖作家作品选》中找到同名小说，边看边与同名影片做对比，于是就产生了如下眉批。

有关梳子的眉批。

小说中的梳子：大家在路旁的木头上坐下来休息。歌女蹲在路边，用桃红色的梳子在梳小狗的长毛。"这样不是把梳子的齿弄断了吗？"妈妈责备她说。"没关系，在下田要买把新的。"在汤野的时候，我就打算讨这把插在她前发上的梳子，所以我认为不该用它梳狗毛。

电影中的梳子：我说："我挺喜欢这把梳子的。"歌女听后若有所思地重又轻轻地把梳子插在前发上。

我的评述：

影片中对于梳子的处理并非画蛇添足，而是把"我"对歌女的单相思转换成了双相思，变单向流动为双向流动，揭示出歌女内心情感起了微妙的变化。

原作是以"我"为主，写"我"的所见所闻，超出自己视听范围的情节以及他人内心情感的波动却无力表达。经过改编的电影剧本虽然仍以第一人称"我"为主，但是许多情节已经超越"我"的视听范围。最显著的例子是结尾处歌女从旅馆到码头的那段描述。

有关结尾的眉批。

小说结尾：快到船码头的时候，歌女蹲在海滨的身影扑进我的心头。在我们靠近她身边之前，她一直在发愣，沉默低垂着头。她还是昨天的装束，愈加动了我的感情，眼角上的脂粉使她那像是生气的脸上显出一股幼稚的严峻神情。荣吉（歌女的哥哥）说："别的人来了吗？"歌女摇摇头。"她们都还在睡觉吗？"歌女点点头。荣吉去买船票和舢板票的当儿，我搭讪着说了好多话，可是歌女往下望着运河入海的地方，一言不发。只是我每句话还没有说完，她就连连用力点头。……船舱的灯光熄灭了，黑暗中我躺在那里，任由泪水向下流……

电影结尾：歌女从旅馆跑出来，沿着街道跑向码头，遇到一伙无赖，想侮辱她。一个不怀好意的男人打跑了这伙无赖，自己却像狼一样盯上了歌女，预示着歌女今后的悲惨命运，影片基调变得深沉凝重。

我的评述：

电影里有两个叙述人，一是"我"，二是编剧，大部分仍由"我"出现，保持小说原著特点。但到了"我"无法描绘的时候，编剧不拘泥于原著第一人称的限制，站出来加以描述，所触及的内容和思想层次更为深刻。

许多电影剧本改编自小说，电影是对小说的再创造，改编得好就是锦上添花，改编得不好则是得不偿失。此版《伊豆的歌女》应该是改编成功的案例。小说自有小说的特点，电影也有电影的长处，将阅读小说后的感想与观看电影后的观感结合起来，又形成了观众对伊豆歌女形象及命运更加深入的认识。

歌女纯真害羞、情窦初开，与"我"难以言传的哀婉爱情故事不知打动过多少人的心。连同伊豆的自然环境也对我产生奇妙的引力。幸运的是，在小说里做过眉批的二十六年之后的某一天，我在一次赴日本旅行时特意到过伊豆。

在伊豆的整个旅程中，我努力回忆小说和电影里的描述，试图寻找到对应的地点和环境，而且我自认为找到了。冥冥之中，我仿佛见到了小说和电影中的"我"与纯洁善良的歌女的身影，也隐约听见了他俩之间的对话以及歌女的歌唱。

另外，《伊豆的歌女》的连环画我家也是有的，从小说到电影，再到连环画，至少经历过三次华丽的转身。这本连环画并非手绘，而是电影的截屏，选一些电影精彩定格的画面，配以简要文字说明，足以勾起读者对看过的同名小说和电影的眷恋。

震颤心灵的探索——读雪中桦的小说《空心人》有感

在昨天最后一秒钟到来之前，我看完了《空心人》这部小说，开放式的结尾，令我与作者站在类似的十字路口上，掩卷遐思，难觅答案。窗外夜空中似圆非圆的月亮呈浅黄色，暧昧而又温和，仿佛看懂了作者的心思，也牵挂起书中主人公夏松涛、关丽、温红等角色的命运。

二百五十页、十八万字的《空心人》是作者雪中桦公开发表的第一部小说，它采用意识流的写作方式，我开始看时，感觉在段落与段落之间、语句与语句之间跳跃性大，似乎缺乏必要的联系。但是仔细揣摩，揭开看似天马行空的外表，显现出的却是一条血脉偾张的笃定的情感与理智缠斗不休的小说脉络。

开始读这本书的时候，我对人物对话的表达方式不大适应，因为没有冒号和双引号，不分段落，往往在读第一遍时搞不清楚某句话是谁说的。但是这种不适应很快就变成了适应，我也逐渐理解了作者如此处理人物对话的良苦用心。与传统的小说人物对话方式相比，《空心人》这种简短、快捷，甚至时空穿越的语言风格，使故事节奏更为紧凑，与实际生活中人们的思维方式或许更为贴近。

　　小说涉及夫妻间的冷暴力主题，总的感觉是矛盾双方都有责任，尤其是看到结尾处，得知"冷暴力"的施加者关丽做了颅脑手术，躺在病床上念念不忘儿子东东的时候，我开始同情起她来。还是那句老话，世上没有无缘无故的恨，也没有无缘无故的爱，产后抑郁症或者脑部肿瘤也许正是关丽对丈夫夏松涛实施"冷暴力"的生理上、心理上的原因。它也让读者陷入思考——如何加倍善待和呵护家人。

　　男主角夏松涛的率直也给我留下深刻印象，不论与妻子的冷战还是对情人的温存，既有我行我素的本性又有于心无奈的两难，让读者看到一位负重前行、苦苦挣扎而又从未颓废的男性青年形象。

　　小说的叙述语言也别具风格，正如作者自己所披露的（夏松涛多多少少有作者本人的影子），他在少年阶段酷爱绘画，这在本部小说里的语言叙述、环境描写上明显能感觉出来。细心、敏感，对色彩、形状的捕捉及表达等等，都能反映出作者在这方面的天赋。值得一提的是，作者与我同龄，从小就相识，他在小说中所描绘的环境景物有许多是我所熟悉的，读起来也陡增不少亲近感。

　　从某种程度上说，我认为《空心人》是当今文坛的一部奇书，凡是有心阅读的读者，都能从中得到身心的滋养、精神和思想上的启迪。

《重修昌平州署记》碑文考证及赏析

　　2019 年 8 月，我家房屋二次装修后回迁，在收拾物品时我发现了一篇碑文抄录稿，题为《重修昌平州署记》。那块石碑是 1977 年我偶然在县委大院南门口看见的。当时县里召开农业学大寨誓师大会，公社推荐时任北七家村知青队副指导员的我参加。报到时，经过县委大院南门，影壁后面立着一块石碑，碑头刻着"重修昌平州署记"七个圆润柔韧的篆字，碑身刻着密密麻麻的碑文。我很感兴趣，利用会议间隙将碑文抄录下来。

转眼到了 1983 年，我大学毕业后分配到昌平县广播站工作，每当我到县委食堂就餐途经县委大楼背面时总能看到一块横卧于地的石碑。尽管石碑正面朝下，但凭直觉，我料定它就是六年前我抄录过碑文的那块石碑。又过了几年，我调到城里上班。三十多年转瞬即逝，我仍念念不忘那块石碑，作为昌平州署沿革的珍贵文物，应该被文物部门妥善保存，有朝一日我想再见到它。如今我意外发现了这块石碑碑文的手抄稿，心情格外兴奋，当即将手抄碑文录入电脑。当年抄录时，我只是一个未满二十岁的下乡知青，文化水平有限，难以准确理解碑文的内容，就连标点断句也做不到通顺连贯，只是囫囵吞枣地抄录下来而已。有些字不认识，只是照猫画虎地描摹下来，这就给现在的识别带来了麻烦。于是我在百度上搜索，看看是否有与这块石碑相关的信息。功夫不负有心人，我在网上找到一篇介绍昌平博物馆"石件园"的博文（网址：http://blog.sina.com.cn/beifengpiaoxie），里面介绍了许多昌平的石碑，还有照片，其中就有《重修昌平州署记》。

为了还原碑文原貌，我对照照片上面的碑文逐字抄录，标点断句，又结合我当年的手抄稿以及网友"beifengpiaoxie"的碑文整理稿，最终形成了《重修昌平州署记》的完整碑文。

《重修昌平州署記》碑文原文（已在原文基础上加注标点）：

　　庚子之變，聯軍肆擾昌平州署，付之一炬，而大門、二門猶巋然獨存。歲壬寅，刺史溧陽史廥雲奉大吏奏補昌平。是年九月，奉飭履新，下車之始，拜印於榛莽瓦礫中。一州斗大，滿目瘡痍，憑弔荒墟，怒焉心惻。回憶庚子一役，津耶、通耶、京都耶、保陽耶，衙署公所之被燬何可勝數？生命民廬之被燬更何可勝數？昌平特其一耳。嗟乎！涓涓不塞，將成江河；星星不滅，將成燎原，則謂斯署也。外人火之，而不當吾國人自火之也，於外人乎何尤？雖然衙署者親民之堂，四方之觀聽繫焉，而況監獄也、馬號也，均關係如是之重且要也。今乃僦居民房，以如是之重且要者，恝然置之，可乎？爰延紳耆，博加籌議，則有父老進告曰："曩時許州尊在任，籾議重修，集捐動工，幸將二堂三堂木架豎立，旋因捐款不繼，工遂止。今吾父母榮蒞是邦，吾小民願效守來出資以成之。"刺史曰："否，否，兵燹之後，元氣凋傷，爾小民兵刧餘生，余方休養生息之不遑，更何忍以土木之工重吾民累？"父老又進曰："吾儕小人，謹聆前訓，感激涕零，然吾父母辦公無地，終非久計，既不捐諸下，曷不請諸上？"刺史應之曰："可。"爰據情具稟，蒙發款三千五百金。於是親履勘費經營，拓舊基，展新址，鳩工庀材，擇吉開工。閱五月，自大堂而二堂而三堂，而東西上房、東西花廳以及幕賓治公各室，並書吏辦事、僕人棲止之所，無不美輪美奐，燦然一新。統計各屋不下百數十椽，旁及監獄、馬號先後工竣。除領款並自認捐銀一千數百金外，尚不敷銀一千七百金。雖經稟准十年流攤，而刺史所墊之款，以化為烏有矣。是役也，工堅料實，均發民價，不役民一夫，不捐民一錢，以視世之目衙署為傳舍，借資民力而復偷工減料者，其相去為何如耶？署成，寅僚輩相慶賀，而余獨悵然。興感試思，處斯署也，豈深居簡出，頤指氣使，但求容止之安歟？抑將如傷厪念，饑溺縈懷，樂民之樂者，先憂民之憂歟？且夫世之盛也，百里之大，闢署以治，重門洞開，相見以心，大有官民一體之樂。及其衰也，堂階萬里，上下壅蔽，極其禍亂之來，雖尊嚴各官署，亦皆化為灰燼。然則衙署之興廢闗乎國家之盛衰，顧不重哉？嗟嗟，宦海蒼茫，升沉何定？任事者未必有才，而有才者又未必久於其任。今雖衙署重新，吾不知明歲刺史又調署何處？安得後之人鑒此苦衷，及時修而葺之，庶斯署之不朽乎？余承刺史延致幕下，見聞較确，因徇刺史之請，不揣譾陋，感而為之記。

　　山陰幼旭陳範謹撰

　　時在光緒癸卯，秋九月中浣，謹立

《重修昌平州署记》碑文译文：

　　庚子之变，八国联军肆意侵扰昌平州署，将其付之一炬，唯独大门、二门得以保存。1902 年，江苏溧阳人史赓云奉命担任昌平州刺史（清代已经没有刺史这种官称，此处应算是一种敬称。清代昌平称昌平州，隶属顺天府，似应称知州——编者注）一职。这一年的九月，他奉命来到昌平州署履新，在一片杂草瓦砾中接受了州署的官印。整个州署所在地满目疮痍，他凭吊荒墟，忧心忡忡。回忆庚子一战，大津、通州、北京城、保定，所到之处被毁坏的衙署公所如何数得过来？被屠杀的中国民众和被烧毁的民房又如何数得过来？昌平州署便是其中一个例子。刺史叹息道，如果不去堵塞涓涓细流，渐渐地就会演变成大江大河；如果不及时扑灭星星之火，渐渐地就会形成燎原大火。这说的就是州署衙署啊！外国列强放火烧了州署，而且不仅如此，我们的个别国人也趁乱放了火，这难道也归咎于外国列强吗？

衙署是为民办事的地方，大家都很关注，况且还有监狱和马厩，都很重要。今天我们这些官员可以租借民房，可是不能对失去州署衙署的房舍无动于衷。于是刺史联系了一些当地德高望重的士绅和老者，征求他们的意见。

一位老人上前说道："前任许姓长官在位时，创意重修，征集民众捐款动工，经过艰辛的努力，有幸将二堂和三堂的木架竖立起来，不久就因为捐款无以为继而停止了工程。今天我们的父母官，您来到这里，我们百姓愿意仿效前任官府大人的做法捐款出资，把此事办成。"

刺史说："不，不，经历了那场战争，国家伤了元气，你们老百姓也劫后余生，需要时间慢慢恢复，我怎么能忍心大兴土木加重民众的负担呢？"

那位老者进一步说道："吾辈小人听了您这番话感激涕零，然而我们的父母官没有办公的地方，终究不是长久之计。既然不让百姓捐款，那么您何不禀报朝廷申请拨款呢？"

刺史回应道："可以。"于是他根据实际窘况全都禀报上去，申领了三千五百金的拨款。

于是刺史亲手核对这笔款的用途，开掘旧有的建筑材料，精打细算，在原有基础上建立新址，招工备料，选择了一个好日子开工。

经历了五个月，从大堂开始建，然后建二堂和三堂，再建东西上房、东西花厅以及衙署各级官员的办公室和宿舍，并且还为办事员和勤杂工建立了宿舍。所有的建筑都美轮美奂，焕然一新。

刺史对所有房间进行统计，共有一百多间。衙署旁边的监狱和马厩也先后竣工。除了申领到的拨款和自认捐款的一千数百金之外，还有一千七百金的资金缺口。虽经向上禀报，准许这笔欠款分摊到未来十年的衙署预算开支里面，然而刺史自己所垫付的资金都无法返还。

此次建筑施工，工程坚固，用料实在，全都以市场价格购买，没有强迫使用一个民工，没有强迫老百姓捐一分钱，比起那些把衙署视为旅店，征用民力而又偷工减料的人，不知强了多少！

衙署落成，同僚们汇聚一堂相互庆贺，直到深夜，而我一个人却独自怅然若失。

兴奋感慨之余，我想到，身处在这座衙署，难道局限于深居简出、颐指气使，但求仪容举止、满足于现状吗？还是勤于思考，心里装着百姓的疾苦，把百姓的快乐当作自己快乐的人，难道就不能首先把百姓的忧虑当作自己的忧虑吗？等到了国家强盛那一天，昌平州署所管辖的范围之内，衙署广开言路，严于法治，衙署的一道道大门洞开，与百姓相见以心，就能享受官民一家的快乐。

如果采取相反的策略，国家和衙署的统治便会衰落，衙署大堂前的台阶会变得越来越长，官府和百姓之间言路闭塞。等到祸乱到来，尽管各级官署戒备森严，也都会化为灰烬。既然这样，那么衙署的兴废就关乎国家的盛衰，这有多么重要啊！

呜呼！宦海苍茫，升沉何定。担任官职的人未必有才，而有才的人又未必能够长期担任官职。今天虽然衙署重新建起，我不知道明年刺史又将被调往何处？怎么才能让继任者明白刺史的苦衷，及时修葺，使衙署永久保存呢？

我受刺史重用，招至身边工作，了解一些时事见闻，因此依从刺史的邀请，不揣学识浅陋，一番感慨之后为刺史撰写了这篇《重修昌平州署记》。

山阴幼旭陈范谨撰

光绪癸卯（1903 年）秋九月中旬，谨立

纵观《重修昌平州署记》碑文全篇，文思缜密，逻辑严谨，将读者与一百多年前碑文撰写者陈范、州官史赓云等人联系在一起，同呼吸共思索。

思索之一：如何看待"庚子之变"？

碑文作者陈范具有朴素辩证思想，对庚子之役的历史背景及原因做了介绍和分析，把重修昌平州署的必要性提高到国家兴废的高度。

碑文开篇伊始，作者单刀直入，不但以无可辩驳的事实，满腔悲愤地揭露和控诉八国联军对中国的侵略行径和暴行，还对庚子之变所产生的原因提出了独到见解。"外人火之，而不膂吾国人自火之也，与外人乎何尤？"八国联军放火焚烧衙署时，有少数国人不但不去救火，反而趁乱纵火，这就不得不令人深思了。

接着陈范进一步揭示造成这种外患内忧的原因。他写道："涓涓不塞，将成江河；星星不灭，将成燎原。"陈范用此典故要说明的是，作为当权者，要时刻提防因民怨而引发的社会动乱。陈范通篇一直在思考这一社会问题，即使到了衙署重修工程完成，众人通宵欢庆的时刻，他却独自怅然若失，思考着如何做一位清官，如何消除民怨，如何巩固政权。

思索之二：如何为官？

陈范认为，作为朝廷命官，首先应有"如伤瘝念，饥溺萦怀，乐民之乐者，先忧民之忧"的慈悲情怀，努力戒除那种"深居简出，颐指气使，但求容止之安"的懒政思想，要尽量放下官架子，善于与百姓沟通，做出决策之前要多方听取百姓意见。陈范对范仲淹"忧乐观"典故的点化，信手拈来，为好官的标准划定了一道及格线。

陈范为读者树立了史赓云这样一位亲民爱民的朝廷命官典范。在是否重修衙署这一问题上，他先后解决了是否接受民众捐款、是否向朝廷请求拨款、工程费用仍有缺口时怎样办等难题，还自掏腰包垫支了一部分工程款。工程质量做到"工坚料实"，购买的建筑材料价格做到"均发民价"，用工制度做到"不役民一夫"（不强迫做劳役），捐款原则坚持"不捐民一钱"（不硬性摊派），因此深得民心。

在那个风雨飘摇的年代，有史赓云这样的好官，真是不幸中之万幸，也给昌平一方百姓带来福音。正因如此，文章的末尾，作者陈范希望像史赓云这样的人才理应"久于其任"。

思索之三：如何营造良好的官民关系？

陈范认为，营造一种"辟署以治，重门洞开，相见以心，大有官民一体之乐"的融洽氛围，是破除官民隔阂的必要手段；反之，就难免产生"堂阶万里，上下壅蔽，及其祸乱之来，虽尊严各官署，亦皆化为灰烬"的严重后果。他采用鲜明的对比手法，让读者认识到事物发展的两种可能性。何去何从，不言自明。陈范警醒后人，做官的不要脱离百姓，不要让百姓的积怨成仇，严防祸起萧墙。这是陈范通过分析"庚子之变"的成因而得出的一个重要结论，也是《重修昌平州署记》这篇碑文之眼，对于现实社会具有积极的借鉴意义。

2020年10月底的一天，在朋友王森引导下，我来到网友提及的昌平博物馆石件园（文物石刻园），铭刻《重修昌平州署记》的那块石碑也许就被安置在园中的某个角落。由于有栅栏围挡，我无法近距离接触，但是从内心深处，我早已与之相融，我能够感受到它清凉的肌肤，它也能够感受到我的体温。四十多年前的那次偶遇，注定了我们之间的不解之缘。

后　记

　　《弦动秋水——刘建鸣散文集》终于与读者见面了，此时此刻，我有许多话要讲，但又不知从何说起。

　　首先感谢我的妻子和女儿，在我撰写每一篇文章时她们为我营造了恰当的心境。特别是我妻子唐英女士，在此书编纂过程中，她对每一篇文章反复研读，与我切磋，提出具体意见。作为第一读者，她以相对客观、冷静的站位，提出的众多意见往往令我茅塞顿开。另外，她还对全书做了认真的校对，显示出深厚的编辑功底。

　　我要感谢我的父母！由于长期沉浸于创作氛围，我在孝敬二老方面有所缺失，好在父母对此非常理解，对我的创作坚定支持。妹妹建平、弟弟建辉知情达理，适时补位，为我缓解了后顾之忧。

　　感谢刘雨、袁雪萍、胡秀英、李文普、黄玉泉、董瑞亮、谢明江、高淑敏、郭建华、李星辰等老师，我在文学创作道路上走过的每一步，得到了各位老师的鼓励和支持。

　　感谢夏延军、赵军、董立红、黄静、杨放鸣、郑刚良、范学文、范秀华、聂俐、王宝华、戴惠明、李欲超、韩长青、赵海生、曲进、林立、宓利群、魏伟、周霞、瓮龙会、葛梅、刘国华、权英、姚琴、刘桂文、郭梅、赵桂新、李复国、王学梅、冯力、王森、罗炜等老同学、老朋友，他们在接受采访、提供素材等方面给予我很多帮助。

　　感谢任晓东、刘民朝、陈若愚、王永利、孙金岭、石村、张景卫等同事对我的鼓励与鞭策。

感谢东方出版社历史编辑部张永俊先生在本书立项、编辑、校勘、发行等方面艰辛的付出。

2022 年 3 月 3 日

于望天阁